당신이 바라는 모든 것

목영木榮
장편소설

VOL. 1

동아

당신이 바라는 모든 것 1

초판 1쇄 인쇄일 | 2019년 12월 09일
초판 1쇄 발행일 | 2019년 12월 16일

지은이 | 목영木英
펴낸이 | 박성면
펴낸곳 | (주)동아

출판등록 | 제406-2007-000071호
주소 | 경기도 파주시 문발로 115, 세종출판벤처타운 201-A호
전화 | (031)8071-5201
팩스 | (031)8071-5204
E-mail | bear6370@hanmail.net

정가 | 11,000원

ISBN 979-11-6302-280-0 (04810)
       979-11-6302-279-4 (set)

당신이
바라는
모든
것

목영 木榮
장편소설

VOL. 1

동아

목　　차

1. 재회

깎은 듯 날렵한 건물은 언제 봐도 까마득한 높이였다.

혁주는 시선을 바로 하고 정면을 응시했다. 2월 중순의 바람은 아직 차가웠다. 오전인데도 도로는 차들로 꽉꽉 들어차 있었다.

도미노처럼 늘어선 건물들 틈으로 들어선 혁주는 자신을 비추는 거울을 힐끗 쳐다봤다. 몇 걸음 걷던 그는 이윽고 걸음을 멈추고 건물에 비친 자신의 모습을 보며 옷매무새를 가다듬었다. 최대한 말끔한 차림이어야 했다. 눈으로 천천히 자신의 위아래를 훑던 혁주는 가볍게 머리를 한번 끄덕이고는 다시 걸음을 옮겼다.

이제 막 개점한 C 백화점 안으로 들어선 그가 자신을 향해 90도 인사를 해 오는 여직원들을 지나쳤다.

"어머, 봤어?"

"봤어, 봤어, 진짜 잘생겼다."

혁주가 지나간 후, 여직원들은 서로의 얼굴을 마주 보며 속삭이기 시작했다.

"모델인가? 키도 정말 크다! 인간의 기럭지가 아니야!"

"그러게, 몇몇 의류 매장에서 실제 모델을 마네킹 대신으로 쓴다고 하더니, 그 모델인가 봐!"

"우와, 진짜? 그럼 계속 저 사람 볼 수 있는 거네?"

"와, 어디 매장일까?"

여직원들의 시선이 혁주의 뒷모습에 꽂혔다.

"신인 모델인가 본데, 조만간 뜨겠다, 그치?"

"응, 그러게."

"뭣들 하는 거야?"

그를 보며 속닥이던 두 여직원의 머리 위로 날선 목소리가 날아들었다. 두 사람의 직속 선배로 보이는 다른 여직원이 한심하다는 얼굴로 입을 열었다.

"부사장님 손님이니까 신경들 꺼."

"예에?"

"모델이 아니라고요?"

이제 막 백화점에 입사한 지 두 달째 되는 한 직원이 실망과 놀람이 섞인 목소리로 되물었다.

"정말요? 정말 모델 아니에요, 저 사람?"

"부사장님 손님이라고."

선배 여직원은 코끝을 들어 올리며 말을 이어 나갔다.

"가끔 부사장님 만나러 오는 사람이니까 그만 신경 끄라고들."

그녀의 말에 후배 둘은 꽤 아깝다는 표정으로 혁주가 사라져 간 쪽을 바라봤다.

자신에 대해 직원들이 무슨 이야기를 하는지 알 리 없는 혁주는 엘리베이터 앞에 섰다. 그가 오늘의 첫 손님이었는지 엘리베이터 주변에는 아무도 없었다.

띠잉.

도착한 엘리베이터에 올라탄 그의 손가락이 익숙한 듯, 버튼을 눌렀다.

위잉.

고층으로 향하는 그의 얼굴에는 아무런 표정도 걸려 있지 않았다. 그저 한 층, 한 층 바뀌는 엘리베이터의 숫자판만 바라볼 뿐.

띠잉.

맨 꼭대기 층에 도착한 엘리베이터에서 내린 혁주는 망설이지 않고 앞으로 나아갔다. 건물의 중앙에 다다른 그의 앞에 C 백화점 로고가 커다랗게 새겨진 프론트가 나타났다.

"어서 오십시오."

프론트에 앉아 있던 안내 직원이 그를 보자마자 자리에서 일어섰다. 그리고 혁주의 얼굴을 응시하며 말했다.

"기다리고 계십니다."

"감사합니다."

낯익은 직원의 안내를 받으며 부사장실로 다가섰다.

똑똑.

직원이 공손하게 문을 두드리고는 문을 열었다. 혁주는 직원에게 가볍게 목례를 해 보이고는 안으로 들어섰다. 시원한 무스크 향이 그를 감쌌다.

"어서 와라."

그의 배다른 형, 성진이 들고 있던 서류 파일을 옆으로 밀어 놓고 동생을 반겼다.

"잘 지내셨습니까."

혁주는 예의를 갖췄다. 그런 그를 바라보는 성진의 눈 속에 안타까움이 스쳐 지났지만 그것은 지극히 찰나였다.

"앉아라."

혁주에게 앉기를 권한 성진의 손에 인터폰이 들렸다.

"뭐 마실래?"

"커피 주십시오."

"서 비서, 커피 두 잔 부탁해요."

-네, 부사장님.

인터폰을 내려놓은 뒤 성진은 동생 맞은편에 앉았다.

"그래, 이사는 잘 한 거냐?"

"네."

"좀 가까운 곳으로 이사하지 그랬니."

"괜찮습니다."

올해 서른다섯인 성진은 단답형으로만 말하는 동생을 지그시 바라봤다. 제 어미를 닮은 것이 분명한 잘생긴 외모는 볼 때마다 감탄이 나왔다.

"집과 좀 가까운 곳으로 이사 왔더라면 좋았을 텐데."

못내 아쉬운 듯 성진은 같은 말을 반복했다. 하지만 혁주는 아무 말도 하지 않았다.

들려오는 노크 소리에 성진은 동생을 바라보던 시선을 거둬들였다.

"차 가져왔습니다."

조용히 들어선 서 비서는 탁자 위에 커피 두 잔을 내려놓고 허리를 숙였다.

"고마워요."

성진의 인사에 서 비서는 성진을 바라보다가 다시 혁주를 바라봤다.

'형제가 분명해.'

확실히 두 남자는 굵은 선이며 기다란 팔과 다리까지, 상당히 많이 닮아 있었다.

"그럼 나가 보겠습니다."

비서란 상사를 잘 보필하는 것을 제일 우선시하는 직업. 서 비서는 자신의 확신을 살포시 마음 한 구석으로 밀어 넣으며 머리를 숙여 보인 후, 밖을 나섰다.

"마시자."

"네."

성진의 권유로 혁주는 커피 잔을 입으로 가져갔다. 입 안 가득 커피향이 은은하게 퍼져 나갔다.

"아버지가 서운해 하시더라."

"……그렇습니까."

다람쥐 쳇바퀴와도 같은 대화 패턴이었다.

* * *

막 열여덟 살이 되었을 때 느닷없이 찾아온 어머니의 죽음. 고아였던 어머니를 떠나보낸 후, 혁주는 혼자 살아왔다.

그가 배다른 형인 성진의 존재를 안 것은, 아니, 아버지의 존재를 안 것은 그의 나이 스무 살 때.

"학교로 돌아가십시오."

어머니가 돌아가시자마자 학교를 그만두고 생계를 위해 2년 동안 아르바이트를 전전하던 혁주 앞에 나타난 이는 아버지의 비서이자 C 백화점의 비서실장이었다. 그는 죽었다 여겨 왔던 아버지의 실체를 전해 줬다.

"회장님께서 모든 지원을 약속하셨습니다."

신문이나 텔레비전에서 가끔 봤던 인물이 자신의 아버지라니,

혁주는 처음엔 믿지 않았다. 하지만 생활의 빈곤함과 중졸이라는 학력에서 받는 수모와 설움은 의심과 원망보다 생활의 안락함을 택해 버리고 말았다.

아버지의 힘과 돈으로 혁주는 새로운 삶을 다시 시작했다. 재벌들만 다닌다는 사립고에 2학년으로 편입한 그는 조용한 학창 생활을 보낼 수 있었다.

하지만 기브 앤 테이크였던가.

그는 검정고시를 보고 싶어 했지만 아버지 창섭은 아들에게 고등학교 졸업장과 명문대의 경제학과 졸업장을 요구했다. 학교를 스스로 그만두기 전까지 상위권 성적을 유지했던 혁주는 아버지의 뜻대로 진학했다. 하지만 그가 하고 싶었던 것은 바로 미술.

학교는 갔으되, 그는 자신이 하고 싶은 일을 포기할 수 없었다. 성적을 유지한다는 약속과 함께 그림 공부를 했다.

사람들의 호기심을 자극하는 재벌가의 숨은 자식. 그 존재가 바로 혁주였다. 그는 자신이 세상에 드러나는 것을 원치 않았고 창섭역시 그러했다.

어머니가 돌아가신 후로 혼자 살아온 생활은 그리 크게 바뀌지 않았다. 다만 좋은 집과 조금의 여유가 생긴 것뿐, 여전히 혼자 살아왔다.

간혹 아버지의 집에 가긴 했지만 혁주는 그들과 좀처럼 어울리고 싶은 생각을 하지 않았다. 배다른 형인 성진이 자주 자신을 부르는 것에는 그다지 불만은 없었다. 그것은 어쩌면 조금은 관심받고 싶어

하는 본능에 의한 것인지도 몰랐다.

그나마 아버지 집안에서 그에게 관심을 기울이는 사람은, 오직 성진밖에 없었다.

"아직도 아르바이트 하고 있는 거냐?"

성진이 물어왔다. 혁주는 가만히 머리를 끄덕였다.

"자식."

한 달에 한 번, 거액의 생활비가 혁주의 통장에 꽂힌다는 사실은 성진도 익히 알고 있었다. 그것은 혁주가 비록 혼외자식이지만 책임지겠다는 아버지의 고집에서 비롯된 것임을 알고 있었다.

"졸업하고 그냥 들어오라니깐."

졸업 후 백화점에 자리를 마련하겠다는 이야기를 동생은 귓등으로도 듣지 않았다.

"백화점은 점점 커져 가는데 너랑 내가 아버지 도와야지, 안 그래? 요즘 아버지가 부쩍 약해지신 것 같던데."

은근한 기대를 갖고 건넨 말이었지만 혁주는 여전히 묵묵부답이었다.

성진은 어느 날 갑자기 생긴 동생이 싫었다. 그의 나이 스물여덟, 막 아버지의 일을 도와 사회생활을 시작했을 즈음. 여덟 살 어린 동생의 등장은 그리 반가운 것은 아니었다. 잠깐의 실수로 태어난 아이, 어쩌면 자신의 몫을 나눠야 할지도 모른다는 불안감에 성진은 촉각을 곤두세웠다.

얼마의 시간이 흐른 뒤에야 혁주가 아무런 욕심이 없다는 사실을 알고부터 그는 자신의 배다른 동생을 인정했던 것.

성진은 여전히 말없는 동생을 바라봤다. 7년이란 시간이 지나도록 좀처럼 가까워질 수 없는 거리를 유지하는 그에게 성진은 안타까운 마음을 품었다.

왜 처음에 자신의 동생을 미워했을까, 하는 자책과 함께.

"며칠 뒤에 할아버지 제사 있는 거 알고 있지?"

오늘 혁주를 부른 것은 바로 이 이야기를 하기 위해서였다.

"예."

"늦지 않게 와라."

"……예."

딱히 가고 싶은 마음은 없었다. 아들이라고는 해도 혁주는 아버지와 같이 산 적이 단 하루도 없었다. 아니, 얼굴 한 번 제대로 본 적도 없었다.

처음 비서실장이 혁주의 존재를 확인하러 오고 나서 며칠 뒤, 처음으로 아버지의 얼굴을 마주했다. 아버지 창섭은 그에게 물질적인 지원을 아끼지 않았다. 홀로 살 수 있도록 집도 마련해 줬고 학비와 생활비까지 대줬다.

물론 혁주는 그것에 대한 고마움을 가졌다. 하지만 그는 아버지 쪽 사람들과 데면데면했다. 할아버지의 제사를 찾아다닌 건 순전히 창섭의 뜻이었다.

쭈뼛거리며 아버지의 집에 처음 찾아갔던 날, 혁주는 그 어마어마한 집에 놀랄 수밖에 없었다. 자신과 어머니는 반지하에서 고생하며 살았는데 아버지는 이렇게 살아가고 있었다니.

그러나 그 원망은 그리 오래 가지 않았다. 아버지 또한 자신의 존재를 알지 못했으니까. 어머니의 독단으로 혼자 자신을 낳아 기른 것이라는데 어떻게 원망을 할 수 있단 말인가.

그렇다고 아버지와 같이 사는 것을 원치 않았다. 불편했다. 누가 뭐래도 어머니는 외도녀에 자신은 혼외자식이 아니던가. 깐깐한 눈으로 자신을 바라보던 성진 어머니의 눈빛을 그는 잊을 수 없었다.

"이만 가 보겠습니다."

더 이상 성진이 자신에게 해줄 말이 없다는 사실을 알아챈 혁주는 자리를 털고 일어섰다. 이 정도의 대화야 전화로 해도 되었을 텐데, 일부러 자신을 보기 위해 불러냈다는 사실을 잘 알고 있었다.

"어, 그래."

성진은 일어서는 혁주의 어깨를 툭툭 쳤다.

"잘 가라, 동생아."

"……예."

혁주가 성진의 사무실을 나서자 서 비서가 하던 일을 멈추고 자리에서 일어섰다.

그는 아까와 마찬가지로 목례를 건넨 후, 천천히 걸음을 옮겼다. 그의 걸음이 엘리베이터가 아닌 에스컬레이터로 향했다.

그것은 매번 C 백화점에 올 때마다 하는 버릇과도 같았다. 그림을 그리는 그는 사람이나 사물을 관찰하는 것이 취미. 아르바이트

할 때와 가끔 가는 여행 그리고 학교생활 빼고는 집에서만 지내는 혁주에게 가끔 들르는 백화점의 풍경들은 꽤나 좋은 관찰지였다.

아직 이른 시간이라 그런지 잔잔한 음악이 흐르는 백화점 내부는 조용했다. 혁주는 천천히, 눈으로 백화점 이곳저곳을 훑었다. 깔끔하게 정리된 진열장과 오가는 손님들.

3층의 의류 매장에 내려서 한 바퀴 돈 후 아래로 내려갈 생각에 에스컬레이터에서 내려왔다.

두세 명씩 무리 지어 오가던 여자들이 혁주를 보고 눈이 휘둥그레지는 모습을 그는 외면했다. 키 때문에 남들의 이목을 끄는 건 어쩔 수 없다고 생각했다. 확실히 185센티미터의 키는 그리 흔한 편은 아니었으니까.

"와, 잘생겼다."

"키 좀 봐."

여자들의 소곤거림을 들으며 혁주는 여자들에게 시선을 던졌다.

"꺅, 우리 봤어, 어떡해!"

혁주는 주로 인물화를 그렸다. 명문대 경제학과의 졸업장을 원하는 아버지 때문에 어쩔 수 없이 그렇게 진학을 했지만 그의 오랜 꿈은 화가였다. 솔직히 졸업장만 안겨 드리면 얼마든지 그림에 도전할 수 있을 것이라 생각해서 홀로 그림 공부를 해왔다. 지금도 계속 진행 중이었다.

그런 이유로 혁주는 사람들의 얼굴 모양이나 표정을 관찰하는 것이 즐거웠다. 그의 시선을 받은 여자들은 하나같이 얼굴을 붉히며 그를 흘끔흘끔 쳐다봤다. 하지만 이미 그의 눈길은 그녀들을 떠난 뒤라서 여자들은 아쉬운 표정을 감추지 못한 채, 자신들이 가던 방향으로 걸음을 옮겼다.

이미 백화점 안은 축제를 맞이한 것처럼 온통 봄의 물결로 넘실거렸다. 흘러나오는 음악도 가벼운 것이었고 내부는 화사했다. 또한 의류 매장 역시 봄옷들로 가득했다.

"흐음."

쇼 윈도우를 향한 혁주의 눈빛이 빛났다. 문득 백화점에 막 들어섰을 때 들었던, 몇몇 매장에서는 마네킹 대신 진짜 사람이 서 있기도 한다는 점원들의 대화가 떠올랐다. 흥미로웠다.

"마네킹 대신 사람이 모델이라?"

필시 마네킹의 사이즈와 비슷한 사람일 터. 궁금증이 인 혁주는 천천히 걸음을 옮기며 매장 안의 모델들을 하나하나 살피기 시작했다.

'응?'

그의 발길이 현저히 느려진 것은 한 여성 의류 매장을 막 지나쳤을 때였다. 혁주는 다시 걸음을 돌려 매장을 들여다봤다. 그리고 그대로 우뚝, 걸음을 멈추고 말았다.

그의 눈에 담긴 여자 모델은 무척 예쁜 얼굴이었다.

한 번 보면 잊을 수 없을 정도로 예쁘장한 얼굴. 늘씬한 몸에 걸친 원피스는 누가 봐도 쉽게 소화할 수 없는 디자인이었다. 하지만 모델에게는 무척이나 잘 어울려서 마치 맞춤옷 같았다.

혁주는 눈을 깜빡였다. 믿을 수가 없었다. 숨조차 쉬어지지 않았다. 이런 곳에서 그녀를 보게 되다니, 꿈이라도 꾸는 것 같았다.

'정말, 그녀인가?'

의혹이 피어올랐다. 그는 꿈쩍도 하지 않은 채, 모델을 뚫어져라 바라봤다. 자신이 아는 여자 같았다.

하지만 자신이 아는 여자는 저렇게 키가 크지 않았다는 사실을 떠올리며 그는 다시 세심하게 매장 속 여자 모델을 꼼꼼히 살펴봤다. 매장 직원이 자신을 흘끔거리는 시선이 느껴졌지만 개의치 않았다.

그렇게 한동안 지켜보고 서 있자니 드디어 여자 모델이 살짝 움직이는 것이 보였다. 혁주는 가만히 숨을 토해 내며 그녀가 자신을 보기를, 정면의 얼굴을 볼 수 있게 되기를 간절히 바랐다. 천천히, 여자의 얼굴이 움직였다.

"아!"

저도 모르게 낮은 신음이 튀어나왔다. 분명, 그녀였다. 몇 년의 세월이 흘러도 기억나는 얼굴, 결코 잊을 수 없는 얼굴.

하지만 여전히 혁주의 얼굴에는 믿기 힘든 표정이 남아 있었다. 확인하고 싶었다. 바로 코앞에서 보이는 저 여자가 과연 그녀가 맞는지 확인해야 했다. 그는 망설이지 않고 매장으로 들어섰다.

"어서 오세요"

밖에서 한참 동안 안을 들여다보던 혁주에게 눈도장을 찍었던 여직원이 반갑게 그를 맞이했다. 그는 매장의 이곳저곳에 시선은 주었다. 그러나 그의 신경은 온통 마네킹 역할을 하고 있는 여자에게로 쏠려 있었다.

"선물하시게요?"

여성 의류 매장에 혼자 들어서는 남자란 대개 선물하기 위해 들어오기에 여직원은 상냥하게 물었다.

"여자 친구분께 선물하시는 거죠?"

젊은 여성 취향의 매장이었다. 여직원은 혁주의 뒤를 졸졸 따라다니며 열심히 말을 걸기 시작했다.

"올봄엔 노란색이 유행이라고 하던데, 여자 친구분 키가 어떻게 되세요? 날씬한 편이세요?"

여직원의 물음에 혁주는 슬쩍 고개를 끄덕였다.

"이거 어떠세요? 요즘 젊은 여성들 사이에서 유행하는 아이템이에요. 이건 색감도 좋고 소재도 좋아서 잘나가고 있는 카디건인데."

이것저것 권하는 직원의 말에 그는 대충 눈으로 옷들을 훑었다.

"아, 그건 격식이 있는 자리에 입고 나가도 좋을 스타일이에요."

혁주가 옷걸이에 걸린 옷을 매만질 때마다 직원은 나서서 설명하기 시작했다.

"여자 친구분 나이 대가 이십 대 초반? 중반?"

매장 직원은 집요했다. 혁주는 그녀를 따돌리는 대신 더더욱 천천히 걸음을 옮겼다. 여전히 꿈쩍도 하지 않는 마네킹, 그녀에게 다가가기 몇 발자국 전.

"아까부터 봤는데."

문득 걸음을 멈춘 혁주는 빙글, 몸을 돌려 자신의 뒤를 바짝 쫓고 있는 여직원을 내려다보며 말을 걸었다.

"네, 손님."

"저 옷."

살짝 몸을 돌린 그가 기다란 손가락 끝으로 정확히 목표를 가리켰다.

"저 옷이 아주 잘 어울리는 것 같습니다."

"아, 저 옷이요?"

여직원은 만면에 환한 미소를 떠올렸다.

"저 원피스가 화사하니 봄에 입기 정말 좋죠. 여자 친구분 사이즈가 어떻게 되세요?"

혁주는 손가락을 내리고 꼼꼼한 눈으로 마네킹 모델을 훑었다.

"저 사이즈가 딱 맞군요."

"아아."

여직원은 머리를 끄덕이고는 뒤돌아섰다. 그가 뒤돌아서는 여직원을 잡았다.

"저 옷 주십시오."

"아, 네, 손님, 사이즈 찾아다 드릴게요."

여직원은 상냥했다.

"저 마네킹 모델 사이즈가 딱입니다."

"네, 그러니까 같은 사이즈를······."

"저 모델이 입고 있는 옷, 목걸이, 구두, 다 주십시오."

"……네?"

주근깨가 가득한 여직원의 얼굴에 황당함이 걸렸다.

"지금 저 모델이 입고 걸치고 있는 걸 사겠다는 말입니다. 저 모습 그대로."

"저어, 손님, 옷만 팔고 있습니다. 목걸이랑 구두는 파는 물건이 아니에요."

"목걸이와 구두는 저 모델 건가요?"

"아니, 그건 아니고요. 옷이랑 매치시켜 놓은 물품입니다."

"그러니까 사겠다는 겁니다."

"아니, 저……."

단호한 혁주의 말에 여직원은 난감한 표정을 지어 보였다.

"얼마가 들더라도 상관없습니다."

그의 말이 끝나기가 무섭게 여직원이 모델에게로 다가갔다.

"인아 씨!"

여직원의 입에서 흘러나온 이름에 혁주는 전율했다.

인아. 그리운 그 이름.

움직임 없던 모델이 자신을 부르는 목소리에 살짝, 몸을 움직였다.

"잠깐 내려와 봐요. 그 옷 팔릴 것 같아."

"네."

작고도 짧은 대답. 하지만 이미 온몸의 신경을 그녀에게 곤두세우고 있던 혁주에게는 천상의 소리로 들려왔다.

'그녀다!'

낮은 단상에서 내려오는 인아의 움직임이 마치 슬로우 비디오로 보였다. 연노란색 원피스 자락이 나풀거렸다.

또각.

늘씬한 종아리는 매끈했고 얇은 발목은 아찔했다.

또각.

몸에 착 달라붙는 원피스는 그녀의 가녀린 몸매를 고스란히 드러냈다. 혁주는 정면으로 보이는 그녀의 얼굴에 숨이 멎고 말았다.

갸름한 얼굴에 가지런한 이마, 초승달과도 같은 눈썹에 반짝이는 두 눈, 높은 콧대와 그린 듯 아름다운 입술, 잊지 못할 그 얼굴. 맑은 두 눈에 자신이 얼굴이 담기는 모습을 지켜보는 그의 심장에 뜨거운 피가 돌았다.

"어떠세요?"

여직원이 인아를 바라보는 혁주에게 옷에 대한 감상을 물었지만 그는 입을 뗄 수가 없었다. 뚫어져라 자신을 바라보는 그의 시선에 인아의 얼굴에 의아함이 떠올랐다. 그것을 본 혁주는 그제야 눈을 여직원에게로 돌렸다.

"네, 마음에 듭니다."

혁주의 말에 여직원은 머리를 끄덕였다. 그러고는 인아에게 말을 걸었다.

"인아 씨, 그 옷이랑 목걸이, 구두 싹 다 벗어."

"네?"

"이분께서 인아 씨가 입고 있는 고대로를 방금 막 사셨어."

"아……."

묘한 표정으로 혁주를 힐끔 쳐다보던 인아는 알았다는 듯 머리를 끄덕여 보이고는 뒤로 돌아 탈의실로 향했다. 그 뒤를 매장 직원이 따랐다.

또각또각.

그녀의 발밑에서 경쾌한 소리가 들려왔다.

'하이힐을 감안해도 한, 170 정도?'

인아의 뒷모습을 보며 혁주는 놀라고 있었다. 어림잡아도 확실히 그녀의 키는 170센티미터는 넘을 것이 분명했다.

'어떻게 저렇게 많이 자란 거지?'

기억 속 인아는 작고 여린 소녀였다. 인형같이 작았던 아이. 그런데 그런 그녀가 몇 년 사이에 저렇게 훌쩍 커 버리다니, 혁주는 감회가 새로웠다.

"그래도 얼굴은 예전 모습이 남아 있네, 상당히 많이."

저도 모르게 입 밖으로 자신의 감정을 드러낸 그가 서둘러 주변을 살폈다. 다행히 매장 안에는 혁주밖에 없었다.

"계산 도와드리겠습니다, 손님."

포장한 물건들을 가지고 돌아온 여직원은 계산을 마친 후, 물건들을 커다란 쇼핑백 안에 넣었다. 혁주는 물건 값을 지불하고 쇼핑백을 받아 들었다. 그러면서도 여전히 인아의 행방을 찾았다. 그러나 옷이라도 갈아입고 있는지 그녀는 더 이상 매장에 나오지 않았다.

"감사합니다, 안녕히 가십시오."

여직원의 인사를 받으며 혁주는 매장 밖으로 나왔다. 계속 서성이자니 뒤통수가 따가웠다. 그래서 하는 수 없이 걸음을 돌려야 했다.

주차장에 들어선 그는 자신의 차에 올랐다. 조수석에 쇼핑백을 놓고 멍하니 앉아 있던 혁주는 어느 순간, 얼굴에 희열의 빛을 가득 드리웠다.

'인아, 인아를 만났어!'

따지고 보면 만났다고 할 수는 없었다.

'이제 어떻게 하지?'

만나야 했다.

'어떻게 해야 인아와 만날 수가 있는 거지?'

손에 잡힐 듯 가까운 거리에 있었으면서도 그는 그녀를 아는 체할 수 없었다. 자신은 그녀를 알고 있지만 그녀는 자신을 알지 못하는 사이였으니까.

"어떻게 해야 하지?"

한참을 생각해도 혁주는 좋은 생각을 떠올릴 수가 없었다. 무엇보다 그녀와의 접점이 없는 것이 제일 큰 문제.

"후우."

그렇다고 이렇게 손 놓고 있을 수는 없었다. 가세가 기울어져 급작스런 전학을 해야 했던 그녀, 그녀가 사라지고 난 후에야 그 사실을 알았던 혁주.

하긴 사실을 미리 알았다 해도 그가 할 수 있는 일이란 아무것도 없었다. 하지만 또다시 그저 바라만 보고 있을 수 없었다. 한동안 주차장에 서 있던 그의 자동차가 드디어 서서히 움직이기 시작했다. 운전대를 잡은 손에 힘이 잔뜩 들어갔다.

띠로리.

새로 이사 온 오피스텔로 들어선 혁주는 소파 위에 쇼핑백을 내려놓고 그 옆자리에 몸을 실었다. 차가운 쇼핑백의 감촉이 그의 손을 스쳤다. 인아의 존재를 확인하기 위해 산 옷과 목걸이, 구두.

'인아.'

집에 돌아와서도 혁주는 온통 인아 생각뿐이었다.

'발레는 그만두고 지금은 모델 일을 하고 있는 건가?'

그의 뇌리에 각인된 아름다운 발레리나 소녀. 그 소녀가 훌쩍 자라 다른 일을 하고 있다는 사실이 믿어지지 않았다.

그녀는 어둠 속을 밝히는 한 마리의 새하얀 백조였다. 메마른 감성을 촉촉이 적셔 주던 아리따운 뮤즈였다. 그런 그녀가 갑자기 사라졌고 돌연 나타났다. 그 사실 하나만으로도 혁주의 심장에 온기가 돌았다.

'백화점 직원은 아닐 테고 그 매장에서 일하는 건가?'

그는 열심히 생각했다. 무슨 일이 있더라도 이번만큼은 그녀를 놓칠 수 없었다. 어떻게 해서라도 친해질 빌미를 만들고 어떻게 해서라도 반드시 친해져야 했다.

"후우!"

그가 커다랗게 숨을 토해 내고는 자리에서 벌떡 일어섰다. 그 바람에 툭 하고 쇼핑백이 바닥으로 떨어졌다. 쇼핑백을 보자 연노랑의 하늘거리는 드레스를 입었던 인아의 모습이 떠올랐다. 혁주는 쇼핑백을 옷 방에 넣어 둔 뒤 다시 나와 팔짱을 낀 채 거실을 왔다 갔다 했다. 그러는 중에도 그의 머릿속은 온통 인아 생각뿐이었다.

'매일 매장 들러서 옷을 사면 내게 관심을 보일까?'

아까 옷을 살 때, 분명히 자신과 눈이 마주쳤음에도 그 어떤 표정이 떠오르지 않았던 인아를 생각하며 씁쓸한 표정을 지었다. 누구나가 한 번쯤 돌아볼 정도의 외모를 지녔지만 정작 그토록 바라는 여자에게서는 그런 시선을 받아 보질 못한 혁주였다.

그는 넓은 거실을 지나 자신의 작업실로 향했다.

달칵.

불을 켜니 작업실 중앙에 놓인 빈 스케치북이 눈에 들어왔다. 복잡한 머릿속을 정리할 때는 그림이 최고였다. 스케치북 앞에 앉아 하얀 공백을 멍하니 바라봤다. 옆의 연필을 들어 새하얀 종이에 점을 찍어 보았다. 이내 점은 선으로 변해 가기 시작했다.

인아를 그리고 싶었다. 아주 잠깐 본 얼굴이었지만 뇌리에 선명히 남아 있던 그녀의 얼굴. 혁주의 손이 움직일수록 새하얀 화폭에 그림이 새겨지기 시작했다. 하지만 어느 순간, 반쯤 그린 얼굴 위에서 그의 손이 멈췄다.

"실물을 보고 그리고 싶어."

단순히 그림 때문만은 아니었다. 그녀와 얼굴을 맞대고 싶었다. 이야기를 나누고 싶고 같은 공간에서 같이 웃고 싶었다.

"어떻게 해야 하지?"

복잡했던 심정은 별로 나아지지 않았다. 고민은 더욱 깊어지고 욕망은 짙어졌다. 마음 깊은 곳에 묻어 두었던 인아에 대한 감정이 머리를 치켜들었다.

"만나고 싶다."

그의 중얼거림에는 강렬한 욕망이 서려 있었다.

C 백화점의 개점 풍경은 언제나 한결같았다.

청소부들이 깨끗이 청소를 하고 난 뒤에 하나둘 백화점 직원들이 출근하고 또 매장 직원들이 출근했다. 진열대를 정리하고 신상품을 전시하고, 어디나 같았다. 아침부터 백화점에 나와 인아가 있던 매장 주변을 배회하던 혁주의 눈에 이채가 돌았다.

청바지와 코트 차림의 인아가 걸어오고 있었다. 긴 생머리를 늘 어뜨리며 걸어오는 모습이 그의 눈 속으로 파고들었다. 오로지 그녀만 보였다. 그녀 주변만 환하고 나머지는 암흑과도 같았다. 하지만 혁주는 그대로 인아를 바라보고만 있을 수 없었다.

서둘러 몸을 숨긴 그는 그녀가 매장 안으로 들어가는 모습까지 지켜보고 나서야, 아니, 그녀가 탈의실에 들어가고 옷을 갈아입고 나와 포즈를 취하는 것까지 보고 나서야 그 시선을 거뒀다. 그것은 동경의 대상을 바라보는 마음과도 같은 것이었다.

수년간 얼마나 인아를 그리워했던가.

세상에서 제일 힘들었던 그 시절, 그때 그녀로 인해 치유받았던 그에게 인아는 여신과도 같았다.

그런 그녀가 눈앞에서 사라지고 난 후 얼마나 절망했던가.

다시 온 기회였다. 지금이 아니면 그녀를 어떻게, 언제 또 만날지 알 수가 없었다. 어떻게 해서든 그녀를 만나야 했다. 대화를 해야 했다.

그녀에게 말을 걸려고 계속 찾아와 시도를 했지만 어쩐지 입이 떨어지지 않았다. 그렇게 혁주는 며칠 내내 인아의 주변을 맴돌기만 했다.

* * *

"어서 오너라."

"안녕하셨습니까."

집으로 들어선 혁주는 자신을 맞이하는 미영에게 공손한 인사를 보냈다.

"그래."

한미영. 배다른 형 성진의 어머니. 처음 그녀를 만난 건 혁주 나이 스무 살 때. 남편이 외도로 낳은 핏줄을 보는 그녀의 눈이 차가웠던 기억이 남아 있었다.

"왔구나."

집 안으로 들어가니 창섭과 성진이 그를 기다리고 있었다. 혁주는 아버지인 창섭에게 허리를 숙여 보였다.

"앉아라."

"예."

자신의 맞은편에 앉는 그에게 성진이 눈으로 알은체를 해 보였다.

"그래, 이사 간 곳은 마음에 드니?"

"예."

"가까운 곳으로 오라는데 왜 말을 안 듣는지 모르겠구나."

혁주는 말을 하지 않았다.

"그래, 이제 4학년이지?"

"예."

스물일곱의 혁주. 고등학교를 2년 꿇은 이유로 그는 스물둘에 대학교에 입학, 군대를 가고 제대 후 복학의 시간을 거쳐 지금 현재 대학 4학년이었다.

"졸업하고 뭘 할 건지는 결정한 거냐."

혁주가 그림을 그리고 싶어 한다는 사실은 이미 창섭도 알고 있는 바였다.

"그림을 그리고 싶습니다."

혁주는 제 고집을 꺾지 않았다. 60대 후반인 창섭의 눈썹이 꿈틀거렸다. 혁주의 고집이 센 만큼 창섭의 고집도 만만치 않았다.

"성진아."

"예, 아버지."

"나중에 자리 하나 만들어야겠다."

성진은 슬쩍, 동생의 눈치를 살피고는 조심스럽게 답했다.

"예, 아버지."

"전 그림을 그리고 싶습니다."

혁주는 여전히 고집을 피웠다. 하지만 창섭은 그에 대한 답을 하지 않았다.

"준비 다 되었어요."

할아버지의 제사상이 준비되었다는 말에 창섭은 소파에서 몸을 일으켰다. 혁주는 자신의 뜻이 제대로 관철되지 않은 것이 마음에 걸렸지만 따질 수도 없었다. 우선 경제적인 독립을 해야 하는데 아직 그럴 여력이 되지 않았다.

물론 아르바이트를 주기적으로 하고는 있지만 솔직히 생활비로 쓰는 것으로도 빠듯했다. 거기다 독립 자금 확보를 위한 저금까지 하고 있으니 운용하는 것이 그리 쉽지 않았다.

"가자."

고집스럽게 내뱉은 말은 혁주의 의견을 묵살한 것과 다름없었다. 입술을 꾹 깨무는 동생의 어깨를 성진이 툭툭 쳤다.

거실로 나온 혁주는 한 번도 본 적 없는 할아버지의 영정 사진 앞에 절을 했다.

"성진이 나오거라."

창섭의 말에 성진이 앞으로 나서서 술잔을 따랐다.

"술 올리거라."

혁주도 얼굴 모르는 할아버지에게 술을 올렸다.

"아버지 말에 너무 신경 쓰지 마."

제사를 다 마치고 난 후 집을 나선 혁주를 배웅 나온 성진이 위로의 말을 건넸다.

"지금이야 저러시지만 네 그림을 보면 또 마음이 달라지실 거야."

가끔 찾아와 그의 그림을 감상했던 성진은 배다른 동생 편이었다.

"물론 난 네가 나와 함께 일을 하는 쪽이 더 마음에 들지만."

말을 하며 성진은 혁주의 어깨를 툭툭 쳤다.

"부탁 하나만 해도 되겠습니까."

"어, 그래!"

좀처럼 먼저 말을 꺼내거나 부탁 따위 하지 않는 동생을 알고 있던 성진은 자신을 향한 부탁의 말에 반색했다.

"혹시 매장 점원들이나 직원들을 백화점에서 따로 불러 일을 부탁할 수 있습니까?"

"응?"

혁주의 뜻밖의 물음에 성진은 어리둥절한 표정을 지어 보였다.

2. 지푸라기

"수고했어, 인아 씨."

하이힐을 벗은 인아를 올려다보며 매장 직원 수정이 그녀의 어깨를 토닥였다.

"네."

인아는 가만히 머리를 끄덕였다.

"인아 씨가 오고 나서부터 매출이 부쩍 늘었어."

수정은 싱글벙글이었다.

"아, 그래요?"

"그래서 사장님이 시간을 더 늘릴 수 없냐고 물어보시던데…….

어렵겠지?"

한 자리에서 3시간 동안 꼼짝도 하지 않고 있는 일이 힘들다는 사실을 잘 알고 있는 수정이라서 말을 전하는 중에도 그녀의 얼굴은 미안함으로 가득했다.

"네, 제가 오후에는 일이 있어서요."

인아는 딱 잘라 거절했다.

"그렇지?"

그럴 줄 알았다는 듯 수정은 머리를 끄덕였다.

"그래, 그럼 이만 잘 들어가고 내일 또 봐."

"네."

탈의실에서 옷을 갈아입고 나온 인아는 수정을 향해 허리를 숙여 보이고는 매장을 나섰다.

"후우."

인아는 기다란 한숨을 내쉬었다. 3시간 동안 서 있는 것만도 힘든데, 꼿꼿이 허리를 펴고 바른 자세를 유지해야 한다는 게 쉬운 일은 아니었다. 좋은 점이라곤 신상품을 입어 볼 수 있다는 것 정도.

쏴아.

일을 마치고 들른 화장실에서 인아는 따뜻한 물에 손을 담갔다. 매장 안이 그렇게 추운 편은 아니었지만 날이 추워지면 손발이 차가워지는 체질이라 손이 시린 탓이었다.

"하아."

손에 따뜻한 물이 닿으니 절로 신음이 새어 나왔다. 그녀는 거울 속 자신의 얼굴을 들여다봤다. 오전 아르바이트와 오후에는 모델 아카데미, 밤에 또 다른 아르바이트를 뛰는 그녀의 얼굴은 언제나 피곤해 보였다.

"날 잡아서 하루 푹 자야지."

그것은 늘 인아가 입에 달고 다니는 자기 위안이었다. 말은 그렇게 해도 결코 그렇게 할 수 없음을 잘 알고 있었다. 그녀에게 쉬는 날이란, 없었다. 아르바이트 비라고는 겨우 기본 시급보다 약간 높을 뿐이었고 그나마도 고정적인 일이 아니었다.

오전 10시 30분부터 1시 30분까지 마네킹 모델 일을 하고 3시부터 7시까지 아카데미에서 모델 수업을 받는다. 또 밤 9시부터 새벽 3시까지 동대문 시장에서 옷을 판매하는 아르바이트, 인아는 쉴 틈이 없었다.

월 250 가까이 되는 돈을 벌지만 월세에 각종 세금, 아카데미 비용에 조금씩 갚아 나가는 빚까지 충당하면 참 빠듯한 금액이었다. 그렇기에 그녀는 쉴 수가 없었다.

백화점을 빠져나온 인아는 막 버스 정류장에 들어선 버스에 올랐다. 낮 시간이라 버스 안은 한산했다. 앉아 있던 사람들의 시선이 자신에게 쏠리는 것이 느껴졌지만 그녀는 그리 신경 쓰지 않았다.

매번 있는 일이었다. 어디를 가도 사람들의 시선을 끄는 자신의 외모. 그녀는 그것이 자신의 강점 중 하나라고 생각하고 있었다. 맨 뒷자리에 앉은 인아는 그대로 의자 등받이에 기댄 채 눈을 감았다. 버스로 20분 정도 걸리니까 조금은 졸아도 될 터였다.

버스의 은근한 진동과 버스 안을 흐르는 라디오 소리, 피곤한 몸. 그 세 박자가 딱 맞아 떨어져 눈이 저절로 감겼다.

「다음 정류장은…….」

안내 멘트에 눈이 떠져 서둘러 하차 버튼을 눌렀다. 내리는 뒷문까지 오는 중에도 시선들이 그녀의 몸에 달라붙었다. 도착한 정류장에서 내린 인아는 시선 하나 흩뜨리지 않고 곧장 집을 향해 걸었다.

밀집한 주택가에 들어선 그녀는 큰 길 옆에 위치한 집의 계단을 밟았다. 2층집의 옥상. 인아가 살고 있는 옥탑 방이 있는 곳.

철컥, 덜컹.

자물쇠를 열고 문을 여니 바깥과 같은 서늘한 기운이 몰려왔다. 외출로 돌려놓은 보일러는 명맥만 잇는 수준일 뿐, 따뜻하지 않았다.

방으로 들어가 보일러를 틀고 옷을 갈아입기 시작했다. 그리고 텔레비전 옆에 놓아 둔 토슈즈를 집어 들었다. 낡은 토슈즈는 그녀의 오랜 물건 중 하나였다. 여기저기 터지고 때가 낀 토슈즈를 인아는 소중히 아꼈다.

토슈즈를 신고 방 안을 거닐었다. 의도치 않아도 저절로 발레 동작이 나왔다. 몇 걸음 방 안을 거닐던 인아는 주방으로 향했다. 아침에 만들어 놓았던 밀가루 반죽을 냉장고에서 꺼낸 뒤, 가스레인지에 물을 올렸다. 그런 중에도 그녀의 발은 가만히 있지 않았다.

어렸을 때부터 발레를 해왔던 그녀에게 발레는 전부였다. 뛰어난 재능을 보였던 인아는 세계 최고의 발레리나가 되는 것이 꿈이었다.

어린 인아는 힘든 훈련을 이를 악물고 참아 왔고 버텨 왔다. 재능에 노력이 더해져 유망주로 이름을 날렸고 부유한 집안은 그런 그녀에게 물질적 지원을 아끼지 않았다.

그 꿈이 사라진 것은 그녀 나이 열일곱 살 때. 사고로 부모님이 돌아가시고 아버지가 하던 사업을 큰아버지가 맡고 나서부터였다.

부모님이 돌아가신 충격으로 인아는 한동안 발레에 집중할 수 없었고 그 사이 신체적 변화가 찾아왔다. 1년여 만에 키가 10센티미터나 훌쩍 자랐고 그 이유를 들어 인아를 맡고 있던 큰아버지가 발레를 그만두게 한 것. 거기다 인아가 고등학교를 졸업하자마자 큰아버지는 독립하라며 끝내 그녀를 세상으로 내몰았다.

보글보글.

물이 끓자 인아는 수제비 반죽을 떼어 내 물속으로 던져 넣었다.

그녀에게 발레란 그리움이었다. 부모님의 사랑을 듬뿍 받고 자란 인아에게 발레란, 꿈이었고 추억이었고 그리움이었다.

스무 살이 되자마자 큰집에서 쫓겨나다시피 한 그녀는 2교대 근무를 하는 공장 기숙사에 들어갔다. 일하면서 다른 돈을 쓰지 않기 위한 최선의 선택이었다.

열심히 일했고 열심히 모았다. 1년간 주야로 일을 하며 모은 돈으로 작은 월세 방을 구했고 일은 그만두었다. 꼬박 12시간 하는 공장 일은 건강을 해쳤고 사회생활을 방해했기 때문이었다.

든든한 울타리였던 부모님의 갑작스런 죽음 앞에 오열도 하고 다시 돌아갈 수 없는 그 시절을 떠올리며 원망도 많이 했다. 부잣집 딸로 태어나 아쉬운 것 없이 살아왔던 인아에게 세상은 혹독했고 냉혹했다.

아버지의 사업은 큰아버지가 맡고 나서 2년 만에 망해 버렸고 그것도 모자라 인아는 스물한 살이 되자마자 큰아버지의 손에 의해 빚을 지고 말았다.

'키워 준 보답을 해야 하지 않겠냐. 조금만 기다리면 내가 곧 갚도록 하마, 응?'

라는 말과 함께 큰아버지는 그녀의 이름으로 빚을 졌고 인아는 고스란히 그 빚을 떠안을 수밖에 없었다. 그렇게 2년이란 시간이 지났지만 여전히 빚은 그녀의 몫이었다.

"앗, 뜨거."

냄비에 스친 손끝이 화끈거렸다. 인아는 서둘러 찬물을 틀고 데인 손가락을 갖다 댔다. 여전히 그녀의 발은 열심히 움직이고 있었다. 다 익은 수제비를 그릇에 담아 작은 식탁으로 가져간 인아는 냉장고에서 김치를 꺼냈다. 그리고 그제야 의자에 앉아 발을 쉬게 했다.

그녀가 마네킹 모델 일을 하느라 힘든 발에 토슈즈를 끼우는 이유는 추억을 더듬기 위함이었다. 부모님과 함께했던, 행복했던 그 시절을 떠올리는 유일한 안식처. 토슈즈를 신고 발레 할 때, 인아는 행복했다.

"후우, 후우."

뜨거운 수제비를 입 바람으로 식혀 가면서 식사를 시작했다. 이제 곧 아카데미로 향할 시간이었다.

조금이라도 쉬기 위해 서둘러 식사를 마친 인아는 이제는 제법 따뜻해진, 방바닥에 깔린 이불 속으로 몸을 밀어 넣었다. 여전히 토 슈즈를 신은 채.

"아, 따뜻하다."

따뜻한 국물을 먹고 따뜻한 방에 있으니 솔솔 잠이 몰려왔다. 하지만 만일 이대로 잠을 자게 된다면 깰 수 없을 것 같아 리모컨을 찾아 텔레비전을 켰다.

이리저리 채널을 돌리던 인아는 아카데미로 가야 할 시간이 되었음을 깨닫고는 몸을 일으켰다. 서둘러 토슈즈를 벗고 겉옷을 걸친 그녀는 집을 나섰다.

발레리나의 꿈이 좌절된 그녀의 현재 꿈은 모델.

워낙 어렸을 때부터 발레에 매진했던 인아는 모델로서의 성적은 특출하지 않았다. 더군다나 큰아버지로 인해 대학에 진학을 못했기에 고등학교의 학력으로 일을 구하기란 쉽지 않았다.

거기다 그녀는 신용불량자라는 낙인이 찍혀 있지 않은가.

인아는 자신의 외모에 자부심을 갖고 있었다. 발레를 한 덕분에 몸매는 아름다웠고 갑자기 큰 키 덕에 모델의 자격 요건에 부합했다. 학력을 생각지 않고 도전할 수 있는 일을 찾던 그녀에게 모델이란 직업은, 그야말로 하늘이 주신 기회였다.

"인아 왔어?"

2층에 자리한 아카데미로 올라가는 계단에서 인아는 자신과 함께 모델 수업을 받고 있는 지현과 마주쳤다.

"어, 지현아."

지현은 동갑으로 인아보다 먼저 아카데미에 들어온 모델 지망생이었다. 인아와 달리 지현은 날카로운 인상에 더 큰 키와 더 마른 몸매를 가진 아가씨로 낯가림하는 인아에게 먼저 다가선 인물이었다.

"두 달 후에 S 매니지먼트에서 공개오디션이 있대. 같이 나가 보자."

지현은 정보에도 빨랐다.

"S 매니지먼트?"

"응, 이번에 새로 생긴 모델 에이전시인데 모 그룹이랑 연결되어 있다는 정보가 있어."

가무잡잡한 피부의 지현은 섹시미가 흘렀다.

"일단 한번 참가해 보자, 응?"

현재 휴학생인 그녀는 상당히 적극적인 성격의 소유자였다. 지현은 인아의 손을 잡아끌었다.

"아우, 또 손이 차네? 넌 왜 항상 손이 얼음장이니?"

인아의 손에서 뿜어져 나오는 냉기에 지현은 화들짝 놀라 자신의 따뜻한 손으로 인아의 손을 감쌌다.

"괜찮아."

인아는 웃어 보였지만 지현은 그런 그녀에게 눈을 흘겼다.

"괜찮긴. 이렇게 차가운데."

말을 마친 그녀는 자신의 외투 주머니에 인아의 손을 집어넣고는 계단을 올랐다. 그 덕에 인아 역시 덩달아 계단을 올랐다.

"오디션 같이 보자, 응?"

"난 안 될 텐데."

이제 모델 아카데미에 다닌 지 넉 달도 채 되지 않는 인아. 발레의 영향 때문인지 그녀는 아직 모델 워킹도 제대로 소화시키지 못하고 있었다.

"에이, 뭐 어때? 경험 삼아 해보는 거지."

자신보다 약간 작은 인아를 내려다보며 지현은 조르고 또 졸랐다.

"응? 같이 보자아, 응? 인아야아~"

인아는 웃었다. 서구적 외모의 인아와 동양인 특유의 외모를 지닌 지현. 조금은 사나운 생김새와는 달리 지현은 애교가 많았다.

"거기, 뭐 해. 빨리 와!"

막 아카데미가 있는 2층에 발을 걸치자마자 들려오는 소프라노의 목소리.

"앗, 선생님이다, 가자, 가자."

지현의 걸음이 빨라졌다.

딱, 딱!

지도 봉을 두드리며 아카데미에서 모델들을 가르치는 선미의 목소리가 한층 더 높아졌다.

"어쭈, 누가 뛰래! 우아하게 걸어!"

"하나, 둘, 셋, 넷!"

13명의 모델이 걷는 사이에서 선미의 카랑카랑한 목소리가 울려 퍼졌다.

"미진이, 호흡 맞춰, 호흡!"

딱, 딱, 딱, 딱.

잔잔한 음악 사이로 지도 봉 소리가 경쾌하게 울렸다.

인아는 허리를 세우고 시선은 정면을 둔 채로 걸었다. 의식하려고 노력해도 발레식 걸음걸이가 몸에 배어 있어서 그녀에게 모델의 걸음걸이는 무척 어려웠다.

"아냐, 인아, 더 힘차게 걸어!"

역시나 또 지적받는 인아. 인아는 정신 바짝 차리고 걸음걸이에 집중했다.

딱, 딱, 딱, 딱!

더욱 커지는 지도 봉 소리에 맞춰 그녀는 열심히 걷고 또 걸었다.

"오, 지현이, 좋다! 그렇지! 도도한 표정 좋아! 걸음도 좋고!"

딱, 딱, 딱, 딱.

일정하게 들려오는 리듬 속에서 인아는 허리를 꼿꼿이 세우고 힘 있게 걸었다.

아직도 남아 있는 발레 동작이 새로운 길을 가려 하는 그녀에게 방해가 되었지만 인아는 자신의 과거도, 지금의 선택도 후회하지 않았다. 자신의 문제점을 알고는 있었지만 인아는 여전히 토슈즈를 신고 걷는 것을 멈출 수 없었다.

"후아."

워킹 연습이 끝나고 잠시 찾아온 휴식 시간. 그녀는 숨을 헐떡이며 건네받은 수건으로 흐르는 땀을 닦아 냈다.

"자자, 주목!"

딱, 딱!

지도 봉으로 모델들의 주의를 끈 선미가 매서운 눈으로 쭈욱, 둘러봤다.

"이번에 새로 생긴 모델에이전시에서 두 달 후에 오디션을 본다는 공지가 내려왔다."

분명히 아카데미에 들어오기 전 지현이 말한 S 매니지먼트를 말하는 것이리라. 인아는 선미의 말에 귀를 기울였다.

"너희, 오디션에 참가할 생각이었지?"

다 안다는 듯 선미는 모두를 둘러보며 말했다. 몇 명이 머리를 끄덕이는 것이 눈에 들어왔다.

"그런데 너희 마음대로 참가할 수 없어."

"왜요?"

선미의 말에 반발의 질문이 튀어나왔다.

"S 매니지먼트는 이제 막 시작한 신생이지만 모 그룹에서 만든 에이전시야. 그만큼 인지도 있는 모델이나 실력파를 뽑을 텐데 너희, 인지도 있니? 실력 있어?"

선미의 추궁에 모델 지망생들은 꿀 먹은 벙어리가 됐다.

"뭐, 두 달 동안 인지도를 올린다면 또 모르지."

말끝을 올리며 선미는 지망생들을 꼼꼼하게 훑었다.

"두 달 동안 갈고 닦아서 실력을 키운다면 또 모르지."

선미의 눈이 몇몇에게 닿았다.

"지금 당장 점 쳐 보자면 경선이, 지현이랑 수찬이 정도면 가능은 하겠다."

지도 선생의 말에 모델들의 머리 위로 무거운 기류가 떠돌았다.

"아직 호흡도 짧고 제대로 걷지 못하는 녀석들도 있으니, 원."

선미의 말에 인아는 괜히 찔끔했다.

"자, 설레발들 치지 말고 두 달 동안 열심히 훈련하자! 고민은 그다음이야!"

딱, 딱!

쉬는 시간은 끝이 났고 지망생들은 하나둘 자리에서 일어나 또다시 워킹 연습에 돌입했다.

"아, 진짜!"

수업을 마치고 작은 분식점을 찾은 인아와 지현. 지현의 입은 댓 발 나와 있는 상태였다.

"하여튼 선생님 진짜 너무 하지 않냐? 사람 기죽이는 재능은 진짜 대박."

투덜거리며 지현은 열심히 김밥을 씹었다.

"그래도 지현이 너는 칭찬받았잖아."

"그게 칭찬이냐?"

부러움이 담긴 인아의 말에 지현은 정색했다.

"그래도 우리 중에선 인아 네가 제일 예뻐! 피부도 새하얗고. 난 너무 까매서 걱정이야. 미백이라도 해야 하나."

아카데미가 끝나는 시각은 7시. 인아는 그 시간에 항상 간단히 챙겨 먹었다. 모델로서 6시 이후에 먹으면 안 되지만 새벽 3시까지 일을 하려면 어쩔 수 없었다. 먹고 나서 곧바로 동대문 시장으로 가야 해서 언제나 메뉴는 김밥과 같은 간단한 분식. 옆에서 지현이 한두 개씩 뺏어 먹었다.

"인아 너는 성격만 조금 더 고치면 돼. 너무 착해 빠져서 글렀어."

지현의 지적에 인아는 그저 웃기만 했다.

"그럼 조심히 잘 가고 내일 또 봐?"

"그래, 잘 들어가."

지현과 헤어진 인아는 동대문 시장으로 걸음을 옮겼다.

"안녕하세요."

"어, 인아 왔니?"

동대문 시장의 수많은 의류 매장 중 한 곳의 사장인 현숙이 인아를 반갑게 맞이했다. 현숙은 오후 3시에 문을 열어 9시까지 근무, 그 뒤로 인아가 가게를 맡고 있었다.

"밥 먹고 왔니?"

"예."

겉옷을 벗는 인아를 보며 현숙은 미안한 얼굴을 지어 보였다.

"인아야."

"네?"

"저기……."

뭔가 할 말이 있는 것 같은 얼굴의 현숙을 보며 인아는 문득 불안감을 느꼈다.

"사실은 내가 갑자기 병원에 입원하게 됐어."

"네?"

"얼마 전에 내가 검진 받았다고 했지?"

"네."

"입원해야 한다고 하더라."

그 말에 인아는 놀란 얼굴이 되었다.

"많이 아프신 거예요?"

"으응, 좀 오래 입원해야 할 것 같아."

"어머, 어떡해요."

"그래서 말인데, 인아야."

"예."

"나 가게 접으려고."

"……예?"

근 1년 반을 일한 가게였다. 다시 말해, 인아의 주 수입원이 바로 이곳이란 이야기.

"갑작스럽게 말해서 미안하다, 인아야."

"아니, 저."

심장이 떨려서 말이 제대로 나오지 않았다.

"내가 퇴직금까지 쳐서 줄게, 미안하다."

"아니, 저……."

현숙이 가게를 접는다 해도 다른 사람이라도 이 가게를 운영할 것이 아닌가. 그대로 일을 하면 안 되나, 하는 생각이 드는 인아.

"가게는 내 조카가 물려받기로 했는데 그 아이가 자기 친구랑 운영한다고 해서……. 미안하다."

인아는 더 이상 말을 할 수가 없었다. 유예기간 일주일. 일주일이면 가게를 조카에게 넘긴다는 현숙의 말은 인아에게 조바심을 안겨 주었다.

그렇다고 허투루 일을 하지는 않았다. 겉옷과 가방을 정리한 그녀는 전과 다름없이 열심히 일했다.

"어서 오세요."

"저 옷 좀 보여 주세요."

"잠시만요."

인아는 손님에게 옷을 보여 주며 옷의 장점에 대해 설명하기 시작했다.

"사이즈에 비해 좀 넉넉히 나왔어요. 이렇게 이 머플러랑 매치하시면 여성스러운 느낌이 나죠. 손님이 입으실 거예요? 아, 그러면 한 사이즈 작은 걸 드릴게요. 이건 손님한테 클 거예요."

"세탁은 어떻게 해요?"

"따뜻한 물에 살살 주물러 빠시면 돼요. 그늘에서 말리시고요."

"이거 주세요."

"감사합니다."

새벽의 쇼핑몰은 대낮 같았다. 환했고 사람들로 북적였다. 계속 밀려오는 손님을 받으며 인아는 그렇게 새벽 시간을 보냈다. 한차례 손님들이 썰물 빠지듯 빠져나가고 난 뒤, 동대문 상가는 꽤 한적한 공간으로 변해 있었다.

"자기야!"

들려오는 익숙한 목소리에 보니 옆 가게 사장인 은정이 인아에게 종이컵을 내밀며 웃고 있었다.

"커피 마셔."

"아, 감사합니다."

은정이 내민 커피 잔을 받아들며 인아는 꾸벅, 허리를 숙였다.

"아까 들으니까 거기 언니, 가게 관둔다며?"

"네."

"자기, 어떻게 되는 거야? 그 언니가 그러는데 조카랑 그 조카 친구랑 둘이 한다던데, 자기는?"

"그만둬야죠."

"어머, 어떡해, 그렇게 될 것 같더라니."

호륵, 커피를 마시며 은정은 안타까운 표정을 해 보였다.

"다른 일자리 구해야 하지 않아?"

"네, 구해야죠."

"아우, 우리 가게에서라도 자기 쓰고 싶은데 자기도 알다시피 나도 직원 입장이라……."

"네, 말씀만으로도 감사합니다."

"혹시 모르니까 주변 언니들한테 내가 물어볼게."

"네, 고맙습니다."

인아도 그 생각을 안 한 건 아니었다. 하지만 이 주변 가게 사정을 인아는 잘 알고 있었다. 1년 반이나 근무했는데 그것도 모를까. 은정의 걱정은 고마웠지만 인아는 더 이상 동대문에서 자신의 일자리가 없을 것이라는 사실을 알고 있었다.

집으로 돌아온 인아는 외출로 돌려놓았던 보일러를 켰다.

우우웅.

돌아가는 보일러의 요란한 소리에 어쩐지 마음이 놓였다. 그러나 그것은 잠시뿐. 하루 5시간, 그녀가 잠을 청하는 시간. 그러나 인아는 좀처럼 잠을 이룰 수가 없었다.

"하아."

불을 끄고 이불 속에 들어가 누웠어도, 눈을 감고 있어도 좀처럼 잠이 오지 않았다.

주 수입원이었던 옷 가게의 일을 그만두게 되었으니 또 다른 일을 찾아야 했다. 그러나 고졸의 학력과 신용불량자라서 구직은 정말이지 어려웠다. 더군다나 오후 9시부터 새벽 3시까지의 일은, 구하기 어려웠다.

전에 24시간 여는 식당에서 일한 적도 있었다. 문제는 인아의 외모.

새벽 시간의 손님들은 대개 술에 취한 상태라 서빙 하는 그녀의 손을 끄는 남자들이 정말 많았다. 편의점도 마찬가지였다. 시비 거는 사람들이 너무 많았다. 거기다 여자라는 이유로 점주들이 채용을 하지 않으려 했다. 새벽 시간대에 왕왕 발생하는 강도 사건의 표적이 될 수도 있다는 이유로.

물론 옷 가게의 일을 오랫동안 할 것이라는 생각은 하지 않았다. 그렇지만 이렇게 급작스럽게 일자리를 잃게 되다니, 인아는 막막했다.

'답답하다.'

이불 속이라 그런 것은 아니었다. 앞이 캄캄했다. 일주일 후, 반드시 새 일자리를 구해야 했다. 여유는 없었다. 매월 찾아오는 공과금 납부일과 월세 송금 날, 빚 갚는 날은 그녀에게 노이로제였다.

"하아."

어둠 속에서 깊은 한숨이 울렸다. 일자리가 빨리 구해진다는 보장도 없었고 또 어떤 일자리를 구해야 될지도 고민이었다.

제일 문제가 되는 것은 역시나 시간.

아침에는 마네킹 모델을 해야 하고 오후에는 모델 수업을 받아야 했다. 모델 수업 시간을 조정할 수도 있지만 지금 당장 바꿀 수 없었다. 3개월에 한 번씩 조정할 수 있는데 아직 그 시기가 되려면 한 달 반이나 남은 상태였다.

"어떻게 하지?"

불빛 하나 없는 방 안은 온통 암흑뿐이었다. 눈을 떠도, 감아도 어둠만이 보였다.

"마네킹 모델 더 할까?"

문득, 수정이 했던 말이 떠올랐다.

'사장님이 시간을 더 늘릴 수 없냐고 물어보시던데……. 어렵겠지?'

지금 당장은 힘들어도 모델 수업 시간을 조정하면 가능할 것도 같았다.

"일단 말이라도 해볼까……?"

움직이지 않고 몇 시간 동안 서 있는 일은 힘이 드는 일이었다. 하지만 그만큼 페이가 좋았다. 시간당 1만 원. 어디서 고등학교 졸업장만 있는 인아가 그런 큰 아르바이트 비용을 받아 보겠는가.

"그래, 한 달 반 지나면 수업 조정할 수 있으니까 말이라도 해 보자."

지푸라기라도 잡아야 했다. 적은 가능성의 기미라도 보이면 무조건 잡아야 했다.

거의 뜬눈으로 밤을 보낸 인아는 대충 식사를 하고 집을 나섰다. 그렇지 않아도 잠이 모자란데 제대로 잠을 이루지 못해 몸이 물 먹은 솜처럼 마냥 무겁기만 했다.

오전 9시 30분. 인아가 출근하는 시각. 버스 타고 백화점에 도착하면 대략 10시.

"안녕하세요."

막 매장 문을 열고 들어선 인아는 먼저 와 있던 수정에게 인사를 건넸다.

"어, 인아 씨, 안녕?"

매장 직원인 수정이 먼저 와서 그날 인아가 입을 옷을 세팅해 놓곤 했다. 오늘도 인아는 수정이 골라 놓은 흰색 플레어스커트와 연보라색 블라우스를 받아 들었다.

"오늘은 이거 입으면 돼."

"네."

일단 인아는 옷을 먼저 갈아입기로 했다. 아쉬운 소리는 조금 후에 해도 늦지 않을 터. 무릎 아래까지 내려오는 플레어스커트와 연보라색 블라우스는 그녀에게 무척이나 잘 어울렸다.

'수정 언니는 진짜 센스 있는 것 같아.'

지금까지 수정이 골라서 입힌 옷들은 모두 인아의 취향이었다. 옷을 다 갈아입고 나온 그녀를 보며 수정이 감탄했다.

"히야, 예쁘다. 역시 어울릴 줄 알았어."

수정은 싱글벙글 웃으며 인아에게 짙은 보라색 구두를 내밀었다.

"자, 구두까지 신으면 돼."

"네."

인아는 수정이 건넨 구두를 갈아 신었다.

"음."

수정은 인아의 위아래를 쭈욱 눈으로 훑었다.

"역시 좋네."

자신의 미적 센스에 감탄하며 수정은 엄지를 척, 치켜들었다.

"예뻐, 예뻐. 인아 씨 다리는 정말 예뻐."

어렸을 때부터 발레를 한 덕인지 인아의 다리는 근육도 골고루 잡힌 데다 모양도 예뻤다.

"언니는 정말 옷을 참 잘 고르는 것 같아요."

인아의 칭찬에 수정은 웃었다.

"인아 씨가 워낙 얼굴도 몸매도 예뻐서 뭐든지 잘 어울려. 뭘 입혀도 태가 나거든."

이렇게 기분 좋은 분위기가 필요했다.

"저, 언니, 드릴 말씀이 있는데요."

"응, 뭔데?"

"어제 제게 하신 말씀이요."

"어제?"

인아는 잠시 입술에 침을 바른 후 다시 입을 열었다.

"어제 저더러 아르바이트 시간 늘릴 수 없냐고 물으셨잖아요. 저, 시간 낼 수 있을 것 같아서요."

당장은 아니더라도 모델 수업 시간을 뒤로 빼면 어떻게 한두 시간은 마네킹 모델 일을 할 수 있을 것이라 인아는 판단했다.

"아, 그거?"

순식간에 수정의 얼굴이 당혹감으로 물들었다.

"아이고, 나중에 이야기하려고 했는데…….'

말끝을 흐리는 수정의 모습에 인아는 이유 모를 불안감을 느껴야 했다.

"사실은 어제 저녁에 백화점 측에서 공문이 내려왔어.'

"……공문이요?"

"어, 그게, 고객 중 누군가가 찔렀나 봐. 사람을 마네킹으로 쓰는 거 보기 안 좋다고. 하루 종일 움직이지도 못하게 하고 뭐 하는 거냐고.'

인아의 눈앞이 캄캄해졌다.

"인아 씨도 알다시피 백화점에서 마네킹 모델 쓰는 매장이 별로 없잖아. 그래서 백화점 측에서 마네킹 모델 그만 쓰라고…….'

어쩌면 이렇게 안 좋은 일이 연속으로 터지는지, 인아는 하늘이 원망스러웠다.

"당장 그만두라는 건 아닌데…….'

"……언제까진데요?"

"……3일 뒤.'

그야말로 진퇴양난이었다.

"그렇지만 인아 씨, 백화점 측에서 갑자기 이런 결정을 내려서 미안하다면서 모델들에게 일주일 치 아르바이트 비용을 대 준대. 그리고 일자리도 구할 수 있도록 도와주고.'

그 말에 인아의 눈이 반짝, 빛났다.

"일자리를 준다고요?"

"아니."

수정이 인아의 말을 정정했다.

"일자리를 구할 때까지 도와준다고. 백화점 일은 아니고 다른 일을 알아봐 준다고 하더라고."

"아아, 네에."

그래도 그게 어디인가.

"어제 내려온 결정이라서 바로 말하기도 좀 뭐하고……. 이따가 일 마치면 이야기하려고 했는데."

자신의 잘못이 아님에도 여전히 수정은 인아에게 미안해하고 있었다.

"괜찮아요, 언니."

백화점이 방금 문을 열어 손님은 그리 많지 않았다. 인아는 일단 일에 충실하기로 하고 또각거리는 소리를 내며 제 자리를 찾아 포즈를 취했다.

"인아 씨."

"네."

그녀는 자세를 흐트리지 않고 수정의 부름에 답했다.

"그림 모델 일자리가 있다고 하던데 어때?"

"그림 모델이요?"

"백화점 측에서 알아봐 준 일인데, 대학생인가 화가 지망생인가, 아무튼 올해 말에 졸업 작품전인가 전시회인가, 그걸 한대. 그

화가 지망생이 인물화를 그리는 사람이라서 모델이 필요하다고 하더라고."

인아는 망설였다.

"그 화가, 여자래요?"

"아니, 남자."

"아……."

아쉬웠다. 하지만 인물화라면 어찌되었건 화가와 모델, 단둘이 있는 상황이 빈번할 텐데 남자 화가라면 곤란했다. 실망 섞인 인아의 목소리에 수정은 말을 덧붙였다.

"신원이 확실한 사람이라고 하더라. 너무 걱정 안 해도 될 것 같아."

그럼에도 인아의 어두운 얼굴은 여전했다.

"인아 씨, 한번 도전해 봐."

"아니에요."

아쉽지만 인아는 포기하기로 마음먹었다.

"왜? 인아 씨 정도 인물이면 해볼 만하지. 그리고 페이가 꽤 세."

"……얼만데요?"

"3시간에 10만 원."

수정의 말에 인아의 눈이 동그래졌다. 3시간에 10만 원이면 지금의 3배 이상의 시급이 아니던가.

"그리고 인아 씨 말고도 다른 모델들한테도 다 주어진 기회야. 밑져야 본전이니까 한번 해봐."

딸랑.

"어서 오세요."

인아가 뭐라 말할 사이도 없이 매장 안으로 들어선 손님을 응대하러 수정은 자리를 비웠다. 홀로 매장 밖으로 시선을 던지며 그녀는 생각에 잠겼다.

'3시간에 10만 원이라, 그럼 시간당 3만 원 이상이라는 말이잖아?'

굉장히 큰 금액이었다. 어디를 가도 인아의 조건으로는 그런 금액의 시급을 받지는 못하리라. 확실히 구미가 당기긴 했다.

"자, 이거 그 화가 지망생 연락처야. 그리고 아까도 말했지만 인아 씨 말고도 다른 사람들한테도 기회가 있는 거니까 너무 부담 갖지는 말고."

"감사합니다."

수정이 건네는 메모지를 받아 든 인아는 집으로 돌아가는 대신 휴대전화를 들었다.

"지현이니? 나 할 말 있는데, 차라도 같이 마실래?"

ㅡ좋지!

전화를 끊고 나서 인아는 약속 장소로 향했다. 오랫동안 마음을 나누는 것이 친구라는 정의라는 가정하에 이제 스물세 살인 인아에게 친구는 없었다.

학창 시절의 친구들은 인아가 전학을 간 순간, 연락이 끊겼고 전학 간 학교는 당시 그녀가 그 누구와도 마음을 나눌 수 없을 정도로

피폐했던 때라 곁에는 아무도 없었다. 이제 알게 된 지 넉 달째가 되어 가는 지현만이 있을 뿐.

"뭐? 알바 다 끊기게 됐다고?"

털어 놓은 인아의 고민에 지현은 커피를 마시다 말고 소리를 질렀다.

"와, 뭐 그런 사람들이 다 있냐?"

혈기왕성한 지현이 시근덕대는 것을 대리만족의 심정으로 바라봤다.

그들 앞에서 인아가 했어야 할 행동이었다. 부당한 해고를 당한 것에 대한 분통을 터뜨려야 했던 거였다. 하지만 그녀는 그렇게 하지 못했다.

오로지 발레만 알고 살아왔던 인아의 생이 무너진 건, 부모님의 죽음에서부터 비롯되었다. 큰아버지의 집으로 들어가 살면서 그녀는 저절로 남의 눈치를 보게 되었고 당당하고 밝았던 성격은 점차로 위축되고 어두워져 갔다. 급작스런 환경의 바뀜은 그렇게 그녀를 변하게 만들었던 것.

처음 1년, 부모님이 돌아가시고 난 후 맞이한 1년 동안 인아는 혼란을 겪었다. 부모님의 죽음을 인정할 수 없었고 받아들여지지도 않았다.

다니던 사립학교는 비싸다는 이유로-물론 큰아버지의 집에서 멀다는 이유도 있었지만- 원치 않은 전학을 가야 했다. 한참 힘들 시기, 그녀 곁에는 마음 나눌 친구마저 없었다.

"고용노동부에다가 확 신고해 버려!"

지현은 여전히 부르르, 떨었다.

"그런데 백화점 측에서 일주일 치 아르바이트 비용을 주기로 했고 또 일자리를 구할 때까지 도와준다고 했어."

"뭐?"

지현의 눈이 휘둥그레졌다.

"뭐야, 진즉 얘기하지. 괜히 열 냈잖아."

지현의 말에 인아는 살짝 웃었다.

"C 백화점 좋네? 아주 양심적이야. 좋아, 자주 이용해 주겠어! 나중에."

머리까지 끄덕이며 지현은 후하게 말했다.

"근데 지현아."

"응?"

커피를 마시며 지현이 그녀를 바라봤다.

"백화점 쪽에서 일자리를 알아봐 주긴 했어."

"우와, 진짜? 처리 속도 장난 아닌데? 뭐 하는 일인데?"

"그림 모델이래."

"그림 모델?"

"응, 인물화 그리는 화가 지망생이 모델을 구한다나 봐. 나 혼자가 아니라 다른 모델들한테도 언질이 들어간 것 같아."

"얼마 준대?"

지현이 관심을 보였다.

"3시간에 10만 원."

"우와! 뭘 망설이는 거야? 그런 대박 일자리를!"

오늘, 지현은 여러 번 놀라고 있었다.

"뭘 망설이는 거야, 대체?"

"그 화가 지망생이 남자래."

"그래서, 뭐?"

"그림 그리려면 단둘이 밀폐된 공간에서 있어야 하는 거 아냐?"

지현은 인아가 뭘 걱정하는지 알 것 같았다.

"흐음."

콧소리를 내며 지현은 팔짱을 꼈다. 그러고는 의자 등받이에 등을 기댔다.

"어떤 사람인지 잘 모르는 거지?"

"응, 그런데 나 일하는 곳 언니한테 물어보니까 신원은 확실하대."

"그렇지. 그래도 C 백화점에서 주선해 주는 일자리인데 설마 이상한 사람을 소개해 주겠어?"

지현은 인아 쪽으로 상체를 기울였다.

"한번 해봐. 아니, 만나 보기라도 해봐."

인아는 망설였다.

"너 말고도 다른 모델들도 같이 소개받은 거라며?"

"응."

"그럼 뭐가 문제야? 네가 될 수도 있고 안 될 수도 있는데."

"……그건 그렇지."

"일단 도전! 알지?"

지현의 말 대로였다. 화가 당사자가 오케이 해야 모델을 할 수 있는 일인데 벌써부터 미리 피할 일은 아니었다.

"그럼 한번 만나 보기라도 해볼까?"

"그럼, 그럼. 응, 응."

쇠뿔도 단김에 빼랬다고 인아는 지현이 보는 앞에서 휴대전화를 들고 수정이 건넨 메모지를 들여다봤다. 깔끔한 필체로 적힌 전화번호를 꾹꾹 누르는 인아는 바짝 긴장하고 있었다.

뚜르르.

신호음 너머로 딸깍, 하는 전화 받는 소리가 들려왔다.

—여보세요.

듣기 좋은 중저음의 목소리.

"강혁주 씨?"

—네, 말씀하세요.

"아, 저, 모델일 소개받고 전화 드리는 건데요."

그리고 얼마 후, 통화를 마친 인아는 자신을 빤히 쳐다보는 지현을 바라봤다.

"내일 2시에 만나기로 했어."

지현은 마치 자신의 일인 양 기쁘게 머리를 끄덕였다.

3. 모델

　미리 도착한 커피숍은 한산했다. 가끔 테이크아웃 해 가는 손님들만 왔다 갔다 할 뿐, 테이블에 앉은 사람은 얼마 되지 않았다.

　인아는 일부러 사람의 눈길이 닿지 않는 곳으로 자리를 잡았다. 장내에 흐르는 빠른 비트의 음악이 오후 시간임을 알려 주었다.

　"주문하시겠습니까?"

　발랄한 분위기를 풍기며 여종업원이 다가와 물었다.

　"일행이 있어서요, 나중에 주문할게요."

　"네."

　여종업원이 물러가고 난 뒤 인아는 물을 마시며 주변을 둘러보았다.

딸랑.

커피숍의 문이 열릴 때마다 그녀의 온 신경이 문 쪽으로 쏠렸다. 아직 약속 시간까지 10분 정도 남은 상황.

"후우."

그냥 아르바이트 면접일 뿐인데도 인아는 긴장했다. 아니, 사실 매번 이렇게 긴장했다. 수도 없이 떨어졌던 면접들. 볼 때마다 이번에도 떨어지면 어쩌지, 하고 밀려오는 불안감.

솔직히 외모 덕을 많이 보긴 했지만 말 그대로 외모로 뽑혔던 일들은 대부분 흑심에 의한 것이었다.

'아니, 그 얼굴에, 그 몸매에 왜 이런 일 해? 텐프로 같은 데 가도 꽤 먹힐 텐데?'

예전에 일했던 피시방 사장이 한 말은 인아에게 충격으로 다가왔다. 인아가 야한 옷차림을 즐기는 것도 아닌데도 그녀의 몸매를 흘끔흘끔 쳐다보던 피시방의 수많은 남학생과 남자 손님들.

중년의 남자 사장은 인아를 노골적인 눈으로 훑곤 했다. 부모님의 울타리 안에 있을 때, 물론 어린 탓도 있었지만 그녀는 몰랐다. 부모 슬하에 있을 때와 그렇지 않을 때의 세상이 보내는 시선의 차이는, 그야말로 하늘과 땅 차이.

딸랑.

다시 들려오는 문 여는 소리에 인아의 머리가 문 쪽으로 향했다.

매서운 눈매의 남자가 들어서는 모습에 또다시 긴장했다. 하지만 그는 인아에게는 눈길 하나 주지 않고 자신에게 손을 들어 올리는 여성에게로 다가갔다.

"아, 아니구나."

힐끗, 시계를 보니 5분 전 3시.

띠로롱.

들려오는 신호음에 인아는 자신의 휴대전화에 시선을 던졌다.

[면접 보는 중?]

지현이었다.

[아직.]

[긴장하지 말고, 파이팅!]

[응.]

[미대 오빠라니, 괜히 내가 다 설렌다.]

[미대 오빠?]

[화가 지망생이라며, 미대 나왔을 거 아냐, 미대 오빠.]

인아는 픽, 하고 실소를 흘렸다. 바로 그때, 머리 위쪽으로 생기는 그림자 하나.

"여인아 씨?"

굵직한 목소리가 머리 위를 스쳐 지났다. 서둘러 머리를 든 인아의 눈 속에 한 남자가 파고들었다.

"아, 강혁주 씨?"

"네."

답을 하며 혁주는 인아의 맞은편에 자리를 잡고 앉았다.

"먼저 와 계셨네요."

"예, 좀 일찍 나왔어요."

인아는 시간 약속은 철저히 지켰다. 어떤 약속을 하던 반드시 시간 내에 도착하는 것이 그녀의 철칙. 혁주는 가만히 인아를 바라보다가 문득 입을 열었다.

"커피 드시겠습니까?"

"네."

다가와 물 잔을 내려놓는 종업원에게 주문을 마친 두 사람은 탐닉하듯 서로를 바라봤다.

'인아가 내 앞에 있다.'

그 사실 하나만으로도 혁주는 가슴이 터질 것 같았다. 터질 것 같은 심장의 두근거림을 애써 내리누르며 그는 포커페이스를 유지했다.

눈에 잘 띄지 않는 곳에 자리를 잡는다고는 했지만 인아는 어디에서나 눈에 띄었다. 특유의 우아한 분위기와 단아한 몸가짐, 예쁘장한 얼굴과 감히 범접할 수 없는 분위기, 그것은 오롯이 혁주만이 느낄 수 있는 것이었다.

'하나도 변하지 않았어.'

벅차오르는 감격에 앞에 놓인 물 잔을 들어 물을 몇 모금 마셨다.

* * *

혁주가 인아를 처음 봤던 건, 지금으로부터 7년 전. 막 스무 살이 된 혁주가 고등학교 2학년의 신분으로 유명 사립 고등학교인 서린고에 편입했을 때였다.

다행히 학기의 시작이어서 별로 눈에 띄지 않았다.

부자들만 다닌다는 학교는 그에게 낯선 곳이었다. 모든 것이 생소했다. 하지만 혼자 살고 있는 집에 있는 것보다 학교가 그나마 나았다. 어머니가 돌아가시고 난 후 혼자 살았던 혁주는 혼자가 되는 것이 싫었다.

그날도 해가 뜨기 전에 그는 학교로 향했다. 새벽 공기는 차가웠고 어두운 학교는 고즈넉했다. 2학년 건물로 가기 위해 운동장을 가로지르던 혁주의 눈에 환하게 불이 켜진 체육관이 들어왔다. 그리고 들려오는 가느다란 음악 소리.

'이 시간에 누가 있기라도 한 건가?'

그냥 호기심이었다. 아무 생각도 없었다. 그저 이 새벽에 누가 나와 있는 건가, 싶어 그런 것뿐이었다. 체육관의 열린 문틈으로 안을 들여다보던 혁주의 눈에 한 마리의 새가 날아오르는 모습이 들어왔다.

새하얀 백조였다.

가느다란 팔이 허공을 우아하게 가르고 아름다운 다리가 힘차게 땅을 박차 올랐다. 날아올라 빙그르르, 회전하는 모습이 눈 속으로 시리게 박혔다.

어린 소녀였다.

새하얀 발레복을 입은 소녀는 음악에 맞춰 춤을 추고 있었다. 자기만의 세계에 빠져 무아지경으로 몸을 움직이고 있었다.

혁주는 저도 모르게 체육관 안으로 들어섰다. 자세히는 알 수 없었지만 그녀가 하는 동작이 발레라는 것은 알 수 있었다. 제대로 본 적은 단 한 번도 없었지만, 아름다웠다.

탁, 탁.

소녀의 발끝에서 경쾌한 울림이 들려왔다. 그는 숨도 쉬지 않고 눈으로 소녀를 좇았다. 예쁘장하고 조막막한 얼굴은 땀으로 얼룩져 있었다. 그마저도 아름다웠다. 새벽의 체육관, 소녀와 혁주만이 있는 공간에서 소녀는 자신만의 세상을 그려 냈고, 그는 소녀의 세상을 바라봤다.

혁주가 소녀의 존재를 알게 된 건 얼마 지나지 않아서였다. 신문에 대문짝만 하게 난 기사에 그 소녀가 환하게 웃고 있었다.

여인아.

서린 고등학교 부속 서린 중학교 3학년이라는 사실을 혁주는 그때 알았다. 세상일에 별 관심 없던 혁주가 관심을 갖기 시작했다. 바로 여인아라는 소녀에게.

남녀 간의 사랑, 그런 감정은 아니었다. 단지 힘든 생활에 지친 그에게 위로가 된 그녀를 만나고 싶었을 뿐이었다. 친구가 되고 싶었다.

서린고의 부속 중학교는 바로 한 울타리 안에 있었다. 다리 하나만 건너면 볼 수 있는 학교. 고2였던 혁주는 들은풍월로 인아에 대해 알아 갔다.

어렸을 적부터 발레를 시작한 발레 유망주. 부유한 집안의 소녀로 명랑하고 교우 관계가 좋은 열여섯의 중3 여학생.

대운동장을 같이 썼기에 혁주는 가끔씩 인아가 운동장을 뛰는 모습을 볼 수 있었고 강당이나 체육관 등 같이 쓸 수 있는 공간에서 그녀를 보곤 했다.

1년 후, 인아가 서린 고등학교에 입학하기를 기다렸다. 고3이 된 혁주는 바라던 대로 서린고에 입학한 인아를 더 가까이에 보게 될 수 있었다.

하지만 여전히 인아를 지켜보기만 할 뿐, 가까이 다가갈 수가 없었다. 행복의 기운으로 가득한 소녀에게 다가가기가 두려웠던 탓이었다. 그러던 어느 날, 인아가 다른 학교로 전학 갔다는 소식을 접했고 그 뒤로 혁주는 그녀를 볼 수 없었다.

7년 전의 얼굴이 눈앞에 있었다. 혁주의 얼굴이 미세하게 떨렸다. 막상 만나 보니 자신이 그녀를 많이 그리워했다는 것을 새삼 깨닫게 되었다.

'면접 중인 건가?'

인아는 자신을 빤히 바라보는 혁주가 의아했지만 이해했다. 그림 모델이니 샅샅이 살펴보는 것이 당연하다는 생각이 들었던 것.

인아도 조심스럽게 혁주를 살폈다. 날렵한 얼굴선과 뚜렷한 이목구비, 상당히 잘생긴 얼굴이었다. 앉기 전 잠깐 봤던 키도 꽤 컸던 것으로 기억되었다.

"주문하신 커피 나왔습니다."

여종업원이 두 사람의 탐색을 깼다.

"드시죠."

"아, 예."

따뜻한 커피가 자꾸만 진탕치는 가슴을 진정시켜 주는 것 같아 혁주는 연거푸 커피를 마셨다. 급하게 커피를 마시는 그를 보며 인아는 또 한 번 의아함을 느꼈지만 역시나 내색하지 않았다.

"이력서 가지고 오셨습니까?"

혁주의 물음에 서둘러 답했다.

"네."

가방을 열고 미리 준비해 둔 이력서와 주민등록등본을 내미는 인아. 혁주는 서류들을 받아들고 꼼꼼히 읽어 나가기 시작했다.

제일여자고등학교 졸업.

그리고 그 이후의 학력은 없었다. 궁금했지만 묻지 않았다. 각종 아르바이트의 경력이 눈에 들어왔다. 그 몇 줄의 글로 인아가 얼마나 고단하게 살아왔는지 짐작할 수 있었다. 그는 이력서를 넘기고 주민등록등본을 봤다.

세대주, 여인아.

시리게 박히는 문장.

"세대주가 여인아 씹니까?"

"……네."

주민등록등본에는 인아의 이름만 있었다. 그 어디에도 부모에 대한 정보가 없었다. 혁주는 굳은 얼굴로 서류들을 테이블 위에 내려놓았다.

"백화점을 통해서 들었습니다만."

이 한마디로 인아에게 자신의 신분이 떳떳함을 밝힐 수 있었다.

"마네킹 모델을 하신다고 들었습니다."

"……네."

"따로 모델 일은 해본 경험이 있으십니까? 마네킹 모델도 그렇지만 그림 모델이라는 게 장시간 움직이지 않는 일이라서요."

"그림 모델은 해본 적은 없고 지금 모델 수업을 받고 있습니다. 아, 물론 그림 모델하고는 상관없는 것이긴 하지만 마네킹 모델의 경험으로 가능하리라 생각합니다."

"그렇군요."

모델 수업이라, 혁주는 생각했다.

'모델이 되려는 건가.'

그의 눈이 다시 인아의 머리끝부터 발끝까지 훑었다. 모델이 되고도 남았다.

"3시간에 10만 원이고 초과 시 시간당 5만 원 드리겠습니다."

혁주의 말에 인아는 눈을 깜빡였다.

"제가 합격, 한 건가요?"

"네."

혁주가 이렇게 빨리 결정을 할 줄 몰랐기에 인아는 약간 당황했다.

"매일 근무는 아닌 거 아시죠?"

"네."

"언제부터 가능하십니까?"

그의 질문에 인아는 재빨리 생각했다.

"지금 일하고 있는 게 아직 시간이 남아서요. 내일모레까지는 일이 끝납니다."

"편한 시간대가 있으십니까?"

그녀는 혁주가 자신의 편의를 최대한 봐주는 것처럼 느껴졌다.

"제가 모델 아카데미에 다니고 있는데요, 오후 3시부터 7시까지 수업을 듣고 있어요."

"아, 그러시군요."

이번엔 혁주가 생각에 잠겼다.

"제가 아직 학생 신분이어서요."

그 말에 인아는 수정이 '대학생인가 화가 지망생인가'라고 했던 말을 떠올렸다.

"대학생이세요? 미대생?"

혹시나 지현의 말대로 미대생인가 싶어 인아는 물었다.

"대학생은 맞지만 미대생은 아닙니다. 일종의 취미로 그림을 그리고 있어요."

"아, 네에."

취미라. 인아는 혁주가 돈 많은 집의 치기 어린 아들일지도 모른다는 생각이 들었다. 나이를 보아하니 졸업생일 텐데 취업 준비는 안 하고 취미로 그림이라니, 팔자 좋다는 생각마저 들었다. 하지만 내색하지 않았다.

"제 학교 수업이 아침 9시부터 저녁 6시 사이라 오전이나 그 이전 시간에는 불가능합니다."

혁주는 망설였다. 그녀가 수월하다는 시간은 7시 이후. 어차피 학교에서 집으로 가는 시간도 걸릴 테고 인아에게도 이동할 시간을 줘야 했다. 그러려면 아무래도 가능한 시간은 8시 이후. 자신은 아무 상관없었지만 혹시나 인아가 부담스러워할지도 몰랐다.

"8시 이후는 부담스럽죠?"

그의 물음에 인아가 입을 열었다.

"실은 제가 지금 아르바이트 2개를 하고 있어요."

"그렇습니까?"

혁주가 놀란 눈치를 보였다. 그 표정이 고스란히 보여 인아는 씁쓸해졌다.

'하긴, 부잣집 아드님께서 놀랄 만도 하시겠네.'

그녀는 사무적인 태도로 다시 입을 열었다.

"지금 제가 하고 있는 일은, 아시다시피 백화점 마네킹 모델 일을 하고 있는데 이건 3일 후면 끝이 나요. 또 밤 9시부터 새벽 3시까지 일을 하고 있는데 이건 일주일 뒤면 끝이 나고요."

이제 결정은 혁주의 몫이었다. 그는 마음이 아팠다. 이 가녀린 인아가 하루 3시간을 꼬박 서서 일하는 일도 마음 아픈데 새벽 시간까지 일을 하다니, 어떻게 해서든지 도와주고 싶었다.

"그럼."

혁주의 입에서 차분한 목소리가 흘러나왔다.

"인아 씨의 일이 다 끝난 뒤부터 저랑 작업하죠."

"네?"

"문제는."

그가 인아의 눈을 들여다봤다.

"제 수업이 끝나는 시간이 6시인데 인아 씨의 모델 수업 끝나는 시간이 7시. 그럼 8시부터 3시간 정도 할애하실 수 있으십니까?"

적어도 8시부터 11시까지는 자신과 함께 시간을 보내야 한다는 뉘앙스. 인아는 입술을 가만히 깨물었다.

"가끔은 11시를 넘을 수도 있어요."

"한 달 반 후면 아카데미 수업 시간을 변경할 수 있어요."

놓치고 싶지 않았다. 수입도 좋은 편이지만, 아니, 솔직히 말해 엄청 좋은 수입이었다. 하지만 무엇보다도 눈앞의 남자, 혁주가 자신의 편의를 봐주는 것이 눈에 보였다. 그렇다고 흑심이 있어 보이지도 않았다.

"그럼 이렇게 하죠."

혁주가 시원하게 방안을 내놓았다.

"일주일 뒤부터 인아 씨는 제 모델이 되는 겁니다."

그녀가 고개를 끄덕였다.

"인아 씨의 아카데미 수업 시간 변경 전까지 오후 8시에서 11시까지, 수업 변경 후는 저녁 7시 이후부터 제 모델이 돼 주시는 겁니다. 어떻습니까?"

"네, 좋아요."

"앞서 말씀드렸다시피 3시간에 10만 원이고 초과 시 시간당 5만 원. 하지만 매일은 아닙니다. 저도 나름의 생활이 있으니까요."

그의 마지막 말에서 인아는 괜히 웃음이 났다.

"네."

"인아 씨에게 불리한 조건이 될 수도 있겠지만 날짜는 유동적으로 움직입니다."

그 말은 딱히 정하지 않고 일을 하겠다는 말. 일주일 내내 그림을 그릴 수도, 일주일에 서너 번만 그릴 수도 있다는 말이었다.

"네, 좋습니다."

어차피 모델 아카데미 말고는 인아가 딱히 할 일은 없었다. 백화점 일도, 옷 가게 일도 모두 끝나 가니 말이다.

"그럼 다음에 만나서 계약서를 작성하도록 하죠."

그녀는 혁주의 정확한 처사가 마음에 들었다.

"네, 그러죠."

협상은 아주 만족스럽게 타결되었다.

뜸비뜸바 뜸뜸.

혁주와 헤어지고 난 후 아카데미로 향하던 인아는 울리는 벨 소리에 휴대전화를 들었다.

"여보세요?"

—그 미대 오빠야는 만났어?

미대 오빠, 인아는 혁주를 가리키는 지현의 지칭에 쓰게 웃었다.

"응, 만났어."

—일하기로 했어?

곧바로 들려오는 지현의 목소리는 기대감으로 가득했다.

"응, 하기로 했어."

—와, 잘됐다. 그래서 너 지금 어디라고?

"좀 돌아다니다가 아카데미 들어갈 거야."

혁주와의 일이 생각보다 일찍 끝나 시간이 좀 남았다. 점심은 그를 만나기 전에 대충 해결했으니 시간 좀 때우다 아카데미 들어가면 얼추 시간이 맞을 것 같았다.

—와, 잘됐다. 마침 나 아카데미 근처거든? 뭐 사러 왔는데 시간이 남네. 우리 만나자.

"그래."

전화를 끊은 인아는 약속 장소로 향했다.

"인아야, 여기, 여기!"

패스트푸드점에 들어서니 이미 와 있던 지현이 인아를 보자마자 반갑게 맞이했다.

"뭐 마실래?"

"커피나 한 잔 할까?"

"잠깐만 있어 봐."

금세 돌아온 지현은 인아 앞에 커피 두 잔과 베이글을 내려놓았다.

"역시 수다는 씹어야 제 맛이지!"

씨익 웃으며 지현은 베이글의 배를 갈랐다.

"자, 먹어."

반 가른 베이글을 건네는 지현. 인아는 베이글을 받아 들고 한입 베어 물었다.

"그래서."

인아가 베이글을 채 씹기도 전에 지현이 물어왔다.

"조건은 어떻게 돼? 3시간에 10만 원 정말이래?"

인아는 머리를 끄덕이며 입 안의 베이글을 목구멍 뒤로 넘겼다.

"응, 그리고 초과 시 시간당 5만 원."

"우와!"

지현의 눈이 휘둥그레졌다.

"역시 미대 오빠!"

베이글을 입에 문 채 지현은 양쪽 엄지를 번쩍, 들었다.

"우와, 진짜 좋겠다! 완전 대박 알바네?"

부유한 부모님을 둔 지현은 단 한 번도 제 스스로 돈을 번 적이 없었다. 하지만 친구들이나 미디어 등을 통해 돈 버는 일이 얼마나 어려운 일인지, 또한 시급이라는 것이 얼마나 적은 금액인지 잘 알고 있었다.

"언제부터 하기로 했어?"

"일주일 뒤부터."

"매일?"

"그건 아닌 것 같아. 강혁주 씨가 나름 생활이 있다고 하던데?"

"그래? 시간은 어떻게 하기로 했어? 그 오빠야, 미대생이라며. 수업 시간이랑 너 아카데미랑 안 맞을 텐데?"

"한 달 반 후에 우리 수업 시간 조정할 수 있잖아. 그때 내가 시간을 앞으로 당길 거야. 그 전까지는 8시 이후부터 11시까지 할 것 같아."

"뭐? 앗, 뜨거!"

커피를 마시던 지현이 인아의 말을 듣자마자 화들짝 놀랐다. 입 안을 데인 듯 지현은 혀를 쏙, 내밀었다.

"밤에 그림을 그린단 말이야?"

"강혁주 씨 수업은 6시 이후에 끝나고 우리 수업은 7시 이후에 끝나니까 어쩔 수 없지, 뭐. 수업 시간 옮기고 나서는 7시에 만나기로 했어."

"흐응."

지현이 미심쩍게 콧소리를 냈다.

"괜찮겠지?"

인아는 지현의 물음을 이해했다. 아무래도 요즘은 여자에게 위험한 세상이 아니던가.

"혹시 그림이라는 거, 얼굴만 그리는 거지?"

"응, 난 그렇게 알고 있어."

"혹시 막 밀폐된 공간에서 둘이 그리는 건 아니겠지?"

"글쎄, 그건 잘 모르겠다."

"막 그 오빠야네 집에서 그리는 건, 아니겠지?"

"……설마."

인아는 살짝 얼굴을 찡그렸다.

"너, 그건 확실히 해라? 아무리 신원이 확실해도 사람 모르는 거니까."

"……알았어."

지현은 인아를 걱정하는 마음에 한 말이었지만 어쩐지 분위기가 가라앉는 것 갖자 재빨리 화제를 돌렸다.

"그 미대 오빠, 잘생겼어?"

"응?"

인아는 지현의 은근한 얼굴 표정에 머리를 갸웃거렸다.

"글쎄?"

"인상이 어땠어?"

"음……."

머릿속에 떠오른 혁주.

"나쁜 사람 같지는 않았어."

"그래?"

"다음에 만나면 계약서 작성하자고 하는 거 보니까 꽤 정확한 사람 같고."

"호오?"

"뭐, 그 정도?"

"흠."

지현은 다시 호로록, 커피를 한 모금 마셨다.

"그래서."

지현은 목소리를 한층 낮췄다.

"그 사람 좋아 보이는 미대 오빠야가 잘생겼다고요?"

호기심으로 눈을 반짝이는 지현을 보며 인아는 픽, 하고 웃었다.

"음, 객관적으로 봤을 때 괜찮은 외모야."

"자, 객관적으로다가 정확한 정보를 주세요."

"음, 잘생겼어. 사람들이 한 번쯤 돌아볼 정도?"

실제로도 아까 혁주와 커피숍을 나섰을 때 여자들의 시선이 자신이 아닌 그에게로 향했던 것을 떠올리며 인아가 말했다.

"호오? 얼굴은 잘생긴 걸로 하고, 키는? 키는 어땠어?"

확실히 20대 초반인 지현은 남자의 외모에 관심이 많았다.

"나보다 컸어."

그 말에 지현은 인아의 다리 쪽으로 시선을 돌렸다.

"힐 신고도 너보다 컸다고?"

172센티미터인 인아가 힐을 신은 것보다 크다면 적어도 180 이상의 키라는 뜻.

"음, 그래, 수찬이 정도만 했어."

"수찬이? 황수찬 키랑 비슷했다고?"

황수찬은 같이 모델 수업을 듣고 있는 이제 막 고등학교를 졸업한 아카데미 동기생이었다.

"수찬이가 185센티미터니까 오, 그 오빠야, 키 크네?"

지현의 눈이 둥글게 휘었다. 인아는 그런 지현을 보며 괜히 어깨를 으쓱였다.

"아무튼 인아야."

"응?"

"조심, 또 조심해야 해, 알지?"

"응."

사실 그녀도 혁주와 단둘이 한 공간에서 그림을 그린다는 사실이 조금 께름칙하긴 했다. 그래도 C 백화점 측에서 주선한 인물이고 또 오랜 대화를 나누진 않았지만 그래도 강혁주라는 남자가 나쁜 사람이 아니라는 느낌 때문에 경계심이 조금 옅어진 것도 사실.

"낌새가 영 이상하다 싶으면 바로 도망치거나 신고해, 응?"

"알았어, 지현아. 조심할게."

"그래, 착하다."

지현은 친하게 된 지 얼마 되지 않은 인아가 정말로 마음에 들었다. 그녀 정도의 외모라면 잘난 척하는 맛으로 살 수도 있었을 텐데 인아는 그러지 않았다. 오히려 소극적이었다.

개인적인 사정은 제대로 알지 못했지만 은연중에 드러나는 행동이나 말투를 보면 당당한 것이 분명한데 사람 대할 때는 어쩐지 눈치를 보는 것 같았다. 그러나 누구에게나 각자 나름대로의 사정이 있는 법. 지현은 묻지 않았다.

"자, 이것만 마시고 아카데미 가자."

두 사람은 남은 커피를 마저 마시고는 패스트푸드점을 나섰다.

인아의 마음은 한결 가벼워져 있었다. 또다시 일자리를 구하러 시간을 허비하지 않아도 된다는 사실이 무척이나 기뻤다.

아주 오랜만에 찾아온 휴일을 인아는 푹 쉴 수 있었다. 백화점 마네킹 모델을 그만두니 시간이 넉넉했고 그만큼 늘어지게 잠을 잘 수 있었다.

"으으!"

있는 힘껏 기지개를 켜니 온몸이 시원했다.

"하아."

얼마만의 늦잠이던가, 얼마만의 숙면이던가. 그동안 일하느라 피곤이 쌓였던 몸이 조금은 가뿐해지는 것 같았다.

"밥 먹어야지."

오늘은 제대로 차려서 식사하고 싶었다. 일하느라 바쁘다는 핑계로, 시간이 없다는 이유로 대충 물에 밥 말아 먹거나 라면이나 수제비로 때우지 않았던가.

자리를 털고 일어나 부엌으로 향하던 인아는 토슈즈를 신었다. 저절로 발걸음이 가벼워지는 것 같았다. 그녀는 어제 새벽에 들어오는 길에 구입한 식자재들을 냉장고에서 꺼냈다.

쌀을 씻어 밥통에 넣고 취사 버튼을 누른 뒤 가스레인지에 냄비를 올린 인아는 익은 김치를 송송 썰어 넣었다. 큼지막하게 썬 돼지고기와 두부, 마늘, 후춧가루, 고춧가루, 파 그리고 조미료를 넣고 보글보글 끓여 내니 시큼하면서도 매콤한 냄새가 그녀의 위장을 괴롭혔다.

"맛있겠다!"

갓 지은 밥과 김치찌개, 기분 내서 부친 달걀 프라이에 김까지, 진수성찬이었다. 자리에 앉은 인아는 식사하기 시작했다. 꿀맛이었다. 시간에 쫓기지 않고 식사를 하다니, 황홀하기까지 했다.

최대한 느리게, 천천히 식사를 하며 텔레비전까지 시청했다. 낮 시간에 이런 호사스러운 여유라니, 그녀는 행복했다.

백화점을 그만둔 뒤로 며칠 동안 밀린 청소도 하고 마음껏 햇볕을 쬐었다.

조금 후, 집을 나선 인아는 내려야 할 정류장보다 두서너 개는 먼저 내려서 아카데미까지 걸었다. 싸늘한 날씨였지만 오히려 상쾌하게 느껴졌다.

천천히, 도심을 가로지르며 낮 시간의 도시를 한껏 음미했다.

다시 혁주를 만난 건 나흘 뒤, 인아가 동대문 시장의 옷 가게까지 그만두고 난 후였다.

아무런 연락이 없어 속으로 고민하던 그녀에게 연락이 온 건, 혁주를 만나고 나서 꼭 닷새가 지나서였다. 약속 장소를 정하고 다시 한번 계약 조건을 확인하고 나서야 마음을 놓을 수 있었다.

딸랑.

약속 장소는 지난번에 혁주를 만났던 커피 전문점. 커피 볶는 향기가 구수하게 퍼져 왔다. 전처럼 눈에 띄지 않는 곳으로 자리를 잡은 인아는 커다란 창 밖, 지나는 사람들을 보며 혁주를 기다렸다.

딸랑.

들려오는 소리에 문 쪽을 바라보니 막 그가 들어서고 있었다. 짙은 청바지에 회색 니트를 받쳐 입고 검은 재킷을 걸친 혁주의 시선이 정확히 인아에게로 닿았다. 그녀는 저도 모르게 지현에게 했던 것처럼 손을 들어 올릴 뻔했다.

뚜벅뚜벅.

성큼성큼, 긴 다리로 다가서는 혁주의 시선이 인아에게 꽂혔다. 햇살 속에 오도카니 앉아 있는 그녀는, 여전히 아름다웠다. 엉거주춤하게 손을 들어 올리다 슬그머니 내리는 모습을 보니 아는 척을 하려다 마는 것 같았다. 아쉬웠다. 그녀가 반갑게 아는 척하고 맞이해 주면 얼마나 좋을까.

"안녕하세요?"

그래도 먼저 인사를 해주어서 다행이었다.

"일찍 오셨군요."

"아니, 아직 약속 시간 안 됐어요. 강혁주 씨도 일찍 오신 거죠."

혁주는 인아의 입에서 흘러나온 자신의 이름에 전율했다. 그래서 자리에 앉는 것도 잊고 말없이 그녀를 내려다봤다.

"저, 안 앉으세요?"

인아는 자신을 물끄러미 바라만 보는 혁주에게 의아한 시선을 보냈다.

"아, 예."

퍼뜩, 정신 차린 그는 크로스백을 풀어 옆의 빈 의자에 내려놓은 뒤 그녀의 맞은편에 앉았다.

"뭐 드시겠습니까?"

"뜨거운 코코아 마실게요."

"네, 여기요."

손짓으로 종업원을 부른 혁주가 주문을 하는 동안 인아는 찬찬히 그의 얼굴을 바라봤다. 사람 얼굴을 보지 않는 습관 때문에 제대로 본 적이 없었던 그의 얼굴.

'잘생겼네.'

하얀 얼굴은 확실히 고생이라곤 하나도 안 해본 전형적인 부잣집 아들이었다. 외까풀의 눈은 서늘한 기운을 뿜어내고 있었고, 콧대도 오뚝했다. 굳게 다문 입은 그가 가벼운 성격이 아님을 짐작게 했다.

혁주는 자신을 찬찬히 바라보는 인아의 시선에 긴장했다. 그녀의 눈동자가 움직일 때마다 심장이 뛰었다.

그녀의 맑은 눈이 고스란히 보일 정도로 가까운 거리. 숨죽이고 들으면 그녀의 숨소리가 들려올 정도의 그런 거리. 혁주는 그녀의 시선이 떨어질까 두려워 숨도 쉬지 않았다.

지난 5일 동안 그는 오늘을 학수고대했다. 인아를 만날 날만 손꼽아 기다리며 만반의 준비를 해 놓았다. 정리 정돈 잘된 집을 괜히 한 번 뒤집고 엎어서 싹싹 바닥까지 광나도록 청소했고 옷차림에도 신경을 썼다. 최대한 깔끔하도록.

그의 기억 속 인아는 어른스러운 소녀였다. 옷차림이나 머리 스타일이 또래 여자아이들보다 훨씬 더 성숙했던 인아.

"주문하신 음료 나왔습니다."

종업원의 등장으로 혁주와 인아는 서로를 바라보던 시선을 겨우겨우 떼어 낼 수 있었다. 인아는 자신이 그를 굉장히 오랫동안 바라봤다는 사실에 놀라고 말았다.

"계약서 작성하도록 하죠."

인아가 당황할 새도 없이 혁주는 바로 본론으로 들어섰다. 실은 그 역시 자신이 그녀를 그토록 넋 놓고 바라봤다는 사실에 놀라고 있던 중이었다.

오랜 동경의 대상이 눈앞에 있다는 사실만으로도 가슴 벅찬 일인데 이렇게 손에 잡힐 거리에 인아가 있다는 사실이 꿈만 같았다. 그녀에게 선불리 다가섰다가 신기루처럼 사라질지도 모른다는 생각이 든 혁주는 최대한 사무적인 어투로 말을 이어 나갔다.

"지난번에 말씀드린 조건을 명시했으니 확인해 주시기 바랍니다."

혁주는 가방에서 서류를 꺼내 인아에게 내밀었다.

"네."

인아는 곧바로 서류를 눈으로 훑기 시작했다. 그녀와 같이 코코아를 주문한 혁주는 의자 등받이에 등을 기대고 코코아를 마시며 다시 인아를 살피기 시작했다.

일전에 봤을 때는 조금 피곤해 보였었는데 오늘은 컨디션이 나쁘지 않은 것 같았다. 천천히 그녀의 눈동자가 움직였다. 그의 말대로 서류상 내용은 별다른 것이 없었다. 또한 많은 내용이 들어 있지도 않았다.

그럼에도 인아는 하나하나 글자를 곱씹으며 읽어 내려갔다. 혁주는 그런 그녀의 모습이 마음에 들었다.

"네, 말씀하신 대로네요."

꼼꼼히 내용을 다 읽어 낸 인아가 머리를 끄덕였다. 그녀가 계약서를 다 읽기를 기다리던 혁주가 옆에서 볼펜을 내밀었다.

"그 밑에 서명하시면 됩니다."

"그런데."

인아가 슬쩍 물었다.

"궁금해서 여쭤 보는 건데요."

"네."

"혹시 그림은 어디서 그리는 건가요?"

"작업실은 제 집입니다."

"……아."

그녀의 얼굴에 난처한 빛이 떠올랐다.

"……단둘이서 작업하는 건가요?"

혁주는 인아의 걱정이 뭔지 눈치챘다.

"네."

너무나 당당한 짧은 대답에 인아는 오히려 더욱 말문이 막히고 말았다.

"이상한 짓, 안 합니다."

흘러나온 그의 말에 그녀의 얼굴이 서서히 달아올랐다.

"아니, 그게 아니라……."

"인아 씨가 뭘 걱정하는지 알고 있습니다. 하지만 걱정하지 않으셔도 됩니다."

오히려 인아가 부끄러워지고 말았다.

"죄송합니다."

"아니."

인아의 사과에 혁주는 가만히 머리를 저었다. 그는 그녀의 불안을 씻어 주고 싶었다.

"당연히 의심해야지요. 요즘이 어떤 시대인데요. 마음에 걸리신다면 집이 아닌 다른 곳에서 작업하도록 하죠."

혁주의 시원스런 답에 인아의 얼굴은 더욱더 붉어지고 말았다.

* * *

"파이브, 식스, 세븐, 에잇!"

딱, 딱, 딱, 딱!

빠른 비트의 음악과 지도 봉 소리에 맞춰 인아는 걸음을 빨리했다.

"턱 들고! 허리 펴고!"

선미의 호령에 인아는 턱을 들고 허리를 폈다.

"호흡, 호흡 조심하고!"

꿈에 한 발짝 더 다가서기 위해 오늘도 인아는 열심히 모델 수업에 임했다.

"그 미대 오빠야랑 오늘부터 일한다고?"

잠시 찾아온 휴식 시간. 흐르는 땀을 닦던 인아는 생수병을 건네주며 물어오는 지현의 물음에 머리를 끄덕였다.

"우리 수업 끝나고 한다고 했지?"

또 끄덕끄덕.

"밥은 언제 먹나?"

언제나 아카데미 수업 끝나면 인아와 함께 늦은 저녁을 먹었던 지현이 불만 섞인 목소리로 물었다.

"일단 오늘은 수업 끝나고 바로 만나기로 했으니까, 건너뛰어야 겠지?"

"하아."

인아의 답에 지현은 진심으로 안타깝다는 듯 커다랗게 한숨 쉬었다.

"강제 다이어트가 되는 건가."

지현의 탄식에 인아는 그저 웃고 말았다. 그동안의 식사도 밥이라고는 했지만 간단한 요깃거리를 했던 것뿐. 어쩌면 지현은 둘이 대화 나누는 시간이 사라진 걸 아쉬워하는 건지도 몰랐다.

모델 수업이 끝나고 아카데미 안에 구비된 샤워실을 이용하던 인아는 거울 속 자신의 모습을 바라봤다.

'화장, 해야 하나?'

아무래도 얼굴 위주로 그릴 것이 분명한데 민낯이 나은 건지, 화장을 해야 하는 건지 감이 잡히질 않았다. 물끄러미 자신의 얼굴을 바라보던 인아는 결심했다.

'아무리 그래도 민낯은 실례지. 가까운 사이도 아니고.'

몸의 물기를 닦고 옷을 입은 인아는 가벼운 화장으로 마무리했다.

"아후, 혼자 밥 먹기 싫은데!"

옆에서 립밤을 바르던 지현이 투덜댔다.

"다른 사람들이랑 같이 먹어."

인아의 말에 지현은 어쩔 수 없다는 듯 어깨를 으쓱여 보였다.

"그럼 넌 진짜 굶는 거야?"

모델 수업 시간 내내 아무것도 먹지 못했는데 어떻게 11시까지 버틸까 걱정이 됐다. 이번엔 인아가 어깨를 으쓱였다.

"끝나고 먹으면 되지. 참을 만해."

그 말에 지현은 머리를 절레절레 저었다.

"넌 진짜 식욕이 없어도 너~ 무 없어! 뭐, 모델로서는 딱이지만. 근데 너무 늦게 먹으면 안 되는데. 몸매 망가져."

인아는 웃었다.

"그럼 가다가 대충 삼각 김밥으로 때우면 되지."

수업이 끝난 아카데미는 여전히 시끌시끌했다. 수업이 끝난 뒤에도 남아서 연습하는 사람들이 있는 까닭이었다.

또각또각.

복도를 울리는 지현과 자신의 구두 소리를 들으며 인아는 아카데미 밖을 나섰다.

"그럼 잘 가고 내일 봐! 모델 잘 하고! 그 오빠야 낌새 이상하면 바로 나한테 전화하고!"

지현이 눈을 부라리며 인아에게 다짐하고 또 했다.

"알았어."

그렇게 지현과 헤어진 인아는 약속 장소로 걸음을 옮겼다. 도시의 밤은 더 이상 밤이 아니었다. 거리로 쏟아져 나온 사람들과 화려한 불빛이 또 다른 세상을 만들어 냈다.

혁주와 약속을 잡은 장소는 역시나 예의 그 커피숍. 막 커피숍 안으로 들어가려던 인아는 띠로롱, 하는 문자 소리에 걸음을 멈췄다.

[도착하셨어요?]

혁주의 문자였다.

[앞이에요.]
[그럼 들어가지 마시고 조금만 기다려 주십시오.]

"왜?"

저절로 육성으로 의문이 튀어나왔다. 하지만 인아는 토를 달지 않았다.

[네.]

문자를 보내고 난 뒤, 그녀는 커피숍 근처를 배회했다. 혁주가 자신의 모습을 보이기까지 그리 오래 걸리지 않았다.

"인아 씨!"

인아는 뒤에서 들려오는 자신을 향한 부름에 돌아섰다. 한 블록 뒤에서 혁주가 빠른 걸음으로 걸어오고 있는 모습이 보였다. 알은 체를 할 사이도 없이 눈 깜짝할 새에 그가 그녀 앞으로 다가섰다.

"오래 기다렸어요?"

약간 거친 그의 숨소리가 들려왔다.

"……뛰어왔어요?"

"아, 인아 씨가 기다릴까 봐."

말을 하면서 혁주는 호흡을 가다듬었다.

'내가 기다릴까 봐 뛰어왔다고?'

인아는 새삼스런 눈으로 혁주를 훑었다. 앞머리가 약간 흐트러지긴 했어도 말끔한 인상이었다. 키가 커서 그런지 몸매는 날렵해 보였고 다리도 길어서 비율이 좋았다. 솔직히 지금 다니고 있는 모델 아카데미의 그 누구와 견주어도 손색이 없어 보였다.

"하아, 하아."

나직하게 흘러내리는 그의 숨결이 섹시하게 느껴졌다. 퍼뜩, 자신이 혁주를 상대로 그런 생각을 했다는 자각이 들자 그녀는 저도 모르게 얼굴을 붉히고야 말았다.

'내가 지금 무슨 생각을 하는 거야?'

흠흠, 인아는 괜히 헛기침을 했다.

"인아 씨."

숨을 고른 혁주가 그녀를 불렀다.

"네?"

혹시라도 자신의 마음을 들킨 건가 싶어진 인아는 정색한 얼굴로 혁주를 바라봤다.

"식사 전이죠?"

생각지도 못한 질문.

"……네?"

"인아 씨 모델 수업이 7시에 끝난다고 했잖아요. 그렇다면 저녁을 안 드셨을 거라는 생각이 들더라고요."

혁주가 씨익, 웃었다. 그 미소가 눈부셔 인아는 멍하니 혁주의 얼굴만 바라봤다.

"가요, 같이 식사하죠."

전혀 생각지 못했던 전개였다.

"네?"

인아는 도돌이표처럼 자꾸 짧은 물음만 하는 자신이 한심하게 느껴졌다. 하지만 정말로 달리 할 말이 없었다. 거절하자니 그건 또 예의가 아닌 것 같고 그렇다고 덥석 같이 밥 먹으러 가자니 그건 또 그것 나름대로 가벼워 보일 것 같았다.

"제가 원래 이 시간에 저녁을 먹습니다. 식사 안 하셨으면 같이 드시죠."

순간 인아는 서글서글한 그의 눈매가 무척 따스하게 느껴졌다.

"일은 언제 하시게요?"

그것은 온건한 거절.

"식사하고 나서 하면 됩니다."

을인 인아는 갑인 혁주를 바라봤다. 조금 전, 따스하게 느껴졌던 눈매에 굳은 의지가 담겨 있음을 눈치챈 그녀는 망설였다.

"하지만……."

"오랫동안 앉아 있어야 하는데 밥도 안 먹고 버틸 수 있겠어요?"

혁주의 말끝이 살짝 올라가 있어서 인아는 그가 자신을 걱정하는 것으로 느껴졌다.

"뭐 좋아해요?"

이것으로 그는 그녀와의 식사를 기정사실화했다. 더 이상 고집을 부릴 수 없다는 사실을 깨달은 인아는 잠깐 고민에 빠졌다.

"그냥 가볍게……."

"가시죠"

혁주가 시원하게 앞장섰다. 인아는 어쩔 수 없이 그의 뒤를 따라야 했다. 그의 걸음이 천천히 느려지는가 싶더니 어느새 두 사람은 나란히 걷고 있었다.

"어머, 저 남자 잘생겼다."

"그러게? 근데 옆의 여자랑 사귀는 것 같은데?"

"여자도 예쁘네."

"둘이 어울리긴 하다, 그치?"

사람들의 속삭임이 스쳐 들려왔다. 그들끼리의 대화라 해도 그것은 고스란히 귓가에 닿았다. 인아는 슬쩍, 혁주의 얼굴을 살폈다.

분명 자신도 들었으니 그도 들었으리라. 하지만 그의 얼굴에는 아무런 표정도 걸려 있지 않았다.

'못 들었나?'

다행이었다. 덕분에 마음이 조금 가벼워질 수 있었다. 남들이 자신에 대해 이야기하는 것에 이제는 어느 정도 익숙해 있었다. 다른 사람이 하는 말을 또 다른 이가 듣고 자신을 오해한다거나 색안경 끼고 보는 경우도 많이 겪었기에 인아는 타인의 말에 무신경해지는 방법을 택했다.

그럼에도 지금은 어쩐지 혁주가 신경이 쓰였다.

"백반 어때요?"

역시나 혁주는 인아가 느낀 대로 다른 사람 말은 듣지 못한 듯 인아를 돌아보며 식사 메뉴를 묻고 있었다.

"제가 자주 가는 곳이 있는데 맛있어요."

"네, 좋아요."

한눈에 보기에도 부잣집 도련님 같은데 한정식 집도 아니고 백반 집이라니, 조금 의외였다. 두 사람이 함께 걷고 있는 거리는 휘황찬란한 빛을 뿜어내며 불야성(不夜城)의 밤을 예고했다.

신기하게도 혁주는 수많은 사람 틈을 이리저리 빠져나가며 앞으로 전진했다. 그보다 조금 뒤처져서 걷던 인아는 어느 순간, 자신이 아주 편하게 사람들 사이로 지나가고 있음을 깨달았다.

"어서 와요, 인아 씨."

그는 인아가 잘 따라오는지 잠시 멈춰 서서 그녀를 기다렸다.

그녀가 가까이 다가오자 혁주는 그녀에게 눈도장 한번 찍고는 다시 몸을 돌려 걸어가기 시작했다.

듬직한 혁주의 등만 바라보며 걸음을 옮기던 그녀는 어느샌가 자신이 좁은 골목으로 들어섰음을 알았다.

"자, 다 왔어요."

그가 안내한 곳은 조금 오래 되어 보이는 식당이었다.

드르륵.

유리로 된, 옆으로 여는 미닫이문이 혁주의 손에 의해 커다란 소리를 내며 열렸다.

"안녕하세요, 이모."

"어머, 어서 와."

단골집인지 혁주는 식당에 들어서자마자 반가운 인사를 던졌다. 또다시 맞닥뜨린 의외의 상황에 인아는 주춤거렸다.

'……이모?'

분명 식당 주인이 분명한 아주머니와 저런 살가운 인사라니, 부잣집 아들 이미지와 날카롭게 느껴졌던 인상이 약간 흐릿해지는 기분이었다.

"들어와요."

어느새 자리를 잡고 앉은 혁주가 문간에서 주춤거리던 인아에게 손짓을 해 보였다. 그녀는 다가가 그의 맞은편에 앉았다.

그리 크지 않은 가게였다. 외관처럼 내부도 낡았고 세월의 흔적이 여기저기 묻어 있었다. 식탁은 깨끗하게 닦여 있었지만 여기저기

칠이 벗겨져 있었고 벽에도 얼룩들이 군데군데 보였다. 벽면에 붙은 메뉴판은 누렇게 물들어 있었고 몇 번이나 메뉴를 바꿨는지 매직으로 여러 번 덧쓴 자국이 있었다.

　탁.

　소리가 나는 곳으로 시선을 돌리니 주인아주머니가 물 잔을 인아와 혁주 앞에 내려놓는 모습이 눈에 들어왔다.

　"뭐 먹을 거야?"

　아주머니가 혁주에게 묻자 그는 곧바로 인아에게 물어왔다.

　"뭐 먹을래요, 인아 씨?"

　그 말에 벽에 붙어 있는 메뉴판을 눈으로 훑었다. 메뉴는 그리 많지 않았다. 백반 정식과 생선 구이, 생선 조림, 탕 몇 종류.

　"여기, 갈치조림이 맛있어요."

　뭘 먹을까 고민하던 인아는 혁주의 조언을 받아들였다.

　"네, 그럼, 그걸로."

　"이모, 갈치조림 둘이요."

　"알았어~"

　주인아주머니가 빙글, 몸을 돌려 주방으로 들어섰다. 인아는 앞에 놓인 물 잔을 들고 몇 모금 마셨다. 무슨 말이라도 해야 하는데 딱히 할 말이 떠오르지 않았다.

　혁주 역시 물을 마시며 눈으로 그녀를 바라보고 있었다. 사실 들어온 백반집이 그의 단골집이 맞긴 하지만 혁주는 인아에게 근사한 저녁을 대접하고 싶었다.

하지만 처음부터 으리으리한 곳으로 데려가면 그녀가 부담스러워할지도 모른다는 생각에 편한 곳으로 안내한 것이었다.

'괜찮겠지?'

솔직히 혁주가 기억하는 인아는 아리따운 공주님. 그 부자들만 다닌다는 학교 내에서도 인아는 공주 대접을 받는다는 소문을 들었기에 조금은 조심스러웠다.

하지만 그녀에게 이 집의 음식을 먹이고 싶었다. 정말 집밥이었으니까. 며칠 전 인아에게서 주민등록등본을 받아 든 혁주는 마음이 아팠다.

알음알음으로 그녀의 부모님이 사고로 돌아가셨다는 이야기까지 들었지만 세대주란에 여인아라는 세 글자가 박힌 것을 보니 그녀가 더욱 안쓰럽게 느껴졌다. 그래서 따뜻한 밥 한 끼 먹이리라, 마음먹었다.

"자, 맛있게 먹어요."

어느새 음식이 펼쳐졌다.

"와, 맛있겠다!"

인아는 저도 모르게 눈을 동그랗게 뜬 채 작은 탄성을 질렀다. 식단은 단출했다. 김치와 어묵 무침, 콩나물 무침에 멸치 볶음, 그리고 뚝배기 채 나온 갈치조림. 보글보글, 붉은 양념이 뚝배기의 열을 이겨 내지 못하고 끓어오르고 있었다.

딸깍.

공깃밥 뚜껑을 열자 새하얀 밥이 모락모락 김을 피워 올리며 그

반지르르한 윤기를 마음껏 자랑했다. 그 모습에 인아는 저절로 입안에 침이 도는 것을 느낄 수 있었다.

"어서 들어요."

그것은 마법의 주문. 인아는 홀린 듯 숟가락을 들었다. 그리고 푹, 새하얀 밥에 숟가락을 찔러 넣고 한 숟가락 그득, 밥을 들어 올렸다.

"하아."

갓 지은 밥이 분명했다. 밥만으로도 맛있었다. 하지만 그녀는 이미 홀려 버린 새빨간 갈치조림에 젓가락을 갖다 대고 있었다. 두툼한 생선살이 입맛을 돋웠다.

"우와!"

정말 맛있었다. 예전 엄마가 해줬던 그런 그리운 맛이었다.

"맛있어요!"

인아는 진심으로 말했다.

"그렇죠?"

그의 물음에 그녀는 연신 머리를 끄덕이며 밥을 맛있게 먹어 나가기 시작했다. 혁주는 그런 인아를 흐뭇하게 바라봤다. 맛있게 먹어 주니 그것만으로도 좋았다. 그렇게 인아를 마주하며 혁주는 세상에서 제일 행복한 식사를 할 수 있었다.

맛있는 식사를 마친 두 사람은 자리에서 일어났다.

"아, 제가……."

인아는 더치페이를 하기 위해 가방에 손을 댔지만 혁주의 제지로 그럴 수 없었다.

"제가 살게요. 같이 일하게 된 기념으로."

밖으로 나온 그가 인아를 내려다보며 입을 열었다.

"자, 이제 일하러 가야죠?"

"네."

답은 했지만 그녀는 도대체 그림을 어디에서 그릴 건지 궁금했다.

"어디서 그림을 그리는 건데요?"

"제가 자주 가는 카페가 있습니다."

그 말에 인아는 조금 안심이 되었다. 카페라면 사람들이 있을 테
니 위험한 상황은 오지 않을 것이 분명했다. 하지만 또 한편으로는
사람들이 있는 곳에서 그림을 그린다고 하니, 그것은 그것대로 또
걱정이 되었다.

인아는 또다시 혁주의 뒤를 따랐다.

휘이잉.

한줄기의 세찬 바람이 몸을 훑고 지나갔다. 그녀는 저도 모르게
몸을 움츠렸다. 그러다 문득, 바람이 자신을 비켜 간다는 사실을 알
아차리고는 눈을 들어 앞을 바라봤다. 그녀의 눈 속으로 혁주의 뒷
모습이 커다랗게 들어왔다.

듬직한 혁주의 등만 바라보며 걸음을 옮기던 그녀는 어느샌가 자
신이 좁은 골목을 빠져나왔음을 깨달았다.

4. 분홍카페

"들어가죠."

혁주가 안내한 곳은 식당과 그리 멀지 않은 곳에 있는 카페였다.

딸랑.

맑은 방울 소리와 함께 카페 안으로 들어선 인아는 순간적으로 멈칫거렸다. 카페는 온통 분홍분홍 했다. 지극히 소녀 취향의 카페였다.

'여, 여기서 그림을 그린다고?'

인아는 당황했다. 그녀는 카페 내부와 혁주의 뒤통수를 번갈아 가며 힐끔거렸다.

'이런 취향이었어?'

연분홍색의 벽면에 분홍색 하트가 가득했다. 커피가 아니라 달콤한 사탕으로 가득해야 할 것 같은 그런 분위기. 깔끔하고 점잖은 이미지의 혁주였는데 지금 이 순간, 인아에게 새겨졌던 그 이미지가 와장창 무너지는 기분이었다.

"인아 씨."

정신 차리고 혁주를 바라보니 그는 2층으로 올라가는 계단 앞에서 그녀를 향해 손짓하고 있었다. 충격이 채 가시지 않은 인아는 멍하니 그를 바라봤다.

"인아 씨?"

혁주가 다시 한번 그녀의 이름을 불렀다. 인아는 애써 태연한 얼굴을 한 채 그에게로 다가갔다. 그가 앞장서서 계단을 올랐고 그녀는 그 뒤를 따랐다. 2층으로 올라가는 계단 역시 온통 분홍색이었다. 그러고 보니 1층에 손님들이 별로 없었던 것을 생각하면 아무래도 여고생들이 주 고객일 것 같다는 생각이 들었다.

이 시간이면 여고생들은 학원이다, 뭐다 바쁠 테니까. 아니, 애당초 여고생들이 카페에 올 시간이 있나 하는 생각을 한 순간, 혁주가 말을 걸어왔다.

"저기 앉죠?"

그가 가리키는 곳은 구석진 자리였다. 반짝반짝 빛나는 분홍색 테이블 위에는 분홍색 향초가 캔들 워머와 함께 놓여 있었다.

'카페에 향초가 있어?'

인아는 점점 더 이 카페가 수상쩍어졌다. 하지만 그렇다고 그만 둘 수는 없었다. 이미 계약서까지 작성했으니 물러설 수는 없었다. 자신의 맞은편에 그녀가 앉자마자 혁주는 테이블 옆쪽에 꽂힌 메뉴판을 뽑아 인아에게 내밀었다.

"주문하시죠?"

인아는 얼떨결에 메뉴판을 받아 들었다. 메뉴판 역시 분홍색 일색. 그녀는 침착하게 메뉴판을 펼쳤다.

'헉.'

혹시나 했는데 메뉴판은 아주 앙증맞은 캘리그라피와 깜찍한 그림으로 채워져 있었다. 그녀는 눈을 깜빡였다.

"밤이니까 커피보다는 허브차가 좋을 거예요."

"아, 예에."

인아는 눈으로 쭈욱, 메뉴를 훑었다.

"여기, 좀 독특하죠?"

그녀의 생각을 읽기라도 한 것처럼 혁주가 나직한 목소리로 물어왔다.

"네? 아니, 뭐, 조금……."

자신의 생각을 곧이곧대로 말할 정도로 인아는 어수룩하지 않았다.

"일단 차부터 고르시죠."

"네."

그녀는 다시 메뉴판으로 시선을 돌렸다. 혁주 말대로 밤 시간이고 하니 커피보다는 차 종류가 나을 것 같았다.

"국화차로 할게요."

인아의 선택에 혁주는 머리를 끄덕였다.

"주문하고 오겠습니다."

혁주가 일어나서 아래층으로 내려가고 난 뒤, 인아는 다시 한번 카페 안을 둘러보았다. 2층은 1층과 조금 달라 보였다. 1층은 화사한 분홍색이었다면 2층은 약간 어두운 감이 도는 분홍색이었다.

"그런데 이렇게 분홍색밖에 없는데 사람들이 오나?"

2층은 1층보다 사람이 없었다. 아니, 아예 없었다. 지금 현재 2층에 있는 사람은 오로지 인아뿐. 그 생각에 어쩐지 인아는 오싹해졌다.

'뭐, 뭐야, 그럼 여기에 혁주 씨랑 나, 둘밖에 없다는 얘기야?'

불안감이 밀려왔다. 인아는 다시 주위를 살폈다. 하필이면 앉은 자리 또한 입구와 창가와는 멀리 떨어진 구석진 곳. 솔직히 이곳에서 무슨 일이 벌어져도 다른 사람들은 알 길이 없어 보였다.

"괜찮은 걸까?"

말을 하면서 그녀는 가방에 넣어 두었던 휴대전화를 꺼내 들었다. 여차하면 곧바로 단축 번호를 눌러서 지현에게로 연락이 가도록.

"괜찮을 거야."

일어나지도 않은 일에 대해 걱정하는 건 별로였지만 조심하는 게 좋을 것 같았다. 인아가 휴대전화를 만지작거리고 있던 그때, 2층 입구 쪽이 시끌시끌해졌다.

"티라미수 좋아."

"핫초코에 티라미수, 예술이지."

"아우, 말해 뭐 해? 최고지, 최고!"

수다를 떨며 올라오는 3명의 여자. 동시에 인아는 저도 모르게 안도의 한숨을 내쉬었다.

"여기 정말 예쁘지 않니?"

"응, 그냥 기분 좋아."

"딸기 케이크도 시키자."

조금 떨어진 곳에 자리를 잡고 앉은 여자들은 얼핏 보기에도 인아 또래로 보였다. 까르르, 웃으며 떠드는 그녀들에게서 싱그러움이 묻어났다.

"영주 너, 방학 동안에 해외여행 다녀왔다면서 선물 하나 없어?"

"여행은 무슨, 어학연수였어."

"연수는 무슨, 한 달짜리 어학연수도 있냐?"

"여행이고 연수고, 선물은 없는 거야?"

"아무튼 좋겠다, 해외 물도 먹어 보고."

"이제 4학년 올라가면 놀지도 못하잖아. 그래서 나갔다 왔지, 뭐."

"어라? 여행 맞네, 이 지지배!"

까르르륵!

여대생들의 웃음소리가 2층 카페를 장악했다. 그것은 젊음이었고 자유로움이었다. 자신감이었고 여유로움이었다.

그녀들의 대화와 웃음소리를 들으며 인아는 저도 모르게 슬쩍 시선을 창문 밖으로 던졌다. 하지만 창문과는 멀리 떨어진 자리. 인아는 다시 시선을 들고 있던 휴대전화 위로 떨어뜨렸다.

"어머, 저 남자 좀 봐!"

한 여대생의 놀란 속삭임이 인아의 귓가에 닿았다.

"우와, 모델인가?"

"그런가 본데? 와, 저 기럭지 봐라."

"아니, 그보다도 저런 남자가 왜 이런 카페에?"

수군수군.

"어쨌거나 눈 호강이다, 얘."

"그래, 이것이야말로 진정한 안구 정화 아냐?"

"사진 찍어도 되나?"

"저쪽으로 간다."

인아는 자신의 의지와는 상관없이 타인의 시선을 강탈하는 혁주에게서 묘한 동질감을 느껴야 했다.

"주문했어요."

그랬기에 인아는 혁주가 자신의 맞은편에 앉은 후, 자신에게 말을 걸 때까지 물끄러미 그를 바라봤다.

"어머, 저 여자, 언제부터 있었지?"

"아까부터 있었어. 우리끼리 떠드느라 넌 못 봤나 보다."

"둘이 연인인가 봐!"

"예쁘다."

여대생들의 속삭임은 한층 낮아졌지만 너무나 또렷하게 들려와서 인아는 얼굴을 붉히고 말했다.

'연인 아닌데.'

분명 혁주도 그녀들의 수군거림을 들었으리라. 그녀는 혁주 모르게 눈을 살짝 치켜 뜬 채로 그를 살폈다. 그의 얼굴은 아무런 표정이 걸려 있지 않았다.

'못 들었을 리가 없는데.'

마주 보고 있는 인아보다 등을 지고 있는 혁주의 거리가 그녀들과 더 가까웠다. 그러므로 여대생들의 이야기를 그가 듣지 못했을리는 없었다. 어쩌면 그는 못 들은 척하는 건지도 몰랐다. 그런 생각이 들자 그녀는 괜스레 혁주가 고마웠다.

"주문하신 음료 나왔습니다."

인아가 한참 그를 살피며 혼자만의 생각에 빠져 있었을 때 불쑥, 누군가의 그림자가 짙게 드리워졌다. 놀란 그녀가 머리를 들었을 때, 분홍색 곰이 그곳에 있었다.

'헉!'

너무 놀란 나머지 비명도 나오지 않았다.

"어, 형, 고마워."

'혀, 형?'

분홍 곰을 향한 혁주의 인사에 그녀는 눈을 깜빡이고는 다시 분홍 곰을 쳐다봤다. 자세히 보니 그 분홍 곰은 분홍 티셔츠를 입은, 덩치 큰 남자였다. 아무래도 그 덩치와 얼굴 가득 덥수룩한 수염 때문에 곰으로 착각한 것 같았다.

"인아 씨."

인아는 자신을 향한 부름에 분홍 곰에게서 시선을 거두고 혁주를 바라봤다.

"이분은 여기 카페 사장님 최윤수 씨, 저와 아는 형입니다."

"아아, 네."

"형, 여기는 여인아 씨."

"안녕하십니까."

어찌된 영문인지 인아는 혁주 주변 인물과 인사를 나누는 신세가 되고 말았다.

"말씀 들었어요."

"네?"

인아에게 분홍 곰으로 이미지화 된 윤수가 푸근한 미소를 지어 보이며 되묻는 인아를 바라봤다.

"이 녀석 모델이시라면서요."

"아……."

인아는 또다시 당황했다. 물론 그림 모델을 한다는 사실이 비밀은 아니었지만 이렇게 갑자기 커밍아웃을 하게 될 줄이야.

"모델이래, 모델."

"어쩐지 예쁘더라. 그럼 저 남자는 사진작가인가?"

끊이지 않는 수군거림.

"이 녀석들!"

윤수라는 이름의 분홍 곰이 여대생들을 향해 눈을 부라렸다.

"여기 규칙 모르냐!"

윤수의 말에 여대생들은 입을 다물었다. 여대생들에게 한마디 한 윤수는 다시 인아에게로 시선을 돌렸다. 그런 윤수의 얼굴에는 여전히 푸근한 미소가 걸려 있었다.

"이런 카페, 처음이시죠? 주인이 손님한테 큰소리치는 카페라니."

말 그대로였다. 그렇지 않아도 인아는 여대생들에게 눈을 부라리던 분홍 곰의 모습에 놀라던 차였다.

"여기 규칙입니다."

이번엔 혁주가 입을 열었다.

"규, 칙이요?"

인아는 혁주의 말을 이해할 수 없었다.

'아니, 카페에 무슨 규칙?'

지금까지 인아는 그런 이야기를 들어 본 적이 없었다.

"여기서는 남의 눈치를 볼 필요도 없고, 남의 말을 할 이유도 없어요."

혁주의 설명에 인아는 여전히 어리둥절한 표정을 했다.

"제가 분홍색을 참 좋아합니다."

이번엔 윤수의 말이 인아의 귓속으로 파고들었다.

"제가 덩치가 좀 큰 편인데 분홍색을 좋아해요. 남들이 덩치가 아깝다는 둥, 뭐라고 해서 예전에는 입을 생각도 하지 않았죠. 그래서 이 카페를 차렸어요."

분홍 곰, 윤수가 히죽 웃었다.

"온통 분홍색이죠?"

윤수는 얼굴 가득, 만족의 미소를 드리웠다.

"이 카페 안에서는 누구나 다른 사람의 시선에서 자유로워요. 뭘 해도 상관 안 하고 관심도 안 주죠. 그게 이 카페의 규칙입니다."

뜻밖의 말에 인아의 눈이 커졌다.

"제가 이 카페 주인인데, 제 맘대로 옷 하나 못 입는다? 말이 안 되죠."

윤수는 그 커다란 어깨를 으쓱였다.

"여기 오시는 대부분의 손님은 그 규칙을 다 알고 있어요. 다 지키시죠."

그제야 인아는 왜 혁주가 이곳에서 그림을 그리려 하는지 어렴풋이 알 것 같았다. 윤수 말대로 아까 전부터 자기들끼리 속닥이던 여대생들은 이제 조용했다.

"자, 형. 우리는 이제 우리 일을 할게."

"아, 그렇지."

윤수는 꾸벅, 머리를 숙여 보이고는 그대로 아래층으로 내려갔고 혁주는 가방을 열어 스케치 북과 연필을 꺼냈다. 그 모습에 인아는 바짝 긴장하기 시작했다.

'어떤 표정을 지어야 하는 거지?'

며칠 전부터 그림 모델에 대해 검색을 해봤지만 그녀는 딱히 어떤 정보를 얻을 수는 없었다. 화가가 시키는 대로 가만히 있으라는 글만 읽었을 뿐.

"인아 씨?"

"네, 네?"

끼기긱, 인아의 목이 부자연스럽게 돌아갔다. 그런 그녀를 보며 혁주가 부드럽게 웃었다.

"긴장하지 말아요."

"네, 네."

모델이 되겠다고 모델 수업을 받고 있긴 하지만 그림 모델은 또 처음. 마네킹 모델과는 또 달랐다. 마네킹 모델은 신상 옷을 입고 한 자리에 서 있는 것뿐이었지만 그림 모델은 화폭에 자신의 모습이 담기는 것이었다.

도대체 어떤 표정을 지어야 할지 인아는 난감했다.

"우선 차 한 잔 들어요."

혁주는 그녀의 긴장감을 풀어 주기 위해 차를 권했다.

"예."

향긋한 국화차는 따스한 온기를 인아에게 나눠 주었다.

"하아."

몇 모금, 차를 마시니 조금은 안정되는 것 같았다.

"남의 눈 의식하지 않아도 되는 곳이에요, 여기가."

그녀는 혁주의 말에 귀를 기울였다.

"인아 씨는 그냥 차 마시면서 있으면 됩니다. 그림은 제가 그리는 거니까요."

"움직여도 된다고요?"

"너무 많이 움직이는 건 곤란하지만요."

그의 다정한 말에 인아는 아주 조금, 긴장이 덜 하다는 생각이 들었다.

"그냥 앉아 있어도 좋고 뭐하면 핸드폰을 보셔도 됩니다."

그는 그녀의 마음을 편하게 해주려 애를 썼다. 그것이 바로 이곳을 그림 그리는 장소로 정한 이유였다.

혼자 살아온 혁주가 유일하게 세상과의 소통을 꾀하는 곳이 바로 이 분홍카페였다. 대학 선배인 윤수는 지극히 남성미가 풀풀 나는 상 남자였지만 의외로 아기자기하고 귀여운 물건들을 좋아했다.

제일 좋아하는 색이 바로 이 꽃분홍. 온몸을 분홍으로 도배하기를 좋아하는 윤수는 그런 자신을 향한 못마땅한 시선에 발끈, 바로 이 카페를 차렸던 것.

처음 그의 카페를 찾은 손님들은 적응을 못 했지만 차츰차츰 윤수가 내리는 커피 맛과 차 맛, 그가 만들어 내는 각종 디저트들에 마음을 빼앗기고 나름의 규칙이 있는, 다시 말해 지극히 개인적인 것이 보장되는 이곳이 마음에 들어 단골이 늘어 가고 있는 추세였다.

인아는 혁주의 말대로 마음을 편하게 먹기로 했다. 우선 다시 한번 카페를 둘러봤다. 아무리 사장 마음이라지만 솔직히 눈이 아팠다.

하지만 저쪽에 자리한 여대생들은 상관없는 듯 자신들만의 세계로 빠져들어 열심히 대화를 나누고 있었다. 그녀들은 처음과는 달리 혁주와 인아에게 별 관심을 보이지 않고 있었다. 인아의 시선이 카페 이곳저곳에 닿았다가 테이블 위로 내려갔다. 천천히, 그녀의 눈동자가 혁주를 향해 움직였다.

그가 인아를 보고 있었다. 빤히 바라보는 그의 시선에 놀랐지만 이내 자신의 역할을 기억해 내고는 그대로 그와 눈을 마주했다.

기분이 묘했다. 어쩐지 떨리는 것 같기도 했다. 하지만 그녀는 자신의 역할에 충실하기로 마음먹었기에 혁주의 눈을 피하지 않았다. 서서히 그의 손이 움직였다. 아주 잠깐, 그의 눈이 인아에게서 떨어졌다. 새하얀 종이 위에 검은 연필이 그녀를 새기기 시작했다.

사각, 사각.

아무렇지도 않은 얼굴을 하고 있었지만 혁주의 심장은 터질 것처럼 거칠게 뛰고 있었다. 이렇게 가까운 거리에, 인아가 있다는 사실 하나만으로도 숨을 쉴 수 없을 것 같았다.

새하얀 얼굴, 가지런한 눈썹과 아름다운 눈동자, 혁주를 향한 그 눈동자.

그의 손끝이 가느다랗게 떨렸다. 인아를 그리고 있는 지금 이 순간이, 꿈만 같았다. 같이 식사를 하고 같이 카페에 들어와 마주 보고 앉아 대화를 나누고 그림을 그리고.

혁주는 일련의 행동들이 마치 연인들이나 하는 데이트 같아서 감격스러웠다. 인아는 진지한 얼굴로 자신을 바라보며 그림을 그리는 그를 유심히 바라봤다.

그녀 역시 예체능계를 했었기에 그의 마음을 어느 정도 알 것 같기도 했다. 자신의 어디가 마음에 들었는지 알 길이 없었지만,

아니, 솔직히 처음 그림 모델에 합격했다는 말을 들었을 때만 해도 얼굴 때문에 뽑힌 건 아닌가, 하는 자만이 생겼다.

그녀는 자신이 예쁘다는 사실을 인지하고 있었으니까.

원래 그림 모델이란 것이 얼굴만 예쁘다고 되는 게 아니라는 사실을 인아는 인터넷을 통해 배웠다. 화가의 마음에 드는 것이 주요하다는 것. 그녀는 혁주가 자신의 어디가 마음에 드는지 궁금해졌다.

"수고하셨습니다."

들려오는 말소리에 깜짝 놀라 혁주를 바라봤다.

"끝났어요?"

"네."

"벌써요?"

그녀의 눈이 스윽, 휴대전화의 시계로 향했다. 약속했던 11시까지 한참이나 남은 시각.

"오늘은 처음이니까."

인아가 자신을 바라보자 혁주는 변명하듯 말했다.

"하지만 일해야 하는 시간에 식사를 했는데……."

분명 인아가 모델을 하기로 한 시간은 밤 8시에서 11시까지. 그중 혁주와 식사를 한 시간이 대략 3~40분, 그렇기에 더 늦게 끝나리라 각오했던 터였다.

"식사 시간은 일한 것으로 쳐야죠."

혁주가 시원하게 답했다.

"……왜요?"

"혼자 밥 먹는 거 싫거든요."

아주 간단하게 말한 후 그는 지금까지 그렸던 스케치를 곱게 접어 가방 속으로 넣었다.

"그림은 다 그린 다음에 보여 줄게요."

사실 그는 오늘 제대로 그림을 그리지 못했다. 평소의 그라면 인물 스케치쯤은 한두 시간이면 끝. 하지만 오늘은 달랐다. 인아의 얼굴을 하나하나 뜯으며 그리지 않았던가. 그리는 시간보다 그녀를 바라보는 시간이 더 길지 않았던가.

"형, 가요."

"어, 그래. 인아 씨, 또 봐요."

"네."

분홍 곰의 살가운 인사를 받으며 인아와 혁주는 카페를 나섰다. 여전히 바깥세상은 휘황찬란했다.

"가시죠."

"네?"

"태워 드리겠습니다."

인아는 혁주의 호의를 받아들이지 않기로 했다.

"아, 아니에요. 요 앞에서 버스 타면 돼요."

그는 더 이상 권하지 않았다. 그녀가 불편하다고 하는데 굳이, 억지로 차로 데려다줄 필요성을 느끼지 못했기 때문이었다.

"그럼 버스 정류장까지 같이 가죠."

"아니, 그러지 않으셔도 되는데."

"가요."

어느새 혁주는 인아 앞을 나서며 성큼성큼, 걸음을 옮기고 있었다.

인아와 헤어지고 난 후 집으로 돌아온 혁주는 곧바로 욕실로 들어섰다.

쏴아.

따뜻한 물줄기가 몸 위로 쏟아져 내렸다. 탄탄한 등 근육에서부터 흘러내리는 물줄기는 단단한 복근을 지나 바닥으로 흘러내렸다.

"하아."

비누칠한 몸을 헹구며 혁주는 숨을 토해 냈다. 기분이 좋았다. 샤워를 해서 상쾌한 것도 있지만 무엇보다 인아와 함께 시간을 보냈다는 사실이, 그가 기분 좋은 가장 큰 이유였다.

딸깍.

욕실 문을 열고 나온 그가 뽀송뽀송한 수건으로 머리의 물기를 탈탈, 털어 내며 가방 쪽으로 다가갔다. 가방 문을 열고 꺼내 든 것은 스케치 북. 그는 다시 한번 수건에 손을 꼼꼼히 닦은 다음, 스케치 북을 넘겼다.

드러난 인아의 얼굴, 그것을 바라보는 혁주의 입가에 미소가 맺히기 시작했다.

새하얀 종이 속 인아는 요정처럼 예뻤다. 옆얼굴로 떨어지는 긴 머릿결이라든가 입매에서 느껴지는 다정함, 속눈썹에서 묻어 나오는 우아함, 그는 넋을 놓고 그림 속 인아를 바라봤다.

"하아."

한참의 시간이 지난 후에야 혁주는 참고 참았던 숨을 뱉어 냈다. 그는 그림을 들고 자신의 작업실 안으로 들어섰다.

그림 그리는 도구들과 이젤이 놓인 작업실은 이 집에서 제일 큰 공간이었다. 아무래도 많은 시간을 보내는 곳이라 신경을 제일 많이 썼다. 옅은 푸른빛이 도는 벽면 앞에 선 혁주는 들고 있던 스케치 북을 가만히 대 보았다.

"……좋네."

그는 그림을 물끄러미 바라봤다. 마치 인아와 마주 보고 있는 듯한 기분이 들었다.

"코팅해야겠다."

인아의 그림을 코팅해서 벽면에 붙일 생각이었다. 생각만으로도 행복했다. 벽면 가득 인아의 얼굴로 채워지면 얼마나 아름다울까, 상상만으로도 즐거웠다.

"자, 그럼."

작업실을 빠져나와 다시 거실로 돌아갔다. 소파 위에 올려놓은 가방에 스케치 북을 집어넣은 혁주는 휴대전화를 들어 자신의 스케줄을 확인했다.

그의 주말은 바빴다.

현재 대학 4학년. 다른 취준생들처럼 취업 때문에 바쁜 건 아니었다. 지금 현재 그는 자신이 벌어서 학비와 생활비를 대고 있는 상황.

아버지가 다달이 보내 주고 있긴 하지만 처음 집을 구할 때와 대학교 입학 때까지만 도움을 받았을 뿐 그 이후는 그대로 통장에 남아 있었다.

혁주가 하고 있는 아르바이트는 그룹 과외였다.

고등학교에 편입하기 전부터 혁주는 수재였다. 어머니의 죽음으로 잠시 방황하긴 했어도 다시 공부를 시작하니 그의 실력은 다시 빛을 발했다. 원치 않았지만 명문대 경영학과에 입학한 혁주는 곧바로 과외를 시작했다. 학교 간판만으로도 대우를 받았지만 뛰어난 실력은 그의 몸값을 더욱 치솟게 만들어 주었다.

맨 처음 맡았던 고등학교 2학년이었던 남학생의 성적은 반에서 중간 정도. 혁주에게 수학과 영어 과외를 받던 그 학생이 고3이 될 즈음, 성적이 전교 상위권으로 오르면서 엄마들 사이에 그의 이름이 유명세를 탔던 것이다.

학교 다니면서 한 명, 두 명 과외 하던 혁주는 그룹 과외를 시작했고 그 덕에 자신의 학비와 생활비를 벌 정도의 수익을 창출해 낼 수 있었다.

인아와의 만남을 위해 주중에 있던 과외를 모두 다 주말로 미룬 상황이었다. 주중에 인아를 만나 그림을 그리고 주말에 과외를 하면 된다고 결론 내린 터였다.

우웅.

갑자기 몸을 떨어 대는 전화.

"이 시간에 형이 왜."

성진의 이름에 혁주는 슬쩍 인상을 찡그리다가 전화를 받았다.

"형."

—오, 혁주!

전화기 너머 성진의 목소리는 활기로 가득했다.

—잘 지냈냐?

"예."

잠시 침묵이 흘렀다.

—자식.

침묵을 이기지 못한 성진이 먼저 입을 열었다.

—너도 좀 이 형님의 근황 물어보면 안 되냐?

"잘 지내셨습니까?"

—됐다! 엎드려 절 받기도 아니고.

"예."

짧은 답에 성진이 혀를 차는 소리가 들려왔다.

—내일 낮에 집에 와야겠다.

"왜요?"

혁주는 아버지가 있는 집에 가는 것이 썩 유쾌하지 않았다. 보나 마나 또 회사로 들어오라는 잔소리를 하실 것이 빤했다. 그 사실을 성진도 알고 있기에 성진은 또 한 번 혀를 찼다.

—아버지가 하실 말씀이 있으시댄다.

"……예."

—오는 거지?

"예."

―점심때 와라. 같이 식사나 하게.

"……예."

통화를 마친 후 물끄러미 휴대전화를 바라봤다.

"연락해야겠지?"

저장된 인아의 전화번호를 보며 혁주는 중얼거렸다.

어쩐지 두근두근, 심장이 뛰었다. 기다란 그의 손가락이 꾸욱, 단축 번호를 눌렀다. 맑은 신호음이 가고 이내 딸깍, 하는 소리가 들려왔다.

―여보세요?

들려오는 인아의 목소리에 갑자기 말문이 막혔다.

―강혁주 씨?

자신의 이름을 부르는 인아에게 혁주는 감격했다.

"아, 인아 씨."

―네, 무슨 일이세요?

그러고 보니 너무 늦은 시각. 그는 자신이 실례했음을 깨달았다.

"아, 죄송합니다, 너무 늦은 시간이죠?"

―아니, 괜찮아요.

그녀의 목소리는 상냥했다.

"잘 들어가신 거죠?"

인아가 잠시 숨을 멈추는 것이 느껴지는 혁주.

―네.

한참 뒤, 인아가 답했다.

─그런데 무슨 일로……?

상냥함 속에 경계심이 묻어 나왔다.

"아."

혁주는 서둘러 말을 이었다.

"갑자기 내일 제가 약속이 생겨서요, 그림은 모레 그려야겠어요."

─아, 네에.

"혹시 인아 씨, 모레 낮에 약속 있으십니까?"

─아뇨, 없어요. 주말에는 아카데미도 쉬거든요.

"잘됐군요."

─네?

"아, 아닙니다. 그럼 좀 일찍 만나죠, 우리?"

─……네.

"제가 모레 아침에 전화 드리겠습니다."

─네, 그러세요.

* * *

본가로 들어선 혁주는 꾸벅, 미영에게 인사를 건넸다.

"어서 와라."

그녀는 여전히 혁주의 눈을 마주치지 않았다. 워낙 오래전부터 있어 왔던 일이라 그도 이제는 미영의 얼굴을 제대로 바라보지 않았다.

"네."

미영의 뒤를 따라 들어선 주방은 이미 식사 준비가 끝난 상태였다.

"아줌마, 국 좀 더 퍼요."

"네, 사모님."

주방에 들어서자마자 미영은 일하는 가천댁에게 국을 부탁하고는 남편 옆자리에 가 앉았다.

"잘 지내셨습니까."

얼굴 본 지 얼마 되지도 않았지만 그는 안부 인사를 전했다.

"오냐, 앉아라."

혁주는 이미 와 있던 성진 옆에 앉았다. 그의 앞에 밥과 국이 놓였다.

"일단 먹자."

혁주는 조용히 식사를 하기 시작했다. 솔직히 혼자 밥 먹는 것보다는 이렇게 여럿이서 먹는 게 조금은 더 좋았지만 본가에서의 식사는 마냥 좋지만은 않았다. 먹고 나면 항상 체한 것처럼 속이 거북했다.

조용한 가운데, 달그락거리는 소리만이 울려 퍼졌다. 식사를 하고는 있지만 혁주는 무슨 맛인지 느껴지지 않았다. 다만 한시라도 빨리 시간이 흐르기만을 기다릴 뿐.

"그래, 내년이면 혁주, 졸업이지?"

식사를 다 마치고 자리를 거실로 옮긴 가족들은 과일을 먹으며 담소를 나누었다. 그러던 중 혁주에게 날아든 창섭의 질문. 그것은 언제나 시작되는 서막과도 같았다.

"예."

혁주는 아버지의 물음에 답했다.

"그래, 성적도 좋다고 하니 경영일 쪽이 어울리겠구나."

혁주는 작은 한숨을 토해 냈다. 그림을 그리고 싶어 한다는 사실을 알고 있으면서도 고집스럽게 백화점 근무를 강요하는 것이 싫었다.

"그래, 혁주가 이제 스물일곱이 됐나?"

느닷없는 나이 공격.

"……예."

"사귀는 아가씨는 없는 거지?"

단정적인 그 질문에 그는 아버지가 자신에 대해 조사했음을 눈치 챌 수 있었다.

"네."

사귀는 사람이 없으므로 답은 즉각적으로 튀어나왔다.

"그래."

창섭은 아삭, 사과 한 입 베어 물며 눈을 빛냈다.

"원석 그룹 막내딸이 이번에 졸업한다더구나."

창섭이 혁주를 불러들인 목적이 드러났다.

"스물다섯이고 아주 얌전한 아가씨라더구나. 만나 보거라."

창섭이 혼외자식인 혁주를 책임진 것은 핏줄이기 때문만은 아니었다. 사업 확장을 위해 재벌들 간의 정략결혼. 그것이 목적이었다.

그래서 미술을 전공하고 싶어 하던 혁주에게 경영학을 권했던 것이었다. 아무래도 다른 재벌들의 눈에 맞추려면 기본적으로 갖춰야 할 것들이 있어야 했으니까. 다행히도 혁주는 잘생긴 데다 영리한 아이였다. 성적도 좋았고 말썽도 피우지 않았다. 거기다 근성까지 있었다.

창섭은 혁주가 자신이 보내는 돈을 그대로 모으고 있다는 사실을 알고 있었다.

"싫습니다."

단박에 날아든 거절. 창섭의 눈썹이 꿈틀거렸다.

"정략결혼은 형으로도 충분하시잖아요."

기실, 성진 역시 아버지인 창섭에 의해 대건 제약의 딸과 결혼 이야기가 오가는 상태였다.

"회사도 들어오기 싫다."

창섭의 입이 조용히 열렸다.

"결혼도 네 맘대로 하고 싶다."

표독한 눈초리가 혁주에게 향했다.

"내가 왜 널 키웠는지 모르겠느냐?"

순식간에 분위기는 차갑게 변해 버리고 말았다.

"난 손해 보는 장사는 하지 않는다."

아버지가 아들에게 하는 말치고는 너무도 독한 말이었다.

"네게 투자한 만큼 보상받아야겠다."

창섭은 그 독한 말을 아무렇지도 않게 내뱉었다. 어차피 실수로 낳은 아들이었다. 제 어미가 죽지 않았다면 절대 찾지 않을 그런 아들이었다. 만일 혁주가 영리한 아이가 아니었다면 창섭은 절대 거두지 않았을 터였다.

"잔말 말고 선 보거라."

혁주는 창섭의 강압에 입을 꾸욱 다물었다. 온몸에 잔뜩 힘이 들어간 동생 옆에서 성진이 아버지 모르게 그의 허벅지를 두드렸다. 그만 참으라는 뜻.

"이만 가 보겠습니다."

더 이상 앉아 있을 이유는 없었다. 허락도 받지 않고 자리에서 일어선 혁주를 창섭은 못마땅하게 노려봤다. 하지만 혁주는 제법 근사한 미끼였다. 선 시장에 내놓으면 제 값은 톡톡히 할 그런 소모품.

"이제 슬슬 성을 바꿔야 하지 않겠니."

창섭은 아직도 제 어미 성을 쓰고 있는 아들을 마뜩찮게 생각하고 있었다.

"……가 보겠습니다."

더 이상의 말도 없이 혁주는 그대로 등을 돌렸다. 성진이 아버지 눈치를 보며 허겁지겁 동생의 뒤를 따랐다.

"쯧쯧."

창섭은 아들들의 등을 보며 큰 소리로 혀를 찼다.

"가 볼게요, 형."

혁주는 더 이상 나오지 말라는 눈빛을 성진에게 보냈다.

"그래, 종종 연락하자."

현관에서 동생을 배웅한 성진은 다시 거실로 돌아왔다. 그런 그에게 창섭이 딱딱한 목소리로 물었다.

"저 녀석, 정말 만나는 여자 없는 거지?"

순간, 성진은 얼마 전 혁주가 백화점의 마네킹 모델을 자신의 그림 모델로 소개해 달라던 일이 떠올랐다. 하지만 성진은 그 사실을 창섭에게 알리지 않았다.

"네."

"혹시 모르니 더 자세히 알아보도록 해라."

"네, 아버지."

자리를 털고 나선 성진은 자신의 차로 걸음을 옮겼다.

띠딕.

차에 오른 성진은 운전대에 손을 올려놓은 채 한동안 그렇게 있었다.

"여자라."

분명 그 마네킹 모델이 여자였던 것이 떠올랐다. 그러고 보니 누구에게 부탁이라는 것을 지금까지 한 적 없던 혁주가 그런 부탁을 해왔다는 건, 그냥 넘어갈 일이 아니라는 생각이 들었다.

"흐음."

성진은 눈썹을 들어 올렸다. 혁주만큼은 제 원하는 대로 해도 될 것 같은데 아버지의 욕심은 끝이 없는 것 같았다.

부릉.

성진의 차가 서서히 움직이기 시작했다.

집으로 돌아온 혁주는 옷도 벗지 않고 자신의 가방을 찾았다. 다급한 손길로 스케치북을 펼친 그의 눈에 생기가 돌았다.

"하아."

안도의 한숨이 저절로 흘러나왔다. 창섭과 나눈 대화에 혁주는 분노했다.

아무리 그래도 생물학적 아버지인데, 자신을 물건 대하듯 하는 행동이 무척이나 싫었다. 아버지와 대화를 나눌 때마다 머리가 지끈거리고 눈에 피가 몰린 것처럼 아팠다.

오는 내내 그의 머릿속에는 온통 인아밖에 없었다. 그녀를 보면 이 두통도, 눈이 아픈 것도 다 나을 것 같았다. 그런 마음에 집에 오자마자 그녀의 그림을 펼쳤다.

"후우."

살 것 같았다. 그림 속 인아의 부드러운 미소를 본 순간, 지끈거리던 통증이 순식간에 사라지는 것을, 혁주는 느꼈다.

"살 것 같다, 인아야."

그가 나지막이 중얼거렸다. 물끄러미 그림을 바라보던 혁주는 문득, 자신이 두려워졌다.

"나, 이러다가 큰일 내는 거 아냐?"

인아를 향한 맹목적인 감정이 나쁘게 변질될까 두려워졌다. 하지만 그는 곧바로 머리를 휘휘, 저었다.

"내가 어떻게 인아한테 그래."

지금껏 살아오면서 그 누구에게도 실수한 적이 없었던 혁주였다.

"내가 어떻게 인아한테."

인아는 그에게 동경이었고, 여신이었다. 그리고 혁주에게 힐링이었다. 이제 내일이면 인아를 만날 것이다.

5. 견학을 빙자한 데이트

　아주 오랜만에 찾아온 따뜻한 날씨였다. 그 덕에 혁주는 기분 좋은 아침을 맞이할 수 있었다. 여느 때처럼 같은 시간에 일어난 그는 수시로 시계를 들여다보며 인아에게 연락할 최적의 시간을 기다렸다.

　아침 9시, 기다려 온 바로 그 시간. 혁주는 천천히 휴대전화를 들었다. 저장해 놓은 인아의 번호를 누르니 경쾌한 신호음이 들려왔다. 그 짧은 시간 동안 두근두근, 긴장이 됐다.

　딸깍.

　통화가 걸리는 소리가 들려오자 그의 심장 또한 덜컥, 거렸다.

—여보세요?

들려오는 인아의 목소리. 숨도 쉬지 않고 있던 혁주는 그만 안심이 되어 숨을 토해 내고 말았다.

"안녕하세요, 인아 씨."

—네, 안녕하세요.

"지난번에 말씀드린 대로 오늘은 일찍 뵙고 싶은데요."

—네.

"죄송한데, 오늘 시간을 초과할 듯합니다."

—네?

"미술관 관람해야 해서요."

—미술관이요?

인아의 당황한 목소리에도 그는 눈 하나 깜짝 하지 않았다.

"연필화 전시회가 있습니다. 아무래도 인아 씨도 봐야 할 것 같아서요."

—……제가요?

"모델에 대한 감이 잡히지 않을까, 해서."

—아아.

"오늘 시간 비우신다고 하셨는데 시간 되시는 거죠?"

—네.

"많이 걸을 수도 있으니까 편한 옷으로 입고 나오십시오."

—……알겠습니다.

"그럼 지금 9시니까 10시까지 백화점 앞에서 만나죠. 만나서 같이 움직이는 게 좋을 것 같으니까."

—네.

통화를 마친 혁주는 부산하게 몸을 움직였다. 약간의 설렘과 흥분이 그를 감싸 안았다. 아침 일찍부터 만나서 오후 늦게까지 인아와 같이 있을 생각을 하니 떨렸다.

과외는 오후 10시 이후로 몰아 놓았으니 여유는 충분히 있었다. 저절로 콧노래가 흘러나왔다. 드레스 룸으로 향하는 발걸음은 가벼웠다.

촤락.

옷 고르는 손놀림이 흥겨웠다.

"편한 옷으로 입고 나오라고 했으니 나도 가볍게 입어야겠지."

중얼거리며 신중한 손길로 옷을 골랐다. 가지고 있는 옷들은 대부분 고가의 것들. 그가 산 옷들이 아니었다. 모두 형인 성진이 공수해 온 것이었다.

혁주는 청바지에 티셔츠 차림을 좋아했다. 아버지인 창섭은 그의 그런 옷차림을 본데없다며 못마땅해했고 그 이후로 성진이 알아서 동생의 옷을 챙겨 왔던 것. 다른 때는 몰라도 창섭을 만나는 날이면 혁주는 성진이 준 옷을 입곤 했다.

"어차피 걸어야 하니까."

그는 비싼 옷은 거들떠보지도 않고 자신이 제일 처음 과외로 산 청바지와 티셔츠 그리고 두툼한 가죽 재킷을 꺼내 들었다.

"흠."

입매가 만족스럽게 올라갔다.

혁주와의 통화를 마친 인아는 잠시 멍한 상태가 되어 버렸다.

"전시회?"

전시회, 그녀는 다시 한번 중얼거렸다. 언제였던가, 문화생활을 만끽했던 그때가 아득하게 느껴졌다. 부모님 돌아가신 이후로 단한 번도 미술관 관람이라든가 음악회는 물론 연주회, 하다못해 영화 한 편을 마음 놓고 제대로 본 적이 없었다.

"연필화라."

인아는 자신의 목소리에 퍼뜩, 정신을 차렸다.

"아, 준비해야겠다."

어찌되었건 일하러 가는 것이 아니겠는가. 그녀는 쓸데없는 감정은 접어 두고 서둘러 나갈 채비를 했다. 혁주의 당부대로 가벼운 옷차림을 선택하기로 했다.

인아는 자신의 옷장을 살폈다. 그녀의 옷장은 그다지 크지 않은천 캐비닛. 부모님이 살아계셨을 때만 해도 사시사철마다 옷을 사곤 했지만 부모님이 돌아가신 후로는 영 그러질 못했다. 옷도 거의다 몇 년 전부터 입은 옷들이었다.

새 옷을 살 돈으로 빚을 갚아야 했으니 어쩔 수 없는 노릇이었다. 더군다나 갑자기 큰 키로 인해 예전에 샀던 고가의 옷들은 전부사촌 동생, 큰 아버지의 딸인 인영이가 가져갔던 것.

"이거면 되겠지."

딱히 고르고 자시고 할 것도 없었다. 짙은 청바지와 분홍색 니트 티, 카키색 사파리로 오늘의 코디를 마친 인아는 재빨리 화장하기로 돌입했다.

켜 놓은 텔레비전 채널에서 오늘의 날씨가 좋다고 했으니 조금은 화사하게 꾸며도 괜찮을 것 같았다. 스물셋의 인아는 화장을 그리 진하게 하지 않았다. 무대 위에 올라갈 때 빼고는 거의 비비크림만 바르는 수준.

그녀는 얼굴에 꼼꼼히 크림을 바르고 파운데이션을 가볍게 두드렸다. 눈썹을 약간 덧칠하고 분홍색의 아이섀도로 색조 화장을 더했다. 그리고 화장의 마지막은 립밤으로 마무리.

"됐네."

거울 속 자신의 얼굴을 살피며 만족스럽게 웃었다. 막 봄으로 넘어가는 시기, 가벼운 화장이 봄의 시작을 알리는 것 같아 기분 좋게 느껴진 탓이었다.

"서둘러야겠다."

힐끔, 시계를 본 인아는 옷 갈아입는 손길에 속도를 줬다. 어느 틈에 외출할 채비를 마친 인아는 좁은 방 안을 쭉 둘러봤다. 가스 손잡이도 오케이, 창문도 오케이.

"참, 운동화 신어야겠다."

막 구두에 발을 집어넣으려던 인아는 편한 옷을 강조하던 혁주의 말을 떠올리고는 신발장에서 운동화를 꺼내 들었다. 초록빛이 도는 납작한 운동화는 깔끔했다.

"많이 걸을 수도 있다고 했지?"

다시 한번 혁주의 말을 떠올리는 그녀.

철컥.

드디어 문을 열고 밖을 나섰다. 문단속을 철저히 한 인아는 완연한 봄이 묻어나는 햇살을 만끽하며 걸음을 옮기기 시작했다.

"아, 날씨 좋다."

엊그제 추웠던 것이 거짓말이었던 것처럼 불어오는 바람은 따뜻했다. 가벼운 옷차림만큼이나 가뿐한 걸음으로 그녀는 버스 정류장을 향해 걷기 시작했다.

타박, 타박.

항상 굽 높은 구두만 신었던 발이 가볍게 느껴졌다. 발이 편하니 걸음은 또 걸음대로 빨라졌다. 그녀는 마치 나는 듯, 춤추는 듯 거리를 활보했다.

삑.

버스에 오른 그녀는 제일 뒤쪽 자리로 향했다. 주말이라 그런지 버스 안에는 사람들이 별로 없었다. 수월하게 뒤쪽에 도착한 인아는 제일 구석 자리로 앉아 버스 창문을 열었다. 왈칵, 봄의 기운을 담은 바람이 부드럽게 그녀를 감싸 안았다.

맑은 햇살을 받으며 창밖을 구경하고 있자니 정말로 봄이 성큼 다가온 것 같아 기분이 좋아졌다. 그러고 보니 차 안에 흐르는 음악 또한 봄에 어울리는 상큼한 멜로디.

창밖에서부터 밀려드는 봄기운을 만끽하던 인아는 온몸을 관통

하는 진동에 휴대전화를 찾아 들었다.

"여보세요?"

—어디십니까?

들려오는 혁주의 목소리.

"버스 타고 가고 있어요. 다 와 가요."

—알겠습니다. 조심히 오십시오.

뚝. 통화를 마친 그녀는 짧고 간단했던 그 내용에 피식, 웃음이
나왔다.

"뭐, 이런 것도 좋지."

인아는 말이 많은 남자는 별로 좋아하지 않았다. 아니, 목소리 크고
말 많은 남자는 신용하지 않았다. 그것은 큰아버지의 영향 탓이었다.

부모님 돌아가시고 큰아버지 댁에 얹혀살면서 인아는 남자의 목
소리가 그렇게 듣기 싫다는 사실을 처음 깨달았다. 본인은 호탕하
다고는 하지만 그건 본인의 이야기일 뿐, 듣는 사람은 불쾌함을 유
발하는 목소리에 화법이었다. 듣는 사람의 자존심을 밑바닥까지 긁
고, 끊임없이 이어지는 비난.

「다음 내리실 정류장은…….」

들려오는 기계적인 목소리에 인아는 서둘러 자리에서 일어나 백
화점 앞 정류장에서 내렸다.

타닥.

구두를 신었을 때보다 더욱더 과감하게 버스에서 뛰어내렸다. 그
만큼 그녀의 기분은 상쾌했다.

"인아 씨."

들려오는 자신의 부름에 인아는 막 옮기려던 걸음을 멈추고 소리가 난 쪽으로 시선을 돌렸다. 혁주가 그녀를 보며 웃고 있었다.

"권, 혁주 씨?"

혁주는 인아가 자신의 이름을 불러 주는 것이 좋았다. 단, 성을 붙이지 않고 불러 주었으면, 하는 아주 작은 바람이 생긴 것 빼고는.

"벌써 오신 거예요?"

그녀가 시간을 확인하고는 안심했다. 약속 시간인 10시까지 딱 2분이 남은 상황.

"네, 조금 일찍 왔습니다."

"아니, 그런데."

그녀의 목소리에 의심이 살짝 실렸다.

"백화점 앞에서 만나기로 한 거 아니었어요? 왜 여기 있어요?"

"인아 씨가 버스 타고 오는 걸 알고 있잖아요."

듣고 보니 자신이 버스 타고 다닌다는 것을 혁주가 알고 있다는 사실을 깨달았다.

"그럼 일부러 여기서 기다린 거예요?"

"차 세워 두고 오는 길이었어요."

"아아, 네에."

인아는 새삼 자신이 무슨 말을 한 건지 부끄러워졌다. 마치 그가 자신을 버스 정류장에서 기다린 것처럼 확정 지어 놓고 말한 꼴이 아닌가.

"가죠."

"네?"

"차 타러 가자고요. 저쪽 주차장에 세워 뒀어요."

"네에."

앞장 선 혁주의 뒤를 따라 그녀는 걸었다. 그의 뒷모습을 바라보던 인아는 어느새 그의 옷차림을 눈으로 훑고 있었다.

'캐주얼도 잘 어울리네.'

인아는 감탄했다. 그 역시 낮은 운동화를 신고 있었는데 어찌나 키가 큰지 지나는 웬만한 남자들보다 확실히 머리 하나가 더 컸다. 다리 길이가 길어서 청바지가 멋지게 잘 어울렸고 진한 가죽 재킷을 통해 드러난 그의 등은 단단해 보였다.

모델들과 생활하다 보니 어떤 걸음이 멋진 걸음인지 알아보는 눈이 인아에게도 생겼는데 그런 그녀의 눈에도 혁주의 걸음걸이는 반듯했다.

"타요, 인아 씨."

인아는 자신을 위해 차문을 여는 혁주를 바라봤다. 부잣집 막내 도련님의 이미지와는 조금 다른 차종이었다. 그녀는 차에 올랐다.

탁.

인아가 타고 난 후 문을 닫아 준 혁주는 운전석에 자리한 후 곧바로 시동을 걸었다.

"안전띠 매요, 인아 씨."

"아."

그녀는 그의 말에 따라 안전띠를 맸다.

부릉.

소형차보다는 크고 중형차보다는 조금 작은 차는 아주 미끄럽게 달리기 시작했다. 인아를 옆자리에 태운 혁주는 평소보다 더욱더 신중하게 차를 몰았다.

* * *

의외로 미술관은 대학가 주변로에 있는 아주 작은 곳이었다. 미술관 앞에 차를 댄 두 사람은 차에서 내렸다. 인아는 살짝 흥분 상태였다. 너무 오랜만의 문화생활이라 기대도 되었다.

"들어가시죠."

"네."

혁주의 권유로 두 사람은 곧바로 미술관 쪽으로 걸어갔다.

자박, 자박.

작은 알갱이들이 운동화 바닥을 통해 그 느낌이 고스란히 느껴져 인아는 땅을 내려다봤다. 아무리 그래도 대학가인데 주차장 바닥은 비포장 상태. 그렇다고 흙투성이는 아니었다. 깨끗한 돌멩이들이 자잘하게 깔린 바닥이었다. 뭔가 새로운 느낌.

들어선 미술관 내부를 보고 나서야 그녀는 아, 하는 탄성을 육성으로 지르고 말았다. 그 소리에 앞서 걷던 혁주가 무슨 일이냐는 듯 돌아봤다. 인아는 서둘러 아니라는 듯 머리를 저으며 웃어 보였다.

작은 미술관은 상당히 독특했다. 벽면이 돌로 만들어졌는데 대리석같이 매끈한 면이 아닌 도돌도돌한 질감의 벽이었다. 마치 주차장의 자잘한 알갱이를 벽에 박아 놓은 것처럼. 하얀 돌멩이들이 천장의 조명을 받아 반짝반짝 빛이 났다.

"아, 예쁘다."

벽뿐이 아니었다. 미술관에 전시된 모든 그림이 하나같이 다 예뻤다. 아니, 그 표현으로는 부족했다. 마치, 사진처럼 현실감이 여기저기서 묻어나왔다.

"와아."

그림들은 단박에 인아의 시선을 사로잡았다. '연필화 전시회'라는 글자가 미술관 바로 앞에 현수막으로 쳐져 있었지만 단순한 연필 그림들이 아니었다. 사람의 옆모습을 그린 그림도, 꽃병에 꽂힌 장미 한 송이도, 커다란 물방울 그림도 모두 생생했다.

"그림 같지가 않아."

그녀는 저도 모르게 감탄사를 내뱉었다. 머릿결 하나, 꽃잎 한 장, 물방울의 빛 그림자까지 세밀하고 정교했다. 인아는 연필화의 매력에 푹 빠져 정신없이 구경하기 시작했다. 어느 그림 앞에서는 한숨까지 쉬어 가며 감상했다.

혁주는 그런 그녀를 감상했다. 그녀의 얼굴에 떠오른 놀람과 터져 나오는 탄성이 그를 즐겁게 했다. 다만 아쉬운 것은, 인아의 옆얼굴만 볼 수 있다는 사실 하나뿐.

그는 상큼한 옷차림의 인아를 처음 본 순간, 하마터면 활짝 웃는 얼굴로 그녀를 맞이할 뻔했다. 버스에서 내린 인아와 딱 마주친 순간, 마치 운명처럼 느껴져 얼마나 좋았던지.

'예쁘다.'

보라는 그림은 안 보고 인아만 바라보는 혁주. 은은한 조명과 나지막한 음악이 그녀를 더욱더 멋져 보이게 만들었다. 언제까지고 그림을 바라보는 인아를 보고 싶은 마음만이 불쑥불쑥 들던 그때.

"앗."

그림에 빠져 걷던 그녀가 갑자기 걸음을 멈추는 바람에 뒤를 따르던 혁주와 부딪칠 뻔한 상황이 펼쳐졌다.

"헛."

그가 몸의 균형을 잡으며 재빨리 비틀거리는 인아의 팔을 부축했다.

"괜찮아요?"

"아, 네."

갑작스런 일에 놀란 인아는 자신의 팔을 붙들고 걱정스럽게 물어오는 혁주의 얼굴에 눈을 동그랗게 떴다.

"고맙습니다."

"……조심해요."

팔을 놔 주기 싫었다. 그대로 부축한 채로, 솔직히 말하면 그녀와 팔짱을 낀 상태로 혹은 그녀와 손을 잡으며 그림을 구경하고 싶었다.

하지만 그것은 꿈과 같은 이야기. 혁주는 스르륵, 인아의 팔을 놓았다.

인아는 그가 자신의 팔을 놓자마자 감사의 표시로 머리를 살짝 끄덕여 보이고는 다시 그림에 집중했다. 하지만 아까처럼 오롯이 그림에만 집중할 수 없게 되어 버리고 말았다. 전에도 어렴풋이 느꼈지만 강혁주라는 남자의 배려가 또다시 와닿았기 때문이었다.

'아냐.'

인아는 자신의 마음을 외면했다.

'좋은 사람이라 그런 거겠지.'

그녀는 자신의 상황을 잘 인지하고 있었다. 하루하루 근근이 살아가는 인생. 언제 다 갚을지 모를 빚 무더기. 한 치 앞도 짐작할 수 없는 불투명한 미래. 그런 자신에게 연애의 감정은 사치에 불과했다.

물론 이성을 향한 약간의 호감도 마찬가지였다. 인아는 자신의 뒤통수에 닿는 시선을 무시하며 앞으로 걸어 나갔다.

오랜만에 느껴 보는 문화생활, 처음 보는 연필화는 그녀의 눈을 사로잡았고 미술관의 독특한 분위기는 기분 좋은 설렘을 안겨 주었다.

"와, 이거 멋지군요!"

한 그림 앞에서 인아의 걸음이 멈췄다. 덩달아 혁주도 걸음을 멈추고 그녀의 등 뒤에서 그림을 바라봤다.

인아의 시선이 닿은 그림은 무지개를 형상한 모습이었다. 오로지 연필로만 그려진 무지개. 일곱 가지 색을 가진 무지개를 오로지 연필의 흑심으로 표현한 그림이었는데 색을 입히지 않아도 무지개임을 짐작하게 하는 솜씨였다.

새까만 검은색을 시작으로 점점 흐려지다가 다시 진해지는 무지개 그림. 하지만 마지막 색은 처음의 것처럼 새카맣지는 않았다.

"와."

인아는 감탄했다.

"정말 멋져요!"

혁주는 어쩐지 그녀의 감탄이 기분 좋았다. 자신의 그림도 아닌데 마치 자신이 칭찬받는 것 같은 기분. 멈췄던 인아의 걸음이 다시 옮겨졌다. 그러다 이내 또다시 멈춰 버리고 마는 걸음.

이번엔 한 여인의 옆모습이 그려진 그림이었다. 선명한 라인과 흑심의 번짐으로 명암을 표현한 그림은 확실히 독특했다.

"저, 이런 라인 아닌데요."

그녀는 진지했다.

"네?"

뜬금없는 인아의 말에 혁주는 당황했다.

"이 그림 속 모델의 실루엣 말이에요. 전 이 정도까지는 아닌데."

"아."

그는 인아가 한 말을 알아듣고는 헛웃음을 날렸다.

"전 전신보다는 얼굴 위주로 그립니다."

그리고 덧붙였다.

"인아 씨 얼굴은 매력적으로 생겼어요."

"……제가요?"

"네."

인아는 혁주의 얼굴을 빤히 바라봤다. 그의 얼굴은 담백해서 방금 한 그의 말이 입 발린 말이 아님을 입증했다.

"그렇게 봐 주시니 고맙습니다."

한참 뒤에야 떨어진 인아의 말. 혁주는 그녀의 얼굴에서 눈을 떼지 않았다. 인아 역시 자신의 시선을 잡아끄는 그의 눈을 외면하지 못했다. 두 사람의 시선이 얽힌, 짧지만 긴 순간.

'아.'

퍼뜩, 정신 차린 인아가 가까스로 혁주에게서 시선을 돌렸다. 그녀의 시선이 닿은 곳은 예의 그 여인의 옆모습 그림.

"그러면 강혁주 씨는 얼굴 위주로 그릴 예정이라는 건가요?"

"네."

혁주는 제발 그녀가 자신의 이름만 불러 주기를 바랐다. 하지만 그것은 말 그대로 바람일 뿐.

"아아."

인아는 고개를 끄덕였다. 그녀는 자신의 얼굴이 꽤 예쁘장하다는 사실을 알고 있었다. 그것은 자랑이기도 했고 단점이기도 했다.

외모로 인해 대우를 받은 적도 있었지만 그만큼 성추행 당했던 경험도 많았으니까. 하지만 적어도 혁주라는 남자는 대우를 해주는 쪽인 것 같았다.

그에게는 시선을 주지 않고 인아는 미술관 관람을 다시 시작했다. 각양각색의 연필화는 상당히 다채로웠다. 사람의 얼굴에서부터 사물에 이르기까지, 못 그리는 그림이 없었다. 그녀는 단순하면서도 세밀한 연필화에 매료되고 말았다.

"와아."

우뚝.

인아의 걸음이 또 멈췄다. 그녀의 앞에 걸린 커다란 그림은 색색으로 그려진 수많은 꽃을 담고 있었다.

"우와……."

입이 저절로 벌어졌다. 그것은 색연필화였다. 미술관에서 유일하게 색으로 칠해진 그림이었다.

"진짜 같아."

스륵, 인아의 손이 움직였다.

"아니."

뒤를 바짝 따라오던 혁주가 그런 그녀의 손을 저지했다.

"만지면 안 돼요."

"아, 그렇지, 참."

저도 모르게 손을 뻗어 그림 속 꽃을 만지려 했던 인아가 손을 움츠렸다.

"정말 꽃 같아요."

막 튀어나올 것 같은 색연필 그림에 눈을 동그랗게 떴다. 혁주는 그녀의 말에 동의했다.

"그러게요, 정말 생생하군요."

머리를 끄덕이며 그는 인아 옆에 나란히 서서 그림을 보기 시작했다.

한동안 그림을 감상하던 그녀가 문득 입을 열었다.

"그런데 왜 이 그림만 색깔이 있는 거죠?"

"글쎄요."

말을 하며 혁주는 미술관 앞에서 받아온 팸플렛을 펼쳤다.

"그냥 특별 전시라고만 쓰여 있네요."

"아, 특별 전시."

별로 납득은 되지 않았지만 머리를 끄덕였다.

"배고프죠?"

관람을 다 마치고 미술관 밖을 빠져나와 주차장으로 가는 길에 혁주가 물었다.

"아, 뭐."

거의 2시간가량의 관람은 식사 시간이 다가올 즈음 마쳤기 때문에 인아는 배가 고팠다. 하지만 그렇다고 사실대로 말하기도 좀 그랬다.

"이쪽에 돈가스 잘하는 식당이 있어요. 가실까요?"

"돈가스요?"

돈가스. 인아가 제일 좋아하는 음식 중 하나였다.

학교 다닐 때도 급식으로 돈가스가 나오는 날이면 뛸 듯이 기뻐하곤 했다. 발레를 해야 하는 그녀의 체중 조절을 위해 그녀의 엄마는 기름에 튀긴 돈가스보다 삶은 고기를 더 권했기에 학교에서 돈가스가 나오는 날이 인아는 제일 좋았다.

"일식 돈가스인데, 소스가 맛있다고 소문났어요."

혁주는 앞서 걸으며 설명을 계속 해 나갔다.

"아무래도 유명한 음식이 나을 것 같아서 예약해 뒀는데, 혹시 싫으시다면 다른 걸 드실래요?"

"아뇨, 아뇨!"

인아는 혁주의 뒤를 따르며 서둘러 외쳤다.

"돈가스 좋아요, 좋아요."

얼굴을 보지 않아도 혁주는 그녀가 좋아하고 있다는 사실을 알고 있었다. 그의 입가에 미소가 걸렸다.

"그리 멀지 않으니까 걸어가려고요."

"네, 좋아요."

어차피 원하는 것을 얻으려면 그에 상응하는 대가를 치러야 하는 법. 인아는 걸음을 빨리했다.

"다 왔어요."

혁주 말대로 음식점은 그리 멀지 않았다. 겉으로 풍기는 모던한 분위기는 마치 카페 같았다. 인기 많다는 그의 말을 증명이라도 하듯 이미 음식점 앞은 기다리는 줄이 길게 늘어서 있었다. 혁주와 인아가 입구 쪽으로 가자 줄 서서 기다리던 사람들이 부러운 시선을 보냈다.

'예약을 못 한 사람들인가 봐.'

미안한 마음도 들었지만 어쨌거나 먼저 예약을 했으니 들어가야 했다.

딸랑.

맑은 방울 소리와 함께 들어서니 음식점 내부 역시 일반 돈가스 집과는 사뭇 다른 분위기였다.

"어서 오세요."

깔끔한 유니폼을 입은 종업원이 혁주와 인아를 반겼다.

"강혁주 이름으로 예약했습니다."

"예, 이쪽으로 오십시오."

종업원의 안내로 음식점 안쪽으로 자리를 옮긴 혁주는 의자를 빼 주는 센스를 발휘했다.

"고마워요."

인아는 아주 오랜만에 받아 보는 에스코트에 기분이 좋아졌다.

"별말씀을."

다정함이 묻어나는 말투에 그녀의 가슴이 슬쩍, 움직였다.

"이 집 돈가스가 정말 맛있습니다."

맞은편에 앉은 혁주가 메뉴판을 인아에게 건네며 말을 건넸다.

"네에."

"흠."

메뉴판을 살피던 그는 새로운 메뉴에 시선을 보냈다.

"이거 괜찮겠는데요?"

그가 가리킨 것은 이번에 출시했다는 신메뉴였다.

"와, 여기가 그 집이군요! 저 이거 텔레비전에서 봤어요!"

"이거 드실래요?"

"네."

인아는 메뉴판의 음식 모습에 두말 않고 결정을 내렸다.

"여기요."

종업원을 부른 혁주는 2인분의 음식을 주문했다. 한 모금의 물로 입술을 적신 인아가 음식점 안을 두리번거리면서 입을 열었다.

"분위기가 묘하네요?"

"그래요?"

"네, 식당 같지 않고 카페 같아요."

그 말에 혁주는 웃어 보였다. 인아는 모를 테지만 사실 그는 미술관 주변에 이런 돈가스 집이 있는지 3일 전에 처음 알았다. 집밖에 잘 나오지 않는 그가 맛 집이 어디에 있는지 알 리가 만무할 터. 인아를 위해 그녀가 좋아하는 돈가스 집을 검색하다가 알게 되어 예약까지 하게 되었던 것.

"주문하신 음식 나왔습니다."

종업원이 가져온 돈가스는 두 사람의 시선을 강탈했다.

"우와."

혁주는 인아의 감탄사를 들으며 오늘 그녀가 여러 번 놀란다는 생각을 했다.

"멋지군요."

하지만 그 역시 감탄하지 않을 수 없었다.

혁주가 시킨 돈가스는 흔한 일식 돈가스. 모락모락 김이 오르는 소스에 찍어 먹는 돈가스였지만 인아가 주문한 것은 남다른 모양을 자랑했다. 둥근 모양으로 튀겨 낸 돈가스 위에 얹힌 미트 스파게티가 먹음직스러워 보였다.

"와, 맛있겠다."

"어서 드세요."

인아의 포크가 돌돌, 스파게티 면을 말았다. 살며시 입으로 스파게티를 가져간 그녀는 쪼오옥, 소리를 내며 스파게티를 빨아들였다.

"아우, 너무 맛있어요!"

뭘 넣었는지 스파게티에 약간의 매콤한 맛이 가미되어 있었다. 혁주는 그런 그녀를 바라보며 자신의 돈가스를 자르기 시작했다.

"혁주 씨도 좀 드셔 보세요."

인아의 한마디 말에 그의 손이 멈췄다.

'혁주 씨!'

드디어 인아가 자신의 이름을 성을 붙이지 않고 불렀다는 사실에 혁주는 기뻤다.

"예."

하지만 그는 자신의 감정을 드러내지 않았다. 혁주는 사용하지 않은 포크를 들어 인아가 주문한 음식을, 정확히 말해 스파게티를 덜어 한 입 가져갔다.

"음, 맛있네요."

"네, 더 드세요."

이렇게 음식을 나눠 먹으니 인아와 조금 더 가까워진 것 같았다.

"많이 드세요, 인아 씨."

그리고 혁주는 접시에서 스파게티가 반쯤 사라진 것을 확인하고 나서 접시를 자신 쪽으로 가져갔다.

"……어?"

느닷없는 행동에 인아의 눈이 커졌다. 하지만 이내 혁주가 능숙하게 쓱쓱, 돈가스를 자르는 모습을 보고는 눈을 깜빡였다. 그녀의 의아한 시선을 느낀 혁주는 돈가스를 자르던 손을 문득 멈추고는 그녀를 향해 입을 열었다.

"검색해 봤는데, 이 돈가스는 스파게티와 같이 먹어야 더 맛있다더군요. 그리고 사람들이 올린 글을 보니까 돈가스가 잘 안 잘린다고 해서 잘라 드리는 겁니다."

"아아, 네에."

인아는 혁주의 설명에 안심했다. 사실 그녀는 칼로 뭔가를 써는 일에 미숙했다. 급식 때 나온 돈가스의 대부분은 미리 잘린 상태였지만 커다란 돈가스가 나오는 날이면 항상 친구들의 손을 빌어 자르곤 했다.

"자, 드십시오."

"감사합니다."

혁주가 내민 접시를 받아 든 인아는 자신의 앞에 접시를 내려놓았다. 그러고는 먹기 좋은 크기로 자른 돈가스를 포크로 콕, 찍어 스파게티 소스를 묻혀 입으로 가져갔다.

"으음!"

절로 기분 좋은 탄성이 흘러나왔다. 바삭바삭한 돈가스에 촉촉한 소스의 조합이 무척이나 매력적이었다. 이번에는 텔레비전에서 본 것처럼 돈가스 위에 스파게티 면을 올려놓고 한꺼번에 먹어 보았다. 왜 텔레비전에서 추천했는지 알 것 같았다. 인아는 지금 먹고 있는 자신의 돈가스가 무척이나 마음에 들었다.

한편 자신의 돈가스를 달콤한 하이라이스 소스에 찍어 먹으며 혁주는 그녀가 음식을 먹는 모습을 지켜봤다. 맛있게 먹는 모습을 보니 뿌듯했다.

'잘 먹으니까 좋네.'

언제였던가, '돈가스 좋아!' 하는 맑은 외침에 바라보니 인아가 급식판에 커다란 돈가스를 받아들고 싱글벙글하던 모습이 떠올랐다. 뒤이어 그녀와 같이 다니던 여학생들이 인아 대신 돈가스를 잘라 주던 모습도. '넌 왜 돈가스 하나 자르지 못하냐? 발레 해서 힘이 약한가?' 하는 친구의 구박에도 환하게 웃었던 인아의 모습까지.

'귀여워.'

그때처럼 싱글벙글하며 맛있게 먹는 모습이 너무 좋았다. 식사를 마치고 계산을 하기 위해 계산대로 다가선 혁주는 자신을 가로막는 그림자에 눈썹을 치켜 올렸다.

"이건 제가 살게요."

당당한 요구를 해오는 인아. 그녀는 재빨리 혁주의 손에서 계산서를 낚아채고는 살랑, 흔들었다.

"지난번엔 강혁주 씨가 샀으니까, 오늘은 제가 살게요."

타당한 주장을 하는 인아에게 혁주는 서운했다.

'왜 또 강혁주 씨야?'

하지만 그 서운함은 빛의 속도로 사라져 갔다.

"아닙니다, 인아 씨."

그는 막 가방에서 지갑을 꺼내 드는 그녀의 손길을 제지했다.

"이러시면 계약 위반입니다."

생각지도 못한 말에 인아는 그대로 얼음이 되고 말았다.

"계약 위반이요?"

"예."

말을 하며 혁주는 품 안에서 지갑을 꺼내 들었다. 그러고는 다시 그녀의 손에서 계산서를 되찾아 들었다.

"그림 그리는 동안에 드는 모든 비용은 갑이 내기로 되어 있습니다."

"……예에?"

그런 조항을 본 기억이 없었기에 인아는 목소리를 높였다.

"그런 조항 없었는데요?"

"있습니다."

혁주는 재빨리 계산을 하며 높낮이가 없는 목소리로 대꾸했다.

"없었다니까요?"

"뒤쪽에 있습니다."

그 말에 인아는 말을 멈췄다.

'뒤쪽에?'

어이가 없었다. 그녀가 기억하는 한 계약 내용은 한 페이지에 다

쓰여 있었고 아래쪽에 서로의 도장을 찍지 않았던가.

"도장을 앞쪽에 찍었는데 내용이 뒤에도 있었다고요?"

"네."

혁주는 당당한 눈빛으로 인아를 내려다봤다.

"계약서에 분명히 명시되어 있는 사항이니까, 인아 씨는 계약 어길 생각하지 말기를 바랍니다."

말을 마친 그는 그대로 걸음을 옮겼고 어안이 벙벙하던 그녀는 서둘러 그의 뒤를 따랐다.

"오늘은 이만 헤어지기로 하죠."

"네?"

C 백화점에 다다를 즈음, 차 안에서 건넨 혁주의 말에 인아는 또 놀라고 말았다.

"오늘 그림 안 그렸잖아요?"

"견학을 했죠."

인아는 도저히 혁주를 이해할 수 없었다.

"오늘 많이 걸어서 피곤할 테니까 쉬죠, 우리?"

결국 갑의 횡포를 이기지 못한 을은 집으로 향하고 말았다.

"이게 뭐람?"

뭐가 뭔지 도통 이해가 되지 않았다. 분명 매너 있는 남자임은 확실한데 뭔가 좀 이상했다.

"참, 계약서!"

여느 때처럼 토슈즈를 갈아 신으려던 인아는 서둘러 서랍 속에 넣어 두었던 계약서를 꺼내어 뒤집었다.

"……뭐야, 이게?"

한 장짜리 계약서. 앞쪽에 혁주와 인아의 도장이 나란히 찍혀 있었고 그 뒷면 맨 끝에 아주 작은, 깨알 같은 글씨가 인아를 반겼다.

[*향후 을이 일을 하는 동안 발생하는 모든 비용(식사비, 교통비, 기타 등등 포함)은 갑이 을에게 제공한다.]

"하."

인아의 얼굴에 묘한 표정이 떠올랐다.

6. 미묘

쪼옥. 쪼오옥, 쪽쪽.

딸기 라떼를 빨대로 쪽쪽 빨아먹으며 윤수는 벌써 2시간째 꼼짝도 하지 않은 채 그림을 그리고 있는 혁주를 바라봤다.

지난번에 이어 두 번째 방문이었다.

'아이고, 징한 놈.'

예의 그 분홍색 티셔츠와 바지를 입고 한쪽 구석에 자리 잡고 앉아 혁주와 인아가 일하는 모습을 지켜보던 윤수는 인아와 눈이 마주치자 히죽, 웃어 보였다.

'힘들겠네, 인아 씨.'

혁주는 그런 녀석이었다. 뭔가에 한번 빠지면 정신없이 몰두하는 타입. 더 정확히 말하자면 그림에 미친놈이었다.

윤수가 혁주를 만난 건 그의 나이 스물세 살 때였다. 군 제대 후 복학한 학교에서 후배로 만난 두 사람. 복학생의 눈으로 봤을 때, 후배 혁주는 상당히 이상했다.

정경대학 건물에서보다 미대 건물에서 지내는 시간이 더 많은 아주 특이한 후배님. 같은 동기들과는 제대로 소통하는 것 같지 않았지만 수석은 단 한 번도 놓치지 않았던 아주 신기한 후배님. 여학우들의 시선을 한 몸에 받으면서도 그 흔한 소개팅 한 번 안 했다던 아주 신비로운 후배님. 다른 학생들은 졸업한다, 스펙 쌓는다 종종거리는데 홀로 여유자작 그림만 그리던 아주 기이한 후배님.

혁주와 친하게 된 계기도 어찌 보면 엉뚱했다. 제대 후 작정하고 수염을 길렀던 윤수는 수많은 여학우의 외면을 받았지만 수염 기르는 것을 멈추지 않았다. 졸업하면 깔끔한 회사원으로 살아야 하기에 그 전에라도 자유를 만끽하고 싶었다.

'형.'

데면데면하던, 수업 시간에나 보던 혁주가 윤수를 부른 건 무더운 여름이 막 시작하던 때였다.

'으, 응?'

후배이긴 해도 어쩐지 어려워서 쉽게 다가설 수 없는 혁주의 부름에 윤수는 저도 모르게 더듬거렸다.

'형 수염 멋지다고 생각해요.'

혁주의 뜬금없는 칭찬에 윤수는 어리둥절했다.

'그, 그래? 고, 고맙다.'
'멋있어서 그런데.'
'응?'
'모델이 되어 주시죠.'
'모델?'

당황한 윤수에게 혁주가 던진 한마디.

'시험 도와드릴게요.'

성적에 목마른 복학생은 도저히 거부할 수 없는 유혹이었다. 그렇게 혁주의 수염 모델이 되면서 두 사람은 차츰 가까워졌다. 혁주의 그림 모델 선배로서, 윤수는 인아가 안타까웠다. 그림 그릴 때의 혁주는 고도의 집중력을 보이는 스타일이었다.

거기다 생각 외로 예민했다. 그만큼 모델이 힘들다는 이야기.

대놓고 신경질을 부리지는 않았지만 눈빛이라든가 목소리에 그의 기분이 분명히 드러나곤 했다.

단언컨대, 평소와 사뭇 달랐다.

평상시의 그는 누가 보더라도 스스로 빛나는 외모임에도 불구하고 주변과 어울리려고 하지 않았다. 마치 아무 감각이 없는 사람처럼 반응이 없었다. 그저 정적인 인물에 불과했다.

하지만 그림 그릴 때의 혁주는 달랐다. 모델을 바라보는 눈빛이 살아 있었다. 살아 있는 모든 감각을 오로지 그림 그리는 데에만 열중했다. 그 진지한 모습에 윤수는 생각했다.

'미친놈, 그럴 바에야 차라리 미대를 가겠다.'

명실상부 한국 최고의 대학교였다. 입학할 때 전체 수석이 그림에 미친 강혁주라 했다. 과에서도 탑이었다. 그런데 이 미친놈은 정말 그림에 미쳐 있었다.

"힘들죠?"

들려오는 목소리에 쪽쪽 빨던 빨대가 툭, 윤수의 입술 끝에서부터 떨어져 나갔다. 그는 놀란 표정으로 혁주의 뒤통수를 노려봤다.

"괜찮아요."

"약간씩은 움직여도 돼요."

"아, 네."

혁주의 말에 인아가 조금 움직였다. 그렇지 않아도 한 동작, 한 가지 표정으로 꽤 오랜 시간 앉아 있어서 괴로웠던 차였다.

'허!'

윤수는 어이없는 표정을 얼굴 가득 드리웠다. 그림을 그리는 두 사람을 위해 기꺼이 음악 소리를 약간 줄인 탓에 분명 똑똑히 들었다. 약간씩 움직여도 괜찮다는 혁주의 말을.

'이 자식 봐라?'

윤수의 굵은 눈썹이 꿈틀거렸다.

'그런 편의를 봐주는 녀석이 아닌데 왜 이래?'

그림에 미친 녀석답게 혁주는 완벽을 추구했다. 그의 모델이 된 경험을 되짚어 봤을 때, 윤수는 결단코 저런 식의 부드러운 질문을 받아 본 적이 단 한 번도 없었다. 작업할 때 그가 혁주에게 받은 것이라곤 움직이지 말라는 무언의 눈빛뿐.

"이 정도 움직여도 돼요?"

말을 하며 인아가 살짝 허리를 트는 모습이 보였다.

"네, 괜찮아요."

두 사람의 대화에 윤수는 튀어나올 정도로 눈을 크게 떴다.

'저, 저 자식! 나한테는 죽어도 움직이지 말라고 하고선!'

그 당시를 생각하면 자다가도 벌떡 일어날 정도였다. 눈 한 번 깜빡이는 것조차 용납하지 않던 혁주가 아니던가.

'그렇게 움직이면 느낌이 안 살아요, 형.'

대놓고 싫어하지는 않았다. 하지만 눈썹을 들어 올리며 조곤조곤

157

말하는 목소리에 짜증이 담겨 있음을 윤수는 알 수 있었다.

'어, 어, 미안하다.'

대번에 사과하며 윤수는 약간 흐트러졌던 몸을 바로 했다. 그러자 혁주의 눈썹이 다시 일그러지는 것이 아닌가.

'형.'
'으응?'
'또 움직이면 어떻게 해요.'

타박 아닌 타박에 윤수는 삐질삐질 땀을 흘렸다.

'어, 미, 미안하다.'
'또 움직이시네요.'
'어, 미안.'
'말씀도 하지 마십쇼.'

그림 그릴 때만큼은 한없이 단호해지는 혁주가 아니던가. 그런데 지금, 윤수는 모델에게 다정한 말을 건네는 혁주를 실사로 보고 있는 것이다!

"하!"

저도 모르게 육성으로 불만을 토로하는 윤수. 하지만 이내 그는 그 커다란 덩치를 움찔거려야 했다. 바로 혁주가 고개를 뒤쪽으로 돌려 윤수를 바라봤던 것. 눈빛 가득, 조용히 하라는 묵언이 담겨 있었다.

'쳇.'

혁주의 눈빛에 윤수는 조용히 빨대를 다시 물었다. 혁주는 다시 인아에게로 시선을 돌렸다. 마주 보고 앉은 인아를 보니 얼굴 표정이 부드러운 것이 분명 혁주는 윤수에게 보낸 눈빛과는 다른 것으로 인아를 보고 있는 것이 틀림없었다.

'저 시끼, 저거, 완전 어이없네? 저런 시끼가 아닌데?'

윤수가 아는 한, 혁주는 모든 이를 평등하게 대했다. 누구에게 더 친절하다거나 다정하다거나, 절대 그런 성격이 아니었다. 모든 사람에게 평등하다기보다는, 관심이 없었다.

그런 그가 인아에게 엄청난 친절을 베풀고 있는 것이 아닌가!

그러고 보니 미심쩍은 것이 한두 개가 아니었다. 아니, 무슨 그림을 그리는데 저렇게 바짝 앉아서 넋을 잃고 얼굴을 들여다본단 말인가!

자신의 경험으로 비추었을 때, 혁주의 저런 행동은 정말이지 터무니없는 것이었다. 혁주는 모델을 그렇게 오래 지켜보는 타입이 아니었다. 눈으로 한번 스윽, 보고는 그림에 열중하는 것이 그의 스타일이었다.

그런데 지금 혁주는, 인아를 1분 보고 그림은 20초 내로 슥슥,

그리고 있는 게 아닌가. 아니, 정확한 수치는 아니지만 확실히 그림 그리는 것보다 인아의 얼굴을 보는 시간이 더 길었다.

'뭐지.'

쪼옥, 쪼오옥.

어느새 바닥을 드러낸 딸기 라떼. 윤수는 아쉬운 듯 몇 번을 더 쪽쪽 거리다가 혁주의 날카로운 눈총을 받고 나서야 빨대를 입에서 떼어 냈다.

혁주는 행복했다. 그리워하던 인아를 실컷 볼 수 있는 지금 이 순간이 무척이나 소중하고 행복했다. 인아는, 여전히 아름다웠다. 물론 기억하고 있는 모습보다 훨씬 더 성숙하고 어른스러워지긴 했어도 그녀는 타고난 자신의 우아함과 품위를 잃지 않았다.

그것은 제 의지가 아니었다. 혁주의 시선이 자꾸 인아의 단아한 이마 위에 꽂히는 것은 스스로의 의지가 아니었다. 그냥 자꾸 눈이 움직였다. 스케치북을 들여다봐도 금방 봤던 그녀가 또 보고 싶고, 보고 있어도 보고 싶은 건 순전히 본능이었다.

가지런히 그러모은 머리카락이 단정한 그녀의 성격을 단편적으로 보여 주었다. 필시 얼굴 모델이라 해서 얼굴을 고스란히 드러낸 것이 분명했다.

'귀여워.'

무덤덤한 얼굴로 혁주는 생각했다. 화장기가 별로 없는 얼굴하며 탐스러운 머리를 한데 묶은 모양은 틀림없이 그림 그리는 이를 배려한 것이었다. 그 마음 씀씀이가 예쁘게 느껴졌다.

그에 반해 인아는 부담스러웠다. 아무리 그림을 그리기 위함이라고는 하지만 이렇게 가까운 거리에서의 또렷한 시선을 견뎌 내기란 그리 쉬운 일이 아니었다.

물론 그런 시선들은 예전에도 많이 받았었다. 발레리나 소녀였을 때, 그녀는 그 시선들을 좋아했다. 모델을 인생의 목표로 삼고 있는 지금도 그녀는 그런 시선을 당당하게 버텨 낼 수 있었다.

하지만 이 남자, 강혁주의 시선은 뭔가 달랐다. 다른 사람들이 보는 시선과 그 의미가 다른, 그 무언가가 눈빛 속에 담겨 있었다.

덤덤한 시선 속에 감춰진 아련함.

인아는 그것을 읽어 내렸다. 그리고 의아했다.

'왜 날 이런 눈으로 보는 거지?'

가면 쓰는 일에 익숙했다. 그렇기에 그녀는 얼굴에 그 어떤 표정도 드리우지 않은 채, 혁주 앞에 앉아 있을 수 있었다. 하지만 머릿속은 의문으로 어지러웠다.

'혹시 날 아는 사람인가?'

불현듯 든 그 생각은 인아를 더욱 괴롭게 했다. 그녀는 자신의 과거를 아는 사람과 마주치기를 원치 않았다.

도망치듯 전학을 한 뒤로 인아는 자신의 친구들을 만나지 않았다. 그것은 살던 곳에서부터 아주 멀리 이사를 한 이유와 더 이상 발레를 하지 못한다는 자격지심에 의한 일종의 치부였다.

시간이 흐르면서 그녀는 후회도 원망도 하지 않았다. 오히려 예전 친구들과의 친분이 끊어진 것이 다행이다 싶었다. 모래성처럼 사라져 버린 옛 추억을 다시 곱씹지 않아도 되었고 애석해할 필요도 없었다. 아니, 솔직히 말하자면 원망은 했다.

부모님이 돌아가신 후 1년 정도는 하늘을 원망하고 살았지만 결국, 그녀는 모든 것을 받아들일 수밖에 없었다.

'아는 사람이 아니야.'

인아는 결론을 내렸다.

기억의 가장자리까지 뒤져 봤지만 봤던 얼굴이 아니었다. 과거의 누군가가 자신을 알아보는 것이 싫었다. 영광이랄 것까지는 없지만 행복했던 그 시절의 자신과 마주할 용기가 나지 않았다. 억지로 내리 누른 원망이 터져 나올까, 그것이 두려웠다.

"좀 쉴까요?"

문득 얼굴색이 바뀐 인아를 본 혁주가 탁, 소리와 함께 스케치하던 연필을 탁자에 올려놨다. 덩달아 그녀의 시선이 연필 쪽으로 쏠렸다.

이미 탁자 위에는 세 자루의 굵기가 각기 다른 세 자루의 연필이 놓여 있었다. 끝이 날카롭게 깎인 연필 한 자루와 뭉툭한 연필 두 자루. 혁주가 막 내려놓은 연필은 끝이 동그랗게 닳아 있었다.

"아, 괜찮은데……."

보통 그림이 완성될 때까지 움직이지 않고 있는 것이 정석이라 알고 있던 인아는 갑작스런 혁주의 제안에 당황했다.

"제가 너무 많이 움직인 건가요?"

혹시 많이 움직여서 그림 그리는 데 집중이 되지 않았나 싶어 물었다.

"아니, 그렇지 않습니다."

혁주가 조용히 머리를 가로저었다.

"그저, 쉬고 싶어서요."

말을 마친 그가 고개를 뒤쪽으로 돌리더니 오른손을 슬쩍 들어올렸다.

"형, 주문."

그의 뒤에서 커다란 분홍 곰이 화다닥 내달려 왔다.

"오, 주문하려고?"

어느새 분홍색 메뉴판을 대령하는 윤수. 그의 얼굴에는 싱글벙글 미소가 걸려 있었다.

"뭐 먹을래요, 인아 씨?"

받아 든 메뉴판을 인아에게 건네주며 혁주가 물었다. 아카데미 끝나자마자 그를 만났고 간단하게 저녁을 때웠기에 확실히 출출하긴 했다.

"음……."

인아는 고민했다. 다 좋은데 카페의 메뉴들이 죄다 달달한 것들이라는 것이 문제였다. 아무래도 모델 지망생이다 보니 칼로리에 민감했다.

그렇다고 아메리카노를 마시자니 늦은 시간에 커피를 마시는 것역시 독배나 마찬가지였다. 그녀는 앞에서 묵묵히 자신의 선택을 기다리는 혁주의 눈치를 살폈다. 그냥 물만 먹겠다고 하자니 별로 좋게 생각할 것 같지 않았다.

"아."

고심하는 흔적이 역력한 표정에 혁주는 낮은 탄성을 내질렀다.

"디저트들이 다 칼로리가 높죠? 인아 씨에게 권할 만한 것이 없네요."

혁주는 인아가 모델지망생임을 떠올렸다.

"하, 어쩌죠? 제가 나가서 뭐라도 사올까요?"

두 사람을 지켜보던 윤수가 펄쩍 뛰었다.

"무슨 소리야? 우리 디저트들이 칼로리가 높다니?"

정색한 그는 분홍 곰에서 분홍 산적으로 변해 갔다.

"내가 만든 디저트들이 얼마나 맛있는 줄 알아? 맛있게 먹으면 제로 칼로리라고!"

되도 않는 개그를 선보이는 윤수를, 혁주는 한심한 눈초리로 째려봤다. 그러자 윤수는 슬그머니 어깨를 늘어뜨렸다. 그것이 인아의 눈에는, 꼬리를 축 내려뜨린 대형견으로 비춰졌다.

"미안하다."

웅얼거리듯 사과한 윤수가 맡겨 보라는 듯 다시 가슴을 쫘악 펴고는 호언장담했다.

"내가 누구냐! 이 카페 주인이야! 내, 특별 디저트를 준비해 가지고 오마!"

말을 마친 윤수는 혁주와 인아의 대답을 듣기도 전에 쿵쿵거리며 아래층으로 내려갔다. 뒤에 남겨진 두 사람은 그저 서로의 얼굴만 바라봤다.

"저어."

어색함을 깨기 위해 인아가 입을 열었다. 혁주가 그녀의 말에 귀를 기울였다.

"그리신 그림 좀 볼 수 있어요?"

궁금했다. 그림 모델은 처음이고 또 초상화를 단 한 번도 그려본 적이 없었기에 그가 그린 자신의 얼굴이 인아는 궁금했다.

"그래요."

혁주는 선뜻 스케치북을 인아에게 건넸다. 그녀는 기대에 찬 얼굴로 스케치북을 받아 들었다.

"아."

그녀의 입에서 흘러나오는 작은 탄성. 스케치 속 인아의 얼굴은 미완이었다. 대략적인 윤곽과 흐릿하게 눈코입이 그려져 있을 뿐이었다.

"제가 그림 그리는 속도가 많이 느립니다."

그녀의 얼굴에 살짝 드리워진 실망을 본 혁주가 변명하듯 입을 열었다. 사실 인물 스케치 정도는 일도 아니었다. 하지만 혁주는 인아를 더 오래 보고 싶었다. 더 많은 표정을 화폭에 담고 싶었다. 그녀의 얼굴 세세한 모든 부분을 각막에, 뇌리에 새겨 두고 싶었다.

"진전이 보일 때마다 보여 드리겠습니다."

혁주의 말에 인아가 부드럽게 웃었다.

"네, 그래 주세요."

* * *

"파이브, 식스, 세븐, 에잇!"

딱, 딱, 딱, 딱!

빠른 비트의 음악 사이로 높은 목소리가 삐져나왔다.

"뒤꿈치 들고 허리 펴고! 인아야, 허리, 허리 쭉쭉! 수찬이, 팔 너무 흔들지 말고! 아냐, 어깨도 흔들지 마!"

카랑카랑한 선미의 목소리는 모델 지망생들의 정신을 번쩍 들게 하는 마력이 있었다. 인아는 선미의 지도에 따라 허리를 펴고 시선은 앞으로 둔 채, 우아한 걸음을 옮겼다.

"그래, 좋다!"

딱, 딱, 딱, 딱.

지도 봉 부딪치는 소리가 음악 위로 울려 퍼졌다. 그 속에서 모델 지망생들은 구슬땀을 흘리며 자신들의 꿈을 향해 한 발짝씩 걸어 나가고 있었다.

"후아!"

쉬는 시간. 휴게소에 자리한 지현은 인아가 건넨 시원한 물을 한 모금 마시며 커다랗게 한숨을 내쉬었다.

"힘들다, 힘들어!"

꼬박 2시간을 걷는 일은 쉽지 않았다. 그것도 걸음걸이, 무대 위 동선 하나하나까지 계산하고 다른 모델들과 부딪치지 않도록 신경 써야 했기에 연습을 한 번 하고 나면 탈진할 지경에 이르곤 했다.

"그래, 어때?"

뜬금없이 질문을 건네 오는 지현.

"뭐가?"

입술에 물을 축이며 인아가 되물었다.

"그림 모델 일 한 지 며칠 지났지?"

"3일 됐어."

"그래, 어땠어?"

지현의 눈이 가느다래졌다.

"뭐가?"

인아가 짐짓, 모르는 척 물었다.

"내숭은, 그 미대 오빠야 어떠냐고."

"글쎄?"

물병을 만지작거리며 인아가 어깨를 으쓱였다.

"잘생겼다는 건 이미 들어서 알고 있고."

지현은 다시 물 한 모금을 마시며 눈으로는 인아를 똑바로 바라봤다.

"사람은 어때 보여?"

"나쁘지 않아 보여."

"그리고?"

"음……."

"막 과하게 친절하다거나 막 음흉하다거나?"

지현의 질문에 인아는 곧바로 머리를 저었다.

"아냐, 그렇지 않아."

"그래?"

그동안 두 사람이 혁주에 대해 이야기를 제대로 나누지 못했던 건, S 매니지먼트의 모델 오디션에 제출할 포트폴리오를 만드느라 시간을 할애했기 때문이었다. 눈코 뜰 새 없이 바빴던 터라 지극히 사적인 이야기를 나눌 분위기가 되지 못했다.

이제야 겨우 시간이 난 지현은 지금까지 품었던 모든 궁금증을 풀어야겠다는 듯 전투적으로 질문을 해 댔다.

"뭐 특이한 점이나 어딘지 이상하다는 느낌은 없었어?"

"응."

"참, 그 남자 집에서 작업하는 거야?"

"어휴."

인아는 연달아 질문을 퍼붓는 지현의 입술에 손가락 끝을 갖다 댔다.

"그만 좀 물어봐. 하나하나 답한 다음에."

그제야 지현은 끄덕끄덕, 머리를 주억거리며 인아의 말을 듣겠다는 제스처를 취해 보였다. 인아는 손가락을 지현의 입술에서 떼어낸 후, 천천히 입을 열었다.

"우선."

인아는 시간상으로 설명하는 것이 좋다고 판단했다.

"계약서를 작성했어."

"계약서?"

뜻밖의 말에 지현은 화들짝 놀랐다.

"그림 모델 계약서를 썼다고? 근로계약서를 말하는 거야?"

"응."

지현은 믿을 수 없다는 듯 눈을 깜빡이다가 머리를 갸웃거렸다.

"요즘엔 다 그렇게 하나?"

지금까지 제 힘으로 돈을 벌어 본 적이 없던 그녀였기에 자신이 한 말에 영 자신이 없었다.

"뭐, 그건 좋네."

지현은 계약서를 작성했다는 사실은 좋은 것이라 재빠른 결론을 내렸다.

"어쨌거나 계약 조건은 좋은 거 맞는 거니까."

머리를 끄덕이던 지현은 인아의 말에 여전히 궁금증 가득한 얼굴로 그녀를 바라봤다.

"그런데 뉴스나 신문에서 보면 계약 조건 좋은 건 의심하라고 하던데."

궁금증 위로 미심쩍은 표정이 드리워졌다. 그 모습에 인아는 혁주 편을 들고 싶어졌다. 혁주가 괜한 오해받는다고 생각하니 별로 기분이 좋지 않았다.

"계약 조건 중에 이상한 게 있긴 있었어."

"그렇지? 뭔데?"

자기 생각이 맞다는 듯 머리를 크게 끄덕이며 지현이 몸을 인아 쪽으로 기울였다.

　"계약 기간 중에 드는 모든 비용을 갑이 지불한대."

　이 말을 들으면 지현이 분명 혁주가 나쁜 사람이 아님을 알리라, 인아는 그렇게 생각했다. 하지만 어쩐지 그녀 뜻대로 일이 돌아가지 않았다.

　"뭐? 아니, 뭐 그런 사람이 다 있어?"

　느닷없이 흥분하는 지현에게 인아는 어리둥절한 표정을 지어 보였다.

　"도대체 너한테 뭘 바라는 거야, 그 남자?"

　인아는 지현이 뭔가 단단히 오해하고 있음을 깨달았다.

　"뭘 원하기에 자기 돈으로 다 해결한대? 막 이상한 거 요구하는 거 아냐?"

　"아냐, 아냐!"

　인아는 서둘러 변명하기 시작했다.

　"그림 그리는 동안 드는 차비랑 식비 정도를 그쪽에서 내는 거야."

　"차비?"

　지현의 말미가 의심쩍게 올라갔다.

　"그 사람 집에서 그림 그린 적 없어. 앞으로도 그럴 것 같고. 전에는 연필화 전시회장을 같이 다녀왔어. 그리고 지금은 카페에서 그림 그리고 있고."

　"식비는 또 뭐야?"

"아카데미 끝나면 저녁 7시잖아. 자기도 그때 식사한다고 같이 밥 먹자고 했어. 밥값은 본인이 낸다고."

"흐응."

여전히 지현의 말끝은 하늘로 솟아 있었다.

"그게 다야?"

"뭐가?"

"계약서 내용 중 이상한 건 그게 다냐고."

"응, 뭐 별다를 건 없어."

인아는 방금 말한 내용이 보이지 않게 깨알 같은 글씨로 계약서 뒷면에 적혀 있었노라고, 말하지 않았다.

"흐음."

지현의 얼굴이 사뭇 진지해져 갔다.

"그래, 그림 그린다는 카페는 어때? 어떤 곳이야? 막 후미지거나 음침하거나 그래?"

그 말에 인아는 분홍분홍카페를 머리에 떠올렸다. 1층부터 2층까지 핫 핑크, 연한 핑크, 짙은 핑크, 흐린 핑크, 붉은 색에 가까운 핑크, 딸기 색, 복숭아 색 등등 보기만 해도 달콤해지는 카페의 모습에 피식 웃음이 났다.

"왜?"

인아의 헛웃음에 지현이 날카롭게 반응했다.

"역시 이상한 곳이었던 거지?"

"아냐, 그런 데. 너도 가면 좋아할 거야."

몸매 관리 때문에 실컷 먹지는 못하지만 달콤한 것들을 좋아하는 지현의 마음에 들어 할 곳이라 생각하며 인아는 언젠가 그녀와 함께 가리라 결심했다.

"흐응."

여전히 지현의 말끝은 의심으로 가득했다.

"어쨌거나 지금까지는 괜찮은 남자다, 이거지?"

"응, 과하게 친절한 편도 아니고 그렇다고 음흉한 것도 아니고."

지현이 어깨를 으쓱였다.

"그래도 조심해. 요즘 무서운 세상이잖아."

"그래."

지현의 말에 반박할 생각은 없었다. 혼자 사는 그 순간부터 그녀는 세상의 무서움을 몸소 체험했기 때문이었다.

"오늘도 미대 오빠야 만나?"

인아는 지현이 말한 '미대 오빠야'라는 표현을 지적해야 하나 고민했다. 분명 혁주는 자신이 미대생이 아니라 취미로 그림을 그린다고 말했기 때문. 하지만 그가 미대생이 아니라고 한다면 지현은 또 이상하게 생각할 것이 빤했다. 미대생도 아닌데 굳이 그림 모델을, 그것도 비싼 모델료를 지불한다고 말하면 혁주를 정말 이상한 사람으로 판단할 것이 분명했다.

"아냐, 오늘은 안 만나."

"그래? 그럼 우리 오늘 영화 한 편 볼까?"

간만에 난 시간을 지현은 기분 좋게 활용하고 싶었다. 인아 역시

가볍게 머리를 끄덕였다. 그동안 모델 수업 받으랴, 마네킹 모델 하
랴, 옷 가게 아르바이트 하랴 바빴기 때문에 여유가 없었던 것이 사
실이었다.

"좋아."

아카데미 수업이 끝나고 지현과 함께 식사를 하고 영화를 보고
쇼핑을 하다 집으로 돌아온 시간은 막 11시가 넘어 가고 있었다.
발걸음을 서두르는 인아의 호흡이 조금 빨라져 있었다.

이윽고 다다른 골목길 입구. 집으로 향하는 골목길은 어두웠다.
드문드문 가로등이 있었지만 불빛이 너무 흐렸다. 골목의 맨 안쪽
을 노려보던 인아의 걸음이 뒤로 향했다. 그리고 거리 쪽의 편의점
에 들렀다. 건강 음료 세트를 집어 들고 계산을 마친 그녀는 편의점
을 나와 대로변에 있는 지구대로 향했다.

"안녕하세요."

지구대에 들어선 인아가 대원들을 향해 인사를 건네자 몇몇이 알
은체를 해왔다.

"아니, 인아 씨!"

순한 인상의 대원이 인아에게로 다가섰다.

* * *

인아가 이 동네로 이사 온 것은 2년 전.

지구대가 근처에 있다는 사실 하나로 마음을 놓고 있었지만 이사 온 지 얼마 뒤, 인아의 집에 도둑이 들었다.

"혼자 사시나 봐요?"

인아의 신고로 집을 찾은 젊은 지구대원이 물었다. 일부러 남자 신발까지 사 두었지만 집 안에 남자 흔적이란 하나도 없으니 지구대원이 그렇게 묻는 것도 이해가 되었다.

"네."

굳이 숨길 이유가 없으므로 인아는 솔직하게 답했다.

"흠."

흔하게 생긴 지구대원의 얼굴이 약간 찌푸려졌다.

"좀도둑이 강도 되는 거, 순식간입니다."

"……네?"

"신고자분 성함이…….."

"여인아입니다."

"네, 여인아 씨. 여인아 씨가 혼자 산다는 걸 이 도둑이 알았을 겁니다. 또 찾아올 수도 있는 거고요."

건실해 보이는 지구대원의 말에 인아의 얼굴이 새파랗게 질렸다.

"지, 진짜요……?"

인아가 살고 있는 곳은 주택가의 옥탑방. 외부 계단으로 올라야 하는 구조라 확실히 위험하긴 했다. 하지만 근처에 지구대가 있어서 어느 정도 안심하고 있었는데 설마 이런 일이 일어날 줄이야.

"그, 그럼 어떻게 해야 하죠?"

이사를 가자니 그건 힘들었다. 이사 비용과 또 계약을 파기하면 위약금을 물어야 할지도 몰랐다. 그렇기에 인아는 더럭 겁이 났다. 수중에 여윳돈이 전혀 없는 까닭이었다.

만일 집주인이 버틴다면 보증금을 받지도 못하고 이사해야 할 텐데, 그럴 돈 또한 없었다.

"이 근처의 순찰을 늘리겠습니다."

지구대원의 시원한 답에 인아는 안도했다.

"아, 정말 그래 주실 거예요?"

"당연하죠, 주민의 안전을 지키는 게 저희 일인데요."

푸근한 인상의 지구대원이 믿음직스럽게 말했다. 그 뒤로 인아가 사는 골목길을 순찰하는 지구대원이 자주 보였고 이에 인아는 다소 마음을 놓을 수 있었다. 그리고 그녀는 종종 지구대를 찾아가 감사의 마음을 표했다.

* * *

"이 늦은 시간에 어쩐 일이세요? 혹시 무슨 일 생겼어요?"

걱정스럽게 말을 건네는 민성에게 그녀는 도리질했다.

"아니, 인사차 온 거예요."

말하며 인아가 음료를 들어 보였다. 민성은 인아가 도둑맞았을 때 조사하러 나왔던 바로 그 지구대원이었다.

"아아, 그러시구나. 전 또 무슨 일 있나 했어요."

인아는 환하게 웃는 민성에게 가져온 건강 음료를 내밀었다.

"드세요."

"고맙습니다."

그녀는 지구대 안에 있는 대원들에게 일일이 음료를 건넸다.

"항상 감사히 여기고 있어요."

하는 말과 함께.

"너무 늦었어요, 인아 씨."

민성이 말을 하며 경찰봉을 챙겨 들었다.

"마침 그쪽으로 순찰 가는 길인데 모셔다 드릴게요."

"고맙습니다."

인아는 민성의 호의를 선뜻 받아들였다. 사실, 뉴스에서 좋지 않은 소식이 들려오거나 묻지 마 범죄, 혹은 여성을 상대로 일어난 범죄가 생길 때마다 지구대를 찾았다. 새벽까지 일하기 때문에 어두운 골목길을 혼자 걷는다는 것이 무서웠다. 그래도 가로등 불빛이 있어서 괜찮았는데 지금은 흐릿하니 더욱 겁이 났다.

"가시죠."

"네."

민성과 같이 걸으니 든든했다. 처음엔 그의 호의가 과하다 느꼈던 적도 있었다. 자주 순찰하고 인아 퇴근에 맞춰 순찰하는 기분도 들었다. 하지만 민성이 워낙에 정의롭고 자신이 하는 일에 자긍심을 가지고 있는 사람이라는 사실을 알고 나서부터는 그에게 도움을 받는 것이 그다지 껄끄럽지 않게 느껴졌다.

"조심히 들어가세요."

인아의 집 앞에 다다르자 민성이 인사를 건넸다.

"네, 데려다주셔서 감사합니다."

또각또각.

그녀의 구두소리가 잦아들 때까지 자리를 지키고 있던 민성은 탕, 하는 문 닫히는 소리를 듣고 나서야 그 자리를 떴다.

7. 폭풍의 눈

「모월 모일 모시에 일어난 사건은 평소에 혼자 사는 여성들을 눈여겨보던 범인이 계획적으로 일으킨 사건으로…….」

텔레비전에서 흘러나오는 아나운서의 목소리에 혁주는 근심 어린 표정을 지었다.

'인아도 혼자 사는데.'

이력서에서 본 그녀의 신상을 떠올리며 혁주는 뉴스에 집중했다.

「용의자는 피해 여성이 집을 비운 사이 몰래 잠입하여 여성이 돌아오길 기다린 다음 흉기로 위협하며…….」

여성을 상대로 한 범죄들이 심심치 않게 들려왔다. 세상은 보다 더 험악하게 돌아가고 있었고 여자들이 마음 놓고 돌아다니는 것조차 어려운 사회가 되어 버리고 말았다.

혁주는 심각한 표정으로 뉴스를 끝까지 다 들은 다음에 텔레비전을 껐다. 이제 얼마 안 있으면 인아를 만날 시간이었다. 힐끗 바라본 하늘은 이미 어두워져 있었다.

'확실히 늦게 만나기는 해.'

여전히 인아와 약속 시간은 오후 8시. 얼마 지나지 않으면 그 약속 시간이 한 시간 앞당겨지긴 해도 여전히 마음이 편치는 않았다.

'그렇다고 낮에 만나기는 힘들고.'

문득 혁주는 자신이 학생 신분이라는 사실이 싫어졌다. 하지만 직장인이라 한들 달라질 건 없었다. 인아 역시도 모델 수업받느라 낮 시간을 할애할 수 없으니 어쩔 도리가 없었다.

'역시 늦게까지 잡아 두는 건 자제해야겠군.'

아쉬웠지만 하는 수 없었다. 솔직한 마음으로는 주구장창 그녀를 옆에 두고 싶지만 그녀의 안전까지 위협하고 싶지는 않았다. 생각을 하며 혁주는 나갈 채비를 마쳤다.

탁.

오피스텔의 문이 닫혔다. 이제, 인아를 만날 시간이었다.

"음악 들어도 돼요. 전화를 보거나 아니면 책이라도 보시겠습니까? 이 근처에 서점 있던데."

오늘의 주제는 인아의 옆모습 그리기. 그냥 옆모습이 아니라 뭔가를 보고 있는 그녀의 얼굴을 그리고 싶었다.

오늘도 역시 분홍분홍카페에서 만난 그들. 인아는 혁주가 건넨 의외의 제안에 눈을 깜빡였다.

"그냥 다른 거 하셔도 됩니다. 아니면 제가 책 몇 권 가져왔는데 그거라도 드릴까요?"

철저하게 준비를 해왔다.

"제가 영화도 준비했는데."

말을 하며 혁주는 슬금슬금 가방에서 영화를 볼 수 있는 기기와 USB를 꺼내 보였다.

"정말 다른 거 해도 된다고요?"

"네, 인아 씨 옆모습을 그리고 싶거든요."

갑이 하겠다는데 을이 하기 싫다 말할 수 없는 노릇.

"영화 보면 얼굴이 움직일 텐데 그래도 괜찮아요?"

"네, 괜찮습니다. 인아 씨의 자연스러운 모습을 담고 싶어서요."

"무슨 영화가 있는데요?"

"살펴보시죠."

혹시 몰라 장르별로 준비해 온 영화 USB를 기기에 꽂은 후 파일을 열어 그녀가 고를 수 있게 한 뒤, 혁주는 자리를 옮기기 위해 가방을 들었다.

"어디 가시게요?"

놀란 표정으로 그를 올려다보는 인아.

"전 옆 테이블에서 그리려고요. 인아 씨는 여기 앉아서 마음대로 하고 싶은 거 하시면 됩니다."

말을 마친 혁주가 옆 자리의 테이블로 자리를 옮겼다.

"제가 없다고 생각하세요."

인아는 태블릿으로 눈을 돌렸다. 혁주가 준비한 영화는 판타지, 액션, 로맨스, 무협 등등 다양했다. 유명작부터 최신작까지. 그녀는 그중에서 보고 싶었던 영화를 골라냈다.

인아는 영화를 보고 혁주는 영화를 보는 그녀를 관찰했다. 하얀 이어폰을 끼고 영화에 집중하는 그녀의 얼굴 표정이 좋았다. 그녀의 옆모습도 아름답다고 혁주는 생각했다. 오늘도 인아는 가벼운 화장만 했을 뿐이었다. 그럼에도 길게 올라간 속눈썹은 우아했고 입가에 가볍게 스치는 미소에는 기품이 담겨 있었다.

슥슥.

혁주는 새하얀 종이에 그녀의 모습을 그려 가기 시작했다. 연필이 움직일 때마다 인아가 새겨졌다. 자신의 손끝에서 그녀의 모습이 수놓아질 때마다 말할 수 없는 희열이 느껴졌다. 그는 인아를 자신의 눈에, 뇌리에, 손끝에 그녀를 각인시켜 나갔다.

"다 됐어요?"

문득 인아가 고개를 들었을 때 혁주는 스케치북에서 손을 떼고 말없이 그녀를 바라보고 있었다. 그래서 그녀는 귀에서 이어폰을 떼어 내고 물었다.

"네."

즉각 나오는 답에 인아는 놀란 듯 눈을 크게 떴다. 분명 얼마 전까지만 해도 손이 느려서 그림 그리는 데 오래 걸린다고 하지 않았던가.

"그림, 볼 수 있어요?"

"네."

혁주가 그녀에게 스케치북을 건넸다. 인아는 그것을 받아 들고는 들여다봤다.

"어머."

그녀의 입에서 낮은 탄성이 새어 나왔다. 그가 내민 스케치북에 새겨진 자신의 옆모습은 간결했다. 지난번 얼굴을 정면으로 그린 그림처럼 세세하지는 않았지만 인아의 특징을 잘 살린 그림이었다.

하늘하늘한 분위기였다. 은은한 미소가 그려진 입가와 살짝 휘어진 눈매가 기분 좋은 이미지를 만들어 내고 있었다. 인아는 감탄했다.

"잘 그리시네요!"

미대생이 아니라고 했는데 확실히 그림에 재주가 있는 남자였다. 지난번 그림도 그렇고 이번 그림도 마음에 쏙 들었다.

"고맙습니다."

혁주는 인아의 칭찬을 기쁘게 받아들였다. 좋아하는 사람의 입에서 들리는 칭찬은, 꿈결과도 같았다. 한껏 들뜬 자신을 추스르며 무덤덤한 표정을 유지하느라 애를 썼다. 저절로 실룩이는 입매에 힘을 꽉 주며 그는 그윽한 눈길로 인아를 바라봤다.

인아는 그림을 바라보느라 그런 그의 눈빛을 알아차리지 못했다.

"더 그릴 거예요?"

그녀의 물음에 혁주가 시간을 확인했다. 시계 바늘이 이제 막 9시 20분을 가리키고 있었다.

"네, 더 그려도 될 것 같네요."

"어……."

망설이듯 말미를 흐리는 인아를 보며 혁주가 물었다.

"왜요, 하실 말 있어요?"

"혹시 괜찮으시다면 이 그림, 저 주시면 안 돼요? 너무 마음에 들어요."

반짝반짝, 혁주를 올려다보는 인아의 눈이 별처럼 빛났다.

"그림이 정말 정말 마음에 들어요. 혁주 씨는 또 그리면 되잖아요."

말도 안 된다는 건 알고 있었다. 하지만 인아는 이 그림이 꼭 갖고 싶었다. 인아를 그린 그림이었지만 그림에서 풍기는 이미지는 바로 그녀의 어머니였던 것. 돌아가신 어머니의 옆모습과 너무나도 닮은 그림이, 욕심났다.

혁주는 자신을 향한 인아의 호칭, 성을 빼고 부른 '혁주 씨'에 마음을 빼앗기고 말았다. 물론 커다란 눈망울로 초롱초롱한 빛을 발사하는 그녀에게 흐늘흐늘해지는 것은 당연한 수순이었다.

"뭐."

그가 천천히 입을 열자 그녀의 눈빛은 더욱 간절해졌다.

"그러세요. 전 또 그리면 되죠."

"와아! 고마워요!"

나직한 탄성이었지만 진심으로 기뻐하는 것이 느껴졌다. 혁주는 괜히 기뻤다. 인아의 고운 손가락이 스케치북을 펼쳤다. 그러고는 자신의 옆모습이 그려진 페이지를 뜯어내려 했다.

"제가 나중에 코팅해서 드릴게요."

"아, 아니에요."

인아가 그의 호의를 정중히 거절했다.

"제가 하고 싶어요."

코팅이 아닌 액자에 넣어 두고 싶었다. 인아는 신중한 손길로 자신의 모습이 그려진 면을 뜯어냈다.

투두둑.

인아는 정성스럽게 뜯어 낸 종이를 고이 접어 가방에 집어넣었다. 그리고 다시 그리라는 듯 아까와 같은 자세로 영화를 보기 시작했다. 그 옆에서 혁주 역시 조용히 스케치를 시작했다.

"오늘은 집 근처까지 바래다드리겠습니다."

언제나처럼 C 백화점 앞에 다다르자 내릴 채비를 하는 인아를 혁주가 붙들었다.

"……네?"

"뉴스 들으니까 흉흉해서요."

말은 짧았지만 인아가 걱정된다는 뉘앙스는 충분히 풍겨졌다. 그녀는 그 호의를 받아들여야 할지 말아야 할지, 잠시 망설였다.

"아니에요. 여기서 버스 타고 가면 돼요. 집이 버스 정류장에서 멀지 않거든요. 가는 길에 지구대도 있고요."

부드러운 거절. 하지만 혁주는 섭섭하지 않았다.

"그래요, 그럼."

인아는 슬쩍, 그의 눈치를 살폈다. 혹시라도 자신의 거절 때문에 기분 나빠하는 건 아닌지 걱정이 됐다. 하지만 그의 얼굴은 덤덤했다. 다소 마음이 놓였지만 그녀는 사과했다.

"미안해요."

"아니에요, 인아 씨."

오히려 거리를 두는 인아가 더 좋았다.

"뭐든 조심해야지요."

말을 하며 혁주가 따뜻하게 웃어 보였다. 인아는 그제야 마음을 놓고 그의 차에서 내려 집으로 향했다.

다음 날, 제 시간에 일어난 혁주는 외출 채비를 하고 자주 가는 고급 초밥집을 찾았다. 미리 주문한 초밥 도시락을 들고 길을 나선 것이 오전 11시 경. 혁주는 12시가 다 돼서야 인아가 사는 동네의 지구대 안으로 들어섰다.

"수고 많으십니다."

양손 가득 초밥 도시락을 든 혁주의 등장에 안에 있던 지구대원들이 그를 바라봤다.

"무슨 일로 오셨습니까?"

가까운 책상에 앉아 있던 지구대원 한 명이 혁주를 맞이했다.

"아, 이것 좀 드십시오."

딱 봐도 고급 티를 내는 초밥 도시락에 너덧 명의 지구대원의 시선이 쏠렸다. 혁주는 가장 큰 책상 위에 도시락을 풀어 놓고는 쭈욱, 지구대원들을 둘러봤다.

"뇌물입니다."

뜻밖의 말에 대원들이 당황한 표정을 지었다.

"뇌물이요?"

"네."

뇌물이라면서도 당당하게 말하는 혁주를 대원들은 어이없다는 듯 바라봤다. 그 누구도 선뜻 도시락에 손을 대지 않았다.

"실은."

혁주가 씨익, 입가에 미소를 매달았다.

"이 동네에 제가 아는 여동생이 살거든요. 그 동생이 말하길, 여기 지구대분들이 잘해 주신다고 해서 인사차 들렀습니다."

인아는 그런 말 한 적이 없었다. 천연덕스럽게 거짓을 말하며 혁주는 가까이에 놓아둔 나무젓가락을 들어 반으로 쪼갰다.

"식사 대접을 하고 싶었지만 직접 음식점으로 모시고 갈 수가 없어서 이렇게 도시락을 준비했습니다. 맛있게 드셔 주시면 됩니다."

"아아!"

혁주의 설명에 경장 계급장을 단 대원이 만면에 환한 미소를 드리웠다. 스윽, 그의 가슴에 달린 명찰에는 박승권이라는 이름이 써져 있었다.

"그러시구나, 아는 여동생이 이 동네에 사시는구나!"

"예."

혁주는 넙죽, 경장의 말을 받았다.

"혼자 살아요, 그 동생?"

망설임은 수초에 불과했다. 여자 혼자 산다는 사실을 알리는 건 그리 썩 좋지 않았지만 경찰들 앞이니 숨길 필요는 없어 보였다.

"예, 그래서 걱정이 돼서요."

"하긴, 요즘 세상이 뒤숭숭하니 걱정이 되겠죠. 걱정 말아요, 우리가 이 동네를 항상 샅샅이 다 뒤지니까."

말을 하며 박 경장이 도시락 상자를 열었다.

"오오!"

저도 모르게 튀어나온 육성.

"고급 초밥이군요!"

경장 월급으로 먹기에는 좀 비싼 가격의 도시락에 그의 눈이 휘둥그레졌다. 그 반응에 대원들이 모여들었다.

"정말 그렇네요."

가장 나이가 어려 보이는 대원이 혁주가 가지고 온 초밥 도시락 뚜껑을 다 열었다. 그런 후 그중 하나를 혁주 앞으로 내밀었다.

"먼저 드세요."

혁주는 자신에게 초밥을 권하는 대원을 바라봤다. 순한 인상의 남자였다. 하지만 그의 눈에는 의심이 담겨 있었다.

"그러죠."

혁주는 그를 이해할 수 있었다. 요즘 세상이 어떤 세상인가. 막말로 초밥에 독극물을 넣고 경찰에게 권할 수도 있는 세상이 아니던가. 혁주는 그 의심을 좋게 받아들였다. 그는 대원이 내민 도시락에서 새우 초밥을 집으려 했다.

"죄송한데."

민성이 그를 제지했다.

"그 옆의 것을 드셔 보시는 게."

그의 말이 끝나자마자 박 경장이 당황한 표정으로 그를 나무랐다.

"아니, 김 순경, 자네 왜 이러나?"

"아니, 괜찮습니다."

혁주는 민성의 말대로 새우 초밥 옆의 광어 초밥을 젓가락으로 집었다. 그리고 곧바로 입 안으로 가져갔다.

"음."

아무 거리낌 없이 초밥을 먹는 모습에 민성은 고개를 끄덕였다.

"죄송하게 됐습니다. 요즘 세상이 좀 무서워야 말이죠."

"이해합니다."

여성을 상대로 한 범죄뿐만 아니라 각종 무서운 일들이 벌어지는 세상이었다. 혁주는 그의 태도를 이해할 수 있었다.

"아이고, 잘 먹을게요."

넉살 좋게 말하며 박 경장이 제일 먼저 젓가락을 들었다.

"아, 그 아는 여동생이라는 분이 이 동네 사신다고요?"

"네."

혁주는 인아의 주소를 떠올렸다.

"주양대로 249-4번길입니다."

"아아, 그럼 저쪽 골목 안쪽에 사시는구나."

박 경장이 열심히 초밥을 먹으며 말했다.

"혼자 사신다는 그 동생분 성함이……?"

민성의 물음에 혁주가 답했다.

"여인아입니다."

"아아."

민성이 머리를 끄덕였다.

"여인아 씨, 압니다."

"아, 그러세요?"

"네, 지구대에 자주 오시죠."

"혼자라 무서워서 그런 걸 겁니다."

"네, 저희도 그렇게 알고 있습니다.

"김 순경이 그 아가씨 신경 많이 쓰고 있으니까 너무 걱정 마세요. 처음에 그 아가씨 여기 이사 왔을 때 도둑맞은 적이 있었는데, 여기 김 순경이 그때부터 쭈욱 담당하고 있습니다."

비싼 초밥만 쏙쏙 골라 먹으며 박 경장이 신나게 입을 열었다.

"정말 신경 많이 쓰고 있습니다. 순찰 나갈 때 그 골목길은 한 번도 빼놓지 않고요."

"아아."

그 말에 혁주가 민성을 돌아봤다.

"신경 써 주셔서 감사합니다."

"별말씀을요. 할 일을 하는 것뿐인데요."

"앞으로도 잘 부탁드립니다. 전 이만 가 보겠습니다. 천천히들 드십시오."

지구대를 나서는 혁주의 표정이 묘했다. 그가 나올 때까지 민성이 초밥을 하나도 먹지 않은 모습이 괜히 신경 쓰였다. 물론 생선을 싫어할 수도 있는 문제지만 선한 눈빛 뒤에 보인 또 다른 시선이 느껴진 까닭이었다.

* * *

인아의 일상에 변화가 생겼다. 혁주와의 계약대로 모델 수업 시간을 그에게 맞춰 시간을 옮긴 인아는 오후 7시 이후부터 그림 모델을 했다. 일단 아르바이트를 모두 그만두고 나니 남아도는 시간이 생겼고 예전보다는 규칙적인 생활을 할 수 있게 되었다.

그녀가 그림 모델을 하는 시간은 일주일에 3일, 하루에 3시간씩이었지만 가끔 초과하는 경우도 있었다. 인아의 사정을 눈치챘는지 혁주는 주급으로 아르바이트비를 지불했다.

처음 아르바이트비를 받은 날, 그녀는 상대적 박탈감을 느껴야 했다. 나이도 별로 차이 나지도 않는데 이런 큰돈을 미래를 위한 투자로 척척 쓸 수 있다는 것이 부러웠다.

하지만 거기까지. 그녀는 다른 사람과 자신을 비교하는 일을 좋아하지 않았다. 아무튼 혁주가 주급으로 비용을 지불하는 덕분에 인아는 그간 모아 두었던 돈과 현재 벌고 있는 돈으로 생활해 나갈 수 있었다.

"으으."

그녀의 입에서 작은 신음이 새어 나왔다. 백화점 일을 관두고는 옷가게 일만 해서 며칠간은 새벽까지 일하고 들어와 정오 때까지 잤는데, 금세 버릇이 들었는지 아침 일찍 일어나는 것이 영 힘들었다. 아카데미 시간을 오전으로 바꿨기 때문에 인아는 평소보다 훨씬 더 일찍 일어나야 했다.

한껏 기지개를 켠 뒤, 그녀는 자리를 털고 일어났다. 확실히 아침 공기와 정오의 공기가 달랐다. 습관처럼 토슈즈를 신고 기본적인 발레 동작으로 몸을 풀었다. 다행히도 모델에게도 유연성이 필요했다.

간단하게 식사를 마친 인아는 기운차게 집을 나섰다. 활동 시간을 바꾼 뒤로 제일 불편한 것은 아무래도 출근 시간에 버스를 타는 것. 미어터지는 사람들 틈에서 버티기란 힘이 드는 일이었다. 더군다나 가끔씩 느껴지는 불쾌한 시선들과 손짓만 없다면 조금은 수월할 테지만 그녀가 할 수 있는 일이라고는 최대한 신체 접촉을 피하는 것과 무시밖에 없었다.

"인아 왔니."

막 아카데미 안에 들어선 인아를 선미가 손짓으로 불러 세웠다.

"네, 선생님."

꾸벅, 인사를 하고는 선미 앞으로 다가가는 인아.

"커피 마실래?"

사무실 안으로 그녀를 불러들인 선미가 커피를 권했다.

"고맙습니다."

믹스 커피 두 잔을 타서 인아에게 한 잔 내민 선미는 자리에 앉으라는 시늉을 해 보인 후, 자신의 자리에서 파일 두 개를 찾아 들었다.

탁.

테이블 위로 파일 하나를 내려놓으며 맞은편에 앉는 선미. 인아의 시선이 파일에 닿았다. 그것은 S 매니지먼트 모델 오디션에 넣을 인아의 포트폴리오였다.

"그 포트폴리오."

선미가 냉정한 표정으로 말했다.

"너무 무성의해."

며칠 동안 정성을 기울인 포트폴리오였다. 물론 모델 수업 받은 지 얼마 되지 않아 경력란이 백지 상태이긴 했어도 최선을 다해 만들었다.

"확실히 인아가 경력이 없어도 너무 없지? 그건 알고는 있지?"

인아는 선미의 말을 부정할 수 없었다. 그저 머리를 숙인 채 커피 잔만 만지작거렸다.

"S 매니지먼트가 이번에 뛰어든 업체이긴 해도 대기업 계열인 것도 알고 있지?"

인아는 머리를 끄덕였다.

"모델지망생이나 신인 모델들이 엄청 몰릴 거야."

이미 각오하고 있던 일이었다. 그저 경험 삼아 지원하는 것뿐이었다.

"물론 경험 삼아 하는 건 찬성이야. 뭐든 도전은 중요한 거니까."

"네, 저도 그렇게 생각해요."

아직 햇병아리, 그것도 이제 겨우 눈뜬 수준인데 붙으리란 생각은 추호도 하지 않았다.

"그래도 할 수 있는 데까지는 해봐야지."

탁.

선미는 다시 들고 있던 파일을 인아 앞에 던졌다.

"그건 경선이 포트폴리오야."

정경선. 인아와 비슷한 시기에 아카데미에 들어온 모델 지망생.

"너보다 조금 낫긴 해도 경선이도 경력이 부족해. 그런데 파일을 좀 봐 봐."

두 개를 나란히 놓고 보니 확실히 경선의 파일이 더 두툼했다.

"볼래?"

그렇지 않아도 경선의 파일을 보고 싶었던 인아는 선미의 말이 끝나기가 무섭게 파일을 들췄다. 그리고 곧바로 두께의 차이를 깨달았다.

"영악하지?"

경선의 파일은 그녀의 사진으로 가득했다.

"넌 경력도 명성도 없어. 알려지지 않은 완전 초짜지."

호록, 선미는 남은 커피를 다 마시곤 마저 말을 이어 나갔다.

"지금의 네게 재산은 뭐다?"

인아가 채 답하기도 전에 선미가 선수를 쳤다.

"네 몸."

다부진 인상의 선미가 눈을 빛냈다.

"한 살이라도 어린 네 몸, 네 얼굴, 네 분위기."

묘한 기분에 인아는 살짝 몸을 떨었다.

"조금이라도 더 생동감 있게 표현해 봐."

톡, 선미의 기다란 손톱이 인아의 프로필 사진을 쳤다.

"경선이처럼 널 최대한 부각시키라, 이 말이야."

선미는 눈으로 인아의 몸 전체를 훑었다.

"물론 신인이 뽑힐 확률은 극히 낮아. 하지만 최대한 널 포장해야 해. 그게 모델이야. 네 장점을 최대한 살린 사진이 필요해."

인아는 자신의 포트폴리오를 집어 들었다.

"내일까지 더 많은 사진을, 네 장점을 잘 부각시킨 사진을 첨부해 와. 다시 말하지만, 잘 포장하는 것이 모델의 기본이니까."

인아는 선미의 말을 들으며 자신의 파일을 꼭 움켜쥐었다. 부끄러웠다. 선미의 지적이 옳았다. 사실 인아 역시 선미 말대로 자신이 S 매니지먼트 오디션에 합격할 생각이라곤 하지 않았다. 그저 뭔가 참여했다는, 경력란의 공백을 한 줄 더 채울 그런 것이 필요했을 뿐.

"여긴 정글이야."

선미의 말이 인아의 마음에 파장을 일으켰다.

"더 간절하지 않으면 안 돼."

선미는 모델업계에서 알아주는 미다스의 손이었다. 그녀의 손을 거쳐 유명 모델이 된 케이스는 많았다.

"넌 자질 있어."

선미의 말에 인아는 얼굴을 붉혔다.

"비율도 좋고 얼굴도 예쁘고. 요즘엔 모델들, 얼굴도 보잖니."

말끝에 선미가 피식, 웃었다.

"풍기는 분위기도 괜찮고."

그것은 칭찬이었다. 인아는 가슴이 뛰기 시작했다.

"더 치열해지도록 해봐."

"……네."

인아는 선미의 조언을 가슴에 담았다.

"자! 그럼 오늘도 열심히!"

인아는 자신의 파일을 들고 사무실을 나섰다. 보다 더 많은 사진으로 포트폴리오를 꾸며야 했다.

카페에서 그림을 그리고 인아와 함께 차를 타고 돌아오던 중 혁주는 문득 떠오른 생각에 속으로 헛웃음 지었다.

'내가 왜 그 생각을 못 했지?'

어떻게 하면 인아를 설득해서 늦은 시각, 그녀를 집 앞까지 안전하게 모셔 줄까 하는 고민에 빠졌던 혁주는 작성했던 계약서를 떠올리고는 쾌재를 불렀다.

여느 때와 마찬가지로 C 백화점 앞에서 내릴 차비를 하던 인아
는 그대로 액셀을 밟는 혁주의 모습에 놀란 목소리로 물었다.

"여기서 내려 주셔야 하는데요?"

"계약 이행하려는 겁니다."

그녀가 그의 말에 눈썹 사이를 좁혀 보였다.

"계약, 이행이요?"

"네."

혁주는 짧게 답하며 핸들을 꺾었다.

"아시다시피 그림 그리는 일에 드는 모든 비용을 제가 내기로 하
지 않았습니까."

"……그런데요?"

"생각해 보니까 지금까지 인아 씨의 버스비를 생각 못 했지 뭡
니까."

지금까지 두 사람은 늘 백화점 앞에서 만나 그의 차로 분홍카페
까지 함께 이동했기에 인아는 올 때도 갈 때도 버스비가 들었을 것
이 분명했다.

"늦었지만 이제라도 지불하려고요."

"아, 안 그러셔도 돼요."

인아의 작은 반박을 혁주는 용납하지 않았다.

"절 악덕 고용주로 만드시려는 겁니까?"

되도 않는 물음에 인아는 말문이 막혀 버리고 말았다. 그녀는

운전대를 잡고 있는 혁주의 손을 노려봤다. 자동차는 이제 막 C
백화점이 스쳐 지나가고 있었다.

"이미 지난 건 따로 비용을 지불할 생각입니다. 그리고 앞으로
는 제가 모셔다 드리겠습니다. 혹시 괜찮으시다면 만날 때도 제
가……."

"아니요!"

인아가 손사래를 쳤다.

"정말 안 그러셔도 돼요!"

그녀는 그런 혁주가 부담스러웠다. 언뜻언뜻 보이는 행동이 다정
한 것도 알겠고 언제나 무표정한 얼굴이지만 친절한 사람이라는 사
실도 알았다. 하지만 과한 친절은 역시 부담스러웠다. 더군다나 그
는 자신이 혼자 사는 것도, 살고 있는 곳도 알고 있지 않은가.

그가 나쁜 사람이라는 것은 아니지만 조심해서 나쁠 것 없었다.
인아는 자신이 할 수 있는 최대한의 설득을 해보기로 했다.

"보통 아르바이트생의 차비를 내 주지는 않죠."

"하지만 우리는 계약서를 작성하지 않았습니까."

설득을 시작하자마자 말문이 막혀 버리는 인아.

"계약대로 이행해야죠. 법치국가잖아요."

"하지만……."

"부담스러우시다면."

혁주가 큰 선심 쓰듯 말했다.

"늦은 시간의 귀가만 책임지도록 하겠습니다."

단단한 목소리에는 더 이상의 양보는 없다는 의지가 담겨 있었다.

"위험한 세상인 거 빤히 아는데 이 늦은 밤에 여성분 홀로 집에 보내는 건, 남자로서의 매너가 아닌 것 같아서요."

그래도 인아의 얼굴에는 불안감이 떠나질 않았다.

"집 근처까지만 바래다드릴게요."

혁주는 인아의 조심성을 이해할 수 있었다.

"어느 쪽으로 가야 하죠?"

이미 알고 있는 길이었지만 인아에게 물었다. 살고 있는 동네로 차가 슬슬 진입하고 있었기에 그녀는 자포자기한 심정으로 길을 알려 줘야 했다.

"여기서 내려 주세요."

집으로 향하는 골목길 앞에서 그녀는 차를 세워 주기를 요구했다. 혁주는 순순히 그 말을 따랐다.

끼익.

차가 멈추고 인아가 차에서 내렸다. 그 뒤를 이어 그 역시 차에서 내렸다.

"데려다주셔서 감사합니다."

일단 무사히 왔으니 인사를 해야 했다.

"조심히 들어가세요."

혁주는 인아가 집에 들어가기까지 지켜보고 싶었지만 그렇게까지 했다가는 애먼 시선을 받을 것 같아 그녀가 보는 앞에서 차에 올랐다.

"조심히 운전하세요."

"네, 그럼 쉬어요."

부르르릉.

차가 떠나고 나서야 인아는 커다란 한숨을 몰아쉬었다.

"후우."

갑자기 혁주가 불안하게 느껴졌다.

'뭐, 괜찮겠지?'

지금까지 일을 해오면서 그가 음흉한 시선을 보낸다거나 불손한 태도를 보인 적은 단 한 순간도 없었다. 그는 언제나 예의 바르고 친절했다. 그렇기에 계약을 빌미로 동네까지 왔다는 사실이 마음에 걸렸다.

'그래도 일찍 오긴 했네.'

버스를 타고 오면 정류장마다 섰는데 확실히 자동차로 오니 훨씬 빨리 도착한 장점은 있었다. 덕분에 평소보다 일찍 잠들 수 있을 것 같았다.

또각.

어두운 골목길 안으로 들어선 인아의 구둣발 소리가 높이 울렸다. 반쯤 다다랐을 때, 그녀의 발이 느려졌다.

'누구지?'

골목 안쪽, 흐릿한 가로등 밑에 보이는 그림자 하나. 왈칵, 두려움이 밀려왔다. 하지만 그녀는 당황하지 않았다. 침착하게 그림자의 정체를 알아보려 애를 썼다.

'이럴 줄 알았으면 집까지 같이 와 달라고 하는 건데.'

경계하느라 혁주를 보낸 것이 못내 아쉬웠다. 스윽, 그림자가 움직였다. 덩달아 인아의 발도 주춤, 여차하면 뒤로 돌아 달릴 생각을 하던 바로 그 순간.

"인아 씨."

굵직한 음성이 그림자로부터 들려왔다. 인아는 다시 한번 그림자의 정체를 파악하기 위해 눈 사이를 좁혔다.

타앗.

그림자의 주인이 앞으로 나섰다. 그와 동시에 그의 얼굴을 확인한 인아는 안도의 한숨을 내쉬었다.

"하아, 김 순경님."

인아의 앞에 나선 이는 바로 김민성 순경.

"지금 오세요?"

"아, 네. 순찰 중이셨어요?"

아는 얼굴이긴 해도 인아는 경계를 곧바로 풀지는 않았다.

"네."

"그런데 왜 거기 서 계셨던 거예요? 손전등도 안 켜시고."

"아, 갑자기 손전등이 고장 나서요. 건전지가 다 됐나 봐요. 그거 확인한다고 서 있었던 거고요."

"아아, 그러셨구나."

그제야 안심한 듯 인아의 얼굴이 편해졌다.

"그럼, 수고하세요."

"저쪽에서 보니까."

막 인사를 하고 집으로 향하려던 인아의 머리 위로 민성의 목소리가 지나갔다.

"누가 인아 씨 데려다주던 것 같던데."

민성의 얼굴에 푸근한 미소가 번져 나갔다.

"남자 친구?"

"아니, 아니에요."

"아아, 그럼 오빠 되시는가 보네."

"아, 그게 아니고 저랑 같이 일하시는 분이에요."

민성의 눈썹이 슬쩍, 올라갔다. 얼마 전 초밥 도시락을 들고 왔던 남자가 분명했다. 그때 분명 인아를 아는 동생이라 지칭했는데 정작 인아는 일하는 사이란다. 민성의 입가에 미소가 짙어졌다.

"아아, 그러시구나."

"그럼 수고하세요."

"네, 조심히 들어가세요, 인아 씨."

또각또각. 끼이익, 탕.

인아가 집으로 들어가기 전까지 민성은 그렇게 그녀를 지켜봤다.

8. 본심

   오늘따라 인아는 피곤했다. 이제 막 카페에 앉아 혁주가 원하는 포즈를 취했지만 자꾸 눈이 감겼다. 잠에서 깨기 위해 그녀는 안간힘을 썼다. 하지만 하필 그가 요구하는 것이 반쯤 눈을 감은 포즈라서 그녀의 노력은 그다지 효력이 없었다. 눈꺼풀은 점점 무거워지고 들려오던 음악 소리는 점점 사라져 갔다.

   혁주는 문득 시계를 봤다. 7시 반. 잠자기에는 무척이나 이른 시간이었지만 꾸벅꾸벅 조는 인아의 모습에 혁주는 안쓰러운 마음이 일었다.

   '피곤한가 보군.'

혁주는 잠시 그림 그리던 손을 놓고 그녀를 바라봤다. 턱을 괴고 앉아 속눈썹 살짝 감은 포즈를 부탁했더니 어느새 동작은 멈췄고 그녀의 숨소리는 고요해졌다. 처음 만났을 때보다는 나아지긴 했지만 여전히 인아에게는 피곤의 그림자가 드리워져 있었다. 분명 아르바이트를 다 그만두었다고 했는데도 피곤해하는 이유는 그동안의 피로가 누적된 탓이리라.

'혼자 살면 힘들겠지.'

본인도 혼자 살면서 혁주는 인아 걱정을 했다.

'거기다 생계를 책임져야 하니.'

분명 벌이가 시원치 않으니 여러 가지 일을 하는 것이리라, 마음이 아파왔다. 거기다 모델이 되기 위해 아카데미까지 다니고 있으니 쉴 시간이 없는 게 분명했다.

'조금이라도 쉬게 해줄까.'

결국 혁주는 손을 내려놓았다. 그렇다고 뭔가를 할 수는 없었다. 꾸벅꾸벅 졸고 있는 인아를 깨워 편히 자라고 할 수도 없었고 옆에 가서 어깨에 기대게 할 수도 없었다. 그저 바라볼 수밖에.

"예쁘다."

자는 모습조차도 예뻐서 혁주는 저도 모르게 입 밖으로 감탄사를 내뱉었다. 그러고선 제 목소리에 놀라 몸을 움찔거렸다. 인아를 바라보니 깨는 기색이 없어서 그는 가만히 가슴을 쓸어내렸다.

인아를 지켜보던 혁주는 가만히 스케치북을 넘기고는 빈 종이에 졸고 있는 그녀를 스케치하기 시작했다. 그녀의 모든 모습을 담고 싶었다. 지난 세월 동안 그리워했던 만큼 보고 싶었다.

사각사각.

혁주는 자신의 손에서 들려오는 소리가 기분 좋았다. 그림을 그리고 있을 때면 그는 행복했다. 거기에 그토록 그리워하던 인아의 모습을 새기고 있으니 이 어찌 행복하지 않을 수 있단 말인가.

그 모습에 음료를 들고 온 윤수가 걸음을 멈춘 것은 당연한 일이었다. 윤수는 졸고 있는 인아를 보고 최대한 발소리를 죽여 다가갔다.

'이 시끼 봐라?'

인아를 그리고 있는 혁주는 정말로 행복해 보였다. 아니, 인아를 바라보고 있는 그의 눈빛이 행복해 보였다. 그것이 또 낯설어 윤수는 또 놀라고 말았다. 그는 조용조용히 옆 탁자에 음료를 내려놨다. 그리고 슬며시 전화기를 들어 두 사람의 모습을 카메라에 담았다. 앵글에 잡힌 두 사람의 모습은 참 예뻤다.

'크, 선남선녀가 한 화면에 잡히니까 죽이는구나.'

윤수는 진심으로 두 사람이 잘 어울린다고 생각했다. 알게 된 지 얼마 되지 않았지만 인아는 참 좋은 사람이었고 괴팍스러운 구석이 있어서 그렇지 혁주 또한 좋은 남자였다. 거기다 가끔 혁주의 얼굴에 떠오른 표정을 보면 그가 인아에게 갖는 감정이 어떤 것인지 알 수 있었다.

윤수는 두 사람을 응원했다. 살짝 얼굴을 기울인 채 눈을 감고 있는 인아와 그런 그녀를 그윽한 시선으로 바라보는 혁주, 그 모습이 카메라에 잡혔다.

찰칵.

열중해서 그림을 그리던 혁주가 그 소리에 놀라 움찔거렸다.

"그냥 그려."

인아가 깰세라 윤수는 나직이 말하고는 전화기를 집어넣었다. 그러고는 옆 테이블에 두었던 음료를 혁주 테이블에 올려놓고 물러났다. 빈 쟁반을 들고 1층으로 내려오며 윤수는 생각했다.

'인아 씨가 예뻐서 꽂힌 건가.'

그것 외에 달리 할 말이 없었다. 확실히 인아는 예쁜 얼굴이었고 늘씬했다. 몇 마디 말은 안 해봤지만 성격도 좋아 보였다.

'그런데 이 시끼가 여자를 마음에 들어 할 줄이야!'

혁주와 알고 지낸 세월 동안 윤수는 그가 여자와 사귄다거나 누구를 좋아한다는 이야기를 단 한 번도 들은 적이 없었다. 더군다나 여자를 모델로 써서 그린다 해도 별로 오랜 시간을 들이지 않았다. 그런데 저 여인아라는 여자와는 꽤 만나고 있지 않은가.

'정말 반하기라도 한 건가?'

그럴 수 있다는 생각이 들었다. 혁주와 몇 년간 알고 지내 오면서 지금이 가장 신기한 체험을 하고 있다는 건 부정할 수 없었다.

'강혁주가 여자에게 반하다니!'

투벅투벅.

계단을 내려오면서 윤수는 커다란 머리를 절레절레 흔들었다.

"그래도 두 사람이 사귀면 진짜 좋겠다."

1층으로 내려온 윤수는 휴대전화를 만지작거리며 히죽거렸다.

"기가 막히는군."

작정하고 찍은 것처럼 사진은 정말이지 잘 나왔다.

"와, 진짜 화보네, 화보."

윤수는 문득 이 사진을 혼자 보기는 아깝다는 생각이 들었다. 사진을 크게 인화해서 액자로 만들어 벽면에 걸어 두면 카페 분위기와 무척 잘 어울릴 것 같았다. 그러다 문득 인아 씨가 불쾌해할 수도 있겠다는 생각에 둘이 잘 안 되면 사진을 지우고, 혹시라도 잘 되면 나중에 정중하게 의사를 물어봐야겠다고 윤수는 생각했다.

한편, 카페의 2층은 조용했다. 1층으로 내려간 윤수가 조치를 취한 건지 신나는 음악에서 잔잔한 음악으로 바뀌었다. 한쪽에서 수다를 떨던 두 명의 여자가 아래로 내려가고부터는 이 공간에 오로지 혁주와 인아, 두 사람만이 남았다.

사각, 사각.

혁주의 손끝에서 들려오는 연필 소리가 경쾌했다. 하지만 시간이 지날수록 천천히, 아주 느리게, 인아의 몸이 기울기 시작했다.

혁주는 연필을 내려놓고 비어 있는 옆 테이블에서 쿠션을 가져와서 조용히 인아 앞에 갖다 놓았다. 잠시 후 폭, 하며 인아의 얼굴이 쿠션 위로 내려왔다. 그녀는 자는 모습도 예뻤다. 침을 질질 흘린다 해도 혁주 눈에는 여전히 예뻐 보일 것이 분명했다.

'귀여울 것 같은데?'

문득 입 벌리고 침 흘리며 자는 그녀를 상상하며 혁주가 쿡, 하고 웃었다. 그 소리에 인아가 눈을 떴다.

"아……."

처음엔 인지되지 않았다가 자신이 쿠션에 엎드린 채 잠들었다는 사실을 깨닫고 인아는 서둘러 일어났다. 당황한 기색이 역력한 인아를 보자 혁주는 그녀의 잠든 모습이 담긴 스케치북을 덮었다.

"미안해요."

혁주의 모습을 본 인아가 얼굴을 붉히며 사과했다.

"뭐가 말입니까?"

"잠들었는지 몰랐어요."

"아아, 많이 피곤하셨나 봅니다."

달리 뭐라 대답할 말이 없어 인아는 그저 미안한 표정만 지었다.

"다시 포즈 취해 볼게요. 그리고 제가 잠든 시간만큼 시간 연장하세요."

"아닙니다."

"……네?"

"오늘은 여기까지 하죠."

"……네?"

그녀는 조금 놀란 듯 눈을 크게 떠 보였다가 이내 짐작했다는 듯 머리를 끄덕였다.

"아, 지금 제 얼굴이 그릴 상황이 아닌 거죠?"

말하는 그녀의 말미가 부끄러움으로 물들었다.

"아니, 그건 아닙니다."

인아는 조는 모습도 예뻤다. 잠든 모습은 여신이었다. 하지만 혁주는 감히 그 말을 입에 떠올릴 수 없었다.

"우선 마시세요."

혁주는 윤수가 들고 온 음료 중 키위 주스를 인아에게 내밀었다.

"고맙습니다."

아직도 주스는 시원했다.

"피곤하신 일 있나 봐요?"

혁주가 조심스럽게 물었다. 인아는 잠시 망설였다. 사적인 이야기를 나눠도 되나, 싫어진 까닭이었다. 하지만 앞으로도 계속 만날 사람이었고 지금 당장, 그녀의 주 수입원이 그림 모델이기 때문에 눈치를 볼 수밖에 없었다.

"적응이 아직 안 돼서 그런 것 같아요."

인아는 자신의 설명이 조금 부족하다 느꼈다.

"생활 패턴이 좀 바뀌어서 적응하는 데 시간이 좀 걸리네요."

거기다 오디션 준비에 신경이 곤두서 있어서 더욱더 피곤했다.

"아아, 그러시구나."

혁주는 그녀에 대해 좀 더 알고 싶었다. 사실 알려고 마음먹으면 알아낼 수 있는 방법은 무궁무진했지만 그는 정공법을 택했다.

"패션모델이 되려는 거예요? 런웨이 걷고 화보 찍고 그런 모델?"

"네, 지금 당장 목표는 그거 맞아요."

"아카데미는 몇 년 다녔어요?"

혁주는 그녀의 이력서를 떠올리며 물었다. 분명 그녀의 최종 학력은 고졸. 대학을 가지 않았다면 필시 모델 수업을 오랫동안 받은 것이리라.

"넉 달 넘었어요."

"아아."

혁주의 얼굴에 놀란 표정이 스쳐 지났다. 그렇다면 그동안 인아는 도대체 뭘 하고 살았을까, 궁금증이 일었다. 그렇다고 꼬치꼬치 캐물을 수도 없었다. 그녀의 마음을 아프게 하고 싶지 않았다.

"제 주변에서 모델 준비하는 사람은 인아 씨가 처음입니다."

"아아……."

쑥스러운 표정이 인아의 얼굴에 걸렸다.

"궁금해서 물어보는 건데요."

말을 하며 혁주는 자신의 앞에 놓인 바나나 주스를 한 모금 마셨다.

"모델 아카데미 수료하면 모델이 되는 겁니까?"

"아니, 그렇지 않아요."

인아는 가만히 머리를 저었다.

"모델 수업을 받는 건 기초를 쌓으려는 거예요. 아무래도 전문적으로 일을 하려면 알고 하는 게 낫잖아요. 수료하고 나서 에이전시에 들어가거나 오디션에 합격해서 모델이 되는 사람도 있고요. 프리랜서로 자신이 알아서 모델을 시작하는 경우도 있어요."

"아아."

제대로 알아듣지는 못하겠지만 혁주는 머리를 주억거렸다.

"그럼 인아 씨는 아카데미에서 수료를 하고 난 후에 어떻게 하실 생각입니까? 에이전시에 들어가요, 아니면 오디션?"

이렇게까지 세세한 이야기를 나눠도 되나, 하고 인아는 또 망설였다. 그렇다고 말을 끊기도 어려웠다.

"······오디션 준비 중이에요."

"아아, 그러시구나."

혁주는 다시 주스를 한 모금 마셨다.

"혹시 지금 이 시간이 방해되는 건 아니죠?"

"아, 그건 아니에요."

선미의 조언대로 인아는 사진을 더 찍어서 포트폴리오에 추가, 제출한 상태였다.

"결과 기다리고 있거든요."

"아아, 초조하시겠네요?"

인아는 지현 외에 대화를 나누는 사람이 없었다. 사실 지현은 따지고 보면 경쟁자가 아닌가. 아무리 친하다고는 해도 속 깊은 내용까지는 말할 수 없었다.

"네, 조금요."

솔직히 인아는 돈을 벌고 싶었다. 모델이 된다고 해서 바로 돈을 벌 수 있는 건 아니지만, 안정적인 직업도 아니지만 어서 빨리 모델 입문을 하고 싶었다. 아무리 모델이 불안정한 직업이라고는 해도 시급 알바보다는 나으리라는 생각에서였다.

"발표가 언젠데요?"

"2주일 남았어요."

"그러시구나."

가만가만한 대화는 금방 끝나 버렸다. 인아는 주스 잔에 꽂힌 빨대를 입술 끝으로 지분거리며 고민에 빠졌다.

'나도 뭔가 물어봐야 하나?'

딱히 궁금한 것도 없는데 뭔가를 묻는다는 건 그리 신나는 일은 아니었다. 하지만 그냥 입 닫고 가만히 있는 게 더 이상한 것 같았다. 그녀는 천천히, 입에서 빨대를 떼어 냈다.

"이제 졸업반이시죠?"

"그렇죠."

"미대생도 아니라고 하셨는데 그림을 참 좋아하시나 봐요."

말을 하는 중간, 인아는 아차 싶었다. 이 부잣집 도련님이 설마 취업에 목을 맬 리가 없지 않은가. 그녀는 자신의 멍청한 질문에 혀를 깨물고 싶었다.

"네, 그림 그리는 걸 정말 좋아합니다."

혁주는 인아가 자신에 대해 궁금해하는 것이 기분 좋았다.

"미대를 가고 싶었는데 못 가서 그런지 그림에 대한 열망이 더 크더라고요."

담담한 그의 말에 인아는 머리를 끄덕였다. 자기 자신도 그렇지 않은가. 발레를 그만두게 되어서 얼마나 울었던가.

"아아."

인아는 그런 그의 마음을 이해할 수 있었다.

"말씀하신 대로."

혁주가 어깨를 으쓱였다.

"졸업하면 그림과 멀어질지도 모르니까요."

말은 그렇게 했지만 혁주는 결코 그림을 놓고 싶지 않았다.

"그래도 전."

인아가 음료의 빨대를 만지작거리며 입을 열었다.

"혁주 씨가 그림을 계속 그리셨으면 좋겠어요. 그림을 이렇게 잘
그리시는데 포기하기엔 그 재능이 아깝잖아요. 취미로라도 계속하
셨으면 좋겠어요."

"아아."

인아의 말에 혁주는 조금 놀란 듯 눈을 슬쩍 치켜떴다.

"그렇습니까."

"네."

그 말을 끝으로 또다시 두 사람 사이에 침묵이 찾아왔다. 얼굴에
티는 나지 않았지만 혁주는 달아오르는 얼굴을 어찌해야 할지 몰랐
다. 지금까지 살아오면서 이렇게 기분 좋은 적은 처음이었다.

그 누구도 인아처럼 말해 주지 않았다. 어머니를 닮아 그림에 재
능이 있는 혁주를 아버지 창섭은 인정하지 않았다. 배다른 형 성진
은 겉으로는 말을 하지 않았지만 자신이 물려받을 회사를 혹시라도
동생이 탐을 낼까 전전긍긍했었다.

그래서 창섭 몰래 혁주가 그림 그릴 수 있도록 도와주긴 했지만 진심에서 우러나오는 건 아니었다. 그런데 세상에서 가장 아름다운 여인이 자신의 재능을 인정하고 격려까지 해주다니, 그는 아마도 오늘 밤 제대로 잠을 잘 수 없을 거라 생각했다.

자꾸만 두근거리는 가슴을 애써 내리누르며 그는 하늘로 솟아오르려는 광대뼈를 멈추게 하느라 애를 써야 했다. 감사한 마음을 담아 건너다 본 인아의 얼굴을 피곤해 보였다. 혁주는 문득 인아가 안쓰럽게 느껴졌다.

"오늘은 이만 일어나시죠?"

"네?"

"인아 씨가 너무 피곤해 보여서 안 되겠어요. 얼굴에 피곤함이 고스란히 묻어나거든요."

인아의 잠든 얼굴을 잘도 그렸으면서도 혁주는 짐짓 안타까운 표정을 얼굴에 드리웠다.

"아……."

그렇지 않아도 눕고 싶은 마음이 간절했기에 그녀는 못 이기는 척 그의 말에 따라 자리에서 일어났다. 여전히 그는 인아를 바래다줄 의지로 가득했다. 인아는 더 이상 그것을 말릴 수 없음을 알았다. 그의 차를 타고 집 앞까지 오는 건, 확실히 편하긴 했다.

"그럼 조심해서 들어가요."

굳이 차에서까지 내리며 혁주가 배웅했다. 인아는 그것이 조금 부담됐지만 그래도 어딘지 든든한 것 같기도 했다.

"네에, 감사합니다."

인사를 한 후 인아는 가만히 혁주를 바라봤다. 그가 떠나면 골목 안으로 들어갈 생각이었다. 하지만 그는 끈덕지게 서 있었다.

"안, 가세요?"

인아가 조심스럽게 물었다.

"아, 인아 씨 가시면 가려고요."

"먼저 가세요."

혁주는 또다시 거절하려다 그녀의 얼굴에 걸린 고집스런 표정에 고개를 끄덕였다.

"그래요, 그럼."

탁.

차에 올라탄 그가 시동을 걸었다.

부릉.

천천히, 차가 움직였다. 인아는 차가 멀어지는 모습을 보고 나서야 몸을 돌렸다. 그녀가 몸을 돌리자마자 혁주의 차가 슬금슬금 뒤쪽으로 움직였다. 혁주는 인아가 골목 안쪽으로 들어가는 것까지 지켜보고 싶어서 최대한 차를 천천히 몰다가 그녀의 뒷모습을 보고는 뒤로 후진한 후 차를 멈췄다. 백미러로 인아를 지켜보던 그의 눈썹이 꿈틀거렸다.

'뭐지?'

인아가 골목길 안을 들어서자마자 어디선가에서 나타난 한 남자가 곧바로 그녀의 뒤를 쫓는 모습이 눈에 들어왔다. 그녀를 내려줄 때만 해도 분명 그 주변에 사람은 없었다. 그런데 저 남자는 도대체 어디서 나왔단 말인가. 불안해진 혁주는 서둘러 차에서 내렸다.

사람에게 한눈에 반한다는 이야기는 그야말로 소설 속에서나 나오는 이야기라 생각했다. 그런데 정말로 반하는 사태가 일어났다.

경찰이 될 생각은 없었다. 그저 어쩌다가 의경이 되고 어쩌다가 경찰 공무원 시험을 보게 된 것뿐, 경찰로서 국민을 지킬 의무 따윈 생각도 해보지 않았다. 단지 그가 의경이었을 때, 생각보다 그 생활이 편해서 경찰도 그런 줄 알았던 것이 잘못이라면 잘못이랄까.

2년 전, 민성은 막 이별을 했고 인아를 만났다. 집이 도둑맞았다며 잔뜩 겁에 질린 인아는 그의 이상형이 아니었다.

그는 키 큰 여자를 싫어했다. 하지만 어쩐지 인아에게 끌렸다. 어쩌면 그건 막 이별했기에 감정의 경계가 불분명해진 탓인지도 몰랐다. 밤길에 두려움을 느끼며 도움을 청하는 인아를 안전하게 집에까지 데려다주기를 몇 번, 그는 스스로 감정을 만들었고 그 안에 그녀를 가두었다.

민성은 오늘 비번이었다. 그럼에도 그는 인아의 안전한 귀갓길을 위해 일부러 마중 나온 길이었다. 위아래 새까만 운동복을 입은 민성은 그늘 속에서 인아와 혁주를 노려봤다. 불안했던 예감이 적중했다. 인아는 저 남자를 같이 일하는 사이라고 했지만 저 남자는 그녀를 아는 동생이라 했다.

"무슨 사이라는 거야?"

그의 입에서 나직한 목소리가 흘러나왔다. 어쨌거나 민성은 지금이 고백할 순간임을 깨달았다. 말없이 인아를 지켜본 지 어언 2년. 그동안 인아에게는 남자가 없었다.

부릉.

차가 떠나고 인아가 움직이기 시작했다. 이윽고 그녀가 골목길 안으로 들어서자, 민성이 천천히 그 뒤를 따랐다.

2년 동안 인아를 지켜봤지만 남자 문제는 깨끗했다. 남자와 집으로 들어가는 걸 본 적도 없었고 늦긴 했지만 귀가 시간도 일정했다.

동대문에서 새벽까지 일한다는 것도 직접 눈으로 확인했다.

하지만 인아는 그에게 단 0.1프로도 관심을 주지 않았다. 그것이 그의 자존심을 상하게 만들었다. 민성은 은근슬쩍 인아에게 관심을 보여 왔다. 인아 역시도 상냥하게 그를 대했다.

어쩌면 그녀는 일부러 그러는 것인지도 몰라, 내가 고백하기를 기다리는 건지도 모르지, 민성은 중얼거렸다.

'내가 질투해서 고백하기를 바라는 걸까?'

영화나 드라마에서 보면 여자 주인공들이 질투를 유발시켜서 고백에 성공하는 내용을 본 기억이 떠올랐다.

"그래, 드디어 고백할 때야."

민성은 결심했다. 인아가 그렇게까지 하는데, 고백을 하는 게 맞는 것 같았다.

저벅, 저벅.

인아의 온 신경이 곤두섰다. 분명 누군가가 따라오는 것이 틀림 없었다. 저도 모르게 걸음이 빨라졌다. 그와 동시에 뒤에서 들려오는 발소리도 빨라졌다.

'뭐, 뭐야?'

더럭, 겁이 났다. 골목 안쪽은 생각보다 길어서 한참을 걸어가야 그녀의 집이 나왔다.

집에 도착하기도 전에 무슨 일을 당한다 해도 이상하지 않을 상황. 물론 가로등이 있고 소리를 지른다면 사람들이 나오겠지만 그 전에 무슨 일이 생길 수도 있었다.

또각, 또각, 또각.

저벅, 저벅, 저벅.

하아, 하아.

숨소리가 절로 거칠어졌다. 두근두근, 심장 역시도 거칠게 뛰고 있었다. 아직도 집은 먼 거리였다.

훅, 훅.

가까이 다가온 남자의 뜨거운 숨결에 머리털이 올올이 솟아올랐다. 최근에 일어났던 여성을 상대로 한 범죄 기사들이 머릿속을 점령하기 시작했고 인아는 점점 더 겁에 질려 버렸다.

불과 얼마 전에도 집 앞까지 데려다준다는 혁주의 호의를 거절했던 것을 후회했었는데, 금세 잊어버리고 또 같은 일을 저지르다니. 후회가 배로 밀려왔다.

턱.

"꺄악!"

누군가의 손길이 어깨에 닿자마자 인아의 입에서 뾰족한 비명이 새어 나왔다.

"인아 씨, 인아 씨?"

너무 놀라 펄쩍 뛰어오른 인아를 달래려 민성은 인아의 이름을 커다랗게 불렀다.

"아······."

얼마나 놀랐는지 그녀의 눈가에 눈물이 맺혀 있었다.

"김······ 순경님?"

새까만 후드를 입고 있어서 그런지 어둠 속에서 한참 만에야 인아는 민성을 알아봤다.

"죄송해요, 많이 놀라셨나 봐요."

민성이 사과를 전해 왔다. 아직도 뛰는 가슴을 애써 진정시키며 인아는 심호흡했다.

"아아."

두려움과 공포가 지나간 자리에 어색함이 자리했다.

"그, 그런데 여긴 어쩐 일로······?"

지구대복이 아닌 평상복 차림인 것으로 미루어 짐작하건대 민성은 오늘 쉬는 날인 것 같았다. 그런데 왜 이곳에 있는 걸까.

"인아 씨한테 할 말이 있어서요."

"······네? 저한테요?"

"네."

민성은 자신의 키와 비슷한 인아를 바라보며 입을 열었다.

"아까 보니까 어떤 남자분이 데려다주시던데, 지난번에 그분이죠?"

"……네?"

"아니, 인아 씨랑 같이 일하신다던 분."

인아는 그런 말을 건네는 민성이 이상하게 느껴졌다.

"그런데요……?"

"순수하게 일만 하는 사이가 아닌 걸로 보이던데."

"네?"

평소와 다른 김 순경의 모습에 인아는 어리둥절하면서도 불안함을 느꼈다. 그가 뿜어내는 기운이 예사로 보이지 않았다.

"저랑 사귀죠."

뜬금없는 그 말에 그녀는 제 귀를 의심했다.

"네?"

"그동안 제가 쭉 인아 씨를 지켜봤습니다."

그 말에 인아는 온몸에 소름이 쫙 돋았다.

"인아 씨가 지금까지 그 누구와도 사귀지 않은 거 다 알아요. 저 때문인 거죠?"

어이가 없는 나머지 그녀는 그만 말문이 막히고 말았다.

"제가 이렇게 먼저 고백하기를 기다렸단 거, 다 압니다. 그러니까 우리 사귀자고요."

성큼, 민성이 인아에게 한 발짝 다가섰다. 넋 놓고 그런 그를 바라보다가 정신 차린 듯 그녀가 서둘러 그에게서 물러났다. 뭔가 이상했다. 가끔 밤길이 무서워서 도움을 청할 때마다 흔쾌히 들어주었던 민성이 아닌 것 같았다. 완전히 다른 사람으로 보였다.

"왜, 왜 이러세요?"

"저, 인아 씨한테 잘할 수 있습니다."

납득할 수 없는 상황이었다.

'왜 이 사람이 내게 이런 말을 하는 걸까, 혹시 내가 언제 실수한 게 있나? 내가 쉬워 보였나?'

별의별 생각이 다 들었다. 인아는 정신을 가다듬고 정색했다.

"전 김 순경님이 저한테 왜 이러시는지 모르겠어요."

"내가 인아 씨 좋아한다고요. 그러니까 사귀자고 고백하는 겁니다."

민성은 끈질기게 말했다.

"인아 씨를 정말 오랫동안 봐 왔어요. 좋아하고, 마음에 든다고요."

아득한 마음이 들었지만 그녀는 그동안 김 순경이 자신에게 한 배려들을 떠올리며 정중하게 말했다.

"죄송한데 전 남자 사귈 생각 없어요."

말을 마친 인아는 발길을 돌렸다. 바로 그때, 그녀는 강력한 힘에 의해 강제로 몸이 돌려졌다.

"이제 그만해요, 인아 씨."

인아는 민성이 왜 이러는지 도통 알 수가 없었다. 그녀의 얼굴에 공포가 깃들었다.

"이렇게 내가 다가왔잖아요. 내가 이러길 기다린 거, 다 알아요. 그 남자, 내 질투심 유발하려고 접근시킨 거죠?"

"저기요, 김 순경님."

떨리는 와중에도 인아는 침착하게 대응했다.

"전 김 순경님의 질투를 유발한 적 없어요."

"정말 왜 이래요, 인아 씨."

민성이 인아의 팔을 더욱 세차게 잡았다.

"나한테 웃어 줬잖아요, 다정하게 인사도 하고, 나한테 의지했잖아요, 안 그래요?"

인아를 바라보는 민성의 눈은 진지했다.

"아니, 아니에요, 전 김 순경님이 순찰해 주시는 게 고마워서 그런 거예요."

저도 모르게 목소리가 떨려 나왔다. 인아는 잡힌 팔을 빼내려 애를 썼다. 그 모습에 민성은 정색했다.

"튕기는 건 한 번으로 족해요. 자꾸 그러면 화난다고요."

그 말에 인아는 피가 차갑게 식는 기분이 들었다.

"놔, 놔 주세요!"

민성에게 단단히 붙잡힌 팔이 아파 왔다. 인아는 그에게서 벗어나려 했지만 힘이 약했다.

"뭐 하시는 겁니까?"

커다란 목소리와 함께 어느새 인아는 민성의 손아귀에서 풀려나 있었다. 놀라 바라보니 혁주가 험상궂은 얼굴로 민성을 내려다보고 있는 모습이 보였다. 순간, 그녀는 자신도 놀랄 만큼 안심이 되는 것을 깨달았다.

"혁주 씨?"

"무슨 일이십니까."

인아의 부름에도 혁주는 민성을 노려본 채였다.

"아아."

손에서 느껴지는 은은한 통증에 민성은 웃었다.

"별것 아닙니다."

가로등 불빛 아래 드러난 그의 얼굴은 비굴했다.

"지금 고백하는 중입니다."

당당한 그 목소리에 인아는 소름이 돋고 말았다.

"작은 의견 차이 때문에 목소리가 높아져서 오해하셨나 본데, 가시던 길 가시면 됩니다."

민성은 혁주를 알아봤다. 말은 조용조용했지만 그의 속은 걷잡을 수 없이 복잡했다.

'아까 차 타고 간 줄 알았는데 아니었나? 흥, 남녀 간의 문제라는데 지가 어쩌겠어?'

"인아 씨."

민성은 다시 인아를 부르며 그녀의 팔목을 잡으려 손을 뻗었다.

탁.

그러나 그런 그의 시도는 허공에 흐트러지는 목소리만큼이나 허무하게 무너졌다.

"하지 마십시오. 인아 씨가 싫어합니다."

단호한 혁주의 목소리를 들으며 민성은 또다시 손목을 어루만져야 했다.

"지금 뭐 하시는 겁니까?"

민성이 혁주에게 눈을 번뜩였다.

"인아 씨."

혁주는 그런 민성을 본 척 만 척하며 그녀를 돌아봤다.

"괜찮으세요?"

인아가 간신히 고개를 끄덕였다. 혁주가 바로 옆에서 자신을 지키고 있다는 사실이 든든하게 느껴졌다.

"지금 이 사람 말이 사실입니까?"

인아는 말을 잇지 못했다.

"제가 그냥 가도 되겠습니까?"

그 말에 그녀는 저도 모르게 그의 팔뚝을 꽉, 움켜쥐었다. 그녀의 눈에 떠오른 두려움을 읽은 혁주가 당당하게 허리를 폈다.

"아무래도 그 고백."

혁주는 천천히 말을 끊으며 민성을 바라봤다.

"이루어질 것 같긴 않군요. 보시다시피 이 아가씨가 그쪽을 무서워해서."

혁주의 말에 민성의 눈에 불꽃이 일었다.

'이런, 건방진!'

끌고 다니는 차로 짐작컨대 사람들이 말하는 금수저 출신이 분명했다. 부모 잘 만나서 어려운 것 없이 세상 살아가는 그런 부류.

"저, 경찰입니다."

민성은 뒤집어썼던 후드를 벗어 얼굴을 드러냈다.

"경찰인 제가 왜 무섭습니까?"

"아아."

민성의 얼굴을 확인한 혁주가 고개를 끄덕였다.

"지구대에서 뵌 분이시군요."

민성은 혁주가 자신을 알아봤다는 데에 안심했다.

"네, 그러니 그만 가져도 됩니다. 이건 인아 씨와 저, 우리 둘의 문제니까요."

쫘악. 인아는 여전히 혁주의 팔뚝을 붙잡고 있었다. 두려워하는 마음이 고스란히 느껴져서 혁주는 가볍게 눈살을 찌푸렸다.

"애석하게도."

혁주는 여전히 그를 내려다보며 입을 열었다.

"인아 씨는 그러고 싶어 하는 것 같지 않습니다만."

"이것 보세요!"

"강혁주라고 합니다."

"강혁주 씨."

"네."

"지금 방해하고 있는 거, 안 보여요?"

"아니."

혁주의 단호한 말이 울렸다.

"안 보입니다. 제 눈엔 인아 씨가 그쪽을 두려워하는 모습밖엔 보이지 않아요."

혁주는 최대한 점잖게 말을 이어 갔다.

"고백이라고 하셨는데, 장소를 잘못 택하신 것 같습니다. 밝은 날 다시 하는 게 어떻습니까?"

민성의 눈이 인아에게로 향했다. 그녀는 혁주 옆에 딱 붙어서 아니, 더 정확히 말하자면 반쯤 그의 뒤에 숨어서 민성을 바라보고 있었다. 자존심이 심하게 상했다. 제삼자의 눈으로 보자면, 딱 불한당 역할이 아닌가. 남들의 눈으로 봤을 때 경찰인 자신이 애먼 여자를 괴롭히는 그런 모양새. 민성의 입매가 실룩였다.

"아."

경찰의 이미지를 망칠 수는 없었다.

"제가 좀 과격했던 것 같군요."

민중의 지팡이는 친절해야 했다.

"강혁주 씨 말씀대로 밝은 날, 인아 씨와 다시 이야기해야겠습니다."

우선 한 걸음 물러나기로 한 민성은 억지로 웃는 낯을 했다.

"그럼 인아 씨, 다음에 봐요."

인아는 그의 말에 대꾸를 하지 않은 채 여전히 혁주의 옷깃을 꽉 붙잡고만 있었다. 이윽고 민성이 사라지고 난 후, 골목 안에는 인아와 혁주만 남았다.

"괜찮아요, 인아 씨?"

혁주가 다시 조심스럽게 물었다.

"⋯⋯아."

인아는 서둘러 혁주의 팔에서 자신의 손을 떼어 냈다.

"고마워요."

간신히 답하는 그녀의 온몸은 여전히 긴장으로 잔뜩 굳어 있었다. 혁주는 인아를 걱정스럽게 바라봤다.

"정말 괜찮겠어요?"

"⋯⋯네."

여전히 몸이 떨렸지만 아까보다는 훨씬 진정이 되어서 인아는 고개를 끄덕였다.

"난 안 괜찮아요."

혁주는 굳은 얼굴로 그녀를 내려다봤다. 놀란 얼굴로 자신을 바라보는 눈을 마주하며 그가 입을 열었다.

"인아 씨, 지금 혼자 살잖아요. 불안합니다."

그 말에 인아도 수긍했다. 민성은 인아의 집을 알고 있었고 그 사실이 그녀는 불안했다. 작은 옥탑방은 안전하지 못했다.

"가요."

"⋯⋯네?"

"오늘 하루라도 인아 씨가 안전한 곳에 있어야 제가 마음이 놓이겠어요."

인아는 망설였다.

"자."

혁주가 그녀에게 손을 내밀었다. 인아는 그 손을 잡아야 할지 고민했다.

"어디 가려고요?"

"세상에서 제일 안전한 곳이요."

인아의 의심 가득한 눈빛에 혁주가 가볍게 미소 지었다.

"안전하고 환하고 사람 많은 그런 곳."

9. 합격

아름답고 화려한 샹들리에는 호텔의 품격을 말해 주었다.

"자."

혁주가 내미는 카드키를 인아는 멀뚱히 바라봤다.

"내일 아침까지 그 누가 찾아와도 문 열어 주지 말아요."

여전히 인아는 당혹스러웠다. 세상에서 가장 안전한 곳에 데려다 준다고 하고 데려온 곳이 호텔이라니.

"여기서 자라고요?"

인아는 재차 물었다. 호텔 프론트에서, 아니, 호텔에 들어서면서부터 그녀는 계속 물어 왔다.

"네, 여기가 안전하니까요."

확실히 그가 말한 대로였다. 안전하고 환하고 사람 많은 곳. 물론 방은 인아 혼자 쓰지만 아무래도 옥탑방보다야 이곳이 훨씬 더 안전하긴 했다.

"그렇지만……."

혁주는 인아의 걱정을 안다는 듯 따뜻하게 웃어 보였다.

"제가 마음이 안 놓여서 그렇습니다. 계약서에 작성한 대로 전 인아 씨가 일을 하는 동안 모든 비용을 내야 하잖아요."

인아는 계약서 뒷면에 적혀 있던 깨알 같은 글씨를 떠올렸다.

"지금은 그림 그리는 시간이 아니잖아요."

"아닙니다, 인아 씨."

그녀의 반박에 혁주가 정색을 했다.

"인아 씨 신변에 무슨 일이라도 생기면 제가 모델을 잃게 되는 거니까 당연히 제가 신경을 써야 하는 부분이고, 또한 안전에 대한 책임 역시 제가 져야 한다고 생각합니다. 그런 이유로 호텔 비용은 제가 내죠."

혁주는 인아의 얼굴에 떠오른 불편한 표정에 재빨리 말을 덧붙였다.

"하지만 굳이 인아 씨가 불편하시다면 다른 방법도 있습니다."

잠시 말을 멈춘 그가 인아를 바라봤다.

"뭔데요?"

"아르바이트 비용에서 제하는 방법입니다."

말은 그렇게 했지만 혁주는 그럴 생각이 전혀 없었다. 일단 그렇게 말을 해 놓고 시급이 올랐다고 능청을 떨어 댈 생각이었다. 아니면 특별 수당이라는 명목을 갖다 붙여도 되리라.

인아는 고민에 빠졌다. 확실히 오늘은 혼자 집에 있는 건 무서웠다. 물론 민성이 억하심정을 갖고 다시 찾아올 것 같지는 않지만 그래도 무서웠다.

"지금 당장은 아니고 천천히 계산하는 걸로."

그의 말에 인아는 마음을 굳혔다.

"그럼 그렇게 하는 걸로 해주세요."

"그러죠."

혁주는 시원하게 답했다. 그러고는 다시 인아에게 카드키를 내밀었다. 그녀는 천천히, 그것을 받아 들었다.

"저기, 그런데……."

"예?"

"아까 그 남자, 순경이거든요. 그런데 혁주 씨, 그 순경이랑 알아요? 아까 보니까 아는 사이 같던데."

민성과의 실랑이에서 혁주가 민성을 알아본 것이 못내 마음에 걸렸다.

"오다가다 얼굴을 봤습니다. 그쪽 동네에 아는 사람이 있거든요."

딱히 틀린 말도 아니었다. 혁주는 아무렇지도 않게 말한 뒤 덧붙였다.

"아침까지 절대로 문 열어 주지 말아요."

그 누군가가 인아를 찾을 일이 없을 테지만 혁주는 거듭 강조했다.

뭔가가 미심쩍었지만 그녀는 카드키를 만지작거리면서 머리를 끄덕였다. 그를 의심하기 싫었다.

"그럼 조심히 올라가요."

엘리베이터 앞에서 혁주가 인사를 건넸다. 혹시나 그가 방까지 같이 올라가면 어쩌나 하고 걱정했던 인아는 마음이 놓이기도 하고 마음 한편으로는 여전히 불안했다.

띵.

엘리베이터의 문이 닫힐 때까지 인아를 바라보던 혁주는 그녀의 모습이 완전히 다 사라지고 나서야 발걸음을 돌렸다. 객실 층으로 올라온 인아는 자신이 묵을 방을 찾았다.

딸깍, 팟.

방에 들어서자마자 불을 켠 인아는 한동안 오도카니 그렇게 서 있었다. 둘러본 방 안은 깔끔했다.

"흐읍, 하아."

얼마나 그렇게 서 있었을까. 그녀는 이윽고 깊숙이 숨을 들이마시고 내뱉었다. 옥탑방과는 다른 냄새가 났다. 그것은 익숙한 향.

부모님이 돌아가시기 전까지 가족 여행을 자주 다녔던 인아에게 호텔은 익숙한 곳이었다. 지금 살고 있는 옥탑방보다 훨씬 큰 방 안에서 그녀는 과거를 회상했다. 마지막 가족 여행에서의 기억들, 그리운 순간들, 이젠 다시 오지 않을 그 시절들. 인아는 입술을 한번 꾹, 깨물고는 걸음을 내디뎠다. 그러다 멈칫했다.

"옷이 없는데."

호텔에 수면 가운이야 비치되어 있을 테지만 아무래도 입고 자기에는 불편했다. 다행인 것은 다음 날이 주말이라 아카데미가 쉰다는 것. 인아는 살며시 눈썹 사이를 좁혔다. 지금 당장 집에 가는 건 무서웠다. 조금 불편하더라도 호텔에 있는 게 나았다.

"그래도 따뜻한 물은 잘 나오겠네."

얼굴에 흡족한 표정이 떠올랐다. 그녀는 아무리 무더운 여름이라도 따뜻한 물로 샤워했다. 정말 더우면 마지막 헹굼을 찬물로 하는 정도. 하지만 옥탑방의 보일러 사정은 썩 좋지 않아서 뜨거운 물이 나오다 말다 했기에 씻는 데 조금 어려움이 있었다. 그래서 겨울에는 집 근처의 찜질방에서 목욕을 하곤 했다.

"우선 씻을까?"

애써 두려움을 몰아내려 그녀는 평소처럼 행동하기로 했다. 마음 같아서는 그대로 침대 위로 뛰어들어 이불을 푹 덮어 쓰고 싶었지만 그렇게 하면 더 무서울 것 같았다. 그녀가 막 욕실의 손잡이를 잡았을 때, 커다랗게 전화벨이 울렸다.

띠리리리리.

인아의 휴대전화가 아니었다. 그녀는 호텔에 비치되어 있는 전화로 시선을 던졌다. 전화벨 소리는 여전히 울려 퍼지고 있었다. 망설이던 그녀가 결국 수화기를 들었다.

"여보세요?"

―아, 인아 씨!

익숙한 목소리.

"……혁주 씨?"

—네, 생각해 보니까 인아 씨 갈아입을 옷이 없어서요, 제가 여기 호텔 여직원분께 사 주십사, 부탁드렸거든요. 제가 직접 사기는 좀 그래서……. 그분이 인아 씨 방에 올라가셨는데 혹시 제가 한 말 때문에 문 안 열어 주실 것 같아서 연락드렸습니다.

"아니, 그러지 않으셔도……."

—그럼 내일 점심에 뵙죠. 푹 주무시고 점심때까지 호텔 안에 계세요.

인아의 말이 채 끝나기도 전에 혁주는 제 말만 하고 전화를 끊어 버렸다.

뚜뚜뚜뚜.

인아는 끊긴 수화기를 든 채 멍하니 그 자리에 서 있었다. 이런 일방적인 통화라니, 지금까지 알던 혁주가 아닌 것 같았다. 바로 그때 노크 소리가 들려왔다.

"룸서비스입니다."

문을 여니 메이드 차림의 여자가 종이 가방을 들고 서 있었다.

"일행 되시는 분이 이걸 전해 달라고 하셔서요. 제가 직접 구입했는데 마땅한 디자인이 없어서 무난한 것으로 골랐습니다."

혁주가 부탁했다던 옷인 모양이었다.

"아, 고마워요."

일단 종이 가방을 받아 든 인아는 메이드가 돌아서자마자 안을 들여다봤다.

"어머!"

그녀의 입에서 흘러나오는, 조금은 어색한 낮은 탄성.

"속옷이랑 잠옷이네?"

인아는 침대로 다가가며 가방 안의 내용물을 끄집어내어 침대 위에 올려놨다.

"……하."

어디서 구했는지 새하얀 속옷 세트는 아주 단순한 디자인이었다. 인아가 문득 얼굴을 붉히며 속옷을 펼쳤다.

"그래도 센스 있네."

인아는 가만히 중얼거렸다. 만일 혁주가 직접 이 속옷을 샀다면 정말 이상한 사람이라 생각했을 터였다. 호텔 직원에게 부탁했다던 그의 배려가 쑥스러우면서도 마음이 놓였다.

쏴아아.

몸 위로 쏟아지는 물줄기는 따뜻했다. 그 온기는 차츰차츰 인아의 마음속으로 스며들어 가기 시작했다. 그 덕에 샤워를 다 마치고 욕실 밖으로 나온 그녀의 마음은 몸처럼 따뜻해졌다.

"인사를 해야겠지?"

수건으로 젖은 머리를 말리며 인아는 휴대전화를 흘깃 바라봤다. 통화는 그렇고 문자로 고마운 마음을 표시하면 될 것 같았다. 인아는 손을 뻗어 휴대전화를 들었다.

인아와의 통화를 마친 뒤 혁주는 곧바로 버튼을 눌렀다.

―오랜만이다? 잘 지내고 있었냐?

"형님도 잘 지내셨습니까?"

수화기 너머의 성진은 유쾌했다.

―뭐, 항상 똑같지. 그래, 무슨 일이냐?

혁주가 웬만해선 전화를 먼저 하지 않는다는 사실을 성진은 익히 알고 있었다. 배다른 동생이 전화하는 일이란 부탁을 해야 할 상황일 때뿐이었다. 그나마도 딱 한 번, 일전에 백화점의 마네킹 모델에 대한 것이 다였다.

"부탁드릴 게 있습니다."

―그래, 뭔데?

"아시는 분 중에……."

말도 안 되는 부탁인 줄은 알지만 그 말도 안 되는 일을 아무렇지도 않게 할 수 있는 사람 중의 하나가 바로 이복형이었다. 혁주의 기대대로 성진은 시원하게 답했다.

―그래, 알았다. 내일 아침 시간 괜찮니?

"예."

―그럼 내일 아침에 보자.

통화를 마친 혁주는 차에 올랐다. 운전대를 잡은 그의 손에 힘이 들어갔다. 지금까지 그 누구에게도 손을 벌려 본 적이 없고 부탁을 해본 적도 없었다. 아버지인 창섭이 생활비라며 보내오는 돈은 고스란히 통장에 남아 있었다.

"아무래도 안 보이는 게 낫겠지."

가만히 중얼거리는 혁주의 눈에서 냉혹한 기운이 뚝뚝 흘러내렸다. 오늘 있었던 인아와 민성과의 일이 그를 자극했다. 아니, 민성이 그의 신경을 건드렸다.

인아를 두려움에 떨게 하다니, 용서할 수 없었다.

'눈에 띄지 않아야 마음이 놓일 것 같아.'

아무래도 인아네 동네 지구대 지구대원이니, 오며가며 계속 인아와 마주칠 가능성이 높았다. 민성이 또 인아를 두렵게 할 수도 있었다. 혁주는 그 가능성을 줄이고 싶었다. 아니, 없애고 싶었다.

띠링, 하는 경쾌한 소리가 들려온 건 바로 그때였다.

부웅.

한번 몸을 떠는 휴대전화에 시선을 던지던 혁주의 눈매가 부드러워졌다.

[신경 써 주셔서 고마워요.]

인아의 짧은 문자였지만 그것은 혁주에게 커다랗게 다가왔다. 마치 인아가 옆에서 부드럽게 속삭이는 것처럼 느껴졌다. 그의 입가에 미소가 맺혔다.

띠리리리리.

잠결에 들려오는 소리에 인아는 정신을 차렸다.

"여보세요."

손을 뻗어 수화기를 든 그녀의 입에서 잠긴 목소리가 흘러나왔다.

—잘 잤어요?

들려오는 혁주의 목소리에 인아의 눈이 번쩍 뜨였다.

"아, 뭐, 예."

당황한 기색이 역력한 자신의 목소리에 인아는 허둥거렸다.

—식사는 했어요?

"아뇨, 아직……."

—호텔 안에서 식사하도록 해요. 나오지 말고. 뭐하면 룸서비스 시켜요. 푹 쉬고 점심때 봐요.

지난밤과 마찬가지로 혁주는 제 할 말만 하고 전화를 끊어 버렸다. 그것이 약간 기분 상했지만 인아는 애써 그 기분을 무시한 채 수화기를 내려놓았다. 시계를 보니 벌써 오전 9시가 훌쩍 넘어 있었다. 그 사실에 놀라 서둘러 자리에서 일어난 인아는 꽉꽉 닫혀 있던 커튼을 활짝 걷었다.

투명한 유리창으로 햇살이 내리쬐고 있었다.

드륵.

창문을 여니 시원한 바람이 방 안으로 밀려들어 왔다. 어제 무슨 일이 있었냐는 듯 태양은 하늘 높이 솟아올라 있었다.

"하아."

인아는 숨을 크게 들이마셨다.

"진짜 잘 잤다."

오랜만의 호텔방이라 해도 낯선 곳이라 좀처럼 잠을 못 이룰 줄 알았는데 의외로 숙면한 그녀는 한껏 움츠렸던 몸을 커다랗게 움직였다.

"……나가지 말라고?"

혁주와의 통화를 떠올리니 어쩐지 과한 면이 없잖아 있어 보였다.

"뭐."

인아는 어깨를 으쓱였다. 딱히 나가고 싶은 생각은 없었다. 다만 옷은 갈아입어야 했다. 그렇다고 호텔을 나가 집으로 가고 싶은 생각도 들지 않았다. 두려웠다. 어쩌면 민성이 다시 돌아와 골목길 안에서 지키고 있으면 어쩌나 싶기도 했다.

'……나중에 혁주 씨랑 같이 가야겠다.'

그렇게 생각하니 어쩐지 든든해졌다. 하지만 그녀는 이내 화들짝 놀라고 말았다.

'내가 강혁주 씨를 이렇게 생각하고 있었나?'

기본적으로 사람을 잘 믿지 않는데 어쩌다 강혁주라는 남자가 이렇게 신뢰를 주고 있었는지 알 수가 없었다. 그녀는 혁주 말대로 호텔방 안에서 꼼짝도 하지 않았다. 집에 가도 혁주와 함께 가고 싶었다. 또 그래야 했다.

"이거, 입어요."

인아는 또다시 종이봉투와 마주했다.

"……사 오신 거예요?"

"갈아입을 옷 있어야 하잖아요."

망설이던 인아는 그의 호의를 받아들이기로 했다. 혁주가 사온 옷은 청바지와 티였다. 단순한 디자인이었지만 용케도 인아의 몸에 꼭 맞았다. 옷을 갈아입고 나오면서 인아가 물었다.

"제 사이즈를 어떻게 아셨어요?"

그 물음에는 지난밤 속옷에 대한 궁금증도 포함되어 있었다.

"그냥 보통 사이즈보다 조금 작은 걸 달라고 했습니다."

천연덕스럽게 대꾸를 했지만 혁주는 인아의 신체 사이즈를 알고 있었다. 심지어 발 사이즈까지. 바로 얼마 전, 인아가 마네킹 모델을 할 때 입었던 원피스와 구두를 그대로 사지 않았던가.

호텔 안에서 식사를 해결한 두 사람은 인아의 바람대로 그녀의 집으로 향했다.

"저기."

막 지구대를 지나치려 할 때, 인아가 입을 열었다.

"잠시 세워 주시겠어요?"

"네?"

"그냥 이대로는 불안해서요. 지구대 들러서 어젯밤 일에 대해 해명을 듣든지 사과를 받든지 해야 할 것 같아요. 그리고 앞으로 어떡할 건지도 알아야겠어요."

혁주는 인아의 심정을 이해한다는 듯 머리를 끄덕였다.

"그래요, 확실한 것이 낫죠."

말을 마친 그가 먼저 차에서 내렸다. 인아는 선뜻 나서 주는 혁주가 고마웠다. 그와 함께 지구대로 들어서려던 그녀가 문득 걸음을 멈췄다.

"왜요?"

혁주가 부드럽게 물어 왔다.

"아니, 잠깐만요."

막상 민성의 얼굴을 마주한다고 생각하니 겁이 났다. 생각지도 못했던 일이라 당황했던 것도 사실이었다. 만일 지구대 안에서 민성과 실랑이라도 벌이면 어떻게 되나 싶었다.

"인아 씨?"

혁주의 부름에 인아는 그를 올려다봤다. 무섭긴 해도 옆에 혁주가 있다고 생각하니 안심이 됐다.

"들어가요."

인아는 마음을 단단히 먹고 지구대의 문을 열었다.

"어떻게 오셨습니까?"

지구대에 들어서자마자 친절한 미소를 띤 여순경이 물어 왔다. 감사 인사를 하러 지구대에 들를 때마다 본 얼굴이었다.

"아, 혹시 김민성 순경님 계신가요?"

그보다 높은 경장을 찾아 이야기할까도 싶었지만 우선은 본인에게 직접 이야기하는 것이 맞다고 여겨져 인아는 민성을 찾았다.

"김민성 순경, 다른 곳으로 갔는데요?"

"김민성 순경님이 다른 곳으로 갔다고요? 다른 지역으로 가셨다는 말씀인가요?"

인아가 놀라 물었다.

"진짜 이런 경우는 없었는데, 별안간 공문이 내려왔지 뭐에요? 김 순경, 지방으로 발령받았거든요. 짐 정리하러 갔어요."

너무나 갑작스러운 이야기에 인아는 더 이상 할 말이 떠오르지 않았다.

"근데, 김 순경에게 무슨 볼일 있으세요?"

"아니, 그건 아니고요."

인아가 간신히 대답했다.

'그러면 김 순경님은 오늘 지방 발령받으실 걸 알고 어제 내게 고백한 건가?'

과격하긴 했지만 본인 입으로 고백이라고 했으니 그렇게 받아들여야 할 것 같았다.

"갑자기 공문이 내려온 거라고 하셨는데, 오늘 그 사실을 안 거예요?"

"네, 저희도 모르고 있었어요. 갑자기 오전에 김 순경, 다른 곳으로 가라고 해서 모두 어리둥절하고 있던 참이에요. 김 순경 연락처 드릴까요?"

"아, 아니에요. 그럼 수고하세요."

인아는 혁주의 팔을 끌고 지구대 밖으로 나섰다. 어찌된 영문인지는 모르지만 더 이상 민성이 집 앞으로 찾아올 일은 없으리라. 그렇게 생각하니 한결 마음이 편해졌다.

"체크아웃 해야겠어요."

혹시 몰라서 좀 더 호텔에서 머물기로 했던 인아는 결심을 굳혔다.

"괜찮겠어요?"

혁주의 질문에서 걱정을 읽어 내린 그녀가 살며시 웃었다.

"네, 이제 집에 가도 될 것 같아요."

* * *

한 회사의 부사장 자리는 그리 만만한 자리가 아니었다. 이런 저런 다양한 청탁이 들어오는 건 부지기수이고 조그마한 인연이라도 어떻게 해서든 엮으려는 이가 많았다.

하지만 성진은 그런 일을 처리하는 데에 능숙했다. 누가 도움이 될 건지, 누구의 미래가 그래도 믿을 수 있는지, 성진은 판단력이 빨랐다.

이성진은 세상 그 어떤 누구라도 아무 계산 없이 부탁을 들어 주는 사내가 아니었다. 하지만 딱 한 명, 그는 이복동생인 혁주에게는 약한 모습을 보였다.

어제만 해도 도통 이해되지 않는 부탁을 들어주지 않았던가. 늦은 밤에 툭, 전화한 혁주는 서초 경찰서장을 만나게 해 달라 했다. 그답지 않은 부탁이었다.

바쁜 스케줄로 인해 아침 식사를 혁주와 서초 경찰서장인 한경철과 해야 했는데 그 자리에서 혁주가 꺼낸 말은 정말 의외였다.

"하."

어이없는 숨이 토해져 나왔다.

"순경 하나를 지방으로 발령 내 달라니."

돌이켜 생각해 봐도 참 어이없었다. 혁주가 성진의 동생이 아니었다면 경철은 코웃음 치며 들은 척 만 척했을 것이다. 하지만 이성진, 그의 혈육이라는데 어떻게 함부로 대할까. 경철은 시원하게 그러마, 라고 답했고 그는 곧바로 자신의 말을 실행에 옮겼다.

성진은 그 후에 동생의 청을 또 들어야 했다.

'이번에 새로 시작했다는 사업 말입니다.'

언제나 깍듯한 극존칭이 싫었지만 혁주는 그것을 바꾸려 하지 않았다. 그래서 어느 정도 체념은 하고 있었지만 조금은 살갑게 대해 주면 어떨까, 하는 바람을 성진은 여전히 갖고 있었다.

'뭐, 에이전시 사업?'

'예.'

성진은 의아했다. 자신이 아는 한 이 배다른 동생은 사업에 도통 관심이 없었다. 백화점에 자리 하나 내어 준다 해도 거절하고 사업체 하나 차려 준다는 아버지의 말에도 도리질하지 않았던가.

'모델 뽑는다고 들었는데……'

말끝을 흐리는 것으로 보아 뭔가 또 할 말이 있어 보였다.

'모델 먼저 키우고 나중에 연예 사업에 제대로 뛰어들려고 한다. 그런데 뭐 할 말이라도 있는 거냐?'

혁주는 누군가에게 부탁하는 것이 익숙지 않았다. 어머니와 둘이 살 때도 스스로 모든 걸 다 해왔고 결정적으로 아버지 쪽 사람들에게 머리를 숙이고 싶지 않았기 때문이었다. 그것은 자신만의 룰이었다. 그러나 얼마 전부터 혁주는 스스로 만든 틀을 깨고 있었다.

'실은 부탁할 게 있어서.'

성진은 그렇게 말하는 혁주를 새삼스런 눈으로 바라봤다. 아무렇지도 않은 척 말하고 있었지만 성진은 동생이 쭈뼛거리는 모습을 감추고 있음을 눈치챘다. 그것은 분명 원치 않은 부탁이라는 뜻이었다. 배다른 동생이 내키지 않는 부탁을 한다는 건 놀라운 일이었다.

'뭔데?'

지난번에도 그랬지만 이번에도 성진은 혁주의 부탁을 들어주리라, 마음먹었다.

'형님이 세웠다는 그 에이전시에서 하는 오디션에 제가 아는 사람이 도전했습니다.'

성진은 그의 의중을 금방 알아차릴 수 있었다.

'여자냐?'

어쩐지 일전의 일과 관련 있는 것 같았다.

'……예.'
'흠.'

성진이 등받이에 등을 한껏 기대었다. 그 모습은 마치 어린 소년이 몸을 의자에 깊숙이 묻는 것처럼 보였다.

'이름이 뭐냐.'
'여인아입니다.'
'100프로 확신을 줄 수 없어. 그래도 어느 정도 가능성이 보이면 의향은 있다.'

성진은 잠시 말을 끊었다.

'네 부탁이니까.'

그 말을 들은 혁주는 얼굴이 화끈거리는 것을 느껴야 했다.

'……고맙습니다.'

어찌 보면 비열할 수도 있었다. 하지만 혁주는 자신이 가진 모든 것을 총동원해서라도 인아를 돕고 싶었다. 비록 그것이 죽기보다 싫은 친가의 손을 잡는 것이라 하더라도.

오전에 있었던 혁주와의 일을 떠올리던 성진의 얼굴에 묘한 표정이 걸렸다.

"여자라."

흥미로웠다. 불과 얼마 전까지만 해도 혁주의 여자 문제는 깨끗했다. 아버지의 명령으로 그동안 혁주를 지켜봐 왔지만 그는 그 누구도 사귄 적이 없었다.

"모델 지망생이라고?"

재벌가의 숨은 자식과 모델 지망생이라, 성진의 한쪽 눈썹이 하늘로 솟았다.

"당분간 아버지께는 비밀로 해야겠군."

본인도 혁주 나이에 이 여자, 저 여자를 만났던 경험을 떠올리며 성진이 중얼거렸다. 기실 그 역시도 아버지의 뜻에 따라 이해타산적인 결혼을 앞두고 있는 까닭이었다.

'어차피 한때지, 뭐.'

그래도 성진은 여인아라는 여자에 대해 알아볼 필요성을 느꼈다. 혹시라도 혁주의 앞날에 거치적거리기라도 하면 곤란했기 때문이었다.

* * *

두근두근.

아침에 눈을 뜨자마자 인아는 가슴이 두근거리는 것을 느꼈다. 아니, 지난밤부터 아니, 그것은 며칠 전부터 그녀에게 일어난 현상이었다.

"후아!"

자리에서 일어나자마자 인아는 커다랗게 숨을 뱉어 냈다. 하지만 여전히 긴장감은 사라지지 않고 있었다. 인아는 평소대로 행동하려 애를 썼다. 며칠 후면 모델 오디션의 결과가 나올 것이다. 물론 기대는 하지 않았지만 그래도 긴장은 됐다.

귀동냥으로 들어 발표 전에 각자 연락이 온다고 했다. 인아의 모든 신경은 휴대전화로 쏠려 있었다. 시계를 보니 8시 반. 자다 깨다를 반복해서 몸이 피곤했지만 일어나야 했다.

띠링.

들려오는 문자 음에 그녀의 시선이 휴대전화로 향했다.

[일어났어요?]

혁주였다. 인아는 그에게 답장을 쓰기 시작했다.

[네.]
[몇 시쯤 도착해요?]
[한 40분 정도 걸릴 것 같아요.]
[그래요, 기다릴게요.]

민성과의 일이 있고 난 후, 두 사람은 한층 더 가까워졌다. 지금까지와는 달리 혁주가 집 앞까지 바래다주는 것을 인아는 꺼려하지 않았고 종국에는 많은 시간을 같이 보내게 되었다.

요 며칠 전부터는 아침 식사도 같이 하게 되는 사이까지로 발전했다. 그러니까 인아는 아침에 혁주를 만나 식사를 하고 여유 시간이 생기면 분홍카페에서 잠깐 담소를 나누다가 아카데미로 향했다. 그리고 아카데미가 끝나면 또다시 혁주를 만났다. 매일은 아니었지만 일주일에 서너 번은 그렇게 보내고 있었다. 저녁에 만나는 시각은 늘 식사 시간이었던지라 자연스럽게 저녁밥도 같이 먹어 왔다. 두 사람은 그렇게 아침, 저녁 두 끼를 거의 함께했다.

인아에게 혁주는 좋은 사람이었다. 그는 다른 사람들처럼 그녀의 사정에 대해 꼬치꼬치 물어 오지 않았다. 다른 남자들처럼 나이가 많다고 함부로 말을 놓지도 않았고 자신이 베풀었던 도움에 대한 보답도 바라지 않았다. 처음 만났을 때와 같이 그는 여전히 인아에게 존대를 했고 존중했다.

인아와 혁주의 아침 식사는 언제나 예의 그 밥집에서 했다. 그 시간이 정말로 소중하고 행복했다. 아침에 눈을 떠 홀로 식사하는 일은 익숙하다가도 문득문득 밀려오는 고독감이 힘들었던 탓이었다.

"인아 씨!"

약속 장소에서 혁주가 인아를 알아보고 손을 번쩍 들어 반가움을 표했다. 저도 모르게 손을 흔들며 그에게 답을 해주었다. 마주한 두 사람이 서로의 얼굴을 바라보며 웃었다.

"오래 기다렸어요?"

"아니, 저도 지금 막 왔어요."

딱 20분을 식당 밖에서 기다렸다. 안에서 기다릴 수도 있었지만 혁주는 인아와 함께 식당으로 들어가고 싶었다.

"들어가요."

"네."

두 사람이 막 안으로 들어서자 식당 아주머니께서 싱글벙글하며 맞이했다.

"아니, 안 들어오고 밖에 서 있길래 왜 안 들어오나 했더니 아가씨 기다린 거구먼?"

아주머니의 말에 인아는 혁주가 자신을 오래 기다렸음을 알 수 있었다.

"오늘은 뭐가 맛있어요?"

혁주가 재빨리 화제를 바꿨다.

"응, 오늘은 돼지 불고기가 맛있어."

"그럼 그거 2인분 주세요."

"그래."

물을 마시며 혁주는 자신을 빤히 바라보는 인아의 시선을 슬쩍 외면했다.

"오래 기다린 거죠?"

확신에 찬 그녀의 물음에 혁주의 눈동자가 미세하게 흔들렸다.

"아니, 뭐."

그가 어깨를 으쓱였다.

"아무래도 같이 들어오는 게 나으니까요."

아무렇지도 않게 말하며 혁주가 인아의 눈을 똑바로 응시했다. 그것은 너무나도 당당하고 맑은 눈동자였다. 인아는 저도 모르게 빨려 들어가듯 그의 눈동자를 바라봤다. 그녀의 의지가 아니었다.

이 세상에 오로지 딱 두 사람만 있는 것 같았다. 정신없이 혁주의 눈을 들여다보던 인아는 탁, 하고 들려오는 소리에 정신을 차릴 수 있었다.

"맛있게들 들어요."

어느새 식탁 한 가득 식사가 차려졌다. 그제야 자신이 넋을 놓고 혁주를 바라봤다는 사실을 깨달은 그녀의 얼굴 위로 붉은 노을이 드리워졌다.

온 세상이 멈췄다. 인아의 갈색 도는 눈동자가 자신을 향했을 때, 혁주의 심장은 이미 멈춰 있었다. 식사는 시작되었지만 그는 식사를 시작할 수 없었다. 자신을 바라보는 인아를 본 순간, 욕심이 났다. 물론 처음보다는 그녀와 상당히 가까운 사이가 되긴 했지만 더욱 욕심이 났다. 더 가까워지고 싶었다. 그녀의 옆자리에 자리하고 싶었다. 그녀의 인생에 들어가고 싶었다. 아름다운 그녀의 일생을 옆에서 지켜보고, 지켜주고 싶었다. 그렇게 된다면 얼마나 행복할까.

"혁주 씨?"

인아의 부름에 상념에서 벗어난 혁주는 여전히 그녀에게서 눈을 떼지 못했다.

"예?"

"식사하세요."

그의 시선을 일부러 외면하며 인아는 달그락거리는 소리와 함께 식사를 시작했다. 혁주 역시도 머쓱한 표정을 지으며 식사에 열중하기 시작했다.

아침 식사를 마친 두 사람은 여느 때와 마찬가지로 윤수의 카페를 찾았다.

이제는 지정석이 되다시피 한 자리에 앉아 혁주의 모델이 되어주던 인아는 한 통의 전화를 받았다.

"여보세요?"

혁주에게 양해를 구한 뒤, 전화 너머에서 들려오는 목소리에 귀를 기울이던 인아의 눈이 점점 더 커다래지기 시작했다.

"저, 정말이에요?"

다급한 그녀의 목소리에 그림 속 인아를 연필로 조심스럽게 다듬던 혁주가 고개를 들었다. 바라본 그녀의 얼굴에는 경악과 환희, 기쁨과 놀람의 감정이 번갈아 수놓아지고 있는 중이었다.

"무슨 일 있어요?"

통화를 마친 인아의 얼굴은 흥분으로 가득했다. 카페가 온통 분홍빛 일색인 까닭일까, 그녀의 얼굴이 복숭아색으로 곱게 물들어 있었다. 그녀의 눈동자가 불빛에 부딪혀 반짝였다.

"저기."

그녀의 목소리가 가늘게 떨려 나오고 휴대전화를 쥔 그녀의 손이 미세하게 떨렸다.

"저 됐어요!"

"……예?"

"모델 지원한 거, 저 합격이래요!"

이 세상에 존재하는 모든 꽃이 한꺼번에 만개한 느낌이었다. 환하게 웃는 인아의 모습에 혁주는 뿌듯했다.

"정말 축하해요, 인아 씨."

장밋빛으로 물든 그녀의 뺨에 시선을 던지며 진심을 다해 인아를 축하했다.

"아, 고마워요!"

너무 기뻐 어쩔 줄 모르는 인아를 바라보며 혁주는 흐뭇한 심정을 감추지 않았다.

"우리 축하 파티 해요."

인아의 기쁨을 함께 나누고 싶었다. 기쁨의 순간을 함께하고 싶었다. 그의 말에 그녀의 눈이 동그래졌다.

"파티요?"

"오늘은 아카데미 수업 마치고 좀 특별한 식사를 하는 게 어떤가 해서요."

혁주는 단둘이 축하하고 싶었다. 인아는 살짝 당황스러웠지만 이내 긴장을 거둬들였다.

"아아."

인아는 기쁘게 고개를 끄덕였다. 누군가와 감정을 나눌 수 있다는 사실이 행복했다.

"좋아요."

"약속한 겁니다?"

"네."

혁주는 인아를 바라보며 부드럽게 미소 지었다. 그 미소에 그녀는 문득 얼굴을 붉혔다. 그렇게 두 사람은 저녁에 만나기로 약속을 하고 아카데미로 향했다. 아침 식사를 마치고 혁주가 아카데미까지 인아를 데려다주는 것도 어느새 당연시되어 있었다.

"끝나고 전화해요."

"네."

혁주를 보내고 난 뒤, 인아는 곧바로 건물 안으로 들어섰다.

"야, 여인아!"

아카데미에 막 들어서던 인아는 자신을 부르는 커다란 목소리에 앞을 바라봤다. 그러자 지현이 우두두두, 달리다시피 하며 다가오는 모습이 보였다. 그런 그녀의 얼굴은 상기되어 있었다.

"이 지지배야!"

박력 있게 다가온 지현이 와락, 인아를 끌어안았다.

"너 됐더라! 내 그럴 줄 알았어! 축하한다!"

인아는 자신이 S 매니지먼트 모델 공모에 합격했다는 사실을 지현이 알게 되었음을 깨달았다.

"와아, 진짜 축하해!"

인아를 꽉 끌어안은 채 지현이 소리 높여 외쳤다. 그러자 여기저기서 그녀에게 축하를 건네는 소리가 들려왔다.

"축하해!"

"정말 잘됐어!"

"너랑 수찬이, 둘이 합격했어!"

어느새 아카데미의 게시판에 인아와 수찬의 합격 소식이 걸려 있었다.

"고마워. 그리고 미안해, 내가 돼서……."

순식간에 동기들에게 둘러싸인 인아가 미안한 목소리로 말하자 지현이 그녀의 몸을 잘잘 흔들었다.

"무슨 소리야? 될 만하니까 된 거지. 이거 정말 대단한 거야! 완전 초짜인 여인아가 매니지먼트 모델이 되다니!"

흥분한 지현의 목소리에 주위의 모델 지망생들이 한 마음으로 고개를 끄덕였다.

"뭐 하냐!"

모여서 인아를 축하해 주던 지망생들 머리 위로 카랑카랑한 목소리가 날아들었다.

"수업 시간이야! 안 들어오고 뭐 해!"

선미의 꾸지람에 모두 우르르, 강의실 안으로 들어섰다.

"인아는 축하하고."

막 선미의 몸을 스쳐 지날 때, 인아는 들려오는 축하의 목소리에 가볍게 몸을 떨었다.

어떻게 시간이 흘렀는지 알 수 없었다. 수업을 진행하는 동안에도 그녀는 여기저기서 속삭이며 축하해 주는 말에 답을 하느라 정신이 하나도 없었다.

"축하 파티다!"

수업이 끝나갈 무렵, 누군가의 말에 환호성을 지르며 아카데미생들이 뭉쳤다. 시간이 되는 사람들끼리 모여 인아와 수찬을 축하하기로 했던 것. 무리들과 휩쓸리는 도중에 인아는 혁주를 떠올렸다.

'아, 혁주 씨랑 약속이 있었는데.'

하지만 이미 빠질 수는 없는 상황. 그녀는 혁주에게 전화를 걸었다.

―끝났어요?

반기는 그의 목소리에 인아는 미안함을 감출 수가 없었다.

"아, 저, 아카데미 동료들이 축하 파티를 해준다고 해서요……."

작아지는 목소리에는 그녀의 마음이 고스란히 담겨 있었다.

—아, 그렇군요. 그럼 우리 약속은 내일로 미루죠.

"……그래도 되겠어요?"

—그럼요.

수화기 너머의 목소리는 쾌활했다. 어쩐지 인아의 미안한 마음을 달래 주는 것 같았다.

"정말 미안해요."

—아니, 정말 괜찮아요. 즐거운 시간 보내고 혹시 너무 늦게 들어가게 되면 연락해요. 데리러 갈게요.

"아니, 안 그러셔도 돼요."

—어쨌든 좋은 시간 보내요.

혁주와의 통화를 마친 인아는 저도 모르게 작은 한숨을 토해 냈다.

"누군데?"

옆에서 통화 내용을 듣고 있던 지현이 호기심 가득한 목소리로 물어 왔다.

"어, 그냥."

인아는 멋쩍게 웃으며 지현의 팔짱을 끼고는 자신들을 기다리고 있는 일행에게로 다가갔다.

10. 변화

"건배!"

커다란 외침과 함께 맥주잔들이 서로 부딪치며 맑은 소리를 냈다.

"캬, 시원하다!"

흥겨운 시간이었다. 열댓 명의 모델 지망생은 자신들의 동료인 인아와 수찬의 합격을 진심으로 축하했다.

"진짜 대단하다!"

화두는 단연 인아의 합격 소식이었다.

"솔직히 수찬이야 모델하기 전부터 인터넷 얼짱, 몸짱으로 유명해서 어느 정도 승산이 있을 줄은 알았지만 인아가 되다니, 정말 놀랍다."

"될 만하니까 된 거지."

"아니, 그렇긴 한데, 솔직히 인아보다는 경선이가 될 줄 알았는데 말이야."

기회를 놓친 자들은 씁쓸했다.

"나도 놀랐어."

그들만큼이나 인아도 씁쓸했다. 합격해서 좋긴 한데 같이 도전한 동료들의 불합격 소식에 마냥 좋지만은 않았다

"운이 좀 따른 것 같아."

어깨를 으쓱이며 말하는 그녀의 모습에 괜히 말을 꺼낸 사람들이 더 미안해했다.

"아냐, 운도 실력이랬어."

"그래, 우린 지금 떨어졌지만 나중에 우리도 모델이 될 수 있어."

"그럼, 그럼."

청춘의 도전자들에게는 실낱같은 희망도 품을 수 있는 열정이 있었다.

"와, 그럼 수찬이랑 인아가 우리 선배가 되는 거네?"

"그러게? 먼저 데뷔하면 선배지!"

"먼저 길을 잘 닦고 저희를 기다리십시오! 잘 부탁드립니다, 선배님들!"

약간의 질투는 다시 응원으로 바뀌었고 그렇게 술자리는 무르익어 갔다. 인아는 술을 잘 마시지 못했다. 하지만 날이 날인지라 오늘만큼은 여기저기서 권하는 대로 마시는 바람에 평소보다 조금 더

많이 취하고 말았다. 하지만 기분은 좋았다. 오랜만에 맛보는 성취감에 뿌듯했다.

대학 졸업장이란, 세상 어디에서나 쓰이는 티켓이었다. 하지만 세상에 홀로 떨어진, 이제 막 스무 살이 된 인아에게는 가질 수 없는 꿈과도 같았다. 공부하고 싶어도 먹고 살아야 했다. 산더미처럼 쌓인 빚은 인아에게서 꿈을 앗아 갔다. 그런데 다시 꾼 꿈에, 한 발짝 다가선 것만 같아 인아는 행복했다.

하지만 모두가 다 흥겨웠던 건 아니었는지 술잔이 몇 배 돌자 조금씩 불만의 목소리가 새어 나왔다.

"그래도 경선이가 떨어진 건 정말 의외다."

구석에서 맥주를 마시던 경선이는 자신을 옹호하는 수진을 힐끗 바라봤다. 말은 안 했지만 경선 역시도 그렇게 생각하고 있었다. 자신도 인아처럼 초보 모델이긴 했지만 아마추어 모델로 일한 경력이 많지 않던가. 수업을 들을 때도 인아보다 자세 좋다는 말도 많이 들었고 사진 찍을 때도 표정과 분위기가 좋다는 말도 들어서 내심 기대하고 있었는데 결국 합격한 사람은 수찬과 인아.

서운한 마음을 지우고 축하 자리에 왔지만 술이 들어갈수록, 인아의 웃음을 볼수록 경선이 품었던 억울함이 서서히 커져 갔다.

"뭐 하는 거야? 지금 축하하는 자리잖아!"

수진의 의구심 가득한 말에 지현이 핀잔을 줬다.

"아니, 사실 그렇잖아. 경선이는 잡지 화보도 많이 찍어서 솔직히 아마추어 모델 중에서는 탑 아냐?"

확실히 경선은 인지도가 높은 편이었다. 그러나 이미 결과는 나온 것이고 그에 대해 왈가왈부하면 안 되는 거라고 지현은 생각했다.

"어쨌거나 결과는 나온 거잖아."

지현의 날카로운 말투에 모두의 시선이 쏠렸다.

"축하하는 자리에 굳이 그런 말을 자꾸 꺼내는 이유가 뭔데?"

지현은 도전적인 눈빛으로 경선을 두둔했던 수진을 바라봤다.

"아니, 뭐, 그냥……."

수진이 어깨를 으쓱였다.

"아니, 뭐 그런 말도 못 하냐? 신기하니까 신기하다고 하는 거 아냐? 솔직히 다들 경선이가 될 거라고들 생각했잖아?"

분위기가 순식간에 냉랭해졌다.

"지금 무슨 뜻으로 하는 말이야?"

"왜 그런 거 있잖아, 빽이라든가."

"야, 허수진!"

듣다 못한 지현이 자리에서 벌떡 일어나 수진을 노려봤다.

"말을 그 따위로밖에 못 해? 그러니까 네 말은, 인아가 빽으로 S 매니지먼트에 들어갔다는 소리야?"

"내가 조금 전에 검색해 봤는데, 원래 모집할 인원보다 한 명 더 뽑았다고 댓글로 다 이상하다고 하더라! 그럼 말 다한 거 아냐?"

"야, 허수진!"

험악해지는 분위기에 인아가 서둘러 자리에서 일어나 지현의 팔뚝을 잡았다.

"그만해, 지현아."

"뭘 그만해? 얘들이 지금 애먼 소리를 하는데!"

지현은 화를 참지 못했다.

"축하해 주러 왔으면 축하나 해줄 것이지, 질투는 왜 하는 건데?"

"질투?"

이번엔 수진이 눈을 번뜩이며 지현을 노려봤다.

"그래, 질투! 인아가 합격해서 질투하는 거잖아, 너!"

"하, 어이없어서 하는 소리였어, 알아?"

"뭐? 어이가 없어?"

"그래! 내가 왜 인아를 질투해?"

"질투가 아니면 왜 그런 없는 말을 하는 건데?"

"가능성이 있다, 이 얘기지!"

"그게 무슨 되도 않는 소리야?"

"하긴, 그건 그렇다. 인아가 빽이 어디 있어?"

수진이 순순히 자신의 잘못을 인정하는가 싶더니 그다음 말에 기어이 지현은 폭발하고야 말았다.

"어디 연예인만 스폰서 있니? 모델도 그런다더라. 솔직히 인아가 빵빵한 집안의 자식도 아니고, 혹시 아니? 어디서 괜찮은 스폰서라도 물었는지."

"야, 허수진!"

두 사람의 목소리가 높아지자 기어이 축하 파티는 끝이 나고 말았다. 씩씩거리며 인아의 팔을 끌고 밖으로 나온 지현은 분통을 터뜨렸다.

"저거, 저거, 경선이랑 친하다고 저러는 거야!"

"그만해, 지현아."

"어휴, 넌 화도 안 나?"

자신보다 더 화를 내는 지현을 보며 인아는 희미하게 웃었다.

"괜찮아."

"……뭐?"

"네 말대로 질투, 잖아."

말하는 인아의 모습이 쓸쓸해 보였다.

"다들 의아해하는 거, 나도 느꼈어. 뭐, 솔직히 나도 좀 의아하긴 해. 생각지도 못했거든."

사실이었다. S 매니지먼트 합격 소식에 기쁘기도 했지만 마음 한쪽으로는 아주 작은 의심이 서리기도 했었다. 하지만 인아는 자신에게 쥐어진 기회를 붙잡기로 했다.

"하아."

깊은 숨과 함께 은은한 술 향이 토해져 나왔다.

"난 괜찮아, 정말이야."

그것은 지현이 아닌 자신에게 하는 말이었다. 예전부터 알고 있던 사실이었다. 발레를 했을 때도, 인아를 시기 질투하는 사람들은 많았다. 그래서 인아는 의연할 수 있었다.

"괜찮긴."

지현이 입술을 뾰족이 내밀며 인아를 흘겨봤다. 거기에는 안쓰러움이 담겨 있었다. 분명 인아는 모델로서의 자질을 충분히 갖고 있음에도 어딘지 자신감이 없어서 지현은 그것이 안타까웠다. 조금 전의 일만 해도 인아는 충분히 화를 내도 될 터였다.

"더 마실래?"

그 말을 하는 인아를 지현은 놀라 바라봤다. 지금까지 그녀를 알면서 먼저 술을 먹자고 하는 것은 처음인 탓이었다.

"더 마실 수 있겠어?"

지현이 보기에 인아는 이미 자신의 주량을 넘어선 상태였다.

"응."

고개를 크게 끄덕이는 인아를 가만히 살펴보니 혀는 안 꼬인 것 같아 지현은 다소 마음이 놓였다.

"그럼 맥주 마시자."

"그래, 그래."

괜찮다고는 했지만 그래도 속은 상할 것이다, 지현은 그렇게 인아의 속내를 헤아렸다.

* * *

꿍, 하는 소리와 함께 인아가 탁자 위로 엎어지고 말았다. 이제 막 맥주 한 모금 시원하게 넘기고 과일 하나를 집어 먹으려던 지현의 눈이 휘둥그레졌다.

"이, 인아야?"

지현은 조용히 인아의 팔을 흔들었다. 그녀의 팔은 지현의 손길에 의해 힘없이 흔들렸다. 그러고는 그대로 바닥을 향해 덜렁거렸다. 그와 동시에, 지현의 등줄기에 식은땀이 주르륵 흘러내렸다.

'큰일 났다.'

눈앞이 캄캄해졌다. 축 늘어진 인아를 데리고 그녀의 집까지 갈 여정을 머릿속으로 그려 보니 마셨던 술이 확 깨는 기분이었다. 택시야 그렇다 치더라도 인아의 집은 옥탑방. 인아를 업거나 혹은 걸치고 계단을 오를 생각을 하니 벌써부터 질려 버리고 말았다.

하지만 그녀를 그대로 둘 수는 없었다. 그렇다고 누군가를 부르자니 마땅한 사람이 없었다. 솔직히 부를 만한 사람은 동료들밖에 없었는데 이미 안 좋게 헤어진 상황이라 난감했다. 더군다나 인아의 이런 흐트러진 모습을 보이고 싶지도 않았다.

"할 수 없지."

지현은 스스로 해결하기로 마음먹고 술값을 지불했다. 그리고 여전히 정신 못 차리고 있는 인아의 뒤통수를 내려다봤다.

"속상했겠지."

괜찮다고 말은 했어도 분명 인아도 속상했을 것이 틀림없었다. 모델로서의 첫 발을 뗀 시점에서 스폰서니, 빽이니 하는 말을 듣는다면 그 누구라도 마음 상할 것이다. 지현은 일의 발단인 수진과 그런 그녀를 말리지 않고 지켜보기만 했던 경선을 떠올리며 이를 부득 갈았다.

"못된 것들."

말을 내뱉으며 지현은 인아와 자신의 소지품을 챙기고는 숨을 크게 들이마셨다.

"후읍!"

인아를 일으켜 세우는 건 그리 쉽지 않았다. 기다란 팔과 다리가 얽혔다. 취한 인아는 물을 먹은 솜처럼 축 늘어져서 무거웠다. 지현은 힘겹게 인아를 부축하며 호프집 밖을 나섰다.

"후아."

호프집을 나오고 몇 발자국 채 걷지도 않았는데 지현은 그만 지치고 말았다.

"아잇!"

저도 모르게 인아를 놓친 지현. 인아는 그대로 주르륵 바닥에 미끄러지듯 주저앉고 말았다. 바로 그때 인아의 핸드백에서 전화벨이 커다랗게 울렸다.

뚬비뚬바 뚬뚬.

지현은 어쩔 줄 몰라 하다가 일단 인아를 자신의 다리에 기대어 놓고 그녀의 전화를 받기로 했다. 혹시라도 동료 중의 한 명이 전화를 한 것이라면 도움을 받을 요량에서였다.

"여보세요?"

─인아 씨, 다 끝났어요?

들려오는 목소리와 인아를 향한 호칭으로 보건대 아카데미 동기가 아니었다.

"누구세요? 전 인아 친구인데요."

─아······.

수화기 너머의 목소리에 당황함이 서렸다.

―전 인아 씨와 같이 일하고 있는 사람인데 늦게까지 연락이 안
돼서 걱정이 돼서요.

"이 늦은 시간까지 연락을 한다고요?"

지현의 목소리가 뾰족해졌다.

―오늘 아카데미 동기들과 술자리가 있다고 들었는데 혹시 너무
늦게 끝나면 집까지 데려다주기로 해서요.

짧은 순간이었지만 인아와 둘이 만나 뭐 하려나, 하고 의심했던
지현은 담담하게 들려오는 혁주의 말에 미안해졌다.

"아, 그래요?"

조금 전보다는 훨씬 누그러진 목소리가 지현의 입에서 흘러나왔
다. 그때, 지현의 다리에 등을 기대고 앉아 있던 인아가 서서히 무
너지기 시작했다.

"앗, 안 돼, 인아야!"

화들짝 놀라 소리치는 지현의 목소리에 수화기 너머로 혁주가 다
급하게 외쳤다.

―무슨 일입니까? 인아 씨한테 혹시 무슨 일 생겼습니까?

"저기, 혹시 지금 와 주실 수 있으세요? 인아가 술을 너무 많이
마셔서……."

―거기 어딥니까?

혁주와의 통화를 마친 지현은 서둘러 인아를 끌어당겨 일으켜 세
웠다. 있는 힘껏 애를 쓴 덕에 지현은 인아를 화단 쪽으로 옮기는
데 성공했다.

"후우."

여전히 축 늘어져 정신을 차리지 못하는 인아를 자신의 어깨에 기대게 한 지현은 하릴없이 얼굴 모르는 혁주를 기다렸다.

'괜히 부른 건 아니겠지?'

의구심이 일었지만 혼자 인아를 데리고 집까지 가는 건 무리라는 판단은 여전했다. 인아의 집은 아슬아슬한 계단을 지나야 했고 지현의 집에는 부모님이 계셔서 술에 취한 인아를 데리고 간다 해도 나중에 인아가 원망할 것이 분명했다. 그녀는 남에게 폐를 끼치는 것을 무척이나 싫어하기 때문이었다.

거기다 지현의 부모님은 자신의 딸이 모델 하겠다고 돌아다니는 것을 좋아하지 않기 때문에 취한 모델 친구를 데리고 간다면 더욱 더 싫어할 것이 분명했다.

"뭐, 인아네 집 앞에까지만 도와달라고 하면 되지."

여차하면 인아네 집에서의 외박을 생각하며 지현은 중얼거렸다. 둘이 눕기에는 무척이나 좁은 방이었지만 어쩔 도리가 없었다. 인아를 데리고 모텔을 갈까, 하고도 생각해 봤지만 썩 좋은 생각은 아닌 것 같았다.

"인아 씨?"

생각에 잠겼던 지현은 들려오는 굵직한 남자의 목소리에 퍼뜩, 정신을 차렸다. 소리가 들려오는 곳을 바라보니 훤칠하고 잘생긴 남자가 인아에게 시선을 고정시킨 채 다가오는 모습이 보였다.

'저 사람이 미대 오빠야 인가? 이름이 뭐였더라?'

지현은 재빨리 머리를 굴렸다.

"강혁주 씨?"

"어떻게 된 겁니까?"

지현의 확인 절차는 아랑곳없이 얼굴 가득 걱정을 드리우며 혁주가 성큼 다가섰다.

"오늘 인아를 축하할 일이 생겼는데 술을 좀 마셨어요."

그 말에 혁주가 커다란 손으로 인아를 부축해 일으켰다. 손쉽게 움직이는 인아의 몸에 지현의 눈이 커졌다.

"너무 많이 마셨는데요?"

평소의 인아라면 이렇게 인사불성이 될 정도로 마시지 않을 것이다, 혁주는 판단했다. 어딘지 탓하는 듯한 그의 시선에 지현이 변명하듯 말을 이었다.

"아, 좀 안 좋은 일이 있어서요. 인아가 속이 좀 상했거든요."

"……그렇습니까?"

"괜찮으시다면 인아를 집에까지 데려다주시겠어요?"

이번에는 혁주가 지현을 바라봤다. 짧은 순간, 그의 머릿속에는 인아의 집이 그려졌다. 위태로운 계단과 난간, 좁은 계단으로 인아를 데리고 올라가는 모습을 그려 보니 위험하다는 판단이 나왔다.

"인아 씨 집으로 올라가는 계단이 좁고 위험하니 혼자서 인아 씨 데리고 올라가기에는 무리가 있을 것 같네요."

이번에는 다시 지현이 혁주를 바라봤다.

'인아네 집을 알고 있어?'

놀란 그녀의 눈길에도 아랑곳없이 혁주는 자신의 생각을 말하기 시작했다.

"이렇게 하죠."

"네?"

"가까운 호텔로 가시죠."

그 말에 지현이 의심의 눈초리로 그를 사납게 바라봤다.

"그곳이 두 분이 지내시기에도 편할 겁니다."

그 말인 즉, 인아와 지현만 호텔에 머무르라는 뜻. 잠시 망설이던 지현은 괴로운 기색이 서서히 떠오르는 인아의 얼굴에 머리를 끄덕였고 이에 혁주가 재빠른 행동을 취했다. 인아의 몸에 손을 대지 않고 업는 모습에 지현은 일단 마음을 놓았다.

순식간에 인아와 지현이 그의 차에 올랐고 혁주는 무시무시한 속도로 차를 몰아-물론 교통 법규는 제대로 지키면서- 호텔로 향했다. 눈 깜짝할 사이에 도착한 호텔은 일전에 인아가 묻었던 바로 그곳이었다.

여전히 축 늘어진 인아를 들쳐 업은 혁주는 안내를 받으며 객실로 들어섰다. 조심스럽게 침대 위로 인아를 눕히는 그의 이마에는 송골송골 땀이 맺혀 있었다.

"아침에 오겠습니다."

말을 하는 그의 호흡은 하나도 흐트러지지 않았다. 혁주의 행동 하나하나를 지켜보던 지현은 그가 미련 없이 뒤돌아섰을 때, 한결 누그러진 표정을 얼굴 위로 그려 냈다.

탁.

혁주가 나가고 문이 닫혔을 때, 지현의 입에서 한마디의 말이 툭 튀어나왔다.

"뭐, 깔끔하네."

주의 깊게 살펴봤지만 혁주는 음흉한 시선 하나 인아에게 그리고 자신에게 던지지 않았다. 그 사실이 지현은 마음에 들었다. 인아와 단둘이 그림을 그린다고 해서 걱정을 했는데 막상 얼굴을 보고 하는 행동을 보니 나쁜 사람 같아 보이지는 않았다.

"으응."

뒤에서 들려오는 인아의 신음에 지현은 반사적으로 몸을 돌려 그녀에게로 다가갔다.

"인아야, 괜찮아?"

정신 차린 줄 알았는데 술김에 흘러나온 신음이었는지 인아는 눈을 꼭 감은 채 아무 말도 하지 않았다.

"어휴, 내 이럴 줄 알았어. 그러게 잘 마시지도 못하는 술은 왜 그렇게 마신 거야?"

지현은 투덜거리다가 인아가 괴로워하며 얼굴을 찡그리자 그제야 그녀의 옷을 벗길 생각을 했다.

"아이고, 불편하겠네."

인아의 옷을 벗기려던 지현은 문득 손을 멈추고 그녀의 지친 얼굴을 물끄러미 바라봤다.

'화장 지워야 할 텐데.'

하지만 화장을 지울 만한 것이 없었다. 있는 것이라곤 물티슈뿐. 그래도 그냥 두는 것보다는 낫지 싶어 지현은 물티슈로 꼼꼼하게 인아의 얼굴을 닦아 냈다.

'하루쯤은 괜찮겠지.'

인아의 옷을 곱게 벗긴 후 이불을 덮어 준 뒤 지현은 욕실에서 세수를 하고 나왔다. 방의 모든 불을 끈 지현은 고른 숨을 쉬며 잠든 인아 옆에 누워 그대로 눈을 감고 잠을 청했다.

띵동.

그때 벨소리가 울렸다.

'누구지?'

침대에서 일어난 지현은 가운을 걸치고 문 쪽으로 향했다.

"누구세요?"

"룸서비스입니다."

'룸서비스? 시킨 적 없는데?'

의아함을 느끼며 문을 여니 메이드복 차림의 여자가 커다란 쇼핑백을 건네며 말했다.

"강혁주 씨께서 부탁하셔서 사온 물건입니다."

문을 닫은 후 지현은 쇼핑백을 열어 보았다.

"뭐야, 이게?"

놀란 탄성이 그녀의 입에서 흘러나왔다. 여성 속옷 세트 두 개와 양말 두 켤레가 지현의 손에 딸려 나왔다.

"오, 센스 있네? 역시 미대 오빠야."

혁주는 지현에게 100점 만점에 50점이라는 후한 점수를 땄다.

"강혁주 씨가 날 데려왔다고?"

부스스한 머리와 퀭한 눈동자가 지현에게로 향했다.

"응."

지현의 답에 인아의 눈이 커다래졌다.

"어쩌다가?"

"너랑 약속했다며. 파티 끝나고 집에까지 데려다주기로."

"아아."

기억난다는 듯 인아가 고개를 끄덕였다.

"너 업고 낑낑대는데 마침 그 사람한테서 전화가 온 거야. 파티 끝났냐면서. 그래서 내가 냉큼 와 달라고 했지. 너 정말 무거웠거든."

"어, 그, 그랬어?"

수줍은 표정이 피어오르는 얼굴을 보며 지현은 인아가 덮고 있던 이불을 걷어 냈다.

"강혁주 씨, 아침에 온다고 했거든. 우리 이제 씻어야 해."

지현이 서두른 덕분에 두 사람은 혁주가 막 호텔에 도착했을 때, 모든 준비를 마칠 수 있었다. 물론 풀 메이크업을 할 수가 없어서 비비 크림과 눈썹, 입술만으로 치장을 마쳐야 했다.

"잠은 잘 잤어요?"

호텔 방에 들어서자마자 물어 오는 혁주를 인아는 아무 말도 못하고 멍하니 바라보기만 했다. 부끄러웠다. 아무리 같이 일하는 사이라고는 하나 술을 먹고 등에 업히질 않나, 거의 민낯이나 다름없는 몰골을 보이지 않나, 쑥스러웠다. 물론 민낯이야 이미 몇 번을 보여 주긴 했지만 술 먹은 다음 날의 얼굴은 처음이었다.

"이거."

혁주가 두 여자에게 또 쇼핑백을 내밀었다.

"간단한 옷 좀 샀어요."

살펴보니 전처럼 청바지와 티셔츠가 각각 두 벌씩 담겨 있었다.

'와, 이 오빠야, 정말 괜찮네?'

혁주는 지현에게 30점의 호감을 더 얻었다.

"속 쓰리겠어요, 나가죠. 이 근처에 황태탕 맛있는 집이 어딘지 알아요."

지현에게도 시선을 주며 혁주가 먼저 몸을 일으켰다. 식사하는 내내, 혁주는 과묵했다. 그런 그가 지현은 마음에 들었다. 가끔씩 인아에게 보내는 눈길에 호기심도 일었다.

"조심해서 들어가세요."

혁주는 끝까지 깔끔했다. 왜 술을 그렇게 많이 마셨냐, 속상한 일이 무어냐, 물어볼 법도 하건만 그는 아무것도 묻지 않았다. 인아를 집에까지 데려다주려고도 하지 않았다. 그저 두 여자의 상태를 확인하고 밥을 먹였을 뿐이었다.

인아와 한산한 아침 거리를 활보하다가 인아의 집 근처에 다다랐을 때, 지현이 은근한 목소리로 물었다.

"그런데 인아야."

"응?"

"미대 오빠야, 겪어 보니까 어때? 나쁜 사람 같지는 않아 보이던데."

"응, 나쁜 사람 아니야."

인아는 한 호흡 쉬었다가 다시 입을 열었다.

"좋은 사람이야."

"흐응."

지현은 묘한 콧소리를 내며 슬쩍, 곁눈으로 인아를 살폈다.

"뭐, 보니까 사람 참 괜찮더라. 허우대도 멀쩡하고 매너도 좀 좋아 보이고."

지현은 혁주를 떠올렸다. 지난 밤 인아의 엉덩이에 손을 대지 않고 허리를 굽혀 그녀를 등에 메다시피 한 채 호텔방에 들어섰던 그의 모습은 다시 생각해도 괜찮았다.

"그래, 그 오빠야랑 아직도 그림 그리는 거지?"

"응."

"매니지먼트 들어가고도 할 거야?"

지현의 물음에 인아는 걸음을 멈췄다.

"어, 생각 안 해봤는데……?"

"아마 그만둬야 할 거야. 너 이제 모델 되면 초상권이랑 뭐 그런 것도 생각해야 하고 또 매니지먼트하고 계약하면 그런 제약도 많을걸?"

"……그럴까?"

"그럼, 이제 넌 프로가 되는 거잖아. 네 몸은 이제 온전히 네 것만이 아닌 거야."

인아는 잠자코 걷기만 했다.

"아, 맞다, 너 그 사람이랑 계약서 썼다고 했지?"

"응."

"아아, 좋지 않은데……. 잘 이야기해 봐야 할 것 같아. 언제까지 하기로 한 거야?"

"어……."

그러고 보니 딱히 기간을 정하지 않았다는 사실이 떠올랐다.

"그게……."

인아의 얼굴에 떠오른 난처한 표정에 지현이 눈 사이를 좁혔다.

"그게?"

"언제 끝나는 일인지를 모르겠어."

"……뭐?"

"언제 끝나야 하는지 정하지 않은 것 같아."

"하!"

어이없다는 듯 지현이 커다란 감탄사를 토해 냈다.

"기한 없는 일이란 말이야?"

그런 지현의 반응에 인아는 그저 어깨를 으쓱일 뿐이었다.

"그런 것 같아."

"그런 것 같아? 아니, 아니, 얘가!"

지현은 이 세상물정 모르는 친구가 안타까워 대신 분통을 터뜨렸다.

"무슨 일을 그렇게 처리해? 아니, 사회생활 잘 안 해본 나도 그렇게는 안 해! 아니, 그 사람은 무슨 생각으로 기한을 안 정한 거래?"

인아는 할 말이 없어서 여전히 아무 말도 하지 않은 채 발끝만 바라보며 걸음을 옮겼다.

"그 계약서, 제대로 된 게 맞긴 한 거야?"

분명히 조금 전까지만 해도 지현은 혁주에게 호감을 느꼈었는데 지금은 아니었다. 기한 없는 계약이라니, 그 의도가 아주 불순해 보였다.

"혹시 모르니까 그 계약서, 변호사 사무실로 들고 가 봐. 뭐가 문제인지 알려 달라고 해, 응?"

"지현아."

"그렇게 하는 거다?"

"있잖아, 지현아."

인아는 조용히 지현을 달랬다.

"나, 그 사람이랑 꽤 오랜 시간 같이 일했어. 그렇게 나쁜 사람은 아니야."

어느새 두 사람은 인아의 집 앞에 다다랐다.

"아무튼 너 이제 모델이 되면 그 사람과의 일도 그만두는 거다?"

인아의 입술이 꾸욱, 다물어졌다. 기다려도 인아에게서 답이 나오지 않자 지현이 다시 물었다.

"잘⋯⋯ 모르겠어."

"그 사람하고 얘기는 해본 거야?"

인아가 무겁게 도리질했다.

"내가 보니까."

지현의 얼굴에 흥미의 기미도 깔리기 시작했다.

"그 사람, 너한테 마음 있는 것 같아."

"뭐?"

당황한 목소리가 인아의 입에서 튀어나왔다. 이에 지현이 이상하다는 듯 고개를 갸웃거렸다.

"몰랐어?"

"어, 어⋯⋯."

인아는 그저 얼버무렸다.

"너 술 취했을 때, 그 사람이 널 얼마나 소중하게 대했는지 모를 거야."

여전히 인아는 아무 말도 하지 않았다.

"소중하다는 말로 좀 부족한 것 같다. 뭐랄까, 아주 귀중하게? 그래, 아주 귀중한 사람 대하듯 했어. 너 취했다고 하니까 곧바로 달려오고 말이야."

"⋯⋯그랬어?"

인아의 얼굴에 은은한 홍조가 돌았다. 어딘지 수줍은 기운이 묻어나는 그 목소리에 지현은 이것 봐라? 하는 얼굴로 그녀를 바라봤다.

"내가 볼 땐 그랬어. 그 사람, 너 좋아하는 것 같아."

은은한 홍조가 순식간에 새빨개졌다. 인아의 붉은 뺨에 시선을 주며 지현이 단도직입적으로 물었다.

"그 사람 그림 모델 한 지 꽤 되지 않았어? 어때, 그 사람이 감정 보인 적 없었어?"

여전히 인아는 우물쭈물했다.

"넌 어때?"

"으, 응?"

"넌 그 사람한테 무슨 감정 없냐고."

이제는 완전히 홍옥처럼 빨개진 얼굴에 지현은 고개를 끄덕였다.

"그 사람이랑 같이 있으면 좋아?"

"어, 어?"

"같이 그림 그리면서 어떤 기분이 들었어?"

지현이 은근한 목소리로 물었다.

"호감이라든가 뭐 그런 거 없었어?"

"어……."

인아는 꼴깍, 침을 삼켰다.

"너 얼굴 보니까 너도 딱히 그 사람이 싫은 것 같지 않다? 그리고 내가 막 그 사람 깎아내릴 때마다 그 사람 편들었잖아, 너."

여전히 인아는 어떤 말도 할 수 없었다.

"솔직히 말해 봐, 둘이서 그림 그릴 때 막 싫다거나 그런 건 아니었지?"

확실히 혁주와 둘이 있을 때 싫었던 적은 단 한 번도 없었다. 오히려 무심한 듯 배려해 주는 모습이 좋았고 그와 있을 때 즐거웠다.

"그건 아냐."

인아가 천천히 입을 열었다.

"그 사람하고 있으면 즐거워. 날 편하게 해줘."

말하면서 인아는 깨달았다. 혁주와 처음 만났을 때부터의 모습이 마치 주마등처럼 뇌리 속에 촤라락 펼쳐졌다.

바람 불 때 앞쪽으로 걸어가 막아 줬던 일, 따뜻한 집밥을 권했던 일, 자신을 우선적으로 배려해 줬던 일, 김 순경에게 험한 일 당할 때 도와줬던 일, 술 취한 자신을 업고 호텔로 갔던 일, 모델로 도약하는 자신을 진심으로 축하해 줬던 일, 그리고……

"인아야?"

말하다 말고 뭔가 곰곰이 생각에 잠긴 인아를 지현이 불렀다.

"어……?"

여전히 인아의 얼굴에는 열기가 남아 있었다.

"호감이 있는 거야."

"……어?"

"너, 그 사람, 강혁주 씨한테 호감이 있는 거라고."

인아는 그만 얼어붙어 버리고 말았다.

"강혁주 씨는 너한테 확실히 마음이 있어. 보니까 너도 좋아하는 것 같네."

지현이 착착, 상황을 정리하기 시작했다.

"……뭐?"

"난 그렇게 생각되는데?"

천천히, 인아의 입이 벌어졌다. 뜻밖의 말에 뭔가를 깨달은 얼굴이 되어 갔다.

"뭐, 내가 그 사람 나쁜 사람 아니냐고 막 물어보고 그랬던 건, 네가 걱정돼서 그런 거였어. 보니까 그 사람, 나쁜 사람 같진 않더라. 아까도 말했다시피 널 소중하게 대하는 게 눈에 보였거든."

지현은 마음을 담아 말했다.

"한번 사귀어 보는 게 어때?"

"뭐?"

지현의 말에 인아가 화들짝 놀랐다.

"뭘 그렇게 놀라나? 사귀어 보라는 게 그렇게 놀랄 만한 말인가?"

"아, 아니, 그건 아닌데……."

"왜?"

문득 어두워지는 인아의 안색에 지현의 목소리가 낮아졌다.

"너 혼자라서 그 사람이 싫어할까 봐?"

"그건 아니고……."

"어차피 너 계약할 때 주민등록증도 보고 또 네가 살고 있는 집도 봤으니까 네 형편을 그 사람도 짐작했을 거야. 그런데도 너한테 관심을 보이는 거면 널 정말 좋아하는 거라고."

사실 인아가 자신의 마음을 인정하지 않는 가장 큰 이유가 바로 그것이었다.

너무나도 다른 환경.

한눈에 봐도 부잣집 도련님인 혁주와 고아에다 가진 것 하나 없는 자신이 어떻게 어울릴 수 있단 말인가. 그 마음 때문에 망설였다. 혁주와 함께 있으면 그저 좋은데, 그걸 일부러 생각하지 않으려 했다.

"결혼하라는 것도 아니고, 그냥 사귀어 보는 거야!"

지현이 유쾌하게 말했다. 그녀는 자신이 인아로 하여금 혁주를 향한 진심을 깨닫게 했다는 사실은 까맣게 모르고 있었다.

"겉은 번지르르해도 진짜 이상한 남자들 많다, 너? 물론 여자도 그렇긴 하지. 하지만 일단은 지금까지 이미지로 봐선 강혁주 씨, 나빠 보이진 않잖아?"

인아는 지현의 말에 찬성한다는 듯 고개를 끄덕였다. 마음을 깨닫고 나니 어쩐지 후련한 기분마저 들었다. 혁주, 그 이름을 떠올리는 것만으로 가슴이 벅차올랐다. 빨리 집으로 돌아가 그와 통화하고 싶었다. 아니, 만나고 싶었다.

"마음이 있으면 한번 생각해 봐. 너 모델 되면 힘든 일도 많아질 텐데 마음의 짐을 덜 수 있는 사람이 한 명이라도 더 있으면 좋지 않겠어?"

갑자기 지현이 눈을 동그랗게 떴다.

"아, 아니다. 너 모델 하면 진짜 멋진 남자들 많이 볼 텐데……. 아, 물론 강혁주 씨가 멋지지 않다는 말은 아니야. 그저 네가 고를 수 있는 선택의 폭이 더 넓어질 텐데 벌써 남자 친구 생기면 그런 기회를 날려 버리는 게 아닌가, 하고."

"아이고, 이제 그만해."

너무 앞서 나가는 지현을 만류하며 인아가 그녀의 팔을 잡아끌었다.

"늦었어, 빨리 가자."

"그래서, 강혁주 씨랑 사귈 거야?"

"으이그."

인아는 머리를 잘잘 흔들었다.

"그만 들어가 쉬어. 이따가 늦지 말고."

우선은 인아를 쉬게 해야 했다. 지현은 더 이상 말을 잇지 않고 그녀를 집으로 들여보냈다.

"하아."

인아는 피곤했다. 그래서 집에 들어서자마자 그대로 침대 위로 몸을 던졌다.

"하아아."

집에 오니 머리가 깨질 듯이 아파 왔다. 뒤늦은 숙취가 괴롭혔지만 그녀는 지고 싶지 않았다. 한동안 침대와 혼연일체의 경지를 보였던 인아는 아카데미에 갈 시간이 다 되어 가자 부스스, 몸을 일으켜 앉았다.

"일어나야지."

속상해서 마신 술은 인아의 정신과 육체를 혹사시켰다. 하지만 인아는 평소와 다름없었다. 나갈 채비를 하던 인아는 들려오는 휴대전화의 벨소리에 시선을 돌렸다.

뚬비뚬바 뚬뚬.

액정에 뜬 익숙한 이름에 그녀는 서둘러 통화 버튼을 눌렀다.

"여보세요?"

―인아 씨, 통화 가능해요?

"네."

―지금쯤이면 일어나셨을 것 같아서 연락했어요.

"네, 지금 일어났어요."

―괜찮아요?

수화기 너머, 조심스럽게 안부를 묻는 목소리가 들려왔다.

"네, 괜찮아요."

걱정이 묻어나는 그 목소리에 인아는 저도 모르게 울컥한 기분이
들었다.

"정말 미안해요, 혁주 씨. 제가 그렇게 술을 많이 마실 줄은 몰랐
어요."

―아니, 아니, 괜찮아요. 그보다 어제 약속을 오늘로 미뤘던 거,
기억해요?

인아는 눈을 깜빡이며 기억을 더듬었다.

"아, 그랬죠?"

―그런데 또 약속을 미뤄야 할 것 같아서요.

"왜요?"

―어제 인아 씨, 술을 너무 많이 마셔서 피곤할 것 같아서요.

그의 다정한 배려에 인아는 또다시 울컥해졌다.

"아니, 괜찮아요. 정말이에요."

ㅡ제가 안 괜찮아요. 오늘은 좀 쉬고 시간 나면 보는 걸로 하죠?

하긴 속은 쓰리고 머리는 지끈거리고, 거기에 어제 술자리에서 있었던 일까지. 확실히 축하할 기분은 아니었다.

"고마워요."

인아는 짧게 고마운 마음을 표시했다.

ㅡ그럼 또 전화할게요.

"아, 저기!"

지현과의 대화에서 나온 계약 기간에 대한 의문이 불현듯 떠올라 인아는 저도 모르게 혁주를 불렀다.

ㅡ네?

다급하게 혁주를 부른 다음에야 인아는 낭패한 표정을 지었다. 이렇게 전화로 물을 만한 성질의 것이 아니었다.

"아니, 아니에요. 그럼 이번 주 내로 보면 어때요?"

ㅡ좋습니다.

"그럼 제가 연락드릴게요."

ㅡ기다리겠습니다.

"네."

유쾌한 목소리를 끝으로 통화를 마친 인아는 잠시 휴대전화를 물끄러미 바라보다가 다시 나갈 채비를 서둘렀다.

* * *

아카데미에 들어서자마자 인아는 묘한 기류를 알아차렸다. 평소에도 인아는 내성적인 성격 탓에 소수의 모델 지망생들과만 알은체를 했지만 오늘따라 영 분위기가 이상했다. 자꾸 그녀 뒤에서 수군거리는 소리가 들려왔다.

"스폰이라며?"

"그렇겠지, 그렇지 않고서야."

비꼬는 것이 역력했다.

"정말 그렇대?"

"어제 수진이가 스폰서 있냐고 물었는데 아니라고는 안 했대."

"어머, 어머, 세상에!"

"보통 의심받으면 아니라고 해명하지 않니? 진짜니까 잠자코 있었겠지."

"와아, 진짜, 순진하게 생겨 먹어서는!"

잔인한 속삭임은 멈추지 않았다. 인아는 그 자리에 우뚝 서 버렸다. 그러자 그와 동시에 속삭이던 목소리들도 멈춰 버렸다. 인아는 천천히 고개를 돌리며 주변을 훑었다. 그런 그녀의 얼굴에는 강한 단호함이 서려 있어서 주변의 모델 지망생들은 그저 시선을 돌리기에 바빴다.

"뒤에서 얘기하지 말고 앞에서 말해."

쥐죽은 듯 조용한 공간에 인아의 목소리가 가볍게 울렸다.

"난 내게 주어진 기회를 잡은 것뿐이야. 다른 건 없어."

그렇지 않아도 어젯밤 일로 속상한 터였다. 술자리에서 나온 말은 사실이 아니었기에 부인도 긍정도 하지 않은 것뿐이었다. 하지만 그건 단지 술자리에서 있었던 일이었기에 그냥 넘어갈 수도 있었지만 지금은 아니었다.

　"나도 너희처럼 당당히 오디션에 도전했고 합격한 거야."

　그러나 인아는 자신의 시선을 회피하는 동기들에게서 여전한 불신을 읽어 내릴 수 있었다. 하지만 더 이상 할 수 있는 것이 없었다. 사실대로 말했는데도 안 믿는 것은 그들의 몫이기에. 인아는 미련 없이 그들에게서 등을 돌렸다.

　탁.

　"후우."

　탈의실로 들어선 인아는 곧바로 커다랗게 숨을 토해 내고 말았다. 이렇게 감정을 제대로 드러낸 적이 언제였던가. 머리가 더욱더 지끈거리기 시작했다. 이마에 손을 갖다 댄 인아는 얼굴을 찡그렸다. 갑자기 찾아온 통증에 그녀는 벽에 등을 기댔다.

　어차피 아카데미는 끝이었다. 하지만 여기 있는 사람들은 언제고 또 마주치게 될 사람들. 지금은 이 안에서만 도는 소문이겠지만 언젠가는 이 작은 헛소문이 발목을 잡을 빌미가 될 수도 있었다.

　하지만 인아는 더 이상 생각하지 않기로 했다. 그 빌미를 만들지 않으면 그만이었다. 실력으로 지금의 의혹들을 없애 버리면 된다고 믿었다. 그녀는 지끈거리는 머리를 꾹꾹 누르며 그렇게 노력하기로 결심했다.

똑똑, 딸깍.

"인아야!"

노크 소리와 함께 문이 열리고 지현이 들었다.

"너 괜찮아?"

막 아카데미 연습실에 들어서던 지현은 인아가 모두에게 한 호된 소리를 들었고 연습실을 떠나던 모습도 지켜봤다. 인아가 이렇게 흥분하는 모습을 본 건 처음이었다. 그래서 곧바로 그녀의 뒤를 따라 탈의실로 들어왔던 것.

"응."

인아는 눈을 감은 채 고개를 끄덕였다.

"나 괜찮아."

눈을 뜰 수가 없었다. 눈물이 날 것 같았다. 하지만 흘리고 싶지 않았다.

"그만 나가자."

걱정으로 물든 지현의 얼굴을 보며 그녀는 기댔던 몸을 바로 했다.

탁.

탈의실 문이 닫히는 소리를 들으며 연습실로 향하는 인아의 걸음은 힘찼다. 시끌시끌하던 연습실은 그녀가 들어섬과 동시에 조용해졌다. 하지만 인아는 아무런 일도 없었다는 듯 따가운 시선 속에서 연습을 시작했다.

11. 새하얀 고백

혁주는 굳은 얼굴로 자신의 형, 성진을 바라봤다.

"그래서."

딸깍, 반쯤 마신 커피 잔을 탁자 위로 내려놓으며 성진이 나른한 얼굴을 들었다.

"사귀는 사이라고?"

"아닙니다."

혁주의 즉답에 성진은 내리깐 눈을 들어 자신의 이복동생을 살폈다.

"인연이 좀 있던데?"

혁주의 굳은 얼굴이 더욱더 딱딱해졌다.

"뒷조사 하신 겁니까?"

"뭐, 뒷조사라기보다는."

성진이 어깨를 으쓱였다.

"관심이라고 해두지."

두 형제의 눈이 마주쳤다.

아버지가 생기고 나서 혁주는 자신의 일거수일투족이 자유롭지 못하다는 사실과 직면해야 했다. 처음엔 그것이 싫었다. 겉으로는 아무 관심 없어 보이지만 혹시라도 그가 사고라도 치지 않나, 하고 감시하는 것 같아 불만이었다. 그러나 그들이 그럴 수밖에 없다는 사실 또한 알기에 혁주는 이해하려 애를 썼다.

공식적으로 그는 이씨가 아니었다. 여전히 그는 어머니의 성을 따랐고 이창섭 회장의 숨은 자식이 있다는 사실은 소문으로만 떠돌고 있었다. 그 자신도 아버지의 성을 따르는 것을 원치 않았다. 어차피 본처 소생인 성진이 있는 데다 솔직히 아버지의 재산엔 관심이 없었다. 다만 생부가 해야 할 의무를 받을 권리를 누리고 있는 것이라 스스로 세뇌 중이었다.

스스로 자립 가능한 시기가 오면 지금까지 창섭이 보내 왔던, 고스란히 모아 온 돈을 돌려주고 과외해서 번 돈으로 독립할 생각이었다. 그 시기를 대학 졸업식 이후로 잡고 있었다. 그리고 그 이후로는 그 어떤 도움도 받지 않을 생각이었다. 물론 아버지인 창섭은 그런 그의 생각을 알 리 없겠지만.

"네가 부탁 안 했어도 여인아 씨는 합격이다."

불쑥, 성진이 입을 열었다.

"······예?"

"충분한 능력이 있고 가능성 있는 아가씨인데 네가 일부러 부탁할 이유가 없었단 말이지."

혁주의 굵은 눈썹이 꿈틀거렸다.

"거기다."

천천히, 마시다 남은 커피 잔을 들며 성진이 다시 입을 열었다.

"만난 지 꽤 된 것 같던데, 정말 아무 사이 아니냐?"

성진이 말하는 그런 것과는 거리가 멀었다. 하지만 혁주는 대꾸하고 싶지 않았다. 이런 식의 대화를 나눈다는 것 자체가 인아를 욕보이는 것 같았다.

"너 그거 한때다?"

꿀꺽, 그의 목울대가 울렸다. 탁, 빈 커피 잔을 테이블 위로 내려놓으며 성진은 동생에게 조언을 건넸다.

"모델, 좋지. 몸매 좋고 예쁘고. 어디 데리고 다녀도 나쁠 것 없지."

그 말에 혁주의 눈매가 가늘게 떨렸다.

"그런 사이 아닙니다."

"뭐, 아무래도 좋다."

성진이 느긋한 표정으로 깍지 낀 손을 머리 뒤로 넘겼다.

"어쨌거나 한때라는 거, 명심하는 게 좋을 거다. 일단 아버지한테는 말하지 않으마. 그리고 혹시 이번 기회에 엔터테인먼트 맡아 보는 게 어떠냐?"

"……예?"

"S 매니지먼트는 대형 엔터테인먼트를 위한 발판일 뿐이야. 괜찮은 신인들과 함께 커 가는 거지. 아, 물론 그 시기는 생각보다 짧아지겠지만."

혁주는 다시 입을 다물었다. 그는 사업에 관심이 눈곱만큼도 없었다. 그저 자유롭게 원하는 직업을 갖고 싶을 뿐이었다.

"싫습니다."

"여전히 단호하군."

그럴 줄 알았다는 듯 성진이 머리를 가볍게 흔들었다.

"너도 알다시피."

지금과는 다르게 성진이 진지한 얼굴로 혁주를 바라봤다.

"아버지가 널 거둔 건 다 이유가 있어서야. 네가 아버지 핏줄이라는 것도 물론 이유가 되겠지만 더 큰 이유가 있다는 거, 알고는 있는 거지?"

입 밖으로 드러내진 않았지만 성진은 그에게 정략결혼을 말하고 있었다.

"누구를 사귀어도 말리지는 않겠지만 오래 끌지는 마라."

"……이만 가 보겠습니다."

혁주는 그 어떤 답도 하지 않은 채 자리를 털고 일어섰다.

"그래, 조심히 가고 또 보자."

탁.

혁주가 나간 뒤에도 성진은 한동안 물끄러미 그가 나간 문을 바라봤다. 배다른 동생이 욕심이 없다는 건 자신에게 있어서 분명 잘된 일이었다. 그래서 성진은 혁주가 편한 삶을 살기를 바랐다. 가진 것이 있어야 남의 것을 탐내지 않는 법이니까.

"그냥 지나가는 바람이겠지."

성진이 중얼거렸다. 그런 그의 말투에는 걱정이 담겨 있었다. 몇 개월 동안 혁주가 인아와 만나고 있다는 사실이 마음에 걸리긴 했어도 성진은 동생을 믿었다.

무겁게 발걸음을 옮기던 혁주는 낯선 번호에 망설이다 전화를 받았다.

"여보세요?"

ㅡ강혁주 씨?

"네, 그런데 누구시죠?"

ㅡ안녕하세요? 전 인아 친구 문지현이라고 해요. 우리, 엊그제 봤죠?

"아!"

막 C 백화점의 1층 로비를 지나던 혁주는 걸음을 멈추고 통화에 집중했다.

ㅡ기억하시는 거죠?

"네, 기억합니다. 잘 지내셨습니까?"

―네, 저는 잘 지내고 있는데 인아가 좀 곤란해서요.

"네? 인아 씨가요?"

―통화 오래 하셔도 괜찮으시겠어요?

그 말에 혁주는 서둘러 걸음을 다시 옮겼다. 그가 향한 곳은 C 백화점 1층에 자리한 휴게실. 이미 휴게실 안에는 몇몇 사람이 있었고 이에 혁주는 가장 구석진 곳으로 가 자리를 잡았다.

"네, 괜찮습니다. 말씀하세요."

―사실 이런 이야기는 만나서 해야 하는데 죄송해요.

"아니, 괜찮습니다."

―인아가 엊그제 그렇게 술을 많이 마신 이유가 있어요.

혁주는 긴장하기 시작했다.

"뭔데요?"

―인아가 이번 오디션에 합격하신 건 아실 테고, 아카데미 안에서 그 일로 질투하는 사람들이 있어서요.

"질투요?"

―인아가 완전 생초짜인데 그런 큰 회사 오디션에 붙었다고 뒷말이 나오는 거죠. 어떻게 네가 합격하냐, 혹시 스폰서가 있는 건 아니냐.

"뭐라고요?"

저도 모르게 큰 소리를 지르고 만 혁주는 주변에서 보내는 자신을 향한 힐난의 눈초리에 목소리를 줄였다.

―그러니까 인아가 S 매니지먼트에 들어간 데에 대해서 모두

인정하지 않고 말들이 많은 상황이에요. 그래서 인아가 마음고생 좀 하고 있거든요.

혁주는 말을 잇지 못했다.

—혁주 씨가 인아를 좀 다독여 주시면 좋겠어요. 이번 주 내로 만난다면서요?

"제가요?"

—뭐, 아는 사람한테 위로받으면 좋죠. 저는 이미 했거든요. 그래 주실 거죠?

당부의 말을 끝으로 지현은 전화를 끊었고 혁주는 멍하니 전화기만 내려다보며 서 있었다.

"스폰서라고?"

헛, 어이없는 웃음이 새어 나왔다.

'네가 부탁 안 했어도 여인아 씨는 합격이다.'

성진의 목소리가 귓가를 맴돌았다.

'충분한 능력이 있고 가능성 있는 아가씨인데 네가 일부러 부탁할 이유가 없었단 말이지.'

털썩.

혁주는 저도 모르게 휴게실에 마련된 의자 위로 주저앉고 말았다.

'내가 무슨 짓을 한 거지?'

인아는 스스로의 힘으로 매니지먼트에 합격할 수 있었다. 물론 그녀는 혁주가 그의 형에게 한 부탁을 알지 못할 테지만 그는 자신이 한 일에 대한 밀려오는 죄책감에서 벗어날 수 없었다.

'부탁하지 말걸.'

인아를 위해 한 일이었지만 도리어 찜찜한 결과만 남아 버리고 말았다. 물론 그의 부탁이 아니었어도 그녀는 합격이었지만 이런 청탁이 오갔다는 사실 하나만으로도 오점이 될 수 있었다.

"후우."

어쨌거나 인아가 괴로워한다니 마음이 좋지 않았다.

"거기도 엄연한 경쟁 사회인 줄은 알았지만."

어디서나 시기와 질투는 팽배했다. 조금이라도 특출하거나 튀면 여지없이 사람들의 삐딱한 시선이 날아들었다. 혁주는 진심으로 인아를 위로해 주고 싶었다. 하지만 곧바로 연락을 한다거나 만날 수는 없었다.

그녀가 먼저 연락하겠노라 약속을 했고, 또 지현이 그에게 전화해 이런 저런 이야기를 털어놓았다는 사실을 알리고 싶지도 않았다. 혁주는 그저 간간이 안부 문자를 날리며 그녀와 만날 날을 학수고대했다.

그리고 다행히도 그날이 다가오는 데 그리 오래 걸리지 않았다.

―오늘 시간 괜찮으세요?

"물론이죠."

반가운 통화를 마치고 난 후 혁주는 준비를 서둘렀다. 약속 장소에 도착한 그는 곧이어 가슴이 서늘해지는 기분을 맞이해야 했다.

"인아 씨……."

오랜만에 본 인아는 지현의 말대로 마음고생이 심했는지 수척해 보였다. 그것이 그의 마음을 아프게 했다.

"얼굴이 안 좋아요."

저도 모르게 혁주는 그녀에 대한 걱정을 드러내고 말았다.

"뭐 안 좋은 일 있어요?"

"아뇨."

인아가 조용히 도리질했다.

"그냥 이것저것 일이 많아서 좀 피곤해서 그런가 봐요."

"그럼 그냥 쉬지 뭐 하러 약속을 잡아요."

인아는 혁주의 작은 타박에 미소 지었다.

"약속했잖아요."

그래도 인아를 보니 기분이 좋았다.

"밥은 제때 챙겨 먹는 거예요?"

어쩐지 다정하게 느껴지는 그의 질문에 인아는 또 미소 지었다. 확실히 혁주만 만나면 마음이 놓였다. 온몸으로 자신을 걱정하는 것 같아 고맙고 또 안정이 되었다.

"네, 그럼요."

조금은 시원하게 답하며 이번엔 그녀가 그의 안부를 물었다.

"혁주 씨도 잘 지낸 거죠?"

계속 문자로 연락을 주고받았으면서도 어쩐지 묻고 싶었다.

"네, 그럼요."

인아랑 똑같이 답하며 혁주 역시 그녀에게 미소를 보냈다. 두 사람이 향한 곳은 예의 그 분홍카페. 언제나처럼 커다란 분홍 곰 모습의 윤수가 그들을 맞이했다.

"어서 와요, 인아 씨."

"오랜만이에요, 윤수 씨."

"나도 왔어, 형."

"오냐, 보인다."

간단하게 인사를 나눈 뒤 두 사람은 2층으로 올라갔다.

"어머."

2층에는 손님이 한 명도 없었다. 다만 예쁘게 꾸며진 가운데 테이블과 그 위에서 은은한 빛을 뿜어내는 초와 샴페인의 모습에 인아는 저도 모르게 혁주를 돌아봤다.

"파티 해야죠."

부드럽게 말하며 혁주가 그녀를 이끌었다. 인아는 그저 간단하게 차 한 잔 마시는 것으로만 생각했다. 축하받기에는 이미 너무 늦은 일이라 생각했기에 조금 얼떨떨해졌다. 인아는 혁주가 안내하는 대로 자리에 앉았다. 묘한 기분이 들었다. 기쁘면서도 부끄러웠다.

그것은 어쩌면 요즘 그녀가 받는 스트레스 때문일지도 몰랐다.

아카데미 내부에서 들려오는 그녀에 관한 각종 루머들. 스폰서

덕에 매니지먼트 오디션에 합격했다는 이야기는 어느새 그녀가 스폰서와 함께 밤거리를 거닐었다는 이야기로까지 번져 있었다. 하지만 더 이상 인아는 그 어떤 변명도 하지 않았다. 이제 얼마 후면 아카데미를 정리하고 매니지먼트로 들어갈 예정이라 더 큰 분란을 만들고 싶지도 않았고 무엇보다 사실이 아니기 때문이었다.

"진즉에 했어야 하는 건데."

가볍게 웃으며 혁주가 퐁, 샴페인을 땄다.

쪼로록.

샴페인 잔에 하얀 거품이 일었다. 인아는 서둘러 잔을 들고는 그가 따라 주는 샴페인을 마저 받아 냈다. 자신의 잔에도 샴페인을 따른 혁주가 잔을 들었다.

"인아 씨의 새로운 도약을 위해."

챙.

잔과 잔이 맞부딪히며 맑은 소리를 냈다. 인아는 혁주의 축사가 마음에 들었다. 그의 말대로였다. 이제 그녀는 새로운 생활을 시작하게 될 것이다. 달콤한 액체가 입술을 적시고 입 안을 한 바퀴 돈 후 목구멍을 부드럽게 훑으며 내려갔다.

"하아."

달콤하면서도 쌉싸래한 그 맛에 인아는 저도 모르게 가벼운 탄성을 내뱉었다. 기분이 훨씬 더 좋아졌다. 다시 샴페인을 한 모금 더 마시던 그녀의 눈이 휘둥그레진 것은 다음 순간이었다.

커다란 눈덩이 같은 것이 계단 쪽에서부터 모습을 드러냈다.

인아는 자신을 향해 다가오는 하얀 덩어리에 눈을 떼지 못했다. 그러다 벌떡, 자리에서 일어섰다. 점점 더, 흰 덩어리가 가깝게 다가왔다. 그 아래쪽으로 분홍색 바지가 또렷하게 보였다.

"아!"

흰 덩어리는 안개꽃다발이었다. 인아는 탄성에 가까운 신음을 흘렸다.

"축하해요, 인아 씨."

꽃다발 뒤로 남자의 음성이 흘러나왔다. 이윽고 안개꽃다발이 인아의 품에 안겼고 그녀는 환한 미소를 띤 윤수를 볼 수 있었다.

"아이고, 내 살다 살다 이런 꽃다발은 처음 봤지 뭐예요. 아 글쎄, 혁주 이 녀석이 한 아름 들고 와서는 이렇게 부탁한 거예요. 인아 씨 오면 안겨 주라고."

"……아!"

인아는 들고 있기에도 부담스러운 안개꽃다발에 난처해졌지만 그것이 혁주의 선물임을 알고는 또다시 놀라고 말았다.

"인마, 이거 너무 크다! 인아 씨가 파묻히겠어!"

말을 하며 윤수가 얼른 인아에게서 안개꽃다발을 들어내더니 옆 테이블 위로 올려놓았다. 테이블은 금세 새하얀 꽃신이 되고 말았다.

"아, 저, 제가 안개꽃을 좋아하는데……."

인아의 의혹이 혁주에게로 향했다.

"어쩐지 인아 씨에게 안개꽃이 잘 어울릴 것 같아서요."

이미 오래전부터 그녀가 안개꽃을 좋아한다는 사실을 알고 있었던 혁주는 천연덕스럽게 말했다.

인아가 서린고에 입학할 날을 손꼽아 기다렸던 그때, 입학식에서 안개꽃을 받고 좋아하던 그녀의 모습을 혁주는 기억했다. 짧은 인터뷰에서도 그녀는 안개꽃을 좋아한다고 밝히기까지 했다.

"역시나 잘 어울리는군요."

그의 말에 인아는 눈을 깜빡였다.

"자, 그럼 이제 코스 대령입니다!"

그 말을 남기며 윤수는 분홍빛 바람이 되어 아래층으로 사라져 버렸고 혁주와 단둘이 남은 인아는 어떻게 말을 이어 나가야 할지 곤란한 표정을 지어 보였다.

"고마워요."

가까스로 생각해 낸 말은 의외로 단순했다.

"뭘요."

혁주는 인아에게 앉으라는 시늉을 해 보였다. 두 사람은 또다시 말이 없었다.

"인아 씨."

"네?"

"인아 씨는 잘 해낼 겁니다."

인아는 혁주의 말에 고개를 끄덕였다.

"인아 씨는 가능성 있는 모델입니다."

그의 말은 확신에 차 있었고 그녀의 눈에는 의혹이 깃들였다. 그것을 알아차린 혁주가 재빨리 말을 이어 나갔다.

"아시다시피 제가 많은 그림 모델과 같이 일했잖아요. 지금껏 본 모델 중에서 인아 씨가 제일 멋졌습니다."

인아는 그의 칭찬에 부끄러운 빛을 얼굴에 드리웠다.

"제가 장담하건대, 인아 씨는 정말 잘 해낼 거예요. 믿어도 좋습니다."

그의 강렬한 확신에 인아는 정말로 그럴지도 모른다는 생각이 들었다.

"고마워요."

인아는 눈을 들어 혁주를 똑바로 바라봤다.

"덕분에 용기가 생겼어요. 정말로 잘 해낼 수 있을 것 같아요."

두 사람은 서로의 눈을 들여다봤다. 말은 필요 없었다. 눈빛만으로도 서로의 마음을 알 것 같았다.

"자자!"

커다란 분홍 곰이 춤추듯 다가와 두 사람 사이에 주르륵, 디저트들을 내놓았다.

"세상에 단 하나밖에 없는 디저트들입니다! 오늘 한정판이라는 거죠! 그리고 인아 씨, 모델 된 거 축하해요!"

팡!

분홍 곰의 손에서 폭죽이 요란한 소리를 내며 터졌다. 하지만 곧 이 단란하고도 조촐한 파티는 마치 마법처럼 순식간에 사라져 버렸다. 2층으로 손님들이 올라오고 혁주, 인아와 함께 건배를 했던 윤수는 다시 주방으로 돌아갔다.

그럼에도 분홍카페의 규칙은 두 사람에게도 완벽하게 적용되었다. 그 누구도 인아와 혁주에게 관심을 주지 않았다. 물론 2층으로 막 들어선 순간, 눈길을 잡아끄는 안개꽃다발에 시선을 던졌지만 아무도 호들갑을 떨지 않았다. 그저 일행들과 조용히 스쳐 지나며 꽃 예쁘다, 정도의 말을 던질 뿐이었다.

인아는 그것이 너무 좋았다. 타인의 시선에서 자유로울 수 있는 이 분홍카페가 정말 좋았다. 아카데미를 오가며 느꼈던 날카로운 시선이 이곳에는 없었다. 어디에서나 호기심 어린 눈으로 바라보는 사람들이 이곳에는 없었다. 그녀는 홀가분했다.

"천천히 마셔요."

하지만 혁주는 샴페인을 계속 마셔 대는 인아를 심하게 말리지는 않았다. 그녀의 속상함을 알기에 달래 주고 싶었다. 하루만이라도 세상 모든 것을 다 잊게 되기를 바랐다. 마침내 그 바람대로 인아는 모든 속상함을 잊고 활짝 웃었다.

"괜찮겠어요?"

"아, 그럼요."

타인의 눈으로 봤을 때, 인아는 괜찮지 않았다.

"정말이죠?"

홀짝거리며 포도주를 마시는 인아를 보며 혁주가 재차 확인했다. 테이블 위에는 샴페인과 포도주 빈 병이 놓여 있었다.

"아, 그럼요!"

인아는 자꾸 웃음이 났다. 지금 이 상황이 너무 좋았다. 나아갈

길에 대해 축하받는 것도 좋았고 축하해 주는 사람이 혁주라 좋았다.

"많이 마신 것 같은데 일어나죠? 밤도 늦었고."

저녁 시간에 만난 터라 조금 같이 있었을 뿐인데도 어느새 밤 10시가 지나 있었다.

"많이 안 마셨어요."

인아는 지금 이 순간이 너무 좋았다. 그래서 혼자 있게 될 집으로 돌아가기 싫었다.

"늦었어요. 데려다줄게요."

그러나 혁주는 단호했다. 그녀는 아쉬움 가득한 얼굴로 자리에서 일어설 수밖에 없었다.

"저 정말 안 취했어요."

말 그대로 알딸딸한 기분이 지배하는, 그런 정도의 취기였을 뿐이었다.

"알고 있어요. 하지만 늦었잖아요."

배웅에 대한 혁주의 고집을 알고 있었기에 인아도 더 이상 거절하지 않았다.

"그건 내가 들죠."

커다랗고도 새하얀 꽃다발을 들고 혁주가 인아를 돌아봤다. 마침 그녀는 이마에 손을 얹고는 약간 비틀거리고 있었다.

"괜찮겠어요?"

"아, 네."

서빙을 하고 있던 윤수는 2층에서 내려오는 인아와 혁주를 보고 우다다닥 빠른 걸음으로 다가왔다.

"가려고?"

"계산 좀."

계산을 마친 혁주와 인아가 막 가게 문을 열려고 할 때, 윤수가 두 사람을 붙잡았다.

"인아 씨 집에 가는 거지?"

"응."

"그럼 나도 가자."

"뭐? 형이 왜 가?"

앞치마를 벗어 던진 윤수에게 혁주가 물었다.

"너 술 마셨잖아."

"대리 부르면 돼."

"인아 씨 데려다준다며?"

"그런데?"

"인아 씨 그냥 내려다만 주려고? 그래도 집 안까지는 데려다줘야 하는 거 아냐? 그럼 차에 누가 남는다?"

"그래서?"

"그냥 믿을 만한 사람을 대리로 쓰라고."

"안 그래도 돼."

혁주는 그대로 윤수를 무시하고 밖으로 나가려고 했다. 인아는 이미 밖에 나간 뒤였다.

"바람 쐬고 싶어서 그래."

"가게는 어쩌려고?"

"뭐가 문제야? 내가 주인인데."

씨익 웃으며 윤수가 손짓으로 아르바이트생을 불렀다.

"나 잠시 가게 비운다."

"네."

아르바이트생이 방실거리며 카운터 쪽으로 다가왔다.

"됐지?"

의기양양한 얼굴로 어깨를 으쓱인 윤수가 혁주를 지나쳐 밖을 나섰다. 어쩔 수 없다는 듯 가볍게 한숨을 쉬고는 혁주 역시도 밖을 나섰다.

"자, 다 왔습니다!"

인아가 살고 있는 골목길 앞에서 차를 댄 윤수가 룸미러로 뒷좌석을 보며 말했다.

"고마워요."

감사의 표시를 하며 인아가 차 문을 열고 내렸다. 그녀를 따라 혁주가 안개꽃다발을 챙겨서 내렸다. 인아는 허리를 숙여 안개꽃다발을 받으려 했다.

"아니."

혁주가 그런 그녀를 제지했다.

"들고 가기 불편하니까 들어다 드릴게요."

"안 그러셔도 되는데……."

차에서 내릴 때 힐끗 보니 윤수가 의미심장한 미소를 띠며 그를 바라보고 있었다. 혁주는 탕, 소리가 나도록 차 문을 닫았다.

"가시죠."

혁주와 그가 들고 있는 꽃다발을 물끄러미 바라보던 인아는 고개를 끄덕이고는 걸음을 옮기기 시작했다. 아까 들어 봤던 꽃다발은 제법 묵직했다. 저걸 들고 골목 깊숙한 안쪽까지 가기엔 조금 무리가 있어 보이긴 했다.

골목길에 있는 가로등은 딱 하나뿐이었다. 그다지 환한 편은 아니었지만 다행스럽게도 오늘은 달이 밝았다. 그래도 조심스럽게 걸어야 했다. 골목은 두 사람이 나란히 걷기에 충분한 거리였다. 혁주는 인아의 작고 느린 보폭에 맞춰 걸었다. 그 사실을 알아차린 인아는 더욱더 천천히 걸었다.

두 사람은 말이 없었다. 아니, 말하고 싶지가 않았다. 그저 이렇게 조용히 걷고 싶었다. 나란히 걸으며 서로의 숨소리를 듣는 것이 좋았다.

"어머!"

골목길의 반쯤 왔을 때, 발을 삐끗한 인아가 작은 비명을 질렀다.

"괜찮아요?"

혁주가 잽싼 반응을 보였다.

"아, 괜찮아요."

샴페인과 함께 마신 포도주가 이제야 위력을 드러내는지 인아는 비틀거렸다.

"인아 씨."

"아⋯⋯."

혁주가 비틀거리는 인아의 손을 잡았다. 그 덕에 인아는 균형을 잡을 수 있었다.

"고마워요."

말을 하며 인아는 혁주의 손을 놓았지만 그는 놓지 않았다. 그는 인아의 손을 잡은 채 말없이 걷기 시작했다. 격렬한 심장의 두근거림이 인아의 귀를 잠식해 나갔다.

혁주에게 끌려가다시피 하며, 아니, 그가 인아의 보폭과 맞춰 걷고 있으니 끌려가는 것은 아니겠지만 어쩐지 그가 꽉 잡은 손으로 인해 인아는 마치 그에게 끌려가는 것처럼 느껴졌다. 열기가 올라왔다. 이미 술기운으로 인해 몸이 더워지긴 했지만 인아는 지금, 몸이 뜨거워지는 것 같았다.

어느새 다다른 인아가 사는 집 앞.

혁주는 좀처럼 그녀의 손을 놓아 주지 않았다. 조용히 숨을 고르던 인아가 문득 입을 열었다.

"저기, 손 좀⋯⋯."

여전히 혁주는 말이 없었다. 하지만 곧이어 그녀의 손을 감쌌던 온기가 사라져 갔다. 인아는 그 온기를 잡고 싶었다. 그러고 싶은 욕망이 걷잡을 수 없이 피어올랐다.

"주세요."

그녀는 가까스로 그 욕망을 내리누르고 혁주의 얼굴을 제대로 보지 않은 채, 꽃다발로 손을 뻗었다.

"아니요."

혁주는 그녀가 내민 손을 거부했다. 그리고 얼굴을 위쪽으로 돌렸다.

"계단이 위험합니다."

인아가 살고 있는 옥탑방으로 향한 계단은 길가로 나 있었고 비좁고 어두웠다.

"이걸 들고 올라가기엔 상당히 위험해요."

혁주의 말에 자신의 집 쪽을 바라본 인아가 낭패한 표정을 얼굴 위로 떠올렸다.

"제가 가지고 올라가죠."

"네?"

"꽃다발이 무거워요. 또 계단이 좁아서 위험하고요."

듣고 보니 그 말이 맞았다. 일단 꽃다발 때문에 시야가 가릴 것이 분명했다.

"어······."

계단을 따라 옥상에 올라가면 인아가 살고 있는 컨테이너 박스로 된 옥탑방이 있었다. 인아는 그가 자신의 옥탑방을 보는 게 싫었다. 하지만 집 바로 앞까지 왔는데 그냥 보내야 하는 건지도 의문이 들었다.

'커피라도 대접해야 하나? 밤에 커피는 그렇고 냉장고에 뭐 마실 게 있었나?'

인아는 답을 망설였다.

"계단 위까지만요."

그녀의 생각을 읽은 혁주가 타협점을 내놓았다.

"계단 위까지만 꽃을 배달하고 내려올 겁니다."

이렇게까지 말하는데 더 이상 거절할 수가 없었다. 인아는 고개를 끄덕였고 두 사람은 옥탑방으로 향한 계단으로 향했다. 좁은 계단은 확실히 불편했다. 좁기도 했지만 계단 하나하나가 높아서 상당히 위험했다. 진짜 술에 취하기라도 했다면 크게 다치고도 남았을 것이다.

혁주는 그것이 마음 아팠다. 이런 위험한 환경에 인아가 있는 것이 싫었다.

"다 올라왔어요."

앞쪽에서 그녀의 목소리가 들려왔다. 그리고 혁주도 옥상으로 향한 마지막 계단을 밟았다.

"음."

되도록 소리를 내려 하지 않았지만 혁주는 소리를 내고 말았다. 그의 눈에 비친 인아의 집은 허름하고 낡은 컨테이너 박스였다. 인아는 혁주의 그 놀람의 탄성을 들었지만 아무 내색하지 않았다. 이 부잣집 도련님은 컨테이너 박스에 사는 사람을 처음 보는 것이라 생각했다.

"주세요."

아무렇지도 않은 척, 그녀가 그에게 손을 내밀었다. 그녀의 빈손을 바라보던 혁주의 시선이 얼굴로 옮겨 갔다. 등 뒤로 비춰지는 흐릿한 가로등 불빛 때문인지 그녀의 얼굴은 조금 상기된 것처럼 보였다. 혁주는 말없이 그녀에게 꽃다발을 내밀었다. 새하얀 달빛 아래, 새하얀 꽃이 환한 빛을 뿜어냈다.

탁.

꽃을 주고받던 두 사람의 손이 닿았다. 그와 동시에 인아의 입에서 이상한 숨소리가 새어 나왔다.

"흡!"

덕분에 분위기가 묘해지고 말았다. 혁주는 꼼짝도 하지 않고 인아를 내려다봤다. 은가루가 그녀의 얼굴 위로 곱게 내려앉았다. 달빛 아래서, 인아는 눈부셨다. 그 눈부심이 좋아서 혁주는 눈도 깜빡이지 않고 그녀를 바라봤다.

꼴깍.

자신의 목구멍으로 침 넘어가는 소리를 들은 순간, 인아는 딱 쥐구멍이라도 들어가고 싶은 심정이었다. 여전히 손에는 그의 온기가 전해져 오고 있었다. 자신을 물끄러미 바라보는 혁주의 눈빛에 뭔가가 들어 있는 것 같았다. 뜨거운 불길이 타오르는 것처럼 그의 눈동자가 위험스레 번뜩였다.

"아, 저기!"

갈라져 나오는 자신의 목소리에 인아는 당황하고 말았다. 하지만 그것을 수습할 겨를도 없이 그녀가 다급하게 말을 이었다.

"그, 그러니까, 우리 계약 말이에요!"

순식간에 혁주의 눈 속에서 불꽃이 사그라졌다. 그는 입을 열지 않은 채 눈으로 물었다.

"언제까지 그림을 그리겠다는 기한이 없더라고요?"

이 상황에 왜 그런 질문을 하고 있는지 인아는 스스로가 한심했지만 일단은 어색한 상황에서 모면한 것 같아 다소 마음이 놓였다. 아니, 어쩌면 그 이유는 그녀의 마음 깊은 곳에서 관계의 지속성에 대한 의구심이 자리한 까닭인지도 몰랐다.

"기한?"

나직한 속삭임이 인아의 귓속으로 파고들었다.

"그, 그래요, 언제까지 모델을 해야 한다는 기간이요."

혁주는 여전히 물끄러미 인아를 바라봤다. 조용히, 그의 입매가 부드러운 포물선을 그려 냈다.

"기한은 없어요."

그 말을 듣는 순간, 인아는 혼란스러웠다. 기한 없는 그림 모델이라니, 도대체 무슨 의미인지 알 수 없었다. 다시 한번 물어보기 위해 시선을 들었을 때, 인아는 다시 뜨거운 눈빛으로 변해 버린 혁주와 마주했다.

사위는 조용했다. 그 어떤 소리도 들려오지 않았다. 다만 두 사람의 숨소리만이 켜켜이 쌓일 뿐.

혁주의 고요한 시선이 인아의 얼굴을 더듬었다. 하나하나 뜯어볼수록 자꾸만 숨이 가빠왔다. 천천히, 그녀를 향한 욕망이 그를 잠식해 가고 있었다. 그녀가 너무 예뻐서 미칠 것 같았다. 여전히 그의 손은 꽃다발 아래에서 그녀의 손과 닿아 있었다. 그 손을 떼기 싫었다. 아니, 오히려 더 가깝게 온기를 느끼고 싶었다.

　새하얀 꽃에 부딪친 달빛은 그녀의 얼굴을 더욱더 눈부시게 만들었다. 아름답게 반짝이는 눈동자도, 빛에 의해 반들거리는 동그란 코끝도 눈부셨다. 혁주의 감탄 어린 시선이 조금 더 내려갔을 때, 그는 보고 말았다. 가볍게 떨리는 그녀의 입술을. 조금만 몸을 숙이면 닿을 것 같은 그녀의 입술을.

　"오래도록 그리고 싶어요, 인아 씨를."

　그것은 인아의 입술이 부른 마법일까 아니면 달빛이 부린 마법일까. 혁주는 벅차오르는 감정을 더 이상 감출 수 없었다.

　"좋아해요, 처음 본 순간부터 지금까지."

　갑작스러운 고백에 몸이 떨려 왔음에도 인아는 당황하지 않았다. 말하지 않아도 그의 마음을 오래전부터 짐작하고 있었다. 다만 확신이 서지 않았을 뿐. 어쩌면 알면서도 모른 척했던 건지도 몰랐다. 하지만 가슴이 뛰는 것은 어쩔 수 없었다.

　"나 혼자만의 감정이에요?"

　혁주가 부드럽게 묻는 순간, 인아는 도리질했다. 그가 다가온 만큼, 다가가고 싶었다. 하지만 이내 그녀는 고개를 숙이고 말았다. 자신의 감정을 고스란히 드러냈다는 부끄러움 때문이었다.

　혁주는 기뻤다. 오랜 사랑을 드러낸 지금, 혼자만의 감정이 아니라는 사실이 너무나도 기뻤다. 벅차 오른 감격이 그를 휘감았다. 수줍은 표정의 인아를 바라만 보는 것이 힘들었다. 이대로 손을 뻗으면 그녀를 품에 안을 수 있었다. 뜨겁게 안을 수 있었다. 한 아름의 안개꽃다발이 두 사람을 막아서고 있었지만 아무런 문제가 되지 않았다.

혁주는 옆의 평상에 안개꽃다발을 내려놓았다. 그리고 다시 마주한 인아 앞. 천천히, 그의 몸이 숙여졌다. 이내 그의 생각이 바뀌었다.

포옥.

부드럽고 말랑거리는 입술과 맞닿은 입술에서는 아무런 소리가 나지 않았다. 그저 달콤한 샴페인의 맛과 은은한 포도향만이 느껴질 뿐이었다. 놀라울 정도로 부드러운 감촉을 제외한다면.

길고도 짧은 입맞춤 끝에 다시 제자리로 몸을 바로 한 혁주는 한층 더 부드러운 눈길로 인아를 내려다 봤다. 바라본 그녀의 얼굴을 발갛게 물들어 있었다. 그녀는 수줍음에 그를 쳐다보지도 못한 채 어쩔 줄 몰라 하며 그렇게 서 있었다. 조용히, 그의 입술이 움직였다.

"좋아해요, 인아 씨."

인아의 마음이 자신과 같았음을 알았지만 혁주는 다시 한번 확인하고 싶었다.

"저도요."

그녀 역시 혁주에게 부응했다. 수줍게 인아가 그를 올려다봤다.

"저도 좋아해요, 혁주 씨."

골목 안을 논스톱으로 통과하려던 바람은 그것을 이루어 내지 못했다. 골목 안쪽에서 서로를 따뜻하게 안고 있는 한 쌍의 남녀를 바람은 비켜 지나야 했다. 서로의 눈이 마주쳤다. 많은 빛을 받기 위해 커다래진 동공 안에 서로의 모습이 새겨졌다. 인아의 눈 속에 담긴 혁주의 얼굴이 점점 더 가까워졌다.

쪽.

그녀의 이마에 입맞춤을 한 혁주가 부드럽게 웃었다. 은은한 달빛이 하늘에서 내려왔다. 그 달빛을 타고 그의 입술이 아래로 미끄러졌다.

"왜 이렇게 늦어?"

혁주의 차 안에서, 윤수가 툴툴거렸다.

"뭐 하는 거야, 도대체?"

아무리 골목 끝이라 해도 벌써 두 세 번은 왔다 갔다 했을 시간이었다. 툴툴거리면서도 윤수는 뭔가 좋은 일이 있지나 않을까, 괜히 기대가 되었다.

벌컥.

호랑이도 제 말하면 온다더니 나타난 혁주가 조수석의 문을 열고 앉았다.

"뭐 했냐?"

윤수가 곁눈으로 혁주를 보며 히죽였다.

"뭐가."

"인아 씨랑 뭐 했지?"

"하긴 뭘 해."

웃음기 없는 혁주의 표정에도 윤수는 굴하지 않았다.

"뭐 하느라 이렇게 늦은 거야?"

"……인사."

"인사하는 데 이렇게 늦은 거라고?"

"응."

윤수는 비죽비죽 웃었다.

"운전 안 해?"

혁주는 괜히 심통을 부렸다. 그의 말에 윤수의 손이 움직였다.

"자."

"……뭐야?"

"입술 좀 닦아."

잠시 얼어붙었던 혁주가 잠자코 윤수가 내민 티슈를 입가로 가져가 문질렀다. 새하얀 티슈에 분홍빛 자국이 새겨져 나왔다.

"자식."

윤수는 혁주에게 대견하다는 눈빛을 보내고는 운전대를 잡은 손에 힘을 줬다.

"거봐, 내가 오길 잘했지? 여기 차 오래 세워 두면 견인되잖아. 그렇지 않아도 벌써 지구대원이 보고 가더라."

득의양양한 윤수의 말에 혁주는 아무 말이 없었다.

12. 관계

띠링.

작은 소리에 인아의 눈매가 찡긋거렸다. 하지만 눈을 뜨는 것이 힘겨웠다.

띠링. 띠링.

이어지는 소리에 인아는 한숨을 포옥, 쉬고는 눈을 떴다. 간밤에 잠을 제대로 자지 못해서 피곤했다. 하지만 마냥 눈감고 있을 수만은 없었다.

띠링.

다시 들려오는 소리에 인아는 휴대 전화를 더듬어 찾아 쥐었다.

화면을 보니 혁주가 보낸 문자로 가득했다.

[잘 잤어요?]
[일어났어요?]
[자요?]
[일어나면 연락 주십시오.]

비록 문자였지만 어쩐지 혁주의 목소리가 들리는 것 같았다. 서둘러 답문을 보내려던 인아가 망설였다.

"전화를, 할까?"

하지만 이제 막 일어나서 목소리가 제대로 나오지 않을까 걱정이었다. 잠시 생각하던 인아는 답문하기로 결심했고 어떤 말을 보낼까 다시 또 고심했다.

"일어났어요? 아냐, 단조롭잖아. 좋은 아침? 아냐, 상투적이야. 잘 잤어요? 아냐, 따라 한 것 같아."

연애 초짜인 인아는 문자 하나에도 신중했다.

"안녕? 아냐, 이건 너무 갑작스럽지. 그럼, 안녕하세요?"

평소와 달리 인아는 혼잣말을 많이 했다. 그만큼 긴장한 까닭이었다. 난생처음 해보는 연애였고 난생처음 가지는 감정이었다.

"혹시, 꿈이었던 걸까?"

문득, 지난밤에 있었던 일이 꿈이었는지 현실이었는지 감이 오지 않았다. 분명 너무나 설레서 잠도 못 잤으면서도 그녀는 긴가민가

317

했다. 하지만 이렇게 문자를 보내오는 혁주의 행동을 보면 확실히 어제 일은 실제였다.

확.

어제 일을 떠올리니 저절로 인아의 얼굴이 뜨거워졌다.

'우리, 사귀는 겁니다?'

헤어지기 직전, 혁주가 속삭였던 말 한마디.

"사귀는, 거지?"

인아는 가만히 단어를 입 안에서 굴렸다.

"사귀는 거지?"

생각해 보니 자신이 답을 내놓은 것 같지는 않았다. 그렇다고 사귀지 않겠다고 하지도 않았다.

"어떻게 되는 거지?"

너무나 쑥스러워서, 아니, 너무나 부끄러워서, 아니, 너무나 당황해서 답을 하지 못했는데 어쩌면 혁주는 사귀는 것으로 오해한 건지도 몰랐다.

'……사귀는 거겠지?'

확실히 인아는 자신의 마음을 알았다. 틀림없이 그녀 자신도 혁주를 좋아하고 있었다. 그 마음을 고백한 것 또한 기억했다. 서로 좋아하는 미혼 남녀가 마음을 확인하고 사귄다는 건 당연한 수순이 아니던가.

'키스까지 했는데.'

생각이 거기까지 흘러가자 인아는 다시 얼굴을 또 붉히고 말았다.

'이따가 봐야 하는데 어떡하지?'

오후에 인아는 혁주와 함께 그림을 그릴 예정이었다. 그런데 어제 그런 일이 생겨서 어떻게 그를 봐야 할지 고민이었다.

띠링.

결국 인아는 혁주의 문자를 또 받고야 말았다.

[목소리 듣고 싶은데.]

문자를 보자마자 홀린 듯, 인아는 혁주에게 전화를 걸었다.

뚜르르르.

통화 대기음이 길게 느껴졌다.

딸깍.

전화 받는 소리와 함께 인아의 심장이 뛰기 시작했다.

—인아 씨?

듣기 좋은 목소리가 그녀의 가슴을 관통했다.

—잘 잤어요?

"네, 네."

저도 모르게 목소리가 떨려 나왔다. 마치 혁주가 눈앞에 있는 것 같아 인아는 고개를 푹, 숙였다.

—햇빛이 좋습니다.

혁주가 안부를 전해 왔다.

"네에."

여전히 쑥스러운 인아는 길게 답하지 못했다.

―오늘 그림 그리는 날이잖아요.

"네."

―미안해서 어쩌죠? 오늘 일이 생겨서 약속 못 지키게 됐어요.

"아⋯⋯."

오늘 혁주를 어떤 얼굴로 봐야 하나 고민이었던 인아지만 만날
수 없다는 그의 말에 실망감을 감추지 못했다.

―미안해요, 인아 씨.

그녀의 목소리에서 감정을 읽어 낸 혁주가 재차 사과를 해왔다.

"아, 아니에요, 정말로요."

―아, 진짜.

수화기 너머, 혁주가 투덜거렸다. 당황한 인아의 눈동자가 커다
래졌다.

―보고 싶은데 보지도 못하고.

확, 얼굴이 달아올랐다.

―명색이 사귀기로 한 첫 날인데, 얼굴을 못 본다니 억울해서요.

사귄다고 답한 적이 없는데, 인아는 차마 입 밖으로 그 말을 떠
올리지 못했다. 그냥 좋았다. 우리 사귀어요, 네, 하는 의견 조율 없
이 좋아하는 마음 확인했으니 사귀는 단계로 자연스럽게 흘러가는
게 좋게 느껴졌다.

—이렇게 합시다.

"네?"

—늦게라도 얼굴 봐요, 우리.

우리, 단어의 울림이 인아의 가슴속으로 밀려 들어왔다.

—그렇게 해요, 네?

"……네."

간질간질한 기분이 들었다.

—내가 전화할게요.

"……네."

통화를 마치고 난 뒤에도 그녀는 약간의 흥분에 어쩔 줄 몰라 했다. 여전히 달아오른 얼굴은 식을 줄 몰랐다.

"어후."

인아는 전화기를 바닥에 내려놓고 그대로 이불을 머리끝까지 뒤집어썼다.

"바보 같아!"

그것은 스스로에 대한 자책이었다. 처음부터 끝까지 혁주의 질문에 단답만 한 꼴이라니, 스스로가 생각해도 답답했다.

"나도 보고 싶다고 말할걸."

뒤늦은 후회가 밀려왔지만 버스는 이미 떠나고 난 뒤.

"하아."

인아는 이불 속에서 커다랗게 숨을 내뱉었다. 삶에 치여 단 한 순간도 누군가와의 만남을 꿈꿔 본 적이 없었다. 아니, 부모님이 돌아가시기 전에 동급생인 한 남자아이를 짝사랑한 적은 있었지만 어른이 되고 나서, 누군가를 사귀리라는 것은 상상조차 해보지 않았다.

"사귀는 거구나……."

인아는 가만히 중얼거렸다. 자신을 대하는 혁주의 태도가 좋았고 다정한 그의 배려가 좋았다.

그렇게 이불을 뒤집어쓰고 있자니 지난 두 달 동안 혁주와 했던 시간이 떠올랐다.

넘어질 뻔한 자신을 잡아 줬던 일, 돈가스를 잘라 줬던 일, 모든 것은 갑이 지불하는 거라는 주장을 하던 모습과 계약서에 적혀 있던 깨알 같은 글씨까지.

"풋."

가벼운 웃음과 함께 그녀는 뒤집어썼던 이불을 들췄다. 화사한 빛이 한가득, 그녀의 눈 안을 채우기 시작했다.

"나가야겠다."

오늘, 인아는 할 일이 많았다.

S 매니지먼트와의 계약은 수월하게 진행되었다. 신인 조건으로는 상당히 높은 수준이라며 침 튀기던 담당자의 말에 의하면, C 그룹의 전폭적인 지원이 있기에 가능한 것이라고 했다. 계약 기간은 5년. 체계적인 훈련은 물론이요, 런웨이 기회와 화보 촬영까지 가능하다는 내용이었다. 거기에 활동 영역이 넓어지면 그에 대한 충

분한 뒷받침까지 약속되었다.

네댓 달 동안 배웠던 아카데미를 떠나는 날, 인아는 아무렇지도 않았다. 그녀를 향한 여전한 의혹과 의심의 눈초리는 그녀로 하여금 냉정함을 유지하도록 만들었다. 그녀가 감사해하고 고마워해야 할 존재는 자신을 가르친 선미와 친구인 지현뿐이었다.

"그동안 감사했습니다."

마지막 수업을 마친 후 인아는 선미를 만나 그간의 고마움을 표시했다.

"이제부터 시작인 거야."

역시나 선미는 깐깐했다.

"프로가 되면 더 치열할 거야. 원래 살아남는 게 제일 힘든 거거든."

"네에."

"그래도 내가 가르친 애 중에선 인아, 네가 제일 빠른 성과를 보였어."

말하는 선미의 얼굴에 언뜻 뿌듯함이 엿보였다. 이에 인아가 수줍게 웃어 보였다.

"그렇다고 자만하지는 말고."

선미의 얼굴에 다시 깐깐함이 자리했다.

"인아야."

자신을 향한 부름에 인아는 웃음기를 거두고 선미를 바라봤다.

"너에 대한 소문이 안 좋은 거, 알고 있다."

인아의 얼굴이 딱딱하게 굳어 갔다. 하지만 선미는 아무렇지도 않은 듯 말을 이어 나갔다.

"원래 이 바닥이 그래. 잘나갈 것 같다, 싶으면 어떻게 해서든 깎아내리려고 하지. 꼬투리 하나 잡으면 아주 작은 사소한 거라도 커다란 흠집이 되는 게 이곳이야. 물론 난 널 믿지만 대중은 안 그래. 색안경 끼고 바라볼 거야. 그걸 이겨 내야 하는 게 인아 네가 할 일이야. 사실이 아니라 해도 대중들은 진위 여부 따윈 신경 안 써. 그 소문이 중요한 거야."

인아의 얼굴에 긴장감이 서리기 시작했다.

"모델도 연예인들과 마찬가지야. 인기 먹고 사는 사람들이거든. 평판이 안 좋다거나 이상한 소문이 나면 업체 쪽에서는 상품 이미지와 직결되는 일이라 그 모델을 꺼리게 되기 십상이니까."

선미의 조언에 인아는 열심히 귀를 기울였다.

"지금 떠돌고 있는 소문, 진실이 아닌 거 알고 있어. 하지만 그거, 네 발목을 붙잡을지도 몰라."

날카로운 눈으로 인아를 훑으며 선미는 말을 이어 나갔다.

"앞으로가 더 중요해. 지금까지의 안 좋은 것들은 전부 다 잊어. 새로 시작하는 거니까. 하지만 정말로 지금부터는 조심, 또 조심해야 할 거야. 사소한 것 하나에도 널 지켜보는 눈들이 많아지는 거니까. 네가 한 계단 올라갈수록 널 끌어내리고 싶어 하는 사람들도 분명 늘어날 테니까."

인아는 고개를 끄덕였다. 선미는 손을 뻗어 인아의 손을 꼭 쥐었다.

"넌 잘 해낼 거야. 응원할게."

"고맙습니다."

뭉클했다. 짧은 기간이었지만 스승과 제자로 했던 인연이 고마웠다.

"너 성공하고 나서 나 모른 척하면 안 된다?"

"어떻게 그래요, 제 선생님이신데요."

"말이라도 고맙다."

그렇게 인아는 선미와의 이별을 나누었다.

"다 챙겼어?"

며칠 전부터 락커를 비웠기에 인아가 들고 있는 짐이라곤 작은 가방밖에 없었다.

"응."

지현과 나란히 걸으며 인아는 못내 아쉬운 듯 아카데미 건물을 바라봤다.

"자주 못 만나겠지?"

아무래도 인아는 대형 매니지먼트의 체계적인 수업을 받을 예정이니 만날 시간은 그리 많을 것 같지 않았다. 그것이 지현은 아쉬웠다.

"그래도 연락 자주 할게."

살다 보면 짧은 시간을 만나도 깊은 우정을 나눌, 그런 순간들이 가끔 찾아오는데 지현이 인아에게 그랬다. 친구가 없던 인아에게 지현은 기꺼이 친구가 되어 주었다.

"아, 이제 난 누구랑 밥 먹지?"

투정 부리듯 지현이 툴툴거렸다. 그 말에 인아가 미안한 표정을 지어 보이자 지현이 커다랗게 웃었다.

"아유, 농담이야, 농담! 설마 내가 밥 같이 먹을 사람 없겠어? 뭘 그렇게 정색을 해?"

깔깔거리는 지현의 웃음소리에 인아는 가볍게 그녀를 흘겼다.

"너도 차암."

"그럼 그 미대 오빠야 하고는 어떻게 되는 거야?"

갑자기 지현이 화제를 바꿨다.

"응?"

"매니지먼트 들어가면 지금처럼 생활할 수 없을 거 아냐."

인아는 지현에게 자신과 혁주의 관계가 달라졌음을 말해야 하나, 살짝 고민했다. 하지만 그녀의 고민은 그리 길지 않았다.

"지현아."

"응?"

"있지, 나 고백받았어."

나란히 걷던 지현의 걸음이 멈췄다.

"으응?"

빠아아앙, 커다랗게 들려오는 자동차 경적이 두 사람의 대화 내용을 지워 버렸다.

"뭐라고 했어, 방금?"

지현이 재차 물어 왔다.

"고백받았다고? 그 미대 오빠야한테서?"

"응."

인아는 수줍게 고개를 떨궜다.

"어디 좀 들어가자!"

지현이 인아의 가방을 뺏어 들었다. 그러고는 곧바로 옆의 카페로 들어섰다. 영문을 모른 채 인아는 그 뒤를 따랐다.

"앉아, 앉아, 뭐 마시면서 얘기하자."

서둘러 자리를 잡은 지현은 주문을 받기 위해 다가온 점원에게 멋대로 오렌지 주스 두 잔을 시키고는 인아를 재촉했다.

"자, 다시 말해 봐."

"응?"

"미대 오빠야가 고백했다며?"

"응."

"내 그럴 줄 알았다니까?"

지현이 함박웃음을 머금었다.

"내가 말했잖아, 그 오빠야가 너 좋아하는 눈치라고."

말을 마친 지현은 인아를 가만히 바라봤다.

"너도 좋아하는 눈치였고."

말미에 웃음기가 묻어 나왔다.

"잘됐어, 정말."

그 말이 진심이라는 듯 지현은 인아의 손을 잡아 왔다.

"그 사람, 좀 별나 보이긴 해도 좋은 사람 같더라."

인아는 그녀의 말에 동조하듯 고개를 끄덕였다.

"예쁜 사랑 하고."

인아가 웃었다. 지현은 진심이었다. 자신과 동갑인 인아가 혼자 살고 있노라는 말을 들었을 때, 얼마나 마음이 아팠던지.

"미대 오빠야가 속 썩이면 나한테 연락해. 당장 달려가서 때려 줄게."

이 말 역시 진심이었다. 지현은 인아가 행복하기를, 그녀의 앞날이 밝기만을 바랐다.

"어쨌거나 축하해, 인아야."

지현이 인아의 손을 잡아끌고는 토닥였다.

"스물세 살이면 한창 연애할 때지, 암."

자신도 인아와 동갑이면서 지현은 마치 동생에게 조언하는 언니처럼 말했다.

"남자는 많이 만나 봐야 진짜를 알아볼 수 있는 거랬어."

자신도 기껏해야 두어 번의 연애만을 했을 뿐이지만 지현은 엄청 많은 경험을 한 양 콧대를 세웠다.

"그렇다고 너무 깊이 들어가면 안 돼, 알았지? 그냥 연애 감정을 즐겨. 그게 현명한 거야."

물가에 내놓는 아이 바라보듯 인아를 보며 지현은 머릿속에 혁주를 떠올렸다. 술 취한 인아를 살뜰히 챙기던 모습과 인아를 바라보던 눈빛이 그가 나쁜 사람이 아니었음을 보여 주었다.

"미대 오빠야랑 좀 친해지면 나중에 나랑 술 마실 자리 좀 만들어.

술을 먹여 봐야 어떤 사람인지 확실히 알지."

지현은 인아에게 든든한 친구가 되어 주고 싶었다.

"알았어."

지현의 그런 마음이 고스란히 느껴진 인아가 해사하게 웃었다.

"주문하신 음료 나왔습니다."

마침 나온 주스를 벌컥벌컥 마신 지현이 하아, 하고 숨을 토해 냈다.

"그런데 미대 오빠야를 뭐라고 불러?"

"응?"

"전에 보니까 씨자 붙이던데. 그럼 지금은 오빠라고 해?"

궁금해하는 지현을 보며 인아는 그저 눈만 깜빡였다.

"아니?"

"아냐?"

"그냥, 혁주 씨라 부르는데……?"

"얘가!"

이번엔 지현이 외려 눈을 동그랗게 떴다.

"사귀는 사이라면서 혁주 씨가 뭐니, 혁주 씨가?"

"그, 그럼……?"

"오빠라고 불러야지!"

차마 그 단어가 입에 붙지 않아서 인아는 그저 입만 벙끗거렸다.

"남자들, 오빠 소리에 껌뻑 죽는다, 너?"

"그, 그러니?"

"오죽하면 동갑이어도 오빠 소리 듣고 싶어 하고 연하남도 연상인 여자 친구에게서 오빠 소리 듣고 싶어 할까!"

지현은 이 연애 초짜인 인아가 불안했다.

"혁주 씨라고 하면 너무 딱딱해 보이잖아. 연인 같지가 않아요."

"그, 그러니?"

호칭을 딱히 생각해 보지 않았던 인아는 어쩐지 수긍이 되지 않았지만 고개를 끄덕이긴 했다.

"오빠, 해줘 봐. 엄청 좋아할걸?"

쪼록.

인아는 대답 대신 빨대로 주스를 빨아 마셨다.

"그리고."

지현이 인아의 얼굴을 샅샅이 살폈다.

"응?"

"화장도 좀 해."

"……화장한 건데?"

"이게 무슨 화장이니, 기초만 잠깐 바른 거지. 거기다 수업 마치고 샤워 후에는 그냥 민낯에 가깝잖아?"

"아니, 그림 모델은 화장을 진하게 하는 거 아니랬어."

"그래?"

지현은 심각한 얼굴로 팔짱을 꼈다.

"그래도 화장을 좀 해야 하지 않아? 이제 연인이고 연인이 되었으면 데이트도 하고 그래야 하는데."

인아는 다시 주스를 빨대로 마셨다.

"뭐, 약간만 해보자. 연인에게 예쁘게 보이는 것도 예의다, 너?"

달리 반박할 말이 없던 인아는 그저 웃어 보였다. 카페를 나와 버스정류장으로 향하던 두 사람의 걸음이 멈춘 곳은 작은 화장품 가게였다. 이번에도 지현이 먼저 앞장서서 가게 안으로 들어섰다.

"자, 이거 예쁘다."

빨간색 틴트를 인아의 눈앞에서 흔들며 지현이 확고한 시선을 보냈다.

"발라 봐, 잘 어울릴 거야."

인아는 순순히 그것을 받아 들고는 입술에 발랐다.

"오, 역시 잘 어울려, 잘 어울려."

붉은색으로 반짝반짝 빛나는 인아의 입술을 보며 지현은 흡족한 표정을 지었다.

"데이트할 때 그거 발라, 응?"

"데이트는 무슨……."

인아의 뺨 위로 입술 색과 같은 분홍색 노을이 드리워졌다.

"응, 앞으로 미대 오빠야 만나는 건 다 데이트야, 알았지?"

지현이 인아의 어깨를 토닥였다.

지현과 식사를 하고 나서 헤어진 후 집 앞에 다다른 인아는 낯선 인영에 걸음을 늦췄다. 거리가 가까워질수록 낯선 그림자는 낯설지 않았다. 익숙했다.

"인아 씨."

낮고 부드러운 목소리가 밤공기를 타고 그녀에게로 다가왔다.

"어, 혁주 씨?"

생각지도 않은 그의 등장에 인아는 놀란 표정을 드리웠다.

"연락하지 않고서요."

괜히 투정을 부려 보는 인아. 기왕이면 예쁜 모습을 보여 주고 싶었는데 이렇게 찾아오다니 조금 원망스럽기까지 했다.

"그냥, 인아 씨를 기다리고 싶었습니다."

애정 어린 말투에 그녀는 눈을 들어 그를 바라봤다. 확실히 그에게서 진실된 감정이 느껴졌다.

"오늘 계약한다고 하셨는데 잘 했습니까?"

언뜻 오늘 S 매니지먼트와 계약한다는 말을 한 적이 있었지만 그것을 혁주가 기억하고 있을 줄은 몰랐기에 인아는 새삼스런 얼굴이 되었다.

"네, 잘 했어요."

"잘됐군요."

말을 마친 혁주가 가만히 인아를 내려다봤다.

"얼굴 봤으니 됐습니다. 조심히 들어가세요."

"……가시게요?"

그녀가 다시 놀라 물었다. 얼굴을 보긴 얼마나 봤다고 벌써 가겠다는 말을 하는 것인가. 혁주가 인아의 얼굴을 물끄러미 바라봤다.

"실은."

천천히, 그의 입이 열렸다.

"일하는 중이거든요. 아무래도 시간이 나지 않을 것 같아 짬을 내어 왔습니다."

"무슨 일 하시는데요?"

의외였다. 그림 그리는 걸 취미로 하는 잘 사는 집 아들이 무슨 일을 하는지, 또 왜 하는지.

"애들 모아서 과외를 하고 있습니다. 그래도 성인인데 밥값은 벌어야죠."

뜻밖의 말에 호감이 확 들었다.

"아…… 그럼 지금 과외하다 오신 거예요?"

"예, 그래서 가 봐야 합니다."

그렇게까지 말하는 데에 더 이상 잡을 이유가 떠오르지 않았다.

"내일 봐요, 우리."

"시간 괜찮으면 일찍 볼래요?"

저도 모르게 인아는 자신의 속내를 내비쳤다. 그러고 나선 저도 모르게 헉, 하는 작은 소리를 내 버리고 말았다. 혁주는 그런 인아를 가만히 바라보다 물었다.

"인아 씨는 시간 괜찮아요?"

"저야 오늘로 아카데미는 끝났고요, 계약서대로라면 열흘 정도 시간이 있어요."

"그럼 내일 오전에 뵙죠."

"네에."

혁주는 지금 과외를 하던 중이었다. 원래대로라면 주말에 해야 하는 수업이었는데 가족 여행 때문에 주중으로 시간을 미룬 학생 때문에 인아와의 약속을 지키지 못했던 것.

마침 과외 받는 학생의 집이 인아의 집과 가까운 곳이었던지라 휴식 시간 동안 차를 달려 인아를 잠시 보러 온 것이었다.

"들어가요."

말은 그렇게 했지만 혁주의 눈은 이글이글 타오르는 눈으로 그녀를 잡고 있었다. 가지 말라 애원하는 그 눈빛에 인아는 망설였다.

시선이 얽히며 서로를 끌어당겼다. 두 사람 모두 서로에게서 시선을 떼지 못했다. 혁주는 이러다 끝도 없이 인아를 바라보기만 할 것 같았다. 아니, 그러고 싶었다. 과외고 뭐고 그냥 그녀만 밤새도록 바라보고 싶고 같이 있고 싶었다.

하지만 그는 현실을 잘 인식했다. 무엇보다 과외는 그의 생계와 직결되는 문제였기에 흔들릴 수 없었다. 혁주가 가만히 그녀에게 손을 내밀었다. 잠자코 커다란 손바닥을 바라보던 인아가 그의 손에 제 손을 올렸다. 혁주는 작은 손을 감싸 쥐었다.

"정말 들어가요."

손을 이렇게 꽉 잡으면서 들어가라고 하니, 인아는 웃음이 났다. 그 이후에도 한참 동안 손을 만지작거리던 혁주가 아쉬운 기색을 여과 없이 드러내며 그녀의 손을 놓아줬다.

"내일 봐요."

"네."

일하던 중에 왔다고 하니 얼른 보내야 할 것 같았다. 인아는 떨어지지 않는 걸음을 재촉했다. 집 앞까지 다다른 인아는 뒤로 돌아 그에게 손을 흔들어 보였다.

"아아, 진짜."

인아의 손 인사에 혁주도 손을 들어 보이며 중얼거렸다.

"들여보내기 싫다."

항상 꿈꾸던 순간이었다. 처음 봤을 때부터 마음 깊이 담아 왔던 소녀, 소리 없이 사라져 문득문득 궁금했던 소녀, 갑자기 여인이 되어 돌아와 다시 설레게 만든 소녀.

끼이익, 철컹.

철문이 소리를 내며 닫혔다.

또각, 또각.

옥상으로 향하는 인아의 구둣발소리가 들려왔다. 혁주는 눈으로 그녀를 쫓았다. 그녀가 안전하게 집 안까지 들어가는지 보기 위함이었다.

힐끔.

옥상에 올라선 인아가 그를 내려다보는 모습이 보였다. 혁주는 그녀에게 손을 흔들어 보이고는 뒤돌았다. 아무래도 끝이 날 것 같지 않아서였다.

"큰일이군."

골목길을 걸어 나오며 혁주는 중얼거렸다.

"또 보고 싶다."

뒤돌아보고 싶었다. 다시 인아의 집 앞으로 가서 그녀를 보고 싶었다. 그러다 문득 그는 자신이 집착하는 스타일인가, 하는 의구심을 떠올렸다.

"설마."

가볍게 그 생각을 부정하며 혁주는 주차해 놓은 차에 올랐다.

* * *

"아휴."

인아는 거울 속 자신의 얼굴을 들여다보며 속상해했다.

"왜 안 예쁘지?"

어제 지현과 함께 골랐을 때만 해도 색감이 예뻤는데 오늘 보니 잘 안 어울리는 것 같았다. 그녀는 반짝반짝, 붉은색으로 빛나는 입술을 노려봤다.

"괜찮나?"

별로 자신은 없었다. 어제는 그렇게 예뻐 보였는데 오늘은 왜 이러는지 알 수 없었다.

"조명 탓인가?"

인아는 괜히 집의 형광등을 탓했다. 어제 발라본 틴트는 화사한 빨간색이었는데 지금은 약간 어둡게 느껴졌다.

"……눈 화장을 해서 그런가? 아님, 볼터치?"

오늘, 인아는 화장을 했다. 혁주와의 첫 데이트라는 설렘에 예쁜 모습을 보이고 싶다는 의지가 불끈 솟아올라 아침 일찍부터 부산을 떨고 있는 중이었다.

"뭐, 어쩔 수 없지."

화장을 다시 고칠 시간적 여유가 없었다. 일찍 일어나긴 했어도 화장하느라 시간을 다 보낸 탓이었다. 인아는 마지막으로 옷차림을 꼼꼼히 살핀 뒤 집을 나섰다. 아직까지는 추웠지만 그래도 화창한 날씨였다. 하늘거리는 블라우스가 참으로 잘 어울리는 날이었다.

가벼운 옷차림과 그에 맞는 발걸음으로 약속 장소인 분홍카페에 도착한 인아는 조금 흥분해 있었다. 어제야 밤늦게, 그것도 잠깐 혁주의 얼굴을 본 것이지만 오늘은 제대로 된 만남이 아닌가. 바로 연인이 되고 맞이하는 첫날. 그 사실이 인아를 들뜨게 만들었다.

딸랑.

카페 문을 열자 달콤한 향이 물씬 풍겨 왔다.

"어서 와요, 인아 씨. 혁주 녀석 와 있어요."

자신을 맞이하는 윤수에게 눈웃음을 보낸 후 인아는 습관처럼 2층으로 향했다. 한 걸음, 한 걸음 계단을 밟을 때마다 떨려 왔다. 드디어 2층에 다다른 그녀는 항상 앉았던 자리로 시선을 돌렸다.

'아!'

익숙한 뒷모습이 눈 속으로 파고들었다. 인아는 천천히 심호흡을 했다. 그리고 그를 향해 다시 한 걸음, 한 걸음 나아갔다.

"일찍 오셨네요?"

목소리가 떨리지 않기를 바라며 혁주에게 인사를 건넸다.

"아, 인아 씨."

그의 시선이 인아에게 닿은 순간, 그녀는 긴장했다. 흠흠, 괜히 헛기침을 하며 혁주의 맞은편에 앉은 그녀는 괜히 목에 힘을 주고 얼굴이 잘 보이도록 햇볕이 흘러들어오는 창가 쪽에 앉았다. 눈부신 듯, 혁주가 눈을 깜빡였다.

인아는 앞에 놓인 물을 마시며 슬쩍, 그의 얼굴을 살폈다. 서서히, 그의 얼굴에 감탄의 빛이 떠올랐다.

"예쁩니다."

그녀는 좋아해야 할지, 화를 내야 할지 모호한 기분이 들었다.

'그럼 평상시에는 안 예뻤단 말인가?'

그림 모델 한다고 화장을 옅게 한 게 괜히 후회됐다. 그와 동시에 화장한 얼굴과 얼마나 달라 보이기에 이런 반응을 보이나, 하는 생각까지 들었다. 괜히 샐쭉해진 인아는 눈을 내리깐 채 물만 마셨다.

"평소에도 예뻤는데."

혁주의 목소리가 들려왔다.

"오늘은 유달리 더 예쁘네요."

꿀꺽.

물 넘어가는 소리가 크게 나서 그녀는 살짝 얼굴을 붉혔다.

"나랑 사귀어서 그런가?"

들고 있던 물 잔이 얼음물 잔이 되어 버렸다. 인아는 잠시 잠깐 넋이라도 나간 것 같은 얼굴을 했다. 방금 전 자신이 들은 말이 진짜인지 감이 오지 않았다. 슬쩍, 혁주를 보니 그의 표정은 담담해서 잘못 들은 게 아닌가 싶었다.

"인아 씨는."

다시 혁주가 입을 열었다.

"항상 예뻐요. 그런데 오늘은 조금 더 예쁘네요."

붉어졌던 그녀의 얼굴이 더더욱 빨개졌다. 혹시라도 화장한 모습을 알아주지 않으면 어쩌나 고심했는데 이렇게 말해 주니 고맙기도 하고 쑥스럽기도 했다. 그래서 계속 물만 마셨다.

혁주는 혁주 나름대로 인아가 귀여웠다. 첫 데이트라고 신경 쓰고 나온 티가 팍팍 났다. 그래서 고맙고 귀엽게 느껴졌다.

"뭐 마실래요?"

계속 물만 마시던 그녀는 그의 물음에 물 잔을 입에서 떼어 냈다.

"아, 녹차요."

"따뜻한 거요?"

"네."

때마침 올라온 윤수에게 녹차 두 잔을 시킨 혁주는 다시 두 사람만 남게 되자 슬쩍 옆에 놓아두었던 쇼핑백을 탁자 위로 올려놓고는 인아 쪽으로 밀었다.

"이게 뭐예요?"

"선물입니다."

"선물이요?"

생각지도 못한 일에 인아의 눈이 동그래졌다. 혁주는 그런 그녀의 표정이 앙증맞다고 생각했다.

"계약 성공 선물이기도 하고 또."

그가 빙긋, 웃었다.

"좋은 봄날이잖아요."

인아는 눈을 굴리다 손을 뻗어 쇼핑백을 열었다. 선물 받으면 그자리에서 풀어 보고 기쁨을 표현하는 것이 예의라고 배워 왔기 때문이었다.

"어머!"

놀란 탄성이 그녀의 입에서 새어 나왔다.

"원피스네요?"

인아는 원피스를 손으로 쓸었다. 부드러운 감촉이 기분 좋았다.

"저 주시는 거예요?"

"네."

뭐라 말 할 수 없는 기분이 들었다. 사귀게 된 지 얼마나 되었다고 옷을 선물하는 건지, 도통 인아의 상식으로는 이해가 되지 않았지만 그녀는 기쁜 빛을 얼굴에 드리웠다.

"예쁘네요."

확실히 원피스는 모양이나 색감이 인아의 마음에 꼭 들었다. 원피스를 매만지던 인아의 손이 쇼핑백을 스쳤다.

"어?"

쇼핑백은 여전히 묵직했기에 인아는 다시 쇼핑백 안을 들여다봤다.

"또 뭐가 있네요?"

때마침 윤수가 아이스 녹차를 내왔기에 인아는 잠시 원피스와 쇼핑백을 자신의 옆자리로 내려놓았다. 분홍색 티셔츠를 나풀거리며 윤수가 아래층으로 내려가고 난 후, 그녀는 다시 쇼핑백 안에 손을 집어넣었다. 그녀의 손에 들려 나온 것은 묵직한 상자.

"열어 보세요."

그의 말에 인아는 상자 뚜껑을 열었다.

"……아!"

연노랑 원피스와 색을 맞춘 샛노란 구두였다. 그것을 본 인아는 난감한 표정이 되었다. 옷도 그렇고 구두도 그렇고 치수가 맞지 않으면 곤란한 선물인 탓이었다. 청바지와 티셔츠 같은 편한 옷은 웬만큼 비슷한 치수면 입을 수 있는 옷들이었지만 원피스와 구두는 달랐다.

'어쩌면 이 남자, 센스 없는 편인지도 몰라.'

하지만 티를 낼 수는 없었다. 혹시라도 혁주가 민망해할까 봐 인아는 활짝 웃어 보였다.

"정말 멋지네요."

좋아하는 기색이 역력한 인아를 보며 혁주 역시도 흐뭇한 미소를 보냈다.

집으로 돌아온 인아는 혁주가 선물한 원피스를 살폈다.

'이상하다?'

카페에서 원피스를 받았을 때 뭔가 이상한 기시감이 느껴졌는데, 원피스를 완전히 펼쳐 놓으니 분명 본 적 있는 옷이었다. 고개를 갸웃거리던 인아가 옷을 입기 시작했다.

"어머."

마치 맞춘 것처럼 잘 맞았다. 인아는 구두도 신어 보고는 또다시 놀랐다.

"어떻게 내 사이즈를 이렇게 정확하게 안 거지?"

미심쩍은 기분이 든 인아는 괜히 쇼핑백을 톡, 차 보았다. 혹시 강혁주라는 남자가 이상한 남자는 아닌가 싶어 기분이 이상했다.

툭.

인아의 가벼운 발길질에 쇼핑백이 무겁게 쓰러졌다.

"응?"

쇼핑백 안을 살핀 인아는 작은 상자 하나를 끄집어냈다.

"이건 또 뭐야?"

딸깍.

상자를 여니 새파란 보석이 촘촘히 박힌 목걸이가 모습을 드러냈다.

"와, 이 남자……."

센스는 있는 것 같은데 어쩐지 무서웠다. 인아는 거울 속 자신을 보며 목걸이를 목으로 가져갔다. 거울 속 연노랑 원피스와 목걸이를 매치한 순간, 인아의 뇌리에 어떤 생각이 번개처럼 떠올랐다.

"아!"

바로 몇 개월 전, 백화점 마네킹 모델 하면서 입었던 바로 그 원피스였다.

"이거!"

그와 동시에 혁주의 얼굴이 떠올랐다.

"악!"

외마디 비명이 튀어나왔다.

'그 남자야, 이 원피스를 세팅된 채로 사 갔던!'

어떻게 까맣게 몰랐을 수가 있을까.

"왜 기억을 못 했지?"

그건 그녀의 성향이었다. 다른 사람의 시선을 즐기던 그녀가 세상에 홀로 남겨진 후, 달라붙는 온갖 나쁜 시선들에 그녀 역시도 다른 사람을 쳐다보지 않는 버릇을 가지게 되었던 것.

"……어떻게 된 거지?"

분명 그때, 그 옷을 사간 남자는 여자 친구의 선물이라고 했다.

잠자리에 들었어도 인아는 온통 혁주에 대한 생각뿐이었다. 옷을 통째로 사가고, 마네킹 모델 자리를 잃고, 혁주를 만나고, 또 최근에 있었던 김 순경의 일까지.

뭔가 관련이 있어 보였다.

한편, 혁주는 집으로 돌아와 자신이 선물한 원피스를 입은 인아를 상상하며 즐거워하고 있었다.

"날 기억할까?"

사실 혁주는 사람들에게 잘 기억되는 사람 중의 한 명이었다. 그래서 인아가 좀처럼 자신을 기억 못 한 것이 못내 아쉽긴 했다. 오래전, 학생이었을 때야 잘 몰랐다 쳐도 몇 달 전 백화점 매장에서 입고 있던 옷 그대로 산 자신을 기억 못 한다는 사실이 조금 서운했다.

"그나저나."

쭈욱, 혁주가 소파 위에 길게 앉아 몸을 폈다.

"첫 데이트라고 그렇게 신경 쓰다니."

예뻐 죽는 줄 알았다. 햇살 속에 앉아 있던 인아는 말 그대로 여신. 여신이었다.

"그런데."

깍지 낀 손을 목 뒤로 가져가며 혁주가 중얼거렸다.

"이제 오빠라고 불러도 되지 않나?"

혁주는 인아가 자신을 향해 오빠라고 부르는 상상을 해봤다.

"어후."

생각만으로도 귀여워서 혁주는 눈을 질끈 감았다.

13. 차곡차곡

혁주는 앞에 얌전히 놓인 쇼핑백에 시선을 줬다. 그리고 인아를
바라봤다.

"나, 이 옷 알아요."

그녀는 심각한 얼굴로 입을 열었다.

"이거, 2월 달에 제가 마네킹 모델로 일하던 백화점 매장에서 입
고 있던 옷이에요."

인아의 목소리에는 확신이 담겨 있었다.

"그때, 내가 입고 있던 원피스랑 액세서리를 한꺼번에 구입한 사
람이 혁주 씨 맞죠?"

혁주는 긍정의 뜻으로 물 한 모금 마셨다. 그 모습을 바라보는 인아의 심정이 복잡해졌다. 어제, 이 사실을 알고 얼마나 심란했던지 잠을 한숨도 이루지 못했다.

"그러니까 그림 모델로 만나기 전에, 우리가 본 적이 있는 거죠?"

사실이라 혁주는 고개를 끄덕이며 다시 물 잔을 쥐었다. 부정하지 않는 그를 보며 인아는 아랫입술을 깨물었다.

"날."

그녀의 목소리가 무겁게 울렸다.

"스토킹한 건가요?"

"풉!"

인아의 질문에 혁주는 기어이 마시던 물을 내뿜고야 말았다. 그녀는 침착하게 그에게 냅킨을 내밀었다. 그리고 그의 답을 기다렸다.

"그런 결론이 도출된 겁니까?"

입 주변에 묻은 물 자국과 탁자 위에 번진 것들을 닦아 내며 혁주가 조용히 물어 왔다.

"네."

"흠."

혁주가 인아의 눈을 똑바로 응시했다. 그녀 역시 피하지 않고 맞섰다.

"처음 본 순간부터 반했다고 고백하지 않았습니까."

그 역시 사실이므로 혁주는 당당했다.

"그럼."

인아는 밤새 고민한 주제를 입에 올렸다.

"마네킹 모델을 그만두게 한 게 혁주 씨인가요?"

혁주는 입을 딱, 벌렸다.

"그럴 리가요."

그의 입에서 나온 첫 번째 부정.

"그럼 어떻게 해서 제가 혁주 씨 그림 모델 후보자가 될 수 있었던 거죠?"

어떤 이유로든 자신을 알게 된 혁주가 스토킹하며 지켜보다가 백화점 모델 아르바이트를 그만두게 하고 자신의 모델로 삼아 버린 게 아닌가, 하는 것이 인아의 생각이었다. 의심이 잔뜩 묻은 그 질문에 혁주는 여유로운 미소를 보냈다.

"타이밍인 거죠."

"……타이밍이요?"

"제가 매장의 인아 씨 모습을 보고 반한 건 사실인데, 인아 씨를 제 모델로 삼기 위해 백화점 일을 그만두게 할 능력까지는 없습니다."

그러고 보니 그 당시, 수정이 말했던 마네킹 모델을 그만두게 하라는 백화점의 공문이 온 날이 바로 혁주가 옷을 고스란히 사 간 날임이 떠올랐다. 아무리 수를 쓴다 해도 백화점 측에서는 회의를 한다든가 회사 방침에 따른 절차를 무시하지는 못할 터였다.

"그럼 어떻게 제가 혁주 씨 모델 지원자가 된 거죠?"

"아는 분이 백화점에서 근무하시는데 제가 부탁했습니다. 우연히 백화점에 들렀다가 마네킹 모델 하는 인아 씨를 보고 반해서 그림 그리고 싶다고 말이죠."

인아는 잠시 생각에 잠겼다.

"그럼 제가 모델로 이미 내정됐었다는 말이로군요?"

혁주는 고개를 끄덕였다.

"예."

그녀가 살짝 얼굴을 찌푸렸다.

"분명 그때 옷을 사 가실 때 여자 친구 선물용이라고 한 것 같은데."

그녀의 눈 속에 힐책이 담겼다.

"여자 친구분과는 헤어지신 건가요?"

"아아."

혁주는 당황하지 않았다.

"인아 씨를 만나기 전까지 여자 친구 없었습니다."

다시 인아의 눈살이 찌푸려졌다. 그의 말이 믿어지지 않는 까닭이었다.

"그때 그런 말을 한 건, 옷을 사려고 의미 없이 한 말이었습니다."

"왜 옷을 사려고 한 건데요?"

혁주가 인아를 물끄러미 바라봤다.

'인아가, 내가 알던 인아인지 확인하려고.'

하지만 그녀가 지난 과거를 들추는 것을 원치 않는다는 사실을 알고 있었기에 혁주는 곧이곧대로 말하지 않았다.

"인아 씨가 사람인지 아닌지 확인하기 위해서요."

가벼운 그 답에 인아는 어안이 벙벙한 표정을 지었다.

"……그걸 믿으라고요?"

"예."

혁주는 천연덕스럽게 말을 이어나갔다.

"사람이 마네킹 하는 걸 처음 봐서 정말 사람인지 궁금했습니다."

"그래서 입고 있던 옷 그대로 사신 거라고요?"

"뭐."

그가 어깨를 으쓱였다.

"세팅된 그대로가 멋지더라고요."

잠시 두 사람 사이에 침묵이 오갔다. 그러다 문득 인아는 커다란 분홍 곰이 자신들을 하염없이 바라보고 있는 모습을 봤다. 그녀의 시선에 분홍 곰이 움직였다.

"아아."

굵직한 한숨 같은 것이 윤수의 입에서 흘러나왔다.

"커피가 좀 미지근해졌어요."

두 사람의 진지한 분위기에 선뜻 다가오지 못하고 쟁반을 든 채 서성거렸던 윤수가 잠시 소강상태에 들어선 두 사람 사이로 끼어들었다.

"괜찮아요?"

순전히 두 사람이 걱정된다는 말투였다.

"네, 별일 아니에요."

"응, 괜찮아, 형."

두 사람의 긍정적인 답을 듣긴 했어도 윤수는 차마 발이 떨어지지 않는 듯 떨떠름한 표정을 했다.

"정말 괜찮아."

혁주가 너털웃음을 터뜨리며 말했다. 하지만 윤수의 얼굴은 좀처럼 펴지지 않았다. 그렇다고 계속 두 사람을 지켜볼 수는 없는 일.

"그래, 그럼."

윤수는 인아에게 눈도장을 한 번 더 찍은 후 1층으로 향했다.

"아니, 사귄 지 얼마나 됐다고 저렇게 싸우는 거야?"

윤수가 걱정스럽게 중얼거리며 휴대전화를 만지작거렸다. 이윽고 그의 화면에 일전에 찍은 사진이 떠올랐다.

"저러다 영영 사진 못 거는 거 아냐?"

하루라도 빨리 액자로 만들어서 카페에 걸고 싶었다.

"물어봐야 하는데 자꾸 어긋나네."

사실, 허락 없이 사진을 찍는다는 건 범죄였다. 인아가 너무 예뻐서, 혁주와 함께 있는 그림이 너무 예뻐서 찍긴 했지만 사용할 수 있을지는 미지수.

"타이밍이 안 맞아, 타이밍이."

사진을 카페에 걸어도 되는지 물어야 하는데 영 짬이 나질 않았다. 투덜거리던 윤수는 곧바로 들이닥친 손님을 맞이하느라 잠시 두 사람을 잊었다.

"궁금해서 그러는 건데요."

다시 조용해진 2층에서는 인아와 혁주의 대화가 제2라운드를 맞이했다.

"미대생이 아니라는 건 알겠는데 정확히 전공이 뭐예요?"

사실 별 관심이 없었다. 인아 자신이 대학을 경험한 것이 아니라서 그에 대한 이야기를 하는 것이 어려운 탓도 있었다.

"한국대 경제학과 4학년에 재학 중입니다."

"군대는 다녀오신 거죠?"

"그럼요."

인아는 잠시 그의 나이를 계산해 봤다. 제 나이에 학교에 입학하고 군대 다녀온 후 복학했다면 대략 스물다섯이 4학년. 하지만 그의 나이 스물일곱.

'재수, 아니, 삼수? 아니면 휴학?'

궁금했지만 더 이상 묻고 싶지는 않았다.

"이런 거 묻는다고 이상하게 생각하지 말아 주세요."

"그럼요."

"형제는 있으세요?"

"형이 한 명 계십니다."

'형하고 나이 차가 많이 나나?'

형에게 높임말을 쓰는 그의 모습에 인아는 그렇게 짐작했다.

"저어, 부모님은요?"

"어머님은 돌아가셨고 아버님은 생전에 계십니다."

"아, 미안해요."

"괜찮습니다."

어차피 인아의 인적 사항을 혁주는 알고 있지 않은가. 같은 선상에서 시작하려면 이렇게 자신에 대한 것을 인아가 아는 것이 옳다고 생각했다.

"더 알고 싶은 것 있어요?"

"앞으로 화가가 되실 생각인 거죠?"

"예, 그렇습니다."

인아는 고개를 끄덕였다. 사실 지난밤, 민성에 대한 생각도 그녀의 불면증에 한 몫을 했다. 아무리 생각해도 잘 지내던 지구대원이 갑자기 지방으로 발령 났다는 것이 이상했다. 그의 상사도 그런 적이 단 한 번도 없다고 하지 않았던가. 분명 자신에게 이상한 시비를 걸고 난 이후라서 그런 생각이 더 드는 것인지도 몰랐다.

그 배후에 혁주가 있다는 확신이 들긴 했어도 그건 순전히 심증일 뿐이었다. 차마 입이 떨어지지 않았다. 혹시라도 '예, 제가 한 일입니다'라고 혁주가 대답할까 봐 무서웠다. 얼마나 엄청난 일이란 말인가. 그의 옷차림이나 자동차, 신발 등등은 확실히 고급스러웠다. 인아가 아무리 명품과 담을 쌓고 살아왔어도 그것을 알아보는 눈은 있었다. 부모님이 돌아가시기 전까지 그녀도 부유했으니까.

그렇다고 혁주가 자신의 부를 자랑한다거나 잘난 척하는 사람도 아니었다. 그래서 더 무서웠다. 한 사람의 직장을 바꿀 정도의 집안 사람이라면 어떻게 감당할 것인가. 갑자기 입을 다문 인아를 혁주가 건너다 봤다.

"더 물어볼 것 없어요?"

"아."

인아는 자신의 생각이 얼굴에 드러났을까 봐 얼른 자세를 바꿨다.

"좋아하는 색은요?"

질문의 색깔이 바뀌었다. 혁주는 잠시 인아를 보다가 답했다.

"짙은 계열을 좋아합니다. 검정색이나 짙은 회색, 짙은 남색 같은."

"아아, 그러시구나."

더 이상 묻고 싶은 것이 없어진 데다 어젯밤에 든 의문도 어느 정도 해소가 되어서 인아는 생긋, 웃었다.

"그럼 이제 제가 스토커라는 의심은 없어진 겁니까?"

혁주는 확인하고 싶었다.

"네, 제가 오해했어요. 미안해요. 하지만 정말 그런 줄 알았다고요."

"오해할 수도 있지요. 타이밍이 정말 딱딱 맞아떨어졌으니."

이번엔 그가 빙긋, 웃었다. 인아의 의심이 여기서 멈춰서 다행이라는 생각이 들었다. 그는 인아에게 자신이 C 그룹 사람이라는 사실과 학창 시절에 대한 이야기를 하고 싶지 않았다. 아직은.

"마시죠?"

대화 나누느라 따뜻했던 커피가 이미 차게 식어 있었다. 두 사람은 각자의 커피 잔을 들고 마시기 시작했다.

'어?'

1층에서 열심히 서빙 하던 윤수가 다정하게 내려오는 인아와 혁주를 보고는 눈을 휘둥그레 떴다.

"가는 거야?"

"네."

"응."

표정을 보아하니 아까보다는 한결 좋아 보여 마음이 놓였다.

"아, 저기, 저기."

계산을 마치고 막 카페를 빠져나가려는 두 사람을 윤수가 잡았다.

"왜?"

"부탁할 게 있어."

"뭘?"

"아, 잠깐만 기다려 봐."

윤수가 허둥지둥 앞치마 주머니에서 휴대전화를 꺼내 들었다. 그리고 빠르게 손을 놀려 사진을 불러냈다.

"이것 좀 봐 줄래?"

"뭔데 그래?"

휴대전화 속 사진을 본 혁주의 눈이 커졌다.

"어머!"

옆에서 사진을 보던 인아의 입에서 놀란 소리가 튀어나왔다.

"이거, 형이 찍은 거야?"

휴대전화 속 사진에는 언젠가 카페에서 인아가 졸고 있는 모습과 그것을 스케치하고 있는 혁주가 담겨 있었다.

"이걸 왜 찍었어?"

"인아 씨는 조는 모습도 예뻐요."

혹시라도 그녀가 싫은 티를 낼까 싶어 윤수가 선수 쳤다.

"너무 예뻐서 이거, 액자로 뽑아서 카페에 걸어 두려고요. 아, 물론 허락해 주신다면요."

"이건 초상권 침해야, 어쩌려고 그래?"

혁주가 음산하게 물었다. 그의 목소리에 윤수의 커다란 덩치가 움찔거렸다.

"인아 씨가 모델인데 어떻게 말도 없이 사진을 막 찍어? 게다가 그 사진을 인화해서 걸어 두겠다고?"

불같이 화내는 모습에 윤수는 풀이 죽어 버렸다. 인아에게 그 모습은 마치 대형견이 주인에게 혼나서 귀와 꼬리를 축 늘어뜨리는 모습으로 보여 괜히 안쓰럽게 느껴졌다.

"왜요."

그녀가 나섰다.

"예쁜데요, 뭐."

그 말도 틀린 것은 아니었다. 어떻게 찍었는지, 빛의 조절도 기막혔고 구도 또한 적정했다. 살포시 눈을 감은 인아의 뒤로 빛이 분산되어서 마치 빛 속에 앉아 있는 것 같았다. 거기다 혁주의 옆얼굴이 선명하게 드러나 있어서 흔히들 말하는 선남선녀의 모습을 갖추고 있었다.

"그렇죠, 그렇죠?"

언제 풀 죽었냐는 듯 윤수가 신이 나 말했다.

"캬, 내가 찍었지만 정말 멋지더라고요. 사진을 보는 순간 그냥 딱! 아, 이거다, 이 사진이 우리 카페를 장식해야 된다!"

양손을 불끈 쥐고 부르르 떨며 윤수가 강력 어필을 시작했다.

"인아 씨, 혁주야, 이 사진 걸게 해줘요, 해주라."

"안 돼."

단박에 혁주의 반대가 날아들었다.

"아, 왜에?"

분홍 곰이 불퉁거렸다.

"초상권 침해라니까."

"인아 씨는 좋아하잖아."

그 말에 혁주가 인아를 돌아봤다.

"괜찮습니까?"

"네?"

"인아 씨 얼굴을 이렇게, 함부로, 막 카페 벽면에 붙여도 괜찮겠느냐 이 말입니다."

"야이, 넌 무슨 말을 그렇게 하냐? 함부로라니, 막이라니?"

윤수는 냉철한 혁주가 야속했다. 누가 봐도 선남선녀의 잘 나온 사진이 아니던가. 빈말이라도 사진 잘 찍었다는 말이라도 하지 않고 대놓고 타박하니 서운했다.

"물론 내가 허락 없이 사진 찍은 건 잘못한 건데, 그건 아는데, 너무 예쁘잖아."

억울했는지 윤수의 목소리에 물기마저 돌았다. 이에 혁주는 더욱

더 화난 얼굴을 했다.

"아는 사람이 이래?"

"잠깐만요."

두 남자의 분위기가 이상해질 기미가 보이자 인아가 나섰다.

"전 좋아요."

휙, 휙.

서로를 노려보던 두 남자의 목이 휙휙 돌아 그녀에게 향했다.

"예?"

"그렇죠?"

혁주는 당황한 기색을, 윤수는 반색을 표했다.

"이렇게 사람 많은 곳에 인아 씨 얼굴이 드러나도 괜찮다, 이겁
니까?"

조금 전, 윤수에게 했던 말과 의미는 같았지만 말투는 사뭇 달랐
다. 윤수에게는 힐난조였지만 인아에게는 걱정 가득한 말이었다.

"네."

인아는 사진에서 눈을 떼지 못했다.

"정말 잘 나왔잖아요. 혹시 저한테도 보내 주실 수 있어요?"

인아는 사진이 정말로 마음에 들었다. 어제, 잠이 들기 전까지만
해도 혁주가 스토커가 아닐까 하는 의심을 했어도 아니길 바라는
마음이 더 컸던 것이 사실이었다.

그래서 혁주가 당당하게 스토커가 아님을 밝히고 또 여러 가지
의문을 풀어 줬기에 얼마나 마음이 놓였는지 모른다. 하지만 미안

하기도 했다. 이제 막 연인이 되었는데 의심부터 했다는 것에 대한 자책이 들었다.

"아, 그럼요, 메신저로 보낼게요."

"네, 그래 주세요."

그녀는 정말로 기뻤다. 이 사진을 계기로 다쳤을 혁주의 마음이 위로되기를 바랐다.

"이 사진, 크게 뽑아서 카페에 걸어도 되는 거죠?"

윤수가 확인 사살을 해왔다.

"네, 전 좋아요."

말을 하며 그녀가 혁주를 바라봤다. 혁주도 인아를 바라보다가 다시 시선을 사진으로 돌렸다. 확실히 사진 속 두 사람은 잘 어울렸다. 그래서 걱정이 됐다. 그녀는 이제 막 모델로 세상에 나아가려는데 저 사진이 발목을 잡는 건 아닌가, 싶었다. 혁주는 인아를 설득하기로 했다.

"잠깐만 얘기할래요, 우리?"

인아는 혁주의 입에서 나오는 '우리'라는 단어가 너무 좋았다.

"네."

"형, 우리 잠깐 얘기 좀 할게."

"그래, 그래."

윤수는 휴대전화를 붙잡고 하염없이 사진을 들여다봤다.

사실 두 사람은 이 분홍카페의 단골이자 윤수에게 있어서 행운의 마스코트였다. 두 사람이 카페의 2층에서 그림을 그리면서부터 두 사람의 모습을 보려는 손님이 늘기 시작했다. 모델과도 같은 두 사람은 본인들은 몰랐지만 카페 손님들에게 인기가 많았다.

그날따라, 하필이면 두 사람이 너무 예뻤다. 살짝 고개를 숙인 채 눈을 감고 있는 인아와 그런 그녀를 바라보고 있는 혁주의 눈빛. 그것은 영락없이 사랑에 빠진 남자의 눈이었다. 그래서 사진을 안 찍을 수가 없었다. 혁주가 그런 표정을 짓고 있는 것도 놀라웠고 무엇보다 두 사람이 보기가 좋았다. 그래서 윤수는 카메라 버튼을 누르고야 말았던 것.

'인아 씨, 파이팅!'

윤수는 마음속으로 인아를 응원했다.

"정말 괜찮은 거예요?"

입구의 한쪽 자리에 앉아 혁주는 다시 인아에게 물었다.

"인아 씨, 이제 프로 모델이에요. 그런데 얼굴이 다 나온 사진을 카페에다 걸어도 되겠어요? 그것도 남자와 함께 있는 사진을."

혁주가 걱정한 부분이 바로 이것이었다. 인아가 인기를 얻고 유명인이 되면 그 어떤 것에도 안전할 수 없었다. 중학교, 고등학교 때의 사진은 물론이고 일상생활마저 타인들에게 알려질 텐데 이렇게 데뷔 전에 남자와 함께 찍은 사진이 공개된 장소에 놓이게 되면 어떤 말을 듣게 될 것인지 대략 짐작이 갔다.

"네, 괜찮아요."

그녀는 오히려 말리는 그가 이상하다는 듯 눈을 동그랗게 떠 보였다.

"그냥 마주 보고 앉은 사진이잖아요?"

"그렇긴 하지만……."

"우리, 사귀는 사이잖아요?"

"……그렇죠."

"그럼 뭐가 문제라는 거죠?"

혁주는 말문이 막히고 말았다.

"사귀는 사람들이 서로 마주 보는 사진이 문제 될 리가 없죠."

인아는 휴대전화를 만지작거렸다.

"또 윤수 씨에게서 원본 받기로 했으니까."

그녀의 얼굴에 자신만만한 미소가 피어올랐다.

"나중에 사진으로 장난친다 해도 상관없잖아요?"

반드시 사진을 카페에 걸겠다는 의지가 엿보이는 인아의 얼굴을 보며 혁주는 고개를 끄덕일 수밖에 없었다. 그녀가 원하는 것이니 더 이상의 반대는 할 수가 없었다.

아니, 오히려 기분이 좋았다. 자신과 연인 사이임을 당당히 밝히는 모습이 무척이나 멋있어 보였다.

"그리고 저, 이 분홍카페 좋아해요."

누구의 시선에도 구애받지 않고 자유롭게 말하고 행동할 수 있는 이 작은 공간이 인아는 무척이나 좋았다.

"이런 공간 만들어 준 윤수 씨도 고맙고, 알게 해준 혁주 씨도 고맙고. 윤수 씨가 사진 걸고 싶어 하니까, 그렇게 해주고 싶어요."

"인아 씨가 괜찮다면 저도 좋습니다."

"와아!"

탄성과 함께 인아가 벌떡 자리에서 일어섰다. 그러자 카운터에서 호시탐탐 두 사람의 분위기를 살피던 윤수가 분홍색 티셔츠 자락을 펄럭이며 양팔을 번쩍 들었다.

"걸어도 되는군요!"

카페 안이 떠나가도록 소리치는 그에 의해 몇몇 손님이 놀라 그를 돌아봤다. 윤수는 씨익, 웃으며 그들에게 손을 흔들어 보였다.

"미안합니다, 별일 아니에요!"

사과하면서도 그는 싱글벙글이었다.

"걸어도 돼요!"

어느새 인아가 다가와 결정 사항을 알렸다. 윤수는 활짝 웃으며 기뻐했다.

사진이 정말로 마음에 들었는지 윤수는 곧바로 사진을 사진관에 맡겼고 액자 제작까지 부탁했다. 그리고 며칠 뒤, 연인은 윤수의 부름에 분홍카페로 향했다.

탁.

"크흑!"

화사한 분홍 벽면에 액자를 건 윤수가 감격에 겨워 양손으로 입을 틀어막았다.

"내 이럴 줄 알았어!"

소녀 감성 풍부한 곰이 입을 막았던 손을 살포시 가슴에 갖다 댔다.

"너무 예쁘다아!"

진심 어린 감탄이 쏟아져 나왔다. 윤수가 정한 장소는 정말 기가 막혔다. 분홍색 조명이 은은하게 비치는 바람에 액자 분위기는 정말로 핑크핑크한 기운이 돌았다.

"연애하고 싶어지는 모습이야!"

딱 그 말대로였다. 사진을 보고 있노라면 연애하고 싶은 기분이 몽실몽실 피어올랐다.

"정말 예쁘네요!"

휴대전화에서 보던 것보다 액자로 보니 훨씬 더 멋져서 인아는 만족스러웠다. 혁주는 여전히 꺼림칙했지만 사진 속 인아가 너무 예뻐서 마음에 들지 않을 수가 없었다.

"와."

누군가의 탄성이 옆에서 들려왔다.

"사진 멋지네요."

"그렇죠?"

사진에 대한 칭찬에 윤수가 함박 웃으며 소리가 나는 쪽으로 몸을 돌렸다. 두어 명의 여자가 넋을 놓고 사진을 바라보고 있는 모습이 보였다.

"어?"

한 여자가 손가락으로 사진 속 인아를 가리켰다.

"이 여자분, 카페에서 그림 그리시던……. 어?"

말하다가 인아를 발견한 여자가 또다시 놀랐다.

"사진 속 여자분……?"

"네, 저쪽에 남자 모델도."

윤수가 냉큼 손을 뻗어 인아 옆에 있는 혁주를 가리켰다.

"어머, 어머."

사진 속 인물들이 눈앞에 보이니 여자들은 신기한지 어머, 어머 소리를 남발했다.

"아, 항상 그림 그리시는 분들이시구나."

한 여자가 인아와 혁주를 알아봤다.

"네, 두 분이 너무 잘 어울리셔서 제가 사진을 찍어 봤습니다."

"사진 정말 잘 나왔어요. 그런데 혹시 사귀는 사이……?"

이마에 여드름 몇 개가 돋은 여자가 조심스럽게 물었다. 윤수 역시 조심스러운 시선으로 인아를 바라봤다. 사귀는 사이가 맞긴 해도 당사자들이 말하는 게 맞는 것 같았다.

"네, 이제 시작했어요."

인아가 활짝 웃으며 두 사람이 연인임을 밝혔다.

"어머, 축하해요! 그렇지 않아도 가끔 두 사람이 그림 그리는 거 봤는데 정말 잘 어울린다고 생각했었어요."

"저는 두 분이 연인 사이인 줄로 알고 있었어요."

그렇지 않아도 워낙에 잘 어울리는 커플이라 카페 손님들 사이에서는 공공연히 두 사람이 입에 오르내리곤 했다.

"정말 기분 좋아지는 사진이네요."

"그러게요. 아, 연애하고 싶다."

"저기, 혹시 이 사진, 찍어도 돼요?"

한 여자가 조심스럽게 물어 왔다. 인아는 잠시 망설이다 고개를 끄덕였다.

"네."

어차피 이렇게 공개됐는데 사진 좀 찍어도 무슨 일이 있겠나, 싶었다.

"와."

찰칵, 찰칵, 휴대전화로 액자 속 사진을 찍은 두 여자가 두 여자가 웃으며 2층으로 올라갔다.

"크흐흐흐."

윤수가 어깨를 들썩이며 웃었다.

"내 이럴 줄 알았어요, 인아 씨!"

분홍 곰은 진심으로 기뻤다.

"우리 카페 분위기에 일조할 겁니다, 이 사진이!"

달콤함을 표방하는 카페답게 사진도 달콤하니 이보다 더 잘 어울리는 사진은 없으리라, 윤수는 자부했다.

"좋으시다니 다행이네요."

인아도 기분 좋았다. 가게 주인도 좋아하고 손님도 좋아하니 그것으로 된 것이 아닌가.

"자, 앞으로 인아 씨는 모든 음료와 디저트 공짭니다!"

"앗? 정말 그러셔도 돼요?"

"그럼요! 모델료 지불해야죠!"

"나는?"

윤수와 인아가 펼치는 무지갯빛 구름에 혁주가 찬물을 쫙, 끼얹었다.

"나도 공짜인 거지?"

"에이, 그건 안 되지."

"뭐?"

"넌 반만 받으마."

"뭐야, 그게? 왜 나한테는 반만 주겠다는 건데?"

"자, 봐봐봐?"

윤수가 그림 속 혁주를 가리켰다.

"넌 옆모습만 나왔지만 인아 씨는 이렇게 앞모습이 다 나왔다고."

"하지만 원근감에선 내가 우위인데?"

"사진의 앵글을 봐 봐. 주연은 인아 씨잖아."

"쳇."

투덜거렸지만 혁주의 얼굴에는 미소가 걸려 있었다.

"형, 이제 우리 간다."

오늘은 혁주가 오후에 과외 수업이 있는 날이라 점심 먹고 헤어지기로 했다.

"그래, 잘 가라. 잘 가요, 인아 씨. 그리고 고마워요."

"또 올게요."

카페를 나서니 따스한 햇살이 두 사람을 비췄다.

"그래서."

나란히 걸음을 옮기자마자 혁주가 입을 열었다.

"봄은 짧은데 원피스는 언제 입을 거예요?"

"다음에 만날 때 입을게요."

"좋아요."

바야흐로, 봄이었다.

"뭐 먹을래요?"

"좀 매콤한 걸 먹고 싶어요. 매운 거 말고. 저, 매운 거 잘 못 먹어요."

"주꾸미 볶음 잘하는 곳 알아요. 매운 거 조절도 되고. 그런데 주꾸미 먹어도 돼요?"

혹시나 알레르기가 있을까 싶어 묻는 것이 분명했다.

"네, 괜찮아요."

항상 이런 식이었다. 혁주는 무엇을 해도 인아에게 먼저 물었다. 그녀가 고르지 못할 때는 자신이 알아 온 메뉴를 추천하는 식이었다. 인아는 그것이 무척 마음에 들었다. 처음부터 그는 그랬다. 그녀를 제일 우선으로 생각하는 것이 눈에 보였다. 어쩌면 그것이 인아의 마음을 열게 한 것인지도 몰랐다.

그녀는 혁주에게서 자신이 대우받고 있음을 느꼈다.

* * *

—미안해서 어떡해, 인아야.

수화기 너머 지현의 목소리는 미안함으로 가득했다.

"어쩔 수 없지, 뭐."

─에휴, 왜 일이 이렇게 꼬이는 거지?

"내 걱정은 안 해도 돼. 그리고 혁주 씨도 도와준다고 했으니까 너무 걱정하지 마."

─그래도…….

"잘 다녀오기나 해."

통화를 마친 인아는 방 안을 쭉, 둘러봤다. 며칠간 대충 정리를 해 놓은 탓에 손이 많이 필요해 보이지 않았다.

"이제 이것만 버리면 되겠다."

웃차, 소리를 내며 그녀는 묵직한 쓰레기봉투를 들어 올렸다. 버리는 것을 한데 모았는데 꽤 무거웠다. 낑낑대며 문밖을 나선 인아는 쑥, 하고 누군가가 쓰레기봉투를 들어 올리는 바람에 놀라고 말았다.

"제가 버리고 오겠습니다."

"어, 혁주 씨!"

약속 시간보다 15분 정도 일찍 온 혁주는 무거운 쓰레기를 들고 나선 그녀를 보자마자 봉투를 빼앗아 들었다.

"이렇게 무거운데, 인아 씨는 계단 내려가기 힘들 겁니다."

말을 남긴 뒤 혁주는 바람처럼 계단을 내려가기 시작했다. 그런 그의 손에 들린 쓰레기봉투는 가벼운 봉지처럼 가볍게 덜렁거렸다.

"하아."

가벼운 한숨을 내쉰 인아는 문을 활짝 열었다. 사실, 조금 부끄러웠다. 자신이 옥탑방에 살고 있다는 사실은 이미 혁주가 알고 있으니 어쩔 수 없다고 생각했다. 하지만 이렇게 적나라하게 살았던 공간을 보여 줘야 할 상황에 닥치니 부끄러운 것 역시 어쩔 수 없었다.

매니지먼트와 계약한 후 3일 만에 계약금이 들어왔다. 지금까지 만져 본 중에서 가장 큰 액수가 통장에 찍힌 것을 본 인아는 저도 모르게 눈물을 흘렸다. 가장 시급한 것은 집이었다. 아무래도 혼자 사는 데다 범죄의 위험을 간과할 수는 없었다. 그래서 고심 끝에 번화가 쪽으로 이사하기로 했고 마침 혁주네 오피스텔 근처에 괜찮은 빌라를 구할 수 있었다.

그리고 오늘, 이사하는 날이었다.

최대한 돈을 아껴야 했다. 거액의 계약금을 받았지만 이사하는 곳은 상당한 고급 빌라여서 계약금을 거의 다 써 버린 탓이었다. 거기다 물건들을 새로 들여야 할 판이라서 인아는 최대한의 지출을 자제했다. 포장 이사는 생각지도 않았다. 어차피 짐도 별로 없어서 지현과 혁주의 도움을 받으리라 생각했는데 갑자기 지현의 집안에 일이 생겨 오지 못하게 되었던 것이다.

끼이익.

알루미늄 문이 무거운 소리를 냈다. 어느새 다시 올라온 혁주가 집 안으로 들어섰다. 그의 눈빛이 무겁게 내려앉았다. 벽면 여기저기에 슨 곰팡이와 녹슨 자국들이 눈에 들어왔다. 상상은 했지만 이 정도일 줄은 몰랐기에 어떻게 반응해야 할지 감이 오지 않았다.

"……정리를 다 한 것 같군요."

간신히, 상황에 맞는 말을 입에 올린 혁주는 가장 가까이에 있는
짐을 집어 들었다.

"이거 들고 내려갈까요?"

"아, 네!"

그녀의 짐은 단출했다. 처음부터 새것이 없었다. 작은 텔레비전
과 낮은 냉장고는 중고로 싸게 구입한 것이었고 그나마도 냉장고는
성에가 자주 껴서 별로 시원치 않은 상태였다. 세탁기도 마찬가지
로 중고로 구입해서 인아는 지현의 강력 주장으로 모든 가전제품을
새로 들이기로 했다. 옷장은 천으로 된 캐비닛이어서 버리기로 했
고 주방용품 또한 사은품이나 어디에선가 딸려 온 것들로 장만한
것이어서 버리고 가기로 했다. 결국 남은 것은 몇 개의 꾸러미뿐.

"다 실었으면 가죠?"

짐이랄 것도 없어서 이삿짐센터는 물론 용달차도 부르지 않았다.
혁주 차의 트렁크와 뒷좌석에 싣고도 자리가 남았다.

"네."

인아는 시원섭섭한 기분이 들었다. 집을 나서기 전 방 안을 한번
둘러보고는 탕, 문을 닫았다. 이제 이 옥탑방과는 이별이었다.

부릉.

자동차가 미끄럽게 나아갔다.

한참을 달려 앞으로 인아가 살 집에 도착한 두 사람은 짐을 옮기
기 시작했다.

"이사 오셨습니까?"

들려오는 목소리에 바라보니 경비 복장의 아저씨가 눈인사를 보내 왔다.

"네, 2동 312호에 이사 왔어요."

"아, 전 이 빌라 경비원입니다."

"네, 앞으로 잘 부탁드립니다."

"저야말로. 혹시 뭐 도와드릴 게 있나요?"

"아뇨, 짐이 별로 없어서. 괜찮습니다."

상당히 친절한 경비원의 호의가 이사 첫날부터 기분 좋게 만들었다. 그녀는 짐을 내리는 혁주를 도와 뒷좌석의 가방을 내렸다.

그때, 인아의 휴대전화가 울렸다.

"네."

—여인아 씨죠?

"네."

—○○빌라 2동 312호로 10분 후에 물건 도착합니다.

"네."

이삿날에 맞춰 필요한 가전제품을 한꺼번에 주문했기에 두 사람은 서두르기로 했다. 들어선 새로운 집은 깨끗했다. 무엇보다 넓었다.

"좋네요."

평소처럼 말했지만 혁주의 심장은 쿵쾅거리고 있었다.

'여기가 인아가 사는 집.'

맹세코 여자 혼자 사는 집에 들어 온 것은 이번이 처음이었다. 더군다나 연인인 데다 인아가 생활하는 장소라니, 묘한 기분이었다.

그것은 인아도 마찬가지였다. 아직 살고 있지는 않지만 낯선 이 방인, 물론 연인이긴 해도 지금까지 그녀의 집을 찾은 사람은 단 한 명도 없었기에 기분이 이상했다.

"일단 짐은 방에다 놓죠?"

냉장고와 텔레비전, 서랍장과 소파 등 들어올 짐이 많았다. 인아 는 그의 의견대로 짐을 침실 안으로 밀어 넣었다. 다행히 침실에는 붙박이장이 있어서 들어올 것이라고는 이불과 옷밖에 없었다.

"계십니까?"

열린 문으로 낯선 목소리가 들려왔다. 순식간에 휑했던 집이 물 건들로 그득해지기 시작했다. 중고로 샀던 텔레비전과 냉장고, 세 탁기 대신 새 제품들이 자리를 차지했다.

"고맙습니다."

기사 아저씨들에게 인사를 건넨 인아는 그들이 사라지고 나서야 휴우, 하고 숨을 토해 냈다. 그리고 흐르지도 않는 이마의 땀을 소 매 끝으로 훔쳐 냈다.

"다 됐네요."

"청소해야죠."

이사 오기 전에 이미 청소를 해두긴 했지만 확실히 다시 청소를 해야 했다.

"저 혼자 해도 돼요."

"같이하면 훨씬 빠르죠."

혁주는 그녀의 말을 듣지 않았다. 먼지떨이개로 여기저기의 먼지를 털고 청소기를 돌리기 시작했다.

"청소기 돌리고 바닥 닦으면 되겠죠."

그의 말에 고개를 끄덕인 인아는 꾸려온 짐 속에서 걸레를 찾아 물에 적셨다. 그렇게 합동으로 청소를 마친 두 사람은 한결 깨끗해진 집 안의 모습에 서로를 보며 웃었다.

"배고프지 않아요?"

"이사하면 자장면이죠."

한마음 한뜻이 된 두 사람은 얌전히 자장면을 기다렸다.

14. 다가가기

드디어 인아가 S 매니지먼트로 출근했다. 그녀를 비롯해서 이번에 새로 뽑힌 모델은 모두 스물다섯 명. 그녀는 두근거리는 마음으로 사람들을 둘러봤다. 몇몇은 이미 유명 스타였다. 이제 같은 선상에서 함께 일할 사이가 되었지만 긴장되는 것은 어쩔 도리가 없었다.

"함께 일하게 되어 반갑습니다."

S 매니지먼트 대표, 남선우는 사십 대 초반으로 자신만만한 표정이 인상적인 사내였다.

"우리 S 매니지먼트는 모델 에이전시로 출발하지만 궁극적인 목표는 엔터테인먼트입니다. 여러분들은 모델로서뿐만 아니라 다방면의 재능을 키워 나가야 할 것입니다."

매니지먼트에 대한 간략한 소개와 함께 몇 마디의 말을 전한 뒤 남선우는 그대로 사라졌다.

"자, 호명할 테니 이름 불린 분들은 앞으로 나오세요!"

이번엔 빨간색 뿔테 안경을 쓴 여자에 의해 모델들이 뿔뿔이 나뉘었다.

"이쪽 분들은 절 따라오세요."

인아는 같이 호명된 사람들과 함께 뿔테 안경의 여자 뒤를 따랐다. 여자는 무리를 다른 방으로 데려가 의자에 앉게 했다.

"전 노정희 팀장입니다."

검지로 안경을 치켜 올리며 뿔테 안경이 다섯 명의 모델 얼굴을 하나하나 훑었다.

"앞으로 여러분과 팀을 이루게 되었습니다. 모델로의 활동은 물론 다방면에서의 활동을 위해 이제 여러분들이 배워야 할 것이 많을 겁니다."

잠시 말을 끊은 노 팀장이 들고 있던 파일들을 모델들에게 나눠 주었다.

"들어서 아시겠지만 연습과 수업을 병행합니다. 시간표를 짰으니 살펴보세요."

인아는 파일을 펼쳤다. 모델 아카데미에서 배웠던 모델 워킹과 체력 단련 외에도 예절, 춤, 노래, 연기, 인성 교육 등등의 항목이 적혀 있었다.

"저희는 모델인데 연기도 배우나요?"

누군가의 물음에 노 팀장이 손끝으로 안경을 치켜 올렸다.

"아까 대표님이 말씀하셨듯이, 여러분의 재능이 모델에만 한정되어 있다고 보지 않습니다. 또 다른 재능을 발굴하는 것도 우리 회사가 해야 할 일이지요."

노 팀장이 차분한 시선으로 모델들을 둘러봤다.

"물론 여러분들은 아이돌 지망생이 아니니 춤과 노래는 제외합니다. 다만 몸매 관리를 위한 요가 수업이 있습니다."

아무래도 엔터테인먼트를 지향한다고 했으니 조만간 아이돌 지망생도 모집할 모양인 것 같았다. 이런저런 주의 사항을 듣고 난 후에야 팀원들은 서로의 얼굴을 볼 수 있었다.

"어, 차혜진 아냐?"

"아까 이름 듣고 긴가민가하긴 했는데 진짜 그 차혜진이었네."

소곤거리는 소리에 인아는 이제 막 의자에서 몸을 일으키는 여자를 바라봤다.

"안녕하세요, 차혜진입니다."

늘씬한 몸매에 시원한 마스크의 혜진은 자신만만한 미소를 입가에 그려 냈다.

"앞으로 잘 부탁드립니다."

차혜진이라면 인아도 아는 인물이었다. 아는 사이라는 뜻이 아니라 모델업계에서 알아주는 신예였다. 이미 프로 모델인 그녀가 이런 신생 회사에 들어왔다니, 의아했다.

"특급 대우래."

"뭐, 진짜?"

인아는 옆자리의 여자들의 말에 귀를 기울였다.

"원서 넣자마자 합격 도장 찍고 계약금도, 계약 조건도 합격생 중에서 탑이라더라."

"와, 근데 그럴 만하지 않아? 차혜진이면 그 이름만으로도 광고 되잖아."

"그야 그렇지."

부러움이 담긴 시선으로 혜진을 바라보던 두 명의 여자는 노 팀 장의 시선에 서둘러 자기소개를 했다.

"아, 전 유다미라고 합니다."

"김인선이예요, 잘 부탁드려요."

인아를 끝으로 팀원들이 자기소개를 마치자 노 팀장이 입을 열었다.

"그럼 오늘은 여기까지 하고, 회사 내부를 안내해 드리겠습니다. 그리고 내일부터 말을 놓겠습니다."

S 매니지먼트는 상당히 세련된 건물이었다. 모던한 겉모습과는 달리 내부는 굉장히 따뜻한 느낌이었다. 구내식당과 연습실, 사무 실과 각자의 팀원실 등을 둘러본 인아는 벅찬 마음으로 집으로 돌 아갔다.

생각보다 근사한 모습에 기분이 좋았다. 팀장 또한 어딘지 노련 해 보여서 마음이 놓였다. 더군다나 모델에서 다른 장르로의 도전 도 가능하다고 하니 흥미가 일었다. 사실 모델일이라는 게 나이

제한이 있는 직업이라 미래가 걱정되기도 했다.

'열심히 배워야지.'

다른 무엇보다 연기에 관심이 갔다. 모델들이 배우로 전직하는 경우가 많은 탓인지도 몰랐다. 그동안은 달리 선택지가 없었다. 고졸 학력으로 할 수 있는 일은 별로 없었다. 더군다나 발레 하느라 또래 학생들보다 공부를 적게 한 치명적인 단점도 있었다.

'자리 잡으면 야간대라도 다녀야지.'

모델을 하면서 인아에게 새로운 꿈이 생겼다. 더 확장시켜서 연기자에 도전도 하고 부족한 학력을 채우리라, 생각했다. 암흑 같았던 삶에 빛 한 줄기가 새어 들어왔다. 생각보다 일찍 끝나서 퇴근길에 오른 인아는 마침 걸려오는 한 통의 전화를 받아 들었다.

"어, 지현아."

—출근했어?

대뜸 물어 오는 목소리에는 궁금증으로 가득했다.

"응, 끝나서 집으로 가는 길이야."

—우와, 벌써 끝난 거야?

"첫날이라고 그냥 이런 저런 주의 사항이랑 건물을 둘러보기만 했어."

—좋은 데구나.

부러워하는 기색이 역력한 지현의 목소리에 인아는 조금 미안해졌다. 지현은 아직 모델 지망생 신분인데 혼자 신나서 떠들은 것 같았다.

─혹시 약속 있어?

"아니."

─잘됐다. 나도 오전 수업이라 다 끝났거든. 너 이사했다며? 놀러 가도 돼?

"그럴래?"

선뜻 집으로 오겠다는 지현의 말이 반가웠다. 사실 자신만 S 매니지먼트에 붙어서 지현과 좀 거리가 생기면 어쩌나, 했는데 스스럼없는 그녀의 태도에 마음이 놓이면서 기뻤다.

─주소 찍어 줘. 찾아갈게.

"그래."

통화를 마친 인아는 이사한 빌라 주소를 찍어 보냈다. 그러고는 곧바로 집으로 향했다. 손님을 초대했으니 뭐라도 대접해야 했다. 다행히 장을 본 지 얼마 되지 않아서 기본 재료는 다 있었다. 배달 음식을 시킨다는 것은 모델에게 사치였다. 인아는 최대한 칼로리가 높지 않은 음식들로 손님상을 차렸다.

띵동.

초인종이 울리자마자 인아는 서둘러 문 쪽으로 다가갔다.

"누구세요?"

─나, 지현이!

인터폰으로 들려오는 반가운 음색에 인아는 얼른 문을 열었다.

덜컹.

"와, 집 좋다!"

지현이 들고 온 꽃다발을 내밀며 집 안을 휘휘 둘러봤다.

"그냥 와도 되는데."

말을 하면서도 인아는 좋아하는 기색을 여과 없이 드러냈다.

"하, 예쁘다, 향기도 좋고."

꽃의 향기를 맡으며 웃는 그녀를 본 지현도 기분이 좋아졌다.

"인아야, 집 너무 좋다."

"그래?"

"응, 깔끔하다."

주인을 닮는다고, 집의 내부는 깔끔했다. 집에 꽃병이 없어서 꽃다발을 어떻게 할까 고민하던 인아는 얼마 전 잡지에서 본 대로 커피포트에 물을 채우고 꽃다발을 꽂았다. 그럴듯해 보였다.

"꽃병이 없어서."

지현이 물끄러미 커피포트에 꽂은 꽃을 바라보자, 인아가 문득 얼굴을 붉혔다.

"아냐, 괜찮아 보여."

인아는 꽃다발 품은 커피포트를 탁자 위에 올려놨다.

"보기 좋네, 응."

울긋불긋한 꽃들이 깔끔하기 만한 집 안에 생기를 불어넣어 주는 듯했다.

"그래, 회사는 어땠어?"

인아가 권하는 자리에 앉으며 지현이 물어 왔다. 그녀는 곧바로 답을 할 수 없었다. 하지만 지현은 정말로 아무렇지 않아 보였다.

아무래도 미안함은 인아만 가지고 있는 것 같았다.

"응, 깨끗하고 좋더라."

"어후, 나 사이트로 너희 회사 구경했잖아. 진짜 멋지더라. 나중에 기회 되면 나 구경 좀 시켜 줘라."

지현에게 시원한 탄산수를 건네주며 인아가 웃었다.

"구경이 아니라 너도 우리 회사 들어와야지."

"응, 그래야지!"

탄산수를 마시며 지현은 다시 집을 눈으로 훑었다.

"이사할 때 못 도와줘서 미안했었어."

"어우, 아냐, 이사 잘 했는데 뭐."

갑자기 집안에 일이 생기는 바람에 이사를 돕지 못했던 지현이 다시 한번 미안해하자 인아가 손사래를 쳤다.

"그래, 그날 그 미대 오빠야가 도와줬어?"

"응."

"호오, 그러니까 그 미대 오빠야가 여인아 집에 들어온 최초의 남자다, 이 말이로군?"

"어우, 얘는."

지현의 음흉한 말을 농담으로 들어 넘기며 인아가 얼굴을 붉혔다. 이 집뿐만이 아니라 지금껏 그녀가 살아오면서 집에 들인 남자는 혁주밖에 없었다.

"그러고 보니까 미대 오빠야 본 지도 꽤 오래 됐네."

지현이 히죽였다.

"딸랑 둘이서 집들이하려니까 좀 그런데, 미대 오빠야 부르자."

"집들이?"

되묻는 인아에게 지현이 천연덕스럽게 답했다.

"꽃다발 들고 왔잖아. 그리고 첫 방문이니까. 거기다 이렇게 음식들도 준비했으니 집들이지."

차린 음식이라곤 샐러드와 탄산수, 곤약 잡채가 다였지만 지현은 마치 한상 가득 차려진 것처럼 과장된 표정을 지어 보였다.

"자, 미대 오빠야 부르자."

전화하라는 듯 눈짓을 하는 지현을 보며 인아는 난감한 표정을 지었다.

"약속하지도 않았는데……."

"일 없으면 오고 일 있으면 못 오는 거지, 뭐."

자, 자, 빨리, 빨리, 입 모양으로 재촉하는 지현의 성화에 인아는 어쩔 수 없다는 듯 전화기를 집어 들었다. 그렇지 않아도 오늘 첫 출근이라 자랑하고 싶은 마음이 들긴 했다.

"스피커 폰, 알지?"

"어휴, 알았어."

인아는 지현의 말대로 스피커를 켰다.

—인아 씨?

통화음이 울리자마자 혁주가 전화를 받았다.

"아, 혁주 씨."

—출근 잘 했어요? 어땠어요?

"아, 네, 출근은 잘 했고요, 괜찮았어요."

—다행이다.

"아, 저……. 혹시 지금 시간 있어요?"

—네, 인아 씨 끝나면 만나자는 말 하려고 했어요.

"안녕하세요!"

불쑥, 지현이 두 사람의 대화 사이에 끼어들었다.

"저, 지현이에요! 여기 인아 집인데요! 지금 스피커 폰이에요!"

—아, 안녕하십니까, 지현 씨.

"오빠야 지금 인아네 올 수 있어요? 인아는 진즉에 퇴근했거든요!"

—바로 가겠습니다.

딸깍. 뚜—

"와우, 이 오빠야, 완전 행동판데?"

지현이 눈을 동그랗게 떴다.

"완전 마음에 들어."

말을 하고는 키득거리며 웃는 지현을 뒤로한 채 인아는 음식 준
비에 나섰다.

"뭐 할 게 없네?"

체중 조절하느라 냉장고 안은 채소 일색이었다. 있는 단백질이라
곤 달걀과 닭 가슴살뿐.

"뭐 만들게?"

"조금 있다가 저녁 식사해야 하잖아."

"시키면 되지."

"그래도……."

인아에게로 다가온 지현이 같이 냉장고 속을 힐끔거렸다.

"미대 오빠야가 먹을 만한 건 없어 보이는데?"

"그건 그렇지만……."

"시켜, 시켜. 원래 집들이는 음식 시켜서 먹고 즐기는 거야. 미대 오빠야가 고기 좋아해?"

"어, 응."

"그럼, 치킨에 맥주, 좋네. 빨리 문자 넣어. 맥주 사 오라고."

"그건 내가 사 오면 돼."

"아이고, 사 오라고 해. 뭐 사 와야 할지 고민할 텐데."

듣고 보니 혁주가 빈손으로 올 것 같지는 않았다. 고민거리를 안겨 줄 바에야 맥주를 사 오라고 하는 편이 나았다.

[올 때 맥주 좀 사 올래요?]

[네.]

문자를 보내고 난 후 인아는 정리할 것도 없는 집 안을 정리해 나갔다.

"아니, 깨끗한데, 뭐."

중얼거리면서도 지현도 은근슬쩍 탁자 위의 잡지를 집어 들었다.

"그런데 인아야."

"응?"

"미대 오빠야랑 아직도 서로 존칭 써?"

"어."

지현이 고개를 기울였다.

"왜?"

생각지도 않은 질문에 인아는 잠시 머뭇거렸다.

"음, 혁주 씨가 존댓말 해서?"

"뭐야, 호칭이 왜 혁주 씨야? 오빠라고 안 해?"

"어…….."

"왜?"

인아는 아무 말도 하지 않았다. 형제 없이 혼자 자란 탓도 있었지만 우선 그녀는 대인 관계에 그리 친화적이지 못했다. 그렇기에 사람과 친해지기 어렵지만 일단 마음을 나누면 끝까지 갔다.

"아직은 좀 그래."

가까스로 내놓은 답에 지현이 눈을 깜빡였다.

"뭐가 좀 그래야, 그래가. 너희 사귄 지가 얼만데. 만나자마자 말 놓는 시대라고, 어휴."

그래도 나름 몇 번의 연애 경험이 있는 지현의 입장에서 보면 인아는 좀 답답한 구석이 있었다. 전에도 호칭을 오빠로 바꾸라고 한 충고를 듣지 않은 그녀를 보며 지현은 한숨을 푹푹 쉬었다.

"왜 이렇게 융통성이 없어, 융통성이."

중얼거리던 지현이 문득 눈 사이를 좁혔다.

"너, 혹시."

"왜?"

"아껴 둔 거야? 오빠라는 말을? 들으면 완전 감동 먹게?"

이번엔 인아가 지현을 어이없다는 듯 바라봤다.

"무슨 말 하는 거야?"

"그렇지, 그건 아니지?"

인아의 성격으로 판단하건대 아직 어색해서 그러리라, 지현은 고개를 끄덕였다.

딩동.

지현과 이런 저런 대화를 나누는 사이, 초인종 소리가 집 안을 울렸다.

"네 애인 왔나 보다."

말을 하며 지현이 인아를 보고 눈을 찡긋거렸다. 애인, 그 단어에 사르락, 인아의 얼굴에 붉은 꽃이 피어올랐다.

"어서 와요."

"안녕하세요!"

지현은 씩씩하게 인사를 건넸다. 마음 같아서는 오빠라는 호칭을 사용하고 싶었지만 인아를 위해 참았다. 또한 혁주도 자신에게서보다 인아에게 오빠 소리 듣는 것을 더 원할 것 같았다.

"와, 이게 무슨 냄새야?"

바라보니 그의 양손이 묵직했다.

"맥주 사 오라고 했는데……."

말끝을 흐리는 인아를 보며 혁주가 웃었다.

"맥주엔 역시 치킨이죠."

그 말을 부정하는 사람은 아무도 없었다.

"맥주는 무알콜도 섞어 사 왔고 치킨은 구운 거네?"

혁주가 사 온 것들을 풀어놓으며 지현이 감탄했다.

"아무래도 모델분들이시니까."

무덤덤하게 말하며 그가 지현을 도왔다.

'역시 센스 있네, 이 오빠야.'

딱히 부산 출신은 아니었지만 지현은 이 '오빠야' 소리가 너무 좋았다. 입에 딱딱 붙기도 했고 어쩐지 정감이 느껴지는 어투랄까.

"건배!"

세 명의 젊은이가 자리를 잡고 앉았다. 인아가 만든 샐러드와 혁주가 사 온 치킨을 펼쳐놓고 보니 제법 푸짐했다.

"크으!"

사이좋게 건배를 하고 맥주를 쭈욱, 들이켠 지현이 몸서리를 쳤다.

"시원하다!"

신이 만들었다는 음료는 제 기능을 톡톡히 해주었다. 술이 몇 잔 들어가자 분위기는 훨씬 더 부드러워졌다.

"그럼 인아 그림은 계속 그리는 거예요?"

"예."

술기운이 돌아도 혁주는 반듯했다.

"앞으로도 계속 그리실 거예요?"

"예."

"아니, 왜요?"

지현이 미심쩍은 시선을 던졌다.

"사진 찍어도 되는데 굳이 그림을 왜 그려요? 아, 데생 연습이신가?"

미대는 나오지 않았지만 화가가 꿈이라는 이야기를 인아를 통해 들었던 기억이 났다.

"아니."

혁주가 천천히 고개를 저었다.

"사진도 좋지만 손끝으로 인아를 느끼고 싶어서요."

지현의 몸이 굳었다. 아무렇지도 않은 얼굴로 저런 오글거리는 대사를 치다니, 불시에 공격당한 기분이었다.

"아, 하하, 그러시구나……."

"눈과 손이 기억하고 뇌가 인지하니까요."

"아하하……."

지현은 맥주를 홀짝였다.

'와아, 사람이 왜 이렇게 진지하냐?'

눈 하나 깜짝 안 하고 잘도 늘어놓는 말에 지현은 쩝쩝, 입맛을 다셨다. 확실히 놀릴 분위기는 아니었지만, 놀려도 넘어올 것 같지도 않았지만 그래도 놀려 보고 싶었다.

꿀꺽, 꿀꺽.

술로 용기를 쥐어 짠 지현이 숨을 크게 한번 들이마신 후 물었다.

"그런데 왜 아직도 두 사람, 존댓말 해요?"

지현의 물음에 혁주와 인아의 눈이 마주쳤다.

"두 사람, 알고 지낸 지 석 달이 돼 가지 않나? 무슨 선 본 사람들도 아닌데 왜 아직도 존댓말을 하는 건데요?"

"지현아, 왜 그래?"

생각지도 못한 말에 인아는 눈에 띄게 당황했다.

"연인이면 뭐, 말도 놓고 그래야지, 불편하게 존댓말이 뭐냐고요."

"인아 씨, 존댓말 불편해요?"

그의 물음에 인아는 도리질했다.

"아니, 괜찮아요."

이에 혁주가 지현에게 의아한 시선을 던졌다.

"에휴, 내가 괜히 말했나 봐요."

지현이 푸욱, 한숨을 쉬었다.

"막 시작하는 연인의 알콩달콩은 역시 반말이 최곤데. 존댓말 하니까 인아가 오빠 소리 못하고 혁주 씨라고 부르죠!"

그 말에 혁주의 눈이 커졌다. 그것을 본 지현은 속으로 쾌재를 불렀다. 지현을 바라보던 혁주가 인아를 향해 고개를 돌렸다. 그런 그의 얼굴에 초조함이 깃들었다.

"아, 혹시 인아 씨, 제가 존댓말 해서 오빠라고 안 하는 거였어요?"

"예?"

이번엔 인아의 눈이 커졌다.

"아, 아니, 그건 아니에요……."

자신에게로 향한 갑작스런 화살에 인아가 지현을 흘겼지만 지현은 맥주만 홀짝거렸다.

　"말 놓으면 오빠라고 부르나?"

　은연중에 자신의 본심을 드러낸 혁주를 보며 인아는 얼굴을 붉혔다.

　"아니, 그게……."

　혁주는 인아의 말을 끈덕지게 기다렸다. 우물쭈물하던 인아가 한숨을 포옥, 쉬고는 다시 입을 열었다.

　"그냥, 어색해서요. 오빠, 라는 단어가."

　인아에게는 그랬다. 그녀에게는 형제자매가 없었고 진학 또한 하지 않은 채 곧바로 사회를 경험해서 오빠라는 호칭보다는 직급을 부르거나 모델 아카데미에서는 선배로 부르곤 해서 어색했다.

　"잘만 하네, 뭐."

　옆에서 지현이 종알거렸다.

　"뭐 어려운 것도 아닌데 불러 드려라. 저렇게 눈을 반짝이며 기대하시는데."

　지현의 말은 인아에게 부담이 되었다. 오빠, 라는 말을 선뜻 입에 담을 수 없던 건, 한층 더 가까워지는 것 같아서였다. 어쩐지 가족을 향한 호칭으로 느껴진 탓이었다.

　"아니, 괜찮습니다."

　난처한 얼굴의 인아를 혁주가 구했다.

　"곤란하시면 안 하셔도 됩니다."

"에이, 재미없어."

지현이 쌜쭉한 표정을 지었다.

"어떻게 두 사람은 술을 마시는데도 재미가 없어요? 어떻게 이럴 수가 있지?"

반쯤 남은 치킨 무더기에서 지현은 날개 한쪽을 집어 들고는 앞니로 뜯기 시작했다. 지현의 투덜거림에 혁주와 인아는 서로의 얼굴을 바라봤다.

"저희 두 사람이 만나서 재미없던 적은 없었습니다만."

혁주의 말에 지현은 하마터면 들고 있던 닭 날개를 떨어뜨릴 뻔했다.

"우와, 그럼 지금 저 때문에 재미없다는 말인가요?"

"지금 재미없지 않습니다."

혁주의 말에 동의하듯 인아가 고개를 끄덕였다.

"우와, 여인아, 이 배신자!"

지현이 눈을 동그랗게 뜨고 두 사람을 번갈아 바라봤다.

"나만 이상한 사람 만드네?"

"아, 아니야, 그런 거!"

인아가 손사래를 치자 지현이 픽, 하고 웃었다.

"하여간, 미대 오빠야도 진지하지만 인아 너도 참 못지않아, 응?"

"미대 오빠야?"

"아."

의문을 제기하는 혁주에게 지현이 고개를 끄덕였다.

"인아가 처음에 그림 모델 한다고 했을 때부터 제가 혁주 씨를 미대 오빠야, 라고 불렀거든요."

"아아."

"그런데, 인아의 어디가 좋아서 사귀게 된 거에요?"

"야아."

지현의 질문에 민망해진 인아가 그녀의 옆구리를 쿡, 찔러왔다.

"왜에, 궁금하잖아."

지현은 천연덕스럽게 말을 이었다.

"원래 이럴 때 눈치 없는 친구가 등장해야 좋은 거야."

말하며 지현이 히죽였다.

"그래서, 인아의 어디가 좋아요?"

말없이 맥주잔을 기울이던 혁주가 인아를 보다가 다시 지현의 눈을 똑바로 바라봤다.

"다 좋습니다."

일말의 망설임도 없이 튀어나온 그 정형적인 답에 지현은 실망스러운 표정을 지어 보였다.

"다요?"

"네."

"아아, 정말이지."

지현은 부러 한숨을 푸욱, 커다랗게 쉬었다.

"왜 이렇게 답들이 똑같을까요? 무조건 다 좋대."

지현이 투덜거렸지만 혁주의 표정 변화는 없었다. 그것이 사실인데 어쩌란 말인가. 처음 인아를 봤을 때부터 지금까지 그의 마음은 항상 같았다. 그저, 그녀가 좋았다. 그녀의 모든 것이 좋았다.

"다 좋습니다."

힘주어 말하며 혁주는 인아를 바라봤다. 난처한 얼굴에 피어오른 열꽃이 너무나 예뻤다. 지현이 없었더라면 안아 주었을지도 몰랐다.

'진짜 진심이네?'

지현은 그렇게 느꼈다. 인아를 바라보는 그의 눈빛은 말 그대로 꿀 떨어지는 것 같았다. 바로 옆에서 다른 사람이 지켜보고 있는데도 저런 눈빛이면, 단둘이 있을 때는 어떨지 마구 상상이 되었다.

"에휴."

좋으면서도 질투가 났다.

"나도 빨리 남자 친구 만들어야지, 원."

중얼거리며 지현은 맥주를 입 안으로 털어 넣었다.

"그럼, 인아, 너는 이 미대 오빠야의 어디가 좋아?"

여전히 인아를 바라보는 혁주의 눈에 흥미가 돌았다.

"어?"

자신을 바라보는 혁주의 눈에 빨려 들어가듯 바라보고 있던 그녀가 지현의 돌발질문에 당황한 표정을 그려 냈다.

"혁주 씨의 어디가 좋냐고."

장난기도 다분히 들어 있긴 했지만 정말로 지현은 궁금했다. 물론 혁주가 허우대 멀쩡하고, 아니, 솔직히 말하면 굉장히 잘생긴 얼굴에 멋진 몸매의 소유자라고 생각했다. 인아와 나란히 서면 정말이지 선남선녀가 따로 없었다. 하지만 지현은 인아가 단순히 외모 때문에 혁주와 사귄다는 생각은 하지 않았다.

모델 아카데미에서도 혁주 외모 정도의 남자 모델은 많았고 개중에는 인아에게 관심을 보이던 남자도 있었기 때문에 분명 인아를 사로잡은 비결이 혁주에게 있을 것이라, 추측했다.

"음……."

이런 분위기는 조금 쑥스러웠다. 하지만 인아는 그의 눈에 담긴 기대감을 망치고 싶지 않았다.

"전에도 말했지만."

천천히, 인아가 입을 열자 혁주가 귀를 쫑긋 세우는 것이 느껴졌다.

"다정해."

다시 입을 다무는 인아.

"그게 뭐야."

기대에 충족되지 않는 답에 지현이 입술을 내밀었다.

"다정한 남자는 세상에 많잖아."

별 뜻 없이 한 말이었지만 혁주의 얼굴이 살짝 일그러졌다. 하지만 그 표정은 순식간에 사라져서 지현은 알지 못했다.

"혁주 씨는 확실히 예의 바른 사람이야. 다른 사람들한테 예의를 잘 지키거든. 하지만 다정하지는 않아. 나한테만 다정해."

아주 오래전부터 느껴 오던 사실이었다. 자신을 향한 그의 행동 하나하나는 다정했다. 하지만 다른 이들에게는 그렇지 않았다.

깍듯하기는 했지만 인아에게 보이는 다정함은 없었다. 인아는 그게 좋았다. 부모님이 돌아가신 후로 느끼지 못했던 따뜻함을 혁주에게서 느낄 수 있었다.

"그으래?"

지현이 미심쩍게 말꼬리를 들어 올렸다.

"나한테도 친절한 것 같은데?"

괜한 딴지를 혁주가 얼른 받았다.

"그야."

지현의 눈동자가 혁주로 향했다.

"인아 씨 친구니까요."

"아아."

쩝쩝, 입맛을 다시며 지현이 두 사람을 눈에 담았다. 다정해 보이는 두 사람이 눈부셨다.

"그럼, 인아야, 다음에 또 보자. 연락해야 해?"

배웅하러 집 근처의 큰 도로까지 나온 인아에게 손을 흔들어 보이며 지현은 택시에 오르기 위해 손잡이를 잡았다.

찰칵.

택시 뒤에서 들려오는 소리에 바라보니 혁주가 휴대전화 카메라에 택시 번호판을 찍고는 확인하는 모습이 보였다.

흐응.

신경 써 주는 모습이 아주 마음에 들었다. 물론 다른 남자들도 같은 행동을 하겠지만 아무래도 인아의 애인의 믿음직스러운 모습이 기분이 좋은 건 어쩔 수 없었다.

"그럼, 다음에 봬요, 혁주 씨."

"네, 조심히 들어가십시오."

탁.

택시 문을 닫은 후, 혁주가 조수석 창문으로 손을 집어넣었다.

"잘 부탁드립니다."

뒷좌석에 앉은 지현이 서둘러 몸을 앞쪽으로 기울이며 팔을 뻗었다.

"앗, 안 그러셔도 되는데."

하지만 이미 혁주가 택시 기사 아저씨에게 택시비를 찔러 주고 난 뒤였다.

"도착하시면 인아에게 연락해 주십시오."

창문 너머로 당부의 말을 전한 혁주가 뒤로 물러나자, 인아가 다가와 지현을 향해 손을 흔들었다.

"전화해."

"그래, 알았어."

부릉.

떠나는 택시의 뒷모습을 바라보던 두 사람은 어느새 서로의 손을 잡고 있었다. 젊은 연인은 말없이 걷기 시작했다. 어느덧 인아의 집 앞에 다다른 두 사람은 잠시 걸음을 멈췄다.

"들어가요."

혁주가 인아에게 들어가기를 권했다. 하지만 그녀는 말을 들을 생각이 없었다.

"바래다줄게요."

혁주와 인아의 집까지의 거리는 50여 미터 정도.

"바로 코앞인데."

"데려다줄게요, 바람도 좋고. 나 술도 좀 깨야 하니까."

그 말에 혁주는 인아의 손을 고쳐 잡았다. 그리고 자신의 집 쪽으로 천천히 걸음을 옮기기 시작했다.

"고마워요."

불쑥, 인아가 입을 열었다.

"뭐가요?"

의아한 표정으로 혁주가 그녀를 돌아봤다.

"지현이한테 잘해 줘서요."

"아아."

혁주의 손에 가만가만 힘이 들어갔다.

"인아 씨 친구잖아요."

별것 없는 답인데도 괜히 마음이 따뜻해지는 기분이 들었다. 인아는 자신의 손을 감싸고 있는 혁주의 손을 내려다봤다. 그가 손을 잡아 주는 것이 좋았다. 이 세상에서, 누군가의 손을 잡을 수 있다는 건, 인아에게 있어서 축복과도 같은 것이었다.

'다정해, 이 사람.'

가슴이 두근거렸다. 손잡고 걷는 것이 처음이 아니었건만, 떨리고 설렜다. 천천히, 혁주의 배려를 받으며 걸음을 옮기면서 인아는 아까의 상황을 곱씹었다.

혁주가 왜 좋냐던 지현의 물음에 선뜻 답할 수 없었던 건, 그의 말대로 그녀 역시도 혁주의 모든 것이 좋았기 때문이었다. 딱 뭐가 좋다, 싫다, 이렇게 정의 내릴 수 없었다. 그의 말투, 생각, 행동 모두가 다 좋았다.

'손 놓기 싫다.'

얼마 걷지도 않았는데 벌써 그가 사는 오피스텔이 보였다. 인아는 혁주의 손을 더욱 꼭 쥐었다.

"왜요?"

작은 움직임에 그가 그녀를 돌아봤다. 느껴지는 그의 시선에 인아는 작게 도리질하며 고개를 숙였다. 뺨이 달아올랐지만 어둔 밤이라 잘 안 보여서 다행이라는 생각이 들었다. 밤거리는 고요했다. 원래부터 혁주네 동네가 조용한 것인지도 몰랐다. 대로변에서 자동차 경적, 떠도는 음악 소리 등이 들려왔지만 건물 뒤쪽은 조용했다.

큰길 쪽으로 가면 인아와 혁주네는 가까운 거리였지만 이렇게 건물 뒤쪽 골목으로 돌아가면 시간이 조금 더 걸린다는 것을 알기에 혁주는 일부러 돌아갔다. 그리고 인아의 보폭에 맞춰 천천히 걸었다. 조금이라도 그녀와 함께 있고 싶었다.

이사 온 동네는 드문드문 가로등이 환하게 켜져 있어서 예전에 인아가 살던 동네처럼 어둡거나 하지는 않았다. 그것이 인아가 이사를 결정했을 때 혁주가 적극적으로 이 동네를 추천한 이유였다.

물론 가까이에 인아가 있어야 마음이 놓인다는 본인의 마음을 적극 반영한 것이기도 했다.

"다 왔네요."

그 말에 고개 들어 보니 어느새 혁주가 사는 오피스텔 정문 앞이었다. 서운함이 밀려왔다.

"자, 그럼."

이제 곧 저 입에서 이별의 말이 나오리라. 어쩔 수 없었지만 그렇다고 밤새 같이 있을 수는 없는 노릇이었다.

"가시죠."

"……예?"

"인아 씨를 어떻게 혼자 보내요. 이번엔 제가 인아 씨 데려다줄게요."

혁주도 인아와 조금이라도 더 같이 있고 싶었다. 그랬기에 데려다주겠다는 인아를 만류하지 않았다. 어차피 데려다줄 생각이었으니까.

혁주가 인아의 손을 고쳐 잡았다. 그리고 다시 그녀의 집 쪽으로 걸음을 옮기기 시작했다. 못 이기는 척, 그를 뒤따르는 그녀의 입매가 살며시 올라갔다.

15. 초대

혁주와 인아는 서로 바쁜 중에도 그림 그리는 일을 그만두지 않았다. 혁주는 인아를 모델로 그리는 것이 좋았고 그녀 역시도 그가 자신을 그리는 것이 무척 좋았다.

장소는 언제나처럼 분홍카페.

사각, 사각.

혁주의 손끝에서 들려오는 연필이 닳는 소리는 이제 인아에게 익숙했다. 그리고 정겹게 느껴졌다. 혁주가 그림을 그리는 사이, 그녀가 그를 관찰하는 시간이 늘어 갔다. 햇살에 부딪혀 밝은 갈색을 띤 눈동자가 움직였다. 자신을 한참 바라보고는 스윽, 스케치북으로 시선을 돌린 혁주의 이마에 인아의 시선이 꽂혔다.

사각, 사각.

그의 손이 움직일 때마다 경쾌한 소리가 들려왔다. 그가 눈을 깜빡였다. 그림 그리는 데 집중하며 가만히 숨을 고르는 모습이 보기 좋았다. 그의 이마에서부터 천천히, 인아의 눈길이 아래로 내려갔다. 고개를 살짝 숙인 탓에 보이는 속눈썹과 동그란 코끝이 근사했다. 아니, 그의 모든 것이 근사했다.

그녀의 시선이 스케치북을 단단히 잡고 있는 혁주의 손가락으로 향했다. 기다란 손가락의 끝은 단정하게 정리되어 있었다. 그가 그림을 그릴 때마다 가볍게 어깨와 팔이 흔들렸다. 창문으로 들어오는 화사한 햇살이 그를 더욱 눈부시게 했다.

"물어봐, 빨리."

"내가? 내가?"

"어, 네가. 네가 물어봐."

이상하게도 오늘따라 주변이 시끄럽게 느껴졌다. 그 덕에 혁주의 손이 현저하게 느려졌다.

"아, 어서, 빨리!"

옆 테이블의 속삭이는 소리가 점점 더 커져 갔다. 분홍카페의 규칙은 상대 터치 안 하기. 그 분위기 때문에 자주 오는 곳이었는데 어쩐지 오늘은 부산스럽게 느껴졌다.

옆 자리의 소곤거림이 커지더니 급기야 그쪽 일행 중 한 명이 드륵, 의자 소리를 내며 자리에서 일어났다. 그러고는 조심스러운 얼굴로 혁주와 인아에게 다가왔다.

"저기, 실례지만⋯⋯."

다가온 여성은 20대 초반으로 머뭇거리는 기색이 역력했다. 아마도 혁주를 보고 다가온 것이리라. 남의 일에 관여치 말자는 카페의 규칙에도 종종 그에게 말을 걸기 위해 다가오는 여자들이 있곤했다.

"저기⋯⋯."

그런데 짧은 단발머리의 여성의 시선이 인아에게로 향했다.

"여인아 언니죠? 모델 여인아 언니."

혁주를 보고 접근한 것이겠거니, 여겼던 인아의 눈이 커졌다.

"⋯⋯네?"

"아, 제가 모델 지망생인데요, 여인아 언니 좋아하는데, 아⋯⋯."

자신을 모델 지망생이라 밝힌 여성이 품에 안고 있던 수첩을 내밀었다.

"사인해 주시겠어요?"

뜻밖의 일에 인아는 얼어붙어 버렸다.

"사, 사인이요?"

아직 인지도가 낮다고 생각했는데 자신을 알아보고 사인을 요청하는 사람이 있다니, 믿어지지가 않았다. 직접 눈으로 보고도 믿을수가 없었다. 하지만 눈앞의 여자는 동경의 대상을 바라보는 눈빛을 하고 있었다.

"네, 네! 사인해 주세요!"

열렬히 외치던 여자는 혁주의 눈치를 살피며 다시 입을 열었다.

"저어, 방해가 된 것 같은데 그건 정말 죄송하고요."

혁주는 여자의 사과를 기분 좋게 받아들였다.

"괜찮습니다."

정말 괜찮았다. 아니, 흐뭇했다. 인아를 알아보는 사람이 있다는 것이 신기하면서도 자랑스러웠다. 혁주는 조용히 스케치북을 접었다. 그 모습에 여자는 용기를 내었다.

"저, 저, 저기 제 친구들도 다 모델 지망생이거든요!"

바라보니 옆 테이블의 두 명의 여자가 목을 길게 빼고 이쪽을 바라보고 있는 모습이 보였다. 하나같이 눈을 초롱초롱 빛내며 뭔가를 기대하는 모습이었다.

"저어, 괜찮으시다면 같이 사진 찍어도 될까요?"

쭈뼛거리면서도 할 말을 다 하는 여자를 보며 인아는 난처한 미소를 지어 보였다. 아무리 연인 관계라 해도 혁주와 인아, 두 사람은 엄연히 화가 지망생과 그림 모델의 관계를 이어 가고 있었다. 연애하기에도 아쉬운 시간을 그림 그리는 데 할애하는 건, 혁주의 미래 또한 중요했기 때문이었다.

지금은 오롯이 혁주의 시간이었다. 그런데 방해꾼의 난입으로 그에게 피해를 주는 것 같아 인아는 미안했다.

"아, 그게……."

자신에게 미안한 표정을 짓는 그녀를 본 혁주가 입을 열었다.

"전 괜찮습니다, 인아 씨."

말을 하며 혁주가 덮은 스케치북을 들어 보였다.

"그림은 나중에 그려도 됩니다."

"아아, 고맙습니다!"

감사의 인사는 두 사람을 지켜보던 여자에게서 튀어나왔다.

"얘들아, 얼른 와! 사진 찍자!"

딱히 사진 찍자고 허락을 한 것도 아닌데 여자들이 깍깍거리며 달려오다시피 하는 통에 인아는 웃을 수밖에 없었다.

사실 감사했다. 매니지먼트에 계약했다고 해서 큰 무대에 자주 오를 수 있는 것도 아니었다. 정말 실력 위주였다. 물론 이미 전부터 알려진 모델들이 더 잘나가는 것도 있었지만 그것은 말 그대로 이 바닥이 실력 위주, 인기 위주였기 때문이기에 이해할 수 있었다.

아직 인아는 작은 행사나 잡지 화보에 얼굴을 내미는 수준이었기에 자신을 알아보는 사람이 있다는 것이 신기하기만 했다.

"어우, 저 캐롯에서 언니 보고 반했잖아요!"

"전 이상임 패션쇼에서 언니 봤어요!"

몰려온 여자들은 저마다 인아를 본 후기를 떠들어 댔다. 캐롯은 여성 전문 잡지로 3개월 전에 인아가 화보 사진을 찍었었고 이상임 패션쇼는 대타로 뛰게 된 무대였다.

"아아, 그러셨구나."

반가워하면서도 인아는 어쩐지 얼떨떨했다. 물론 발레를 했을 때도 자신을 알아보는 이들의 환대를 받아 보긴 했지만 사실 발레리나를 그만둔 이후부터, 아니, 부모님이 돌아가시고 난 뒤부터 자존감이 낮아져서 이런 순간이 다시 오리라, 생각지 않았다.

"제가 찍어 드리겠습니다."

혁주가 나섰다.

"와앗, 감사합니다!"

인아를 중심으로 모였던 세 여자는 셀카 모드로 했던 휴대전화를 혁주에게 건네고는 제각각 자세를 잡았다. 확실히 모델 지망생들이어서 그런지 포즈들이 그럴듯했다.

"자, 찍습니다."

찰칵.

"감사합니다!"

환하게 웃으며 여자들이 인사를 전했고 인아는 내민 수첩에 사인을 했다.

"저기, 계단의 사진도 언니랑, 여기 이 오빠인 거죠? 처음 그 사진 봤을 때 정말 잘 어울린다고 생각했는데."

"맞아요, 여기서 자주 그림도 그리시고!"

"언니가 모델하기 전부터 우리, 언니 알고 있었어요! 오빠도요!"

싱그러운 젊음은 웃음망울을 터뜨렸다. 화사한 그 웃음이 인아는 눈부셨다. 고작 한두 살밖에 차이가 나지 않아 보이는데 그녀들은 그저 밝았다.

"언니, 정말 정말 뜨실 거예요!"

맨 처음 말을 걸었던 여자가 환하게 웃으며 인아를 응원했다.

"고맙습니다."

인아는 마음을 담아 감사의 뜻을 전했고 작은 소란은 한바탕 시끌시끌해진 뒤에야 잠잠해질 수 있었다.

"우와, 사진 잘 찍었다."

"나한테 전송 좀."

"나도, 나도."

세 명의 여자가 머리를 맞대고 즐겁게 대화 나누는 사이, 혁주와 인아는 그림 그리는 흐름을 놓쳐서 가만히 음료만 마셔 댔다.

"미안해요, 혁주 씨."

"예?"

"그림 그리셔야 하는데 저 때문에……."

"아, 아닙니다."

혁주의 입매가 부드럽게 올라갔다.

"누군가 인아 씨를 알아본다는 게, 무척 기분 좋네요."

그 말에 인아는 얼굴을 붉혔다.

"그런가요?"

"네."

서서히, 그녀의 입가에 미소가 그려졌다.

"실은 저도, 저도 지금 기분이 정말 좋아요."

수줍게 말하는 그녀의 눈은 별과도 같았다.

"너무 들뜨고, 설레고 막 그래요."

복사빛으로 물든 뺨도, 살짝 떨려 나오는 목소리도 인아의 감정을 고스란히 드러내고 있었다.

"사실 화보도 많이 찍고 무대도, 큰 무대는 아니었지만 좀 경험했잖아요. 벌써 매니지먼트에 입사한 지 3개월이 다 되어 가는데 인지도가 하나도 없어서 걱정이었거든요."

지금까지 인아와 만나면서 그녀가 이렇게 길게 말한 적이 없었다는 사실을 떠올리며 혁주는 놀란 표정을 지었다. 하지만 그는 이내 그 표정을 지우고 그녀의 말에 열심히 귀를 기울였다.

"그리고 모델 일이 워낙 활동 기간이 짧아서 연기도 열심히 배우고 있긴 한데, 잘 하고 있나, 싶기도 했고요."

가슴이 두근거렸다. 이렇게 깊은 속내를 드러내는 그녀를 보니 부쩍 가까워지는 것 같았다.

"인아 씨는 잘 해낼 거예요."

그저 응원밖에 해줄 것이 없다는 게 한스러웠다. 그것이 또 미안해진 혁주는 가만히 인아의 손을 끌어다 잡았다.

물끄러미 자신의 손을 감싼 그의 손을 바라보는 인아는 어쩐지 기분이 묘했다. 이렇게 벌건 대낮에, 술도 마시지 않고 아무렇지도 않게 자신의 고민을 털어놓을 줄은 꿈에도 몰랐다. 말하고 나서 멋쩍었는데 이렇게 위로를 받으니 그건 또 그것대로 얼굴이 간지러웠다.

"앞으로 인아 씨를 알아보는 사람들이 많아질 겁니다."

확신과도 같은 위로였다. 정말로 그렇게 될 것도 같은 기분이 들었다.

"인기 많아져도 인아 씨."

혁주의 입매가 매끄럽게 올라갔다.

"나 모른 척하면 안 돼요?"

잔뜩 긴장하며 혁주의 말에 신경을 곤두세웠던 인아는 그만 픽, 하고 웃고 말았다.

"혁주 씨도 참."

방긋거리며 웃는 그녀를 보는 그의 마음은 한결 편해졌다. 밝은 모습의 인아가 좋았다. 물론 어두운 면모 또한 그녀의 모습이기에 기피할 생각은 없었다. 하지만 역시 환하게 웃는 모습이 인아에게 제일 잘 어울렸다.

"그나저나."

웃고 난 뒤, 음료를 빨대로 쪽쪽 빨아 마시는 인아를 보며 혁주가 다시 입을 열었다.

"이젠 이곳도 썩 자유롭지 못하군요."

아까의 여자들은 이미 카페를 나갔지만 저 뒤쪽 테이블에서도 인아와 혁주를 보며 소곤거리는 모습이 눈에 들어왔다.

"모델이래?"

"그런가 봐."

"사인 받을까?"

"근데 잘 모르는데 그래도 되나?"

머리를 모으고 자꾸 힐끔거리는 모습이 당장이라도 인아에게 다가올 것만 같았다.

"아, 죄송해서 어쩌죠?"

만일 인아가 아까 사인을 요청하고 사진을 같이 찍자 했던 여자들의 요구를 들어주지 않았다면 남의 일에 관심 갖지 않는다는 카페 규칙은 제대로 지켜질 것이 분명했지만 이미 균열이 가고 말았다.

"나가죠?"

더 이상 시끄러워지면 곤란했다. 더군다나 카페 주인인 윤수가 어떻게 이 카페의 특성을 유지해 왔는지 잘 알고 있는 혁주로선, 지금 당장 문제를 일으킨 장본인들이 사라지는 것이 맞다고 판단했다.

"네, 그래야겠어요."

인아 또한 혁주의 의견에 동의했다. 그녀도 이 예쁜 카페의 규칙이 깨지는 것을 원치 않았다. 재빨리 자리를 정리하고 아래층으로 내려온 혁주와 인아는 카운터를 굳건히 지키고 있는 분홍 곰, 윤수에게 인사를 전했다.

"우리 가, 형."

"다음에 또 올게요."

"어어, 잠깐, 잠깐만요!"

카페 문손잡이를 잡은 혁주를 윤수가 잡았다. 아니, 정확히 말하자면 잡은 것은 혁주의 옷자락이었지만 윤수의 시선은 인아에게로 향했다.

"인아 씨, 이거."

윤수가 인아에게 분홍빛 꾸러미를 내밀었다.

"이게 뭐예요?"

"마카롱이요."

"마카롱이요?"

느닷없는 선물을 인아는 선뜻 받아 들지 못했다. 체중 조절을 해야 하는 직업 탓에 좋아하지만 마음껏 먹을 수 없는 것 중의 하나. 윤수가 인아의 마음을 알아채고는 재빨리 말했다.

"팥으로 만든 마카롱인데 달지 않아요."

"팥이요?"

"설탕 양이 기존의 것보다 3분의 1가량 들어갔어요. 팥으로 맛을 냈거든요. 그리고 또 팥이 부기도 빼 주기도 하니까, 인아 씨 많이 걸으면 발 붓잖아요."

"아아……."

"명색이 우리 카페가 여성 우대 카페인데, 디저트 하나 소홀히 할 수 없죠."

한껏 가슴을 펴고 말하는 윤수의 얼굴은 의기양양했다.

"건강하고 맛 좋은 디저트 개발이 제 인생 목표가 되었습니다! 그리고 인아 씨, 단 거 좋아하잖아요. 요게 설탕은 적게 들어갔는데 또 달콤하거든요. 기분 전환 삼아 드시라고."

인아는 푸근한 곰돌이 미소를 짓는 윤수에게서 마카롱 꾸러미를 받아 들었다.

"고마워요, 윤수 씨."

"아유, 뭘요."

슬쩍, 윤수가 손사래를 쳤다.

"맛있게 드셔 주시면 감사하겠습니다."

"와, 마카롱 정말 좋아하는데."

거기다 달지도 않은 수제 마카롱이라니, 인아는 진심으로 기뻐했다. 인아에게서 잠시 시선을 뗀 윤수의 시선이 혁주의 얼굴에 머물렀다. 그는 인아가 세상에서 제일 사랑스럽다는 눈빛을 보내고 있었다. 혁주의 눈이 둥글게 휘는 것을 본 윤수는 뿌듯했다. 비록 그 미소는 순식간에 사라지긴 했어도 혁주가 인아를 어떻게 생각하는지가 고스란히 드러나 윤수는 히죽거렸다.

"왜 그렇게 웃어?"

혁주가 정색을 하고 물었지만 그저 윤수는 웃기만 했다. 이 철심장을 가진 것 같은 남자가 여자를 보고 저런 표정을 지을 수 있다는 것이 신기했다.

"갈 거야."

히죽히죽거리는 윤수를 한번 노려본 혁주가 인아의 손을 잡아끌었다.

"그래, 잘 가고. 인아 씨, 또 와요!"

"네, 다음에 봬요."

문을 열고나서는 그의 뒤통수를 보며 윤수는 미소를 거두지 않았다.

"자식, 쑥스러워하긴."

분홍 곰돌이의 소리 없는 웃음은 그 이후로도 오래 지속되었다.

"인아 씨."

자동차 시동을 걸며 혁주가 인아를 불렀다.

"네?"

"그림 그리는 장소 바꿔야 할 것 같은데요."

그 말에 인아는 무릎에 올려놓은 마카롱 꾸러미를 만지작거렸다. 굳이 그래야 하나, 싶었다. 부릉, 부릉, 자동차가 서서히 움직이기 시작했다.

"한번 방해받았으니 또 그럴 확률이 높습니다."

혁주의 단호한 말투에 인아는 그저 고개를 끄덕일 수밖에 없었다. 지켜본 바로, 그는 그림 그릴 때 제일 예민했다. 집중해서 그림을 그리는 편인데 한 순간이라도 그 집중이 깨지면 그림을 접곤 했다.

"그래서 하는 말인데, 오해하지 않았으면 합니다."

말투에 은근한 긴장이 묻어났다. 긴장한 만큼 운전대를 잡은 손에 힘이 들어갔다.

"뭔데요?"

"괜찮다면."

스윽, 그의 눈동자가 움직여 인아의 표정을 살폈다.

"인아 씨 집이나 저희 집에서 그림 그리는 건 어떨까요."

후우웅, 자동차가 코너를 돌았다. 그리고 혁주가 곧바로 덧붙였다.

"맹세코 흑심을 품거나 해서가 아닙니다. 조용한 환경에서 그림을 그리고 싶어서요."

재빨리 말을 마친 혁주는 조용히 숨을 고르며 인아의 답을 기다렸다. 그녀의 입이 열리기까지, 아주 짧은 시간이 흘렀다.

"네, 괜찮아요."

의외로 시원스런 답이 인아의 입에서 나오자 오히려 놀란 건 혁주였다.

"괘, 괜찮습니까? 정말로요?"

"네, 괜찮아요. 혁주 씨는 저희 집에 왔었잖아요."

"그, 그렇죠……."

"그럼 이번엔 제가 혁주 씨네로 가죠?"

끼기긱, 자동차 바퀴가 급박하게 돌아갔다.

"예?"

노렸던 바지만 곧바로 긍정의 답이 들려오니 혁주는 당황한 기색을 감추지 못했다.

"정말 저희 집에 올 건가요?"

"오라면서요, 가면 안 되나요?"

"아니, 아니, 아닙니다."

혹시라도 인아가 불쾌해하지나 않을까 전전긍긍했던 것이 우스울 지경이었다.

"오늘은 늦었으니 이번 주에 시간 나면 올래요?"

"이번 주는 제가 스케줄이 있고요, 다음 주 수요일 오후에 시간 낼 수 있어요."

"그럼, 수요일 오후에 뵙죠."

"네, 그래요."

조마조마하며 물었던 질문에 긍정의 답이 날아왔다.

"그날 제가 혁주 씨 댁에 가면 되죠?"

"예? 예!"

답하는 혁주의 목소리에 긴장이 배어들었다. 그렇게 인아의 방문이 확정되었다.

* * *

혁주가 사는 오피스텔 앞에서 인아는 심호흡했다.

"후우, 후우."

호기롭게 놀러 가겠노라, 말은 했지만 막상 남자 혼자 사는 집에 들어가려니 긴장이 되었다.

"그림만 그리는 건데, 뭐."

초대받았으니 답례를 해야겠다는 생각에 인터넷을 뒤져 정보를 알아낸 인아가 선택한 것은 꽃바구니였다. 과일을 사자니 혁주 혼자 과일을 깎아 먹는다는 상상이 잘 되지 않아서 그만두었고 생필품 또한 어떤 취향인지 몰라서 가장 무난하다 생각되는 꽃을 골랐다. 꽃바구니를 고쳐 쥔 인아는 애써 쿵쾅거리는 심장을 다독이며 발걸음을 떼었다.

"1302호랬지?"

혁주가 문자로 보낸 집 주소를 읊조리며 그녀는 두근거리는 심장을 안정시키기 위해 애썼다.

띵-

맑은 음과 함께 엘리베이터의 문이 열리고 인아는 잠시 어둑한 복도를 바라봤다. 이윽고 또각, 하는 소리와 함께 그녀의 구둣발자 국 소리가 복도를 울렸다.

1302. 호수가 박힌 문 앞에서 인아는 다시 호흡을 가다듬었다. 그리고 초인종을 눌렀다. 작은 벨 소리가 들려오고 곧이어 띠로릭, 하는 도어 록 소리가 들려왔다.

벌컥.

"어서 와요, 인아 씨."

마치 기다렸다는 듯, 누구인지 확인도 안 하고 곧바로 문을 연 혁주의 얼굴도 인아만큼이나 긴장으로 가득했다. 태어나서 처음으 로 여자를 집으로 초대하는 중이었다. 이틀 전부터 쓸고 닦은 집 안 을 몇 시간 전부터 또 살피며 이것저것 준비하고 나니 때마침 인아 가 도착했던 것.

"안녕하세요."

집 안에 들어서며 인아는 멋쩍은 인사를 건넸다. 집이 참 좋네요, 오랜만이에요, 와 같은 말을 하기가 영 계면쩍었다.

"어서 와요."

신발을 벗고 안으로 들어선 인아는 서둘러 들고 온 꽃을 혁주에 게 내밀었다.

"아, 이거. 초대해 주셔서 감사합니다."

어쩐지 사무적인 말투였지만 혁주는 웃으며 바구니를 받아 들 었다.

"고마워요, 인아 씨. 꽃이 참 싱싱하고 예쁘네요."

꽃바구니를 들고 집 안의 이곳저곳을 둘러보던 혁주가 선택한 곳은 거실의 탁자. 큰 보폭으로 걸어가 탁자의 정중앙에 꽃바구니를 올려놓고는 고개를 끄덕였다.

"덕분에 집 분위기가 한결 좋아졌네요."

그사이 인아는 집 안 곳곳에 시선을 줬다. 전체적으로 깔끔한 느낌이었다. 가구도 딱딱 필요한 것만 놓여 있었다. 거실에는 소파와 텔레비전, 그리고 탁자뿐이었다. 집 안을 살피는 시선을 느낀 혁주가 입을 열었다.

"편히 앉아요."

"네에."

그의 권유로 인아가 소파에 앉자 혁주도 그녀의 맞은편에 앉았다. 그리고 침묵이 찾아 들었다. 뭐라 말을 하긴 해야겠는데 딱히 떠오르는 말이 없었다. 막힌 공간에 단둘만 있다는 생각에 인아는 어쩐지 초조해졌다. 그냥 말 그대로 그림 그리려 왔을 뿐이었다. 그럼에도 이렇게 숨 막히는 상황이라니, 괜히 왔나 하는 후회가 일었다.

떨리기는 혁주도 마찬가지였다. 지금까지 여자 한 번 사겨 보지도 않았고 또 여자가 이렇게 집으로 오는 것도 처음이었다. 거기다 처음 집으로 온 여자가 인아였으니 계획한 것이 있어서 일단 초대를 하긴 했지만 막상 인아가 집으로 오니 어떻게 대해야 할지 몰라 머릿속이 새하얗게 지워지는 기분이었다.

"아, 저, 차 한잔 마실래요?"

수분의 시간이 지나고 나서야 손님 대접에 소홀했다는 생각이 든 혁주가 서둘러 물었다.

"아, 네, 감사합니다."

그렇지 않아도 말없이 서로 눈치만 보고 있는 형국이 영 어색했는데 그렇게 물어봐 주니 인아는 안심이 되었다.

"원두커피 어떻습니까?"

"좋아요."

"뜨거운 거, 차가운 거?"

"차가운 거로 주세요."

"잠시만 기다려요."

"네."

모든 준비는 완벽했다. 인아의 모든 취향을 고려해 음료는 설탕이 들어가지 않은 원두커피와 녹차를 준비했고 엊그제 분홍카페에 쳐들어 가 윤수가 개발했다는 마카롱을 공수해 왔다.

"와, 이거 윤수 씨가 만든 거죠?"

역시나 마카롱을 본 인아가 눈을 빛냈다.

"네, 오다가다 얻었습니다."

거의 반 협박하다시피 하며 챙겨 온 마카롱을 흐뭇하게 바라보며 혁주가 답했다.

"이게 커피랑 정말 잘 어울리더라고요."

포크로 마카롱을 잘라 입으로 가져가며 인아가 만족스럽게 웃었다.

"많이 달지도 않고."

"윤수 형이 이건 정말 잘 만들었죠."

"맞아요, 확실히 여자들 취향이 잔뜩 들어갔긴 해요."

가볍게 대화를 나누니 아까보다는 확실히 긴장이 덜해지는 기분이었다.

"그런데 그림은 여기서 그리실 거예요?"

앙, 마카롱을 한 입 먹으며 인아가 물었다.

"아니, 여기 말고 제가 쓰는 작업실이 따로 있습니다."

"아, 작업실이 있어요?"

"네, 서재였는데 지금은 작업실로 쓰고 있어요."

"아아."

고개를 끄덕이던 그녀가 재빨리 덧붙였다.

"혹시 지금 구경할 수 있어요?"

"지금이요?"

순식간에 작업실의 내부 상황이 혁주의 머릿속에 그려졌다.

"어, 사실 오늘은 인아 씨를 처음 집으로 초대한 날이라서 그림 그리기보다 그냥 이렇게 대화를 나누려고……. 그래서 작업실이 좀 지저분합니다."

"괜찮아요."

인아가 상큼하게 웃었다.

"혁주 씨 작업실이 보고 싶어요."

완곡한 거절을 인아가 거부했다. 혁주가 어떤 공간에서 어떤 그림을 그리는지 궁금했다. 그에 대해 더 알고 싶었다. 그녀는 잔뜩 기대하는 얼굴로 혁주를 바라봤다.

"아, 뭐, 그렇다면야."

눈을 반짝반짝 빛내며 자신을 바라보는 인아를 혁주는 외면할 수 없었다. 그녀가 바라는 모든 것을 다 해주는 것이 인생 목표가 되어 버린 남자는 약할 수밖에 없었다.

"이쪽입니다."

말을 하며 혁주가 일어나 앞장섰다. 인아 역시도 핸드백을 들고 소파에서 일어나 혁주의 뒤를 따랐다.

"딱히 구경할 건 없을 겁니다."

말을 하며 혁주가 작업실의 문을 열고 들어섰다.

따닥.

들어서자마자 전기 스위치를 켜니 은은한 조명이 서재를 밝혔다.

"어머."

가장 먼저 보이는 것은 한쪽 벽면을 차지한 몇 장의 그림이었다.

"……저네요?"

"네."

그림 속 자신의 모습을 보고 있자니 뭔가 기분이 이상해졌다.

"저어, 그런데 다른 그림들은요?"

설마 지금까지 자신만 그렸을까, 하지만 벽면에 붙은 그림은 확실히 인아의 모습만 담겨 있었다.

"최근에 인물화에 집중하고 있어서요."

혁주가 별다른 말을 하지 않아서 인아도 더 할 말이 없었다. 잠시 자신의 그림을 바라보다가 시선을 돌렸다.

"와."

절로 감탄사가 튀어나왔다. 지금까지 이렇게 많은 미술 도구를 보는 것은 처음이었다. 여러 개의 이젤과 스케치북이 줄지어 서 있었고 그 옆에는 커다란 책상이 놓여 있었는데 수십 자루는 되어 보이는 연필들이 얌전히 놓여 있었다.

"청소를 제대로 하지 않았어요."

실수였다. 다른 일에 집중하느라 오늘 작업실 정리를 하지 못한 것이 아쉽게 느껴졌다. 솔직히 인아에게 작업실을 보여 주게 될 줄은 생각도 못 했다. 그림 그린다고는 했지만 오늘은 그릴 생각이 없었다. 그저 인아를 집에 초대한다는 것에만 온 신경이 쓰였기 때문이었다.

"아뇨, 깨끗한데요, 뭐."

혁주의 말과는 달리 작업실은 그렇게 지저분하지 않았다. 인아는 오히려 그것이 마음에 들었다.

"아, 뭐, 더 볼 것도 없는데."

슬쩍, 인아의 얼굴을 살피며 혁주가 은근히 작업실을 나설 것을 권했다.

"조금만 더 구경하고 싶어요."

인아가 한쪽에 자리한 오디오와 책장 쪽으로 다가가며 말했다. 책장에는 미술 관련 서적뿐만 아니라 음반과 CD도 꽂혀 있었다.

"와, LP 판이네요?"

인아의 눈이 동그래졌다. 말로만 들었지 실제로 보는 건 처음이었다.

"꺼내 봐도 돼요?"

소중한 것이라면 그저 눈으로만 구경할 요량이었다.

"네, 괜찮습니다. 마음에 든다면 틀어 줄게요."

그 말에 인아는 LP 판을 꺼내려다가 혁주를 돌아봤다.

"틀 수도 있어요?"

"네, 여기."

인아의 시선이 혁주가 가리키는 손끝으로 향했다. 그가 가리키는 곳, 책상 옆에 또 하나의 작은 테이블이 놓여 있었다.

"앗, 그게 그 턴테이블이라는 건가요?"

들은풍월이 있어서 인아는 단박에 턴테이블을 알아봤다.

"네."

"그거, 작동돼요?"

"물론이죠."

"그럼, 틀어 주실래요?"

인아는 바로 코앞에 꽂혀 있는 LP 판을 들어 혁주에게로 다가갔다. 혁주는 그녀에게서 판을 집어 들고는 능숙하게 턴테이블 위에 올렸다. 잠시 뒤, 클래식 음악이 작업실 안에 흐르기 시작했다.

"와, 이 음악, 정말 오랜만이네요."

그것은 그녀가 발레리나를 했던 시절, 배경음으로 썼던 것이기도 했다. 기분이 묘했다. 어쩐지 목구멍이 꽉, 막히는 기분이었다.

"인아 씨?"

문득 흐려지는 낯빛에 혁주가 인아를 불렀다.

"네?"

"괜찮으세요?"

"아, 네, 이 음악, 오랜만이라서요."

"아아, 네에."

겉으로는 아무렇지 않은 척 담담하게 있었지만 그의 속마음은 초조하기 그지없었다. 애써 마련한 이벤트가 잘못되기라도 하면 낭패였다.

"인아 씨."

"네?"

턴테이블 위에서 돌아가는 판을 보며 음악에 귀 기울이던 그녀가 그를 돌아보지도 않고 답했다.

"배 안 고프세요?"

"아, 뭐, 아직……."

저녁을 하기에는 이른 시간이었다. 하지만 혁주는 인아를 주방으로 데리고 가야 했다.

"아, 제가 아까 차를 끓이던 물을 그대로 두고 온 것 같습니다."

"어머, 그럼 안 되죠?"

놀란 인아가 서둘러 방을 나서려고 하자 혁주가 황급히 말렸다.

"아닙니다, 인아 씨. 제가 가 보겠습니다. 그런데 조금 있다 제가 부르면 나와 주시겠습니까?"

"아니, 같이 나가요."

"아니, 아닙니다, 인아 씨. 간만에 추억에 젖은 것 같은데 방해하고 싶지 않습니다."

혁주가 덥석, 인아의 팔뚝을 잡았다. 그리고 지그시 눌렀다.

"제가 부르면 나와요."

아프지는 않았지만 그녀는 당황했다.

"어, 이거 어떻게 끄는 거죠?"

혁주가 그녀에게 턴테이블의 간단한 조작법을 알려 주고 다시 한 번 물었다.

"꼭 제가 부르면 나오는 겁니다?"

다짐하듯 되묻는 그에게 인아는 저도 모르게 고개를 끄덕이고 말았다. 혁주가 나가고 난 후에도 그녀는 그냥 오도카니 서서 음악에 귀를 기울였다. 감회가 새로웠다.

익숙한 연주에 까딱, 까딱 손가락으로 박자를 맞추던 그녀의 시선이 천천히 턴테이블에서 책상으로 옮겨 갔다. 한 권의 수첩과 함께 길이가 제각각인 연필들이 줄지어 늘어져 있었다. 깎아 놓은 흑심도 제각각에 굵기도 다 달랐다.

"아아, 연필 진짜 많……. 어?"

감탄하던 인아가 슬쩍 연필 하나를 손끝으로 건드리자 연필들이 우르르 굴러 바닥으로 떨어졌다.

"어머, 어떡해!"

당황한 인아가 서둘러 바닥에 떨어진 연필들을 줍기 위해 몸을 움직였다.

툭.

"아야."

너무 서둘렀는지 그녀의 몸이 책상에 부딪쳤고 그 바람에 위에 있던 수첩이 아래로 떨어졌다. 인아는 부딪친 허리를 문지르며 떨어진 수첩을 집으려고 허리를 숙였다.

"……어?"

속지가 펼쳐진 채로 떨어진 수첩 위로 보이는 글씨.

"이게, 뭐지?"

보려고 한 것이 아니었다. 보인 것이었다. 인아는 순식간에 안의 내용을 눈으로 읽어 내려갔다. 내용을 살피던 그녀의 표정이 조금 묘해졌다.

뚬비뚬바 뚬뚬.

"핫, 깜짝이야."

갑자기 울리는 전화벨 소리에 인아는 놀라고 말았다. 들고 있던 수첩을 책상 위에 올려놓고 가방에서 휴대전화를 꺼낸 그녀가 피식거렸다. 혁주였다.

"네."

—인아 씨, 이제 주방으로 와 줄래요?

"그냥 부르시지 무슨 전화예요?"

말미에 웃음기가 배어 나왔다.

─음악 듣는 데 방해할까 봐서요.

"알았어요, 지금 갈게요."

자신이 음악 듣는 것에 신경을 써 주는 그의 마음이 고마웠다. 통화를 마친 인아는 아까 혁주가 일러준 대로 턴테이블에서 음반을 내려 다시 책장에 꽂았다. 그리고 책상 옆으로 돌아와 수첩 위에 아까처럼 연필들을 줄지어 올려놓았다.

탁.

작업실 문을 닫고 거실 쪽으로 나온 인아는 걸음을 주방 쪽으로 옮겼다.

"어, 왜 어둡지?"

혁주가 주방에 있겠다고 했으니 훤해야 하는데 처음 이 집에 왔을 때처럼 주방은 어두웠다.

"혁주……!"

그의 이름을 부르며 주방 안으로 들어서던 인아는 결국 그를 마저 다 부르지 못하고 우뚝, 멈춰 서 버리고 말았다.

"인아 씨."

촛불 하나가 켜진 케이크를 든 혁주가 그녀를 보고 있었다.

"우리 백 일, 축하해요."

촛불로 향했던 그녀의 시선이 그에게로 향했다. 생각지도 못한 일이라 그녀의 얼굴은 당황함으로 물들어 갔다.

"아, 저, 전……."

미안하고 민망했다. 케이크뿐만이 아니었다. 이미 식탁 위에는 그럴듯해 보이는 음식들이 놓여 있었다.

"직접 음식 만드신 거예요?"

놀란 인아에게 그가 웃어 보였다.

"이래 봬도 자취 경력이 꽤 되거든요. 자, 인아 씨, 같이 초 불어요."

초가 눈물을 흘리는 바람에 더 이상 지체할 수가 없었다. 인아는 서둘러 혁주 앞으로 다가가 같이 후, 하고 촛불을 껐다.

"축하해요, 인아 씨."

"저도 축하해요."

그녀는 침착하게 그에게 축하의 말을 건넨 뒤 미안한 마음을 담았다.

"미안해요, 저 정말 생각도 못 했어요."

"괜찮습니다. 제가 생각하면 되는 거죠."

말하며 케이크 접시를 식탁 위에 내려놓은 혁주가 불을 켰다. 순간적으로 눈이 부셔서 인아는 잠시 눈살을 찡그렸다. 그리고 불빛에 눈이 익숙해졌을 때, 그녀는 자신의 앞으로 내미는 혁주의 손을 보게 되었다.

"이, 이게 뭔데요?"

반짝이는 리본을 보며 인아는 절망했다. 그는 이렇게 선물까지 준비해 놓았는데 자신은 아무것도 생각하지 못했다는 사실이 너무나 민망했다.

"백 일 선물입니다."

받을 수 없었다. 그러기엔 너무 미안했다. 하지만 그녀의 마음을 눈치라도 챈 듯, 혁주가 그녀의 손에 상자를 쥐어 주었다.

"인아 씨를 위해 산 겁니다."

단호한 그의 말에 인아는 거부할 수도 없게 되어 버리고 말았다.

"다음엔 인아 씨가 챙겨 주면 됩니다."

그녀의 마음을 다독인 혁주는 잡고 있던 그녀의 손을 놓았다. 결국 인아는 자신의 손에 들린 상자를 열 수밖에 없었다.

"아……!"

상자의 모양으로 보아 짐작은 했지만 막상 눈으로 보니 더욱 당황스러웠다.

"이건 너무……."

인아는 침착하게 머리를 굴렸다. 혁주가 기분 나빠하지 않을, 그런 말을 골라야 했다.

'화려한가?'

화려하지 않았다.

'비싸 보이…… 나?'

딱히 비싸 보이지도 않았지만 만일 입 밖으로 그 말을 내뱉는다면 혁주의 마음이 상할 것 같았다.

"……예쁘네요."

결국 인아는 혁주가 준 선물을 받아 들었다.

"인아 씨와 잘 어울릴 것 같아서요."

깔끔한 디자인의 목걸이는 솔직히 인아 마음에 쏙 들었다. 하지만 무턱대고 좋아하자니, 아무것도 준비하지 못했다는 사실이 마음에 걸렸다.

"마음에 들어요?"

그녀의 얼굴에 떠오른 갈등을 읽어 내린 혁주가 물었다.

"아, 네, 정말 예뻐요."

인아는 상자 속 목걸이에서 시선을 떼지 못했다. 반짝이는 얇은 금줄에 세 알의 초록색 보석이 달랑거렸는데 조로록 늘어선 것 중 가운데 것은 나머지 두 개보다 약간 컸다.

"줘 보세요."

혁주가 인아에게서 목걸이를 달라고 청했다. 그의 속내를 감지한 인아는 입술을 깨물었다.

"저기……."

그녀의 부름에 그가 무슨 일이냐는 시선을 던졌다.

"전 미처 준비를 하지 못했는데……."

미안함 가득한 그녀의 얼굴에 혁주는 내밀었던 손을 거두고 뒤를 돌았다. 시야에서 사라지는 그를 본 순간, 인아는 겁이 더럭 났다.

'화, 난 건가?'

괜찮다는 데도 계속 미안해하는 자신의 모습에 혁주가 화난 것 같아 걱정이 되었다. 하지만 그는 곧바로 모습을 드러냈다. 다시 주방으로 들어선 그의 손에는 인아가 들고 온 꽃바구니가 들려 있었다.

"난생처음 꽃을 받아 봤습니다."

뜬금없는 말에 그녀는 어리둥절한 표정이 되었다.

"남녀노소 통틀어서 제게 꽃을 선물한 사람은 인아 씨가 처음입니다. 정말 기분 좋았어요."

무슨 의도로 이런 말을 하는지 몰라 인아의 표정은 더더욱 이상해졌다.

"정말 제 마음에 쏙 드는 꽃바구니입니다. 덕분에 집 안 분위기가 환해졌잖아요?"

혁주는 인아가 미안해하는 것이 싫었다. 그녀는 언제나 당당해야 했다. 그깟 선물, 누가 준비하든 아무 상관없었다. 인아는 그가 일부러 자신의 마음을 헤아린다는 것을 깨달았다. 그러자 더 미안해졌다. 괜히 분위기를 망친 것 같았다. 그래서 재빨리 그에게 목걸이 상자를 내밀었다.

"걸어 주시겠어요?"

혁주가 환하게 웃으며 목걸이를 받아 들었다. 그리고 인아에게 다가섰다. 확, 그의 체취가 풍겨 왔다.

두근.

갑자기 심장이 뛰었다. 혁주의 손이 인아의 귀와 목을 스치자 오소소, 소름이 돋았다. 목걸이를 거느라 그가 목덜미를 간질이자 기분이 이상해서 입술을 꼬옥, 깨물었다.

혁주 역시도 생각지도 못한 긴장에 겨우 겨우 숨을 몰아쉬었다. 선물에 기뻐하는 인아의 목에 목걸이를 걸어 주고 준비한 말을 속삭이며 사랑을 고백하는 것으로 이벤트의 백미를 장식할 생각이었는데 이렇게 떨려서야 말이나 제대로 할 수 있을지 걱정이었다.

인아의 목에 목걸이를 걸어 준 혁주가 그녀에게서 떨어지자마자 참았던 숨을 몰래 내쉬었다. 그리고 그녀를 바라봤다.

"예쁩니다."

그 말에 인아는 고개를 숙여 목걸이를 내려다보며 수줍게 미소 지었다.

"고마워요."

"인아 씨."

혁주가 그녀의 손을 잡아끌었다. 그렇지 않아도 지척에 있던 두 사람이라 한쪽이 잡아끄니 숨결이 닿을 정도로 좁혀지고 말았다. 놀라 얼굴을 들어 바라보니 그윽한 눈으로 자신을 바라보는 혁주가 보였다. 인아는 그의 눈에서 시선을 뗄 수가 없었다.

천천히, 그의 눈동자가 움직였다. 마치 그녀의 얼굴을 샅샅이 핥 듯이. 그리고 조용히, 그의 입술이 부드럽게 열렸다.

"난 내 옆에 인아 씨가 있으면 좋겠어요."

쿵, 하고 심장이 내려앉았다. 달콤한 목소리만큼이나 그 내용도 달콤했다.

"언제나, 항상."

속삭이는 입술이 가까이 다가왔다.

16. 여행

　심장이 터질 것 같았다. 좋아한다고 고백할 때보다 더욱더 떨렸다. 혁주는 붉어진 인아의 뺨을 보며 그녀의 답을 기다렸다. 떨리기는 인아도 마찬가지였다. 긴장한 표정이 역력한 그의 얼굴을 올려다보며 간신히 입술을 열었다.

　"저도, 저도 좋아요, 혁주 씨가 옆에 있는 거."

　수줍게 말하는 그녀의 말에 하늘을 날 것만 같았다. 온 세상을 다 가진 기분이었다. 두 사람은 서로에게서 눈을 떼지 않았다. 마치 빨려 들어가듯 서로를 들여다보고 또 들여다봤다. 혁주의 몸이 천천히 인아에게로 기울기 시작했다. 순간 그녀는 그가 뭘 하려는지 눈치챌 수 있었다.

두근두근, 심장이 빨리 뛰었다. 망막 가득, 그의 입술이 들어왔다. 인아는 질끈, 눈을 감았다. 먼저 와 닿은 것은 따뜻한 숨결과 그의 체취. 이윽고 그의 온기가 그녀를 따뜻하게 감싸 안았다. 그와 동시에 그의 입술이 이마에 닿았다.

부드럽게 와 닿는 그의 입술에 인아는 살짝 몸을 떨었다. 내심 입술을 기대했는데 키스 받은 곳이 이마라서 조금 멋쩍었다. 이마에 잠시 머문 입술이 밑으로 내려왔다.

쪽.

가볍게 입술이 부딪혔다 떨어졌다. 그와의 입맞춤이 처음은 아니지만 떨렸다. 수줍어서 괜히 웃음이 났다. 슬쩍, 눈을 떠 보니 혁주가 눈웃음을 지으며 그녀를 바라보고 있었다. 마주친 눈빛에서 인아는 따뜻함을 느꼈다.

"진짜 할 겁니다."

그가 작게 속삭였다. 마치 지금 키스할 거야, 라고 허락을 구하는 것 같아 또 웃음이 났다.

혁주가 손을 들어 그녀의 뺨을 어루만졌다. 그 손길에 애정이 담겨 있어 인아는 또 웃었다. 그가 머리를 오른쪽으로 기울였다. 다가온 입술을 따뜻했다. 하지만 마냥 따뜻하지만은 않았다.

어느새 뜨거워진 입술과 계속 두드리는 혀에 결국 인아는 무릎을 꿇고 말았다.

"흐읍."

살짝 열린 입술 사이로 매끄럽게 들어온 혀가 그녀의 입 안을 점령했다. 혀와 혀가 얽히고 타액과 타액이 섞이며 춤을 추었다. 혁주가 힘을 주어 포옹을 하자 그녀의 작은 몸이 그의 품에 완전히 갇히고 말았다.

더 깊게 들어오는 그의 키스. 그의 혀가 힘차게 인아의 혀를 휘감았다. 혀와 혀가 만나서 나는 소리가 커다랗게 들려와 어쩐지 부끄러워졌다. 그의 가슴팍 옷깃을 꽉 움켜쥐는 것으로 쑥스러움을 대신했다.

인아의 입 안 구석구석까지 훑어 낸 혁주가 드디어 입술을 떼어 냈다.

"하아."

공기가 입 안으로 밀려 들어오자 그제야 인아는 숨을 토해 냈다. 그녀를 품에 안은 채, 혁주는 머리를 쓰다듬었다. 한동안 그러고 있자, 인아가 몸에서 힘을 빼는 것이 느껴졌다.

쪽.

그는 그녀의 머리에 입을 맞췄다. 꿈만 같았다. 인아를 품에 안고 감정을 표현하고 그녀와 감정을 공유한다는 이 모든 사실이.

그냥 이대로 시간이 멈춰 버렸으면 좋겠다. 하지만 그것은 이루어질 수 없는 바람. 혁주는 아쉬움 가득한 얼굴로 인아를 품에서 떼어 냈다.

얼굴이 발갛게 달아오른 그녀는 그의 얼굴을 제대로 바라보지 못한 채, 눈을 내리깔고 바닥만 바라봤다. 그의 손이 인아에게로 향했다. 부드럽게 그녀의 손을 잡아끈 후, 속삭였다.

"사랑해요, 인아 씨."

놀란 듯 고개를 들어 그를 바라보는 인아. 그녀의 귓불이 점점 달아올랐다.

"저도, 저도 사랑해요."

연인의 수줍은 고백이 따뜻하게 차올랐다.

그렇게 시간이 흘러 혁주가 졸업하는 날이 되었다.

"이야, 졸업 축하한다, 강혁주!"

졸업식을 마치고 무리에서 빠져나온 혁주에게 윤수가 다가와 축하 인사를 건넸다. 그의 무표정한 얼굴이 실룩였다.

"안 와도 된다니까."

퉁명스럽게 말하는 그에게 꽃다발을 안기며 윤수는 넉살 좋은 얼굴을 했다.

"안 왔으면 쓸쓸했을 텐데?"

지금까지 혁주는 입학식이나 졸업식 때 항상 혼자였다. 아버지인 창섭은 그에게 관심이 없었고 형인 성진은 항상 바빴다. 물론 졸업식이 지나고 그들의 비서들이 찾아와 꽃다발과 선물을 놓고 가긴 했지만 워낙 형식적인 것이어서 혁주는 별생각이 없었다. 그런데 오늘은 윤수도 오고 또 인아도 곁에 있었다.

"축하해요, 졸업."

방긋방긋 웃으며 꽃다발을 건네는 그녀를 보니 이런 것도 꽤 괜찮다는 생각이 들었다.

"자, 사진 찍자, 사진!"

윤수가 냅다 소리 치고는 앞쪽으로 두다다 뛰어갔다.

"자, 인아 씨, 좀 더 붙어요, 붙어!"

인아가 옆으로 다가오자 혁주는 꽃다발을 한쪽 팔로 안고 남은
손으로 그녀의 손을 잡았다.

"손잡으라는 말은 안 했다!"

카메라 렌즈 너머로 보이는 장면에 윤수가 한 소리를 해 댔다.

"그냥 찍어."

"치!"

찰칵-

혁주는 학사모를 벗어 인아의 머리에 씌웠다. 그리고 그녀의 어
깨에 손을 얹고 다정한 포즈를 취했다.

"와, 인아 씨, 예뻐요!"

찰칵-

"인아 씨는 뭘 해도 다 예쁘네."

"당연하지."

혁주가 윤수의 감탄을 넙죽 받았다.

"우리 인아 씨는 항상 예뻐, 언제나."

두 남자의 주접에 인아가 고개를 잘잘 흔들었다.

"형도 같이 찍자."

혁주의 제안에 윤수의 입이 찢어져라 벌어졌다.

"그렇지? 나도 같이 찍어야지?"

윤수는 기뻤다. 혁주와 알고 지내면서 그가 지금처럼 자신의 감정을 이렇게 직접적으로 표현하는 걸 본 적이 없었기 때문이었다. 아무래도 이건 다 인아가 가져온 좋은 영향 같았다.

"실례합니다, 사진 좀 찍어 주시겠습니까?"

지나가는 사람에게 사진 찍어 달라 부탁한 뒤 윤수는 부리나케 두 사람에게로 다가왔다. 그리고 혁주를 사이에 두고 환하게 웃었다.

"감사합니다."

사진을 찍어 준 사람에게 감사를 전하는 사이 혁주는 한 통의 전화를 받았다. 액정을 보니 형, 성진. 혁주는 인아에게 전화기를 들어 보인 후, 목소리가 들리지 않을 정도의 거리로 가 전화를 받았다.

"여보세요."

—어, 혁주냐? 너 어디냐?

"학교인데요."

—그러니까, 나 지금 너희 학교 강당 앞이야. 너 어느 쪽에 있냐?

혁주의 눈이 휘둥그레졌다.

"지금 학교 안이시라고요?"

—응, 너 오늘 졸업이잖아. 축하해 주려고 왔지.

진심으로 당황하고 말았다. 이런 적이 한 번도 없었는데 무슨 일일까 싶었다. 저절로 시선이 인아와 윤수에게로 향했다. 저들이 성진을 보면 어떻게 생각할까.

"아, 저 막 학교에서 나왔어요."

―그래? 정문이냐, 후문이냐?

"아, 저 친구들이랑 약속이 있거든요."

―그래?

바로 그때, 저 멀리 고급 양복을 쫙 빼 입고 한 눈에 봐도 무척 비싸 보이는 꽃다발을 비서에게 들린 성진이 걸어오고 있는 모습이 보였다. 놀란 혁주는 서둘러 뒤를 돌았다. 그리고 인아와 윤수 쪽으로 걸어가며 재빨리 말했다.

"형, 저 끊을게요. 친구들이 불러서요. 미안해요. 다음에 제가 회사로 찾아갈게요."

―그러냐? 그래라.

성진의 실망 섞인 목소리에 죄책감이 들었지만 혁주는 그를 인아와 윤수에게 보일 생각이 없었다.

성진은 이미 많은 매체에 얼굴이 알려져 있었다. 지금도 그를 보고 웅성거리는 사람들이 늘어나고 있는 추세. 자신이 성진과 얽혀 있다는 걸 알게 하고 싶지 않았다. 스스로는 상관없었지만 C 그룹 일원이라는 게 밝혀지면 분명히 많은 부분이 바뀔 것이라는 확신 때문이었다. 그는 상황이 바뀌길 원치 않았다.

"형, 인아 씨. 우리 식사하러 가요. 탕수육 잘하는 데 알아요."

"오, 탕수육, 좋지. 거기 짬뽕도 잘하나?"

"기가 막히게 잘해."

"자, 안 가고 뭐 해? 가죠, 인아 씨?"

슬쩍, 뒤를 보니 성진이 발길을 돌리는 모습이 보였다. 안도의 한숨을 쉰 혁주는 두 사람과 함께 식사를 하기 위해 걸음을 옮겼다.

"앞으로 뭐 할 거냐?"

커다란 탕수육을 집어 들어 한입 베어 물며 윤수가 물었다.

"일단 애들 가르치는 거 올해까지는 해야지. 걔네 이제 고3 올라가니까."

"그림은 계속 그리고?"

"응."

"차라리 학원 강사 하는 건 어때? 막 스타 강사, 이런 거 있잖아?"

"뭐, 생각은 있긴 한데 준비를 해야 하지 않겠어?"

"야, 너 입소문이면 어느 학원이든 두 팔 벌려 환영할 거다. 엄마들이 소문 쫙 내 줄 텐데 뭐."

"그거야 가 봐야 알지."

바사삭. 잘 튀겨진 탕수육은 소스를 부었음에도 바삭했다.

"난 혁주 씨가 그림을 계속 그렸으면 좋겠어요. 아깝잖아요, 그 재능이."

인아가 그렇게 말해 줘서 혁주는 무척 고마웠다. 그 누구에게도 인정받지 못했는데 오로지 그녀만이 인정한 느낌이었다.

"고마워요, 인아 씨."

그녀에게 눈을 맞추며 애정을 담뿍 담아 감사를 전했다. 두 사람 사이에서 윤수는 심술궂게 쩝쩝거리는 소리를 내며 음식들을 먹어

치워 나갔다. 그런 그의 입가에는 흐뭇한 미소가 걸려 있었다.

"난 이제 가게 가 봐야겠다."

부른 배를 두드리며 윤수가 다음 스케줄을 읊었다.

"응, 우린 데이트가 있어."

혁주가 인아의 손을 잡으며 말했다.

"그래, 알았다, 알았어. 난 이만 사라져 준다."

이죽이며 윤수가 자리에서 일어섰다.

"오늘은 카페 안 올 거지?"

"응, 다음에 갈게."

"그래."

윤수가 계산대 쪽으로 향하는 것을 본 혁주가 급하게 따라왔다.

"형, 형!"

"계산 끝."

지직. 어느 틈에 윤수 카드가 결제했음을 알리는 소리가 들려왔다.

"아, 왜 형이 사고 그래?"

"졸업 선물이다."

직원에게서 카드를 받아 든 윤수가 지갑에 집어넣으며 한쪽 눈을 찡긋거렸다.

"인아 씨한테 근사한 저녁 사 드려."

혁주는 피식, 웃을 수밖에 없었다.

인아와의 다음 데이트 코스는 영화관. 최근 들어 바빠진 인아가 영화 보고 싶다고 해서 택한 코스였다.

"인아 씨, 안 피곤해요?"

영화관으로 가는 택시 안, 혁주가 인아를 보며 물었다. 아까부터 느낀 건데, 그녀의 얼굴이 무척 피곤해 보였기 때문이었다.

"괜찮아요."

인아는 마치 물을 머금은 솜처럼 몸이 무거웠다. 하지만 오랜만에 만나는데 내색하고 싶지 않았다. 지금 현재 인아는 닥치는 대로 일을 하고 공부하고 있었다. 얼마 안 있으면 혁주와 여행 가기로 했는데 그 시간을 내기 위해 일을 하고 있는 것.

영화 시간에 맞게 도착한 영화관의 매점 앞.

"뭐 먹을래요?"

"팝콘이랑 콜라 먹죠, 캐러멜 팝콘."

커플 사이즈로 팝콘과 콜라를 산 뒤 두 사람은 곧장 영화관 안으로 들어갔다. 이윽고 영화가 시작되고 혁주와 인아는 영화에 집중했다. 인아가 보고 싶다던 영화는 로맨틱 코미디 물. 시종일관 남녀 두 주인공의 핑퐁 대화가 웃음을 유발했다.

사람들이 키득거리며 즐거워할 때 혁주는 자신의 왼쪽 어깨가 묵직해지는 것을 느꼈다. 곧이어 풍겨 오는 체취. 인아였다.

어느 틈에 졸던 인아가 결국 졸음을 이기지 못한 채 그의 어깨에 머리를 기댔던 것.

'이런.'

혁주는 낭패한 표정을 지었다.

'집에서 쉬라고 할걸.'

후회가 됐다. 혁주는 그녀가 조금이라도 편하도록 앉은 자세를 낮췄다. 그러자 어깨 높이가 낮아져 인아의 고개가 자연스럽게 툭, 떨어졌다.

그 뒤로 혁주는 꼼짝도 하지 않은 채 시간을 흘려보냈다. 영화에 집중할 수도 없었다. 시선은 자꾸 인아에게로 향했다. 곤하게 자는 모습이 안쓰러웠다.

'여행을 미룰까.'

인아가 왜 시간을 쪼개어 무대에 오르고 엔터테인먼트 수업을 몰아서 하는지 알기에 혁주는 여행을 미루고 싶었다. 오래전부터 약속한 것이지만 이렇게 힘들어하니 굳이 여행을 가야 하나, 하는 생각도 들었다.

그렇게 생각이 깊어질 즈음, 영화관 불이 켜졌다. 사람들이 하나둘 빠져나가는 사이, 혁주는 인아를 깨워야 할지 말아야 할지 또 고민했다. 너무 곤하게 자서 차마 깨울 수가 없었다.

탁.

"앗! 미안합니다!"

뒤에서 나가는 관객이 가방으로 의자 등받이를 치는 바람에 크게 울렸다. 사과를 받고 인아를 바라보니 그녀는 눈을 뜬 상태였다.

"나, 잤어요?"

혹시라도 그녀가 멋쩍어할까 봐, 혁주가 입을 열었다.

"나도 졸았어요. 영화가 생각보다 지루하네."

"아, 그래요?"

"이제 가요, 우리."

인아는 혁주가 우리, 라고 말할 때마다 마냥 기뻤다.

"네."

계획대로라면 인아와 여기저기 쏘다니다가 근사한 저녁 식사 후 집에 바래다줄 생각이었다. 하지만 그녀가 너무 피곤해서 혁주는 앞의 두 가지를 생략하기로 했다.

"집에 바래다줄게요."

"벌써요?"

"인아 씨가 너무 피곤해 보여요."

"전 괜찮아요."

"괜찮긴."

혁주가 손을 들어 그녀의 눈 밑을 부드럽게 어루만졌다.

"다크서클이 여기까지 내려왔는데, 뭐."

인아가 수줍은 미소를 보냈다.

"그래도 오랜만에 만났는데 이렇게 헤어지기는 좀······."

"아니에요, 인아 씨 건강이 더 중해요. 혹시 우리 여행 가는 거 미룰까요? 그럼 인아 씨 많이 힘들지 않아도 될 텐데."

"아니요!"

대번에 반대 의견을 피력하는 인아.

"여행은 갈 거예요! 이번 아니면 언제 또 가겠어요?"

벼르고 별렀던 여행이었다. 그녀의 스케줄에 따르면 이번 말고는 도통 시간을 낼 수가 없었다. 조만간 새로운 텔레비전 프로그램에

투입될 텐데 그렇게 되면 더 시간이 빠듯했다. 마침 혁주도 졸업해서 시간이 좀 있고 자신도 긁고 긁어 만든 시간이 아니던가. 절대로 양보할 수 없었다.

"나 정말 바다 보고 싶단 말이에요."

중학교 때 가족 여행 이후로 그녀는 여행을 단 한 번도 간 적이 없었다. 부모님이 돌아가시고 큰아버지 집에 얹혀 살 때, 그녀는 고등학교 수학여행에 참석하지 못했다. 돈이 없다는 이유로 수학여행비를 내주지 않았던 것.

그리고 고등학교 졸업 후, 큰아버지가 만든 빚을 갚느라 여행은 꿈도 꾸지 못했다. 갈 사람도 없던 것도 이유가 되겠지만 무엇보다 마음의 여유가 없었다. 혁주와 사귀면서 하고 싶은 리스트를 짰을 때, 제일 먼저 떠오른 것이 여행이었다. 그렇기에 인아는 지금 자신의 연인이 한 말에 동의할 수 없었다.

"반드시 여행 갈 겁니다?"

그녀의 반짝이는 눈에서 의지를 엿본 혁주는 어쩔 수 없이 고개를 끄덕여야 했다.

"그래요. 하지만 지금은 집에 가는 걸로."

이번엔 인아가 수긍해야 했다. 택시를 잡아 탄 혁주는 인아를 자신에게 기대게 했다.

"가는 동안에 잠깐 눈 좀 붙여요."

조금이라도 쉬게 해주고 싶었다. 이윽고 도착한 그녀의 집 앞에서 혁주는 신신당부했다.

"들어가자마자 씻고 푹 자기."

"알았어요."

인아는 자신을 배려해 주는 혁주가 너무나 좋았다.

* * *

"춥다."

봄이라고는 해도 3월초의 바닷바람은 강력했다.

그 탓에 제주도 앞바다에 사람들이 별로 없었다. 날카로운 바람
에 머리카락이 나부꼈다. 하지만 인아는 그저 바다만 바라봤다.

마지막으로 가족과 여행 온 장소. 부모님과의 추억이 담긴 바로
그곳.

사실, 이곳에 오면 마냥 슬플 줄 알았는데 생각보다 담담해서 스
스로도 놀라고 있는 중이었다. 인아는 자신의 손을 꼭 쥐고 있는 혁
주의 단단한 손을 내려다봤다. 어쩌면 그와 함께여서 슬프지 않은
건지도 몰랐다.

"여기."

그녀가 입을 열었다.

"엄마랑 아빠랑 전에 왔던 곳이에요."

혁주는 가만히 그녀의 이야기에 귀를 기울였다.

"중학교 졸업하고 여행 왔었어요. 그때 친구들과 놀러 가기로 했
는데 가족 여행 때문에 못 가서 화가 좀 난 상태였거든요."

가느다란 목소리가 바람 사이를 뚫고 가만히 울렸다.

"여행 온 내내 뿌루퉁해 있었어요. 부모님은 그런 날 달래시느라 고생하셨죠."

어느새 그녀 말미에 물기가 묻어 나왔다.

"그게 부모님과의 마지막 여행이라는 걸 알았다면 절대 그러지 않았을 거예요."

그 말을 끝으로 인아는 입을 닫았다. 그녀의 시선은 먼 바다에 닿아 있었다. 세차게 부는 바람에도 꼼짝도 하지 않은 채, 그렇게 바다만 보고 있었다. 혁주는 그런 그녀의 곁을 묵묵히 지켰다. 그러다 더욱 거세지는 바람에 자신의 겉옷을 벗어 인아에게 둘러 주었다.

"혁주 씨 춥잖아요."

"난 괜찮아요."

인아가 혁주의 겉옷을 만지작거렸다.

"그만 들어가요, 우리."

말한 후 그에게 다시 겉옷을 넘기는 인아.

"그대로 입고 있어요, 감기 걸려."

"그래도……."

"난 튼튼하니까."

말하며 씨익, 웃는 혁주. 인아는 말없이 그의 손을 잡아끌었다. 어서 호텔로 돌아가 몸을 따뜻하게 해야 할 것 같았다.

"혁주 씨랑 와서."

호텔로 향하는 택시 안에서 인아가 말했다.

"마음이 많이 아프지 않았어요."

눈물이 날 줄 알았는데 그러지 않았다.

"고마워요, 같이 와 줘서."

혁주는 말없이 그녀의 어깨를 감싸 안아 주었다.

"식사하고 들어갈까요?"

뉘엿뉘엿 해가 넘어가고 어스름이 스며들고 있었다.

"그래요."

"뭐 먹을래요?"

"인아 씨는 뭘 먹고 싶은데요?"

"음."

잠깐 생각에 잠겼던 인아가 다시 입을 열었다.

"제주도 왔으니까 오분자기 먹으러 가요."

"오분자기?"

"전복 닮은 제주도 특산물이래요. 제주도 말로 떡 조개라고도 하
는데, 제주도 왔으니 먹어보려고요."

"아, 오분자기 잘하는 식당 아는데, 안내해 드릴까요? 여기서 안
멀어요."

불쑥, 택시 기사 아저씨가 두 사람 대화에 끼어들었다.

"그럼 부탁합니다."

택시 기사 아저씨가 안내해 준 식당에 들어서니 한창 저녁 시간
이라 그런지 사람이 꽤 있었다.

"어서 오세요, 두 분이세요?"

"네."

"이쪽으로 앉으세요."

방으로 안내된 두 사람은 테이블을 사이에 두고 마주 앉았다.

"아, 따뜻하다."

따뜻한 방바닥에 손을 대며 인아가 중얼거렸다.

"고생했어요."

혁주가 건넨 말에 그녀가 배시시 웃었다.

"고생은 혁주 씨가 더 했죠. 감기 안 걸리려나 모르겠어요."

"괜찮을 겁니다."

도란도란 대화를 나누는 사이, 오분자기 뚝배기가 나왔다.

"와!"

잔뜩 올라간 성게 알에 인아가 탄성을 질렀다.

"맛있겠다!"

숟가락으로 살살 긁어 성게 알을 치워 낸 뒤, 안쪽까지 헤집자 오분자기들이 그 모습을 드러냈다.

"아, 이게 오분자기군요. 전복 같네요."

"생긴 건 닮았는데 다른 거예요. 어서 들어요."

"예."

얼큰하고 뜨거운 국물이 속을 확, 풀어 주는 느낌이었다. 두 사람은 조용히 식사에 돌입했다.

식사를 마친 후 호텔로 돌아온 두 사람은 각자 자신의 방으로 향했다. 나란히 예약한 방 앞에서 혁주가 인아에게 말했다.

"그럼 잘 자요."

"저기."

인아가 머뭇거리며 입을 열었다.

"내 방에서 와인 한잔할래요? 룸서비스 시켜요."

"……그러죠."

"옷 갈아입고 와요."

"네."

자신의 방으로 들어선 혁주는 재빨리 몸을 움직였다. 바닷바람이 전한 짭짜름한 냄새를 지울 생각이었다.

서둘러 샤워를 마치고 머리를 완벽히 말린 후 옷을 갈아입고 인아의 방으로 향했다.

똑똑. 딸깍.

"들어와요."

그녀도 샤워를 마쳤는지 머리가 약간 젖어 있었다.

"제가 주문해 놨어요, 괜찮죠?"

"그럼요."

인아의 방에 들어선 혁주는 방 안을 쭉 둘러봤다.

"경치 좋죠?"

그녀의 물음에 고개를 끄덕였다.

"네, 전망 정말 좋네요."

말대로 바다가 펼쳐진 창밖은 근사했다. 불그스름한 노을이 먼 하늘을 수놓고 있는 모습이 마치 그림 같았다. 등대에서 뿜어 나오는 한줄기 빛이 그림 같은 상황에 배경을 더했다.

똑똑.

"룸서비스입니다."

밖에서 들려오는 목소리에 혁주가 문을 열었다. 키 큰 호텔 직원이 트레이를 밀며 방 안으로 들어섰다. 테이블 위에 와인과 치즈가 담긴 접시를 내려놓은 후 고개를 숙여 보이는 직원.

"그럼 즐거운 시간 되십시오."

직원이 나간 후 인아가 와인 병을 집어 들었다.

"안주로 치즈 시켰어요, 괜찮죠?"

"물론입니다."

그는 별로 가리는 음식이 없었다.

"아, 이거 왜 안 따지지?"

중얼거리는 인아에게서 와인 병을 받아 든 혁주가 능숙하게 코르크를 퉁겨 냈다.

퐁. 쪼로록.

와인 잔에 와인을 따라 그녀에게 내미는 혁주.

"한잔해요."

"네."

챙.

자신의 잔을 혁주의 잔에 살짝 부딪치는 인아.

"아, 향 좋네요."

"그러네요."

쏴아아.

창문 너머로 파도 소리가 들려왔다.

"좋네요."

"네."

혁주는 그저, 인아와 함께 있다는 사실만으로도 좋았다. 세상은 평화로웠고 인아가 곁에 있었다. 이보다 좋은 일이 어디 또 있을까.

"음악 들을래요?"

"그러죠."

그녀가 하는 모든 것이 다 좋았다. 그의 답에 인아가 소파에서 일어나 자신의 가방 쪽으로 가서 휴대전화를 찾았다.

"이거, 제가 제일 좋아하는 음악이에요."

휴대전화에서 잔잔한 음악이 흘러나오기 시작했다.

'이 음악.'

기억하고 있었다. 처음 인아를 봤을 때, 바로 이 음악에 맞춰 그녀가 춤을 추었던 기억이 났다.

"제가 예전에 발레 했을 때, 중3 때인가 발레 대회에 나갈 일이 있었는데 그때 썼던 음악이에요."

"……그렇군요."

인아가 참가했던 발레 대회에서 그녀가 우승했다는 기사에 음악 제목도 나와 있어서 한동안 듣기도 했다.

"지금은 모델이지만 저, 발레 참 많이 좋아했거든요."

그녀가 새하얗게 웃었다.

"엄마 꿈이자 제 꿈이었어요."

문득, 그녀의 목소리에 쓸쓸함이 묻어 나왔다.

"뭐, 지금이 안 좋다는 건 아니지만."

그녀의 얼굴에 걸린 표정이 마음 아팠다. 뭐라고 위로를 하고 싶었지만 입이 떨어지지 않았다.

"그냥."

그녀가 고개를 들었다.

"혁주 씨랑 있으면 다 말하게 되는 것 같아요."

눈이 마주친 두 사람.

"그냥, 다 말하게 돼요."

그 말이 혁주의 심장을 찔렀다.

'나도 그렇게 되면 좋을 텐데.'

털어놓고 싶은 것이 많았다. 오래전부터 그녀를 알고 있었노라고, 실은 내가 C 그룹의 숨겨진 핏줄이라고. 하지만 차마 입이 떨어지지 않았다. 인아가 잔에 든 와인을 다 마셔 버렸다.

"더 주세요."

내미는 잔에 와인을 따르는 혁주.

"너무 많이 마시지 말아요, 취해."

그녀는 답 없이 웃었다.

"혁주 씨, 재미없는 거 알아요?"

또다시 할 말을 찾지 못하는 혁주.

"근데, 좋아."

인아가 속삭였다.

"좋아해요."

창 너머로 어둠이 세상을 물들이기 시작했다.

"오늘, 나랑 잘래요?"

여행 계획을 짰을 때부터 생각한 일이었다. 그녀는 그를 사랑했고 그는 그녀를 사랑했다. 그걸 느낄 수 있었다. 그래서 그와 사랑을 나누고 싶었다.

"그……."

너무도 당황한 나머지 말이 나오지 않았다. 물론 그 역시도 인아를 안고 싶었다. 하지만 함부로 대할 수 없었다. 어떻게 인아를 감히 품는단 말인가.

"나, 오빠랑 자고 싶어."

그의 이성은 더 이상 견딜 수 없었다.

딸깍.

테이블에 와인 잔을 내려놓은 후 인아에게로 다가가 그녀의 손에서 와인 잔을 받아 들었다. 그녀의 반짝이는 눈이 그를 사로잡았다. 그녀의 탐스러운 입술이 그를 유혹했다.

결국, 그 유혹을 이겨 내지 못했다.

조심스럽게 입술을 두드렸다. 기다렸다는 듯 열리는 입술 안으로, 그는 자신의 혀를 집어넣었다. 마중 나온 보드라운 혀를 슬쩍,

건드리고는 그대로 휘감아 버렸다.

"흡!"

짧은 탄성에 그의 이성은 마비되고 말았다. 와인 잔을 내려놓고 인아를 끌어안은 채 깊은 키스를 이어나갔다. 두 사람의 혀가 얽히고 숨소리가 교환되었다. 오로지 본능에 의한 움직임이었다. 가느다란 허리를 그의 손이 어지럽게 인아의 몸을 더듬었다.

"하아."

그녀에게 숨 쉴 시간을 허락하며 혁주는 목덜미에 입술을 묻었다.

"흐윽."

잘근잘근, 입술로 그녀의 목덜미를 간질이고 손가락으로 슬쩍 그녀의 옷자락을 들어 올려 쇄골 쪽으로 입술을 옮겼다. 차츰 거칠어지는 그녀의 숨소리에 점점 더 달아올라갔다. 두 사람은 어느새 자리를 침대로 옮겼다.

"예쁘다."

그녀를 황홀하게 내려다보며 혁주가 중얼거렸다. 부끄러워 이불을 찾는 그녀의 손을 제지하며 그는 제 몸으로 그녀를 가려 주었다. 새하얀 그녀의 몸에 하나둘 흔적을 남기며 그렇게, 하나가 되어갔다.

짹짹.

작은 새들의 지저귐이 아침이 왔음을 알렸다. 새 소리에 눈을 뜬 혁주는 아래쪽으로 시선을 돌렸다. 언제 일어났는지 품 안의 인아가 그의 얼굴을 바라보고 있었다.

"깼어요?"

그의 물음에 인아는 웃었다.

"괜찮아요?"

"네."

두 사람은 꼼짝도 하지 않았다.

"그냥 이렇게 있을 거예요?"

"있죠, 뭐."

피식, 웃으며 혁주는 그녀를 끌어당겨 안았다. 한동안 그렇게 두 사람은 서로의 숨소리를 듣기만 했다.

"있죠."

불쑥, 인아가 입을 열었다.

"나, 전에 수첩 봤어요."

"예?"

"전에 오빠 집에 초대받아 간 적 있죠? 우리 백 일 때."

이제는 자연스럽게 오빠 호칭이 흘러나왔다. 그것을 깨달은 혁주는 미소 지었다. 기억이 났다.

"네."

"그때 작업실에서 오빠 수첩을 봤어요."

"아, 그랬어요?"

잠시 입을 다문 그녀.

"근데요?"

왜 갑자기 수첩 이야기를 꺼낼까, 궁금해진 혁주가 물었다.

"나 그려요."

혁주가 눈을 깜빡이다가 그녀의 머리 위에 입맞춤을 했다.

"그리고 있잖아요?"

"나체화, 그려요."

혁주의 몸이 굳었다.

"……그걸, 봤어요?"

수첩에 자신의 감정을 적어 놓곤 했는데 아마도 나체를 그리고 싶다는 내용을 인아가 본 모양이었다.

"네, 봤어요."

"안 그래도 돼요, 인아 씨."

"아니."

그의 품 안에서 인아가 도리질했다.

"제일 예쁠 때 내 모습, 남기고 싶어요. 그려 주세요."

수첩을 보고 난 후, 많은 고민을 했다. 물론 다른 모델을 구하면 되겠지만 인아는 자신이 혁주의 모델이 되고 싶었다. 그에게 자신의 모습을 그리게 하고 싶었다. 하나도 남김없이. 그건 그녀가 표현하는 사랑의 한 방식이기도 했다.

"오빠가 그려 주면 좋겠어요. 싫으면 다른 화가 구할게요. 실력 괜찮으면 남자 화가도 괜찮죠?"

"아니."

혁주가 단호한 목소리를 냈다.

"내가 그럴게요."

"그래요."

그의 품속에서 인아가 만족스럽게 웃었다.

그리고 며칠 후, 인아는 나체화를 그리기 위해 혁주의 집을 찾았다. 초인종을 누르는 인아의 손가락에 힘이 들어갔다.

지잉.

짧게 끊어지는 초인종 소리가 전과 달리 낯설게 느껴졌다.

띠로리.

도어 록이 열리고 열린 문틈으로 익숙한 향이 풍겨져 나왔다.

"어서 와요."

나직하지만 따뜻한 목소리가 인아를 맞이했다. 잠시 머뭇거리던 그녀는 이윽고 결심한 듯, 열린 문틈 사이로 들어섰다.

남자 혼자 사는 집은 여전히 깔끔했다. 아니, 오늘따라 유달리 깨끗하게 느껴져서 더욱 불안했다.

"커피 마실래요?"

인아의 불안감을 읽은 듯 혁주가 가만히 물어왔다.

"네."

불안, 초조, 긴장이 복합된 감정의 폭발은 떨리는 목소리로 대변되었다. 그녀는 자신의 떨리는 목소리에 당황해서 입을 닫았다.

혁주는 모른 척하며 주방 쪽으로 걸음을 옮겼다. 인아는 쭈뼛쭈뼛 안으로 들어섰다. 오피스텔은 남자 혼자 살기에 확실히 넓었다.

모던한 벽지와 세련된 분위기는 그의 일부처럼 느껴졌다.

인아는 평소처럼 소파에 몸을 실었다. 아직 아무 일도 일어나지 않았건만 어쩐지 어색해서 이리저리 둘러보았다. 모든 것이 제자리였다. 아무것도 변한 것이 없었다. 그럼에도 불안했다.

"자, 아메리카노."

소리 없이 다가온 혁주가 따뜻한 커피를 내밀었을 때, 그녀는 깜짝 놀랐다.

"아, 놀랐어요? 미안."

그의 사과에 도리질했다. 인아는 혁주에게서 커피 잔을 받아들었다. 향긋한 커피 향이 밀려 올라왔다. 덕분에 안정이 되는 것 같았다.

두 사람은 탁자를 사이에 두고 커피 잔을 기울였다.

아무도 입을 열지 않았다. 따뜻했던 커피 잔이 차츰 식어 가고 커피의 양이 줄어들었을 때, 그들은 서로의 얼굴을 바라봤다.

"괜찮아요?"

혁주가 부드럽게 물었다. 그 의미가 어떤 것인지 잘 알기에 인아는 얼굴을 붉히며 가만히 머리를 끄덕였다.

하지만 그녀는 더 이상 움직이지 않았고 그는 그런 그녀를 물끄러미 바라봤다. 붉게 물든 얼굴이 정말 예뻤다. 반듯한 이마와 높은 콧대, 복사꽃 같은 뺨과 붉은 입술, 거기에 별과도 같은 눈동자.

비록 지금 그 눈동자가 불안감에 흔들리고 있긴 해도 아름다움은 감춰질 수 없었다. 다시 괜찮냐고 묻고 싶었지만 혁주는 참았다. 가까스로 결정한 터였다. 오늘이 아니면 다신 기회가 없을 것 같았다.

"자, 가요."

이윽고 결심한 듯 인아가 자리에서 일어섰다. 그리고 자연스럽게 작업실로 향했다. 그의 시선이 그녀의 늘씬한 뒷모습에 꽂혔다. 혁주 역시 자리에서 일어나 작업실로 걸어갔다.

딸깍.

문을 열고 들어선 곳은 혁주의 작업실.

화가가 꿈인 혁주가 작업하는 곳은 오피스텔 내에서 제일 넓은 방이었다.

온갖 미술 도구들이 놓여 있었으며 한쪽에는 커다란 오디오도 자리했다. 그 옆의 벽면에는 지금까지 혁주가 그린 인아의 그림이 걸려 있었다.

머리를 길게 늘어뜨리고 꽃을 든 인아의 상반신 그림, 머리를 틀어 올리고 그려 낸 옆얼굴, 눈을 감고 있는 정면 얼굴, 오른쪽으로 살짝 머리를 돌린 상태로 그려 낸 뒷모습까지. 지난 8개월간 각자의 생활을 하면서 짬짬이 만난 것치고는 제법 많은 그림을 그려 냈다.

인아는 방으로 들어서며 입고 있던 웃옷을 벗어서 의자 등받이에 걸쳤다.

이미 혁주는 작업할 준비를 마치고 그녀를 기다리고 있던 참이었는지 세팅이 완벽했다. 이젤에 새 스케치북이 걸려 있었고 옆에 가지런히 모여 있는 연필들의 심지는 제각각의 길이로 깎여 있었다.

그는, 혁주는 그림 그릴 준비가 되어 있는 것이다. 이제 모델의 차례만이 남았다.

　인아는 혁주가 준비한 자리로 천천히 걸음을 옮겼다. 1인용 소파에 덮어씌운 짙푸른 색의 천을 만져 보니 무척이나 부드러웠다. 나름대로 신경을 쓴 흔적이 보여서 그녀는 살며시 미소 지었다.

　"불 좀 켜 줄래요?"

　그의 부탁에 그녀는 소파 옆 작은 탁자 위의 스탠드 등을 켰다. 그림을 그릴 때는 항상 방 안을 어둡게 하고 오로지 이 스탠드를 의지해 그림을 그려 왔던 혁주.

　촥.

　그가 방 안의 모든 커튼을 내렸다. 그러자 금세 어두워졌다. 오로지 빛이라고는 인아 옆에 있는 스탠드 등뿐.

　덜컹.

　뒤쪽에서 의자 빼는 소리가 들려왔다. 인아는 몸을 돌린 후, 천천히 소파 위에 앉았다. 이젤을 사이에 두고 그녀와 혁주는 마주 보았다. 두 사람은 다시 말이 없었다. 인아는 그것이 혁주의 배려임을 알고 있었다.

　잠시 눈을 깜빡이던 그녀의 얼굴에 드디어 결심의 빛이 서렸다. 인아가 천천히 손을 들어 올렸다. 가느다란 손끝에 블라우스 단추가 걸렸다.

　사락.

　하나둘 단추가 풀리더니 블라우스는 기어이 그녀의 몸에서 떨어져

나갔다. 차가운 공기에 잠시 몸을 떤 인아는 천천히 숨을 들이마셨다. 그러고는 다시 손을 움직였다. 가느다란 어깨끈으로 매달려 있던 내의도 그 모습을 감추었다.

툭.

바닥으로 흘러내린 하얀 내의는 숨죽여 두 사람을 지켜봤다. 이제 마지막 남은 속옷 한 장 앞에서 인아는 다시 망설였다. 아무리 결심하고 또 마음먹었다고는 하지만 떨렸다.

"후우."

인아는 다시 한번 깊숙이 심호흡했다. 혁주는 묵묵히 그런 그녀를 바라보기만 했다. 아름다운 그녀의 모습을 화폭에 담고 싶었다. 그저 그녀가 용기를 내 주기만 바랐다.

마침내 그녀의 손이 브래지어 끈에 닿았다. 톡, 하는 작은 소리와 함께 브래지어가 느슨해지는 모습이 그의 눈에도 똑똑히 보였다.

매끄러운 어깨를 타고 흘러내린 브래지어 끈이 눈부셨다. 어느새 브래지어 역시 몸에서 떨어졌고 인아는 양팔로 자신의 가슴을 가린 채로 혁주를 응시했다.

꿀꺽.

그는 되도록 동요하지 않으려 애를 썼지만 남자의 본능이 그를 배신했다. 저절로 침이 넘어가고 동공은 제멋대로 확대되었다. 숨이 거칠어지고 아랫배 쪽이 묵직해졌다. 하지만 혁주는 인내를 가슴에 새기며 참아 냈다.

서로를 응시하는 두 사람 사이에 묘한 기류가 흐르던 것도 잠시 어느 순간, 인아의 팔이 사라지고 뽀얀 가슴이 드러났다. 그의 눈빛이 잠깐 흐려졌다가 다시 인아를 응시했다. 그러다 혁주가 의자에서 일어나 그녀에게로 다가갔다.

그녀는 잔뜩 숨을 죽인 채 그의 얼굴에서 눈을 떼지 않았다. 혁주 역시 그녀의 눈을 똑바로 바라보며 다가섰다. 인아는 가슴을 가리는 시늉조차 하지 않았다. 두 사람의 거리가 좁혀질수록 그녀의 숨결이 거칠어져 갔다.

스윽.

바짝 다가선 혁주의 소맷부리가 인아의 맨 어깨를 스쳤다.

손을 뻗어 그녀의 몸이 더욱 잘 보일 수 있게 스탠드 등 빛을 조절한 그는 그대로 인아의 앞에 선 채 움직이지 않았다. 미동조차 하지 않는 그의 모습에 의아함을 느낀 그녀가 눈을 들었을 때, 어깨에 뜨거운 온기가 내려앉았다.

두툼한 손으로 인아의 어깨를 감싸 쥔 혁주가 그녀의 눈을 들여다보았다. 그리고 천천히 얼굴을 가까이 했다.

쪽.

이마에 부드러운 감촉이 느껴지는 순간 나직막한 속삭임이 들려왔다.

"예쁘다."

탁한 그 목소리에서 혁주의 감정을 느낀 인아는 가만히 머리를 끄덕이며 얼굴을 붉혔다.

사각사각.

새하얀 종이 위로 인아의 모습이 새겨지기 시작했다.

〈다음 권에 계속〉

책임지지 마세요

차한나 지음

전 남친과의 구질구질한 이별 후 떠난 홍콩 여행!
영화배우처럼 잘생긴 남자와 하룻밤을 보내고 몇 주 뒤.
진아는 믿기지 않는 현실을 맞닥뜨린다.

빨간색 두 줄.
양성.

고민하던 진아는 아기를 낳기로 결심하고……
그녀에게 홍콩의 밤을 운명으로 믿는 가혁이 다가오는데.

"好久不見(오랜만이에요), 진아.
이렇게 또 만나게 되다니 무척 기쁘네요"

설마 책임지러 온 건 아니지?
안 돼, 절대로!

"책임지지 마세요!"

동아

절대 친하지 않은
더듀 지음

엄마의 재혼으로 서문 형제의 집에 들어온 연아.
무관심으로 일관하는 형 서문현과
까칠한 동생 서문진 사이에서 고군분투하던 어느 날.

"아직도 이게 남매 사이의 애정 표현일 뿐이야?"

예고도 없이 다가온 현의 다정함에 마음이 흔들린다.
그리고 부쩍 가까워진 둘에 이유 모를 분노를 뱉는 진.

"서문현한테 말려들지 마. 걜 이해할 수 있다고 착각하지도 마."

어릴 적 연아의 모습을 기억하고 있는 진.
진짜 모습을 보여 주지 않는 현.
연아는 과연 이들을 구원하고, 또 구원받을 수 있을까.

세 남녀의 찬란하고 아픈 이야기, 〈절대 친하지 않은〉

동아

마른 갈망

김노운 지음

혼자 남은 내게 그가 찾아왔다.
"나는 당신 어머니의 아들입니다."
그럼에도 그를 향한 갈망을 멈출 수가 없었다.

한 달 전에 부모님을 여의고 혼자 남은 나경.
꿈도 희망도 없이 살고 있던 그녀에게 누군가가 찾아온다.
성공한 인테리어 사업가이자 죽은 어머니에게 버려져서 자란 단상우.

죽은 어머니 외에는 아무런 공통점도 없던 그들은
아주 천천히 서로에게 스며드는데…….

"나하고 같이 살아요."
"왜 저한테 잘해 주세요?"
"동생이잖아요."

그러나 그녀에겐 차마 말할 수 없는 비밀이 있었다.